傷心咖啡店之歌

朱少麟　著

九歌文庫962
傷心咖啡店之歌
朱少麟　著
café triste
傷心咖啡店深藍色的燈光，存在於城市最晦暗的角落，
一閃一閃，向每一個傷心苦悶的人招著手……

一九九六年十月《傷心咖啡店之歌》問世

如果你在迷惘漂流中，請入座，
傷心咖啡店裡，
為每個寂寞不安的靈魂備了座椅……

以一杯咖啡的代價，

換來人生中最混亂豐富的旅程……

名家——讚譽推薦

王浩威　吳淡如
段彩華　保　真
馬　森　陳克華
楊小雲　詹宏志
廖輝英　蕭　颯
李奭學　范銘如

這是我最近以來看的長篇小說中，難得的穩重作品。我想她絕對是天生吃這行飯的；但最重要的是，一定要繼續寫下去。

——吳淡如

新一代的流浪文學，由作者自身出發的各面向自我，化為書中不同性格但同樣極端的角色，構成了一首完整的歌。傷心嘛？也許吧！新的流浪似乎就是將成長預設為無止境的墜落。作者的傷心咖啡店，是站立在光陰軌道上的一個小小悲劇。

——王浩威

作者試圖在一個狹隘的時空背景中，為小說人物營造一個具有深度的舞台，即小說人物的內心世界。全書可見作者用心之深，但由於書中人事物背景的侷限性，因而較欠缺一份大格局的氣勢。

然而，《傷心咖啡店之歌》仍是台灣近年來少見的小說佳作，作者文筆洗鍊，場景轉換順暢，人物對話自然、性格突出。據云作者是文壇新人，讀來不禁油然興起「錢塘潮，後浪追前浪」之感。

——保真

……誰知一看即欲罷不能，一口氣讀完，不能不感到有幸遇到了一位天生的作家。……《傷心咖啡店之歌》寫的是當代的台北和一群對當前的社會架構、生活方式、價值觀念質疑的年輕人……

——馬森

人生，除了工作、除了愛情，還有什麼更重要的東西，值得花任何代價去追尋？這本小說將人的價值與自我實現做了深刻的探討，非常值得一讀。

——楊小雲

《傷心咖啡店之歌》是新一代台北人的傳奇性寓言……朱少麟的人物自問問人，滔滔不絕，全書處處可見。所思辯者大至台北的政經要聞，小至生命自由兼柴米油鹽。

——李奭學

書中觸及的對於生涯的迷惘、對於生命的困惑等議題，其實是相當貼近生活、相當實際的；而書中大量的哲思論辯則成功地引導讀者思索，給讀者一個「解釋其處境」的方式。

——范銘如

遇到了一位天生的作家

馬森

作家有天生的和力致的兩種，前者一出手即有大家風範，後者則靠不斷的努力，始可有成。

《傷心咖啡店之歌》的作者朱少麟，除了通過幾次信和幾通電話之外，到現在還沒有見過面，對朱小姐的背景也一概不知，但我知道她是一個剛出校門不久還沒有很多寫作經驗的年輕人。半年前，她寄來了她的這部長篇小說，希望我看了提供一些意見。二十多萬字厚厚的一冊，在我忙碌的生活中，一時之間實在不容易找到時間閱讀這樣的一部長篇，因此一壓就壓了半年之久。最近，九歌出版社要出版這部小說了，作者急於想知道我的看法，壓了這麼久而未看，對朱小姐著實感到抱歉，因此決定摒擋其他要務，先拜讀《傷心咖啡店之歌》。誰知一看即欲罷不能，一口氣讀完，不能不感到有幸遇到了一位天生的作家。

在台灣的文學界，寫短篇小說的多，寫長篇的少，蓋因步調快速的工商業社會，使讀者欠缺長時間閱讀的機會，使作者也失去了潛力營構的耐心。其實，真正要涵蓋一個時代或籠括較大社會層面的圖景，非長篇莫辦。然而長篇不但比短篇需要更多的時間，也需要更高的技巧，除非是天生的作家，並不適合作為鍛鍊文筆的試場。初出茅廬的朱少麟一蹴即中的，不能不使我感到驚訝。

《傷心咖啡店之歌》寫的是當代的台北和一群對當前的社會架構、生活方式、價值觀念質疑的年輕人。盡力追求經濟利益、努力出人頭地，是自由經濟主導下的資本主義社會中不容質疑的人生目的。非如此，即不免流於社會邊緣的地位。在這樣的社會中，還有沒有多元價值觀的可能呢？如果不認同經濟利益及攀爬社會階梯的導向，在這個社會中有沒有生存的空間呢？以自由主義為標榜的資本主義社會，到底給予人多大的自由？這是作者借書中的人物提出的問題。圍繞著這些問題，作者特別對作為資本主義意識形態之基礎的「自由」，做了深入細緻的探討。

「自由是什麼？」

…………

「自由並不存在，這兩個字只是人類跟自己開的一個玩笑。」

…………

「自由像風，只存在於動態中。」

…………

「人既然群居在一起，要在怎樣的理性約束下共享自由？這才是應該努力的方向。」

…………

「自由只來自愛。不只是人與人之間的情愛，還包括對一切理想的追求。當你心中燃起那種火一樣的熱情，在自己的意志驅動下，全心全意，不顧一切阻礙去追求，別人非難你，不怕；環境阻撓你，不怕；因為你已經完全忠於自己的意志，那就是自由。」

以上是書中人物討論自由的片段。我們知道，自由是存在主義所討論的重要主題之一。從以上熱烈的論辯看來，六十年代開始影響台灣的存在主義，在新人類的頭腦中非但沒有消形匿跡，而且仍然在強烈地發酵中。存在主義本就有兩個思想的線路：一是從自由到選擇，到責任；另一是從荒謬到頹廢，到虛無。二者都攸關對生命意義的追問。

而活著的生命啊，在長存的天地裡是何許的短暫渺小，窮其一生地迸發光亮，以為自己達到了什麼，改變了什麼，事實上連痕跡也不曾留下。人是風中的微塵。馬蒂想到她在台北多年的辛苦生活，那些地盤之爭，那些自由之爭，即使爭到了，又算什麼？人只不過是風中的微塵，來自虛無，終於虛無，還有什麼好苦惱執著的呢？就算是什麼也不苦惱執著，結果還是一樣，生命本身，和無生命比起來，一樣地虛無，一樣地沒有意義。

然而存在主義的虛無並不導向悲觀，而是對人生的一種透徹地了悟。這種了悟在朱少麟的字彙裡稱作「神的虛無」。

因為人的虛無和神的虛無不同。馬蒂不屬於任何一個宗教，她把體會中最根本的意識叫做神。人的虛無就是虛無一物，而神的虛無，是一切衝突、一切翻騰之後的一切抵消、一切彌補，因為平衡了，圓滿了，寧靜了，所以虛無。

這部小說借著主人翁馬蒂的生活經驗和遭遇，重新對存在主義做了一番深入的探討和詮釋，使其具有了寫實性與理想性的雙重向度，也使其超脫了寫實小說的繁瑣，而具有了思想上的豐厚與深度。當然，有的文評家認為滔滔不絕的辯難會有礙於文學的鑑賞。我自己認為具有思想性的小說無法排除思想的辯難，端看其是否把思想的辯難融入小說的場景之中。如果融會得宜，既可為擲地有聲的論文，又可為文情並茂的小說，帝俄時代的小說早已開了此類小說的先河。要之，《傷心咖啡店之歌》，正是企圖在寫情之外，兼寫思想與心靈的轉變與進境，務必把人物寫成福斯特（E.M.Forster）所謂的「圓形的人物」。

婚姻失敗的馬蒂在徬徨的生活中無意中走入傷心咖啡店，遇到了一票頗不平凡的年輕人，因而改變了她的一生。其中有美若天人的海安、能言善辯的吉兒、癡情俊俏的小葉、善解人意的素園、一心追求財富的籐條……個個都具有獨特的面貌與誘人的姿態。作者對友情與愛情（包括同性之愛與異性之愛）的描寫相當溫馨感人。傷心咖啡店就是這群青年男女的現代大觀園，似乎是台北汙穢的紅塵中的一方淨土。而作為這群人中心的就是兼具有賈寶玉之美之慧的海安。

馬蒂之外，海安是作者著力書寫的重點人物。出身於豪門財閥之家的海安，除了天生一副超凡拔俗的面貌和身材外，一出生就衣食不憂，豪放瀟脫，自然成為美女追逐的對象。看來一味遊戲人間的海安，其實是最最深情的一個人，不過他迷戀的是在襁褓中就已夭折了的雙胞胎兄弟，反映的正是Narcissus式的自戀傾向。浪遊在馬達加斯加被人稱做耶穌的流浪漢，卻長了一副與海安一模一樣的面貌，海安在人間無能施與的愛，全部傾注在耶穌的身上，不幸的是耶穌卻是對人間的情愛疾苦都無動於衷的超人。沒有回應的愛是未完成的愛。愛海安的女子們在海安那裡得不到回應，愛耶穌的海安在耶穌那裡也得不到回應，愛都無能完成，也就無自由可言了。馬蒂遠赴馬達加斯加苦心地尋訪耶穌，然後不計艱險地追隨耶穌，這其間的原由，固然一方面是為了自身的解脫，更重要的卻是為了無能完成對海安的愛。馬蒂悲劇的死是一種方式的殉情，正如海安的自殘也是另一種方式的殉情。吉兒的聰明務實，使她早看出陷入海安情網的危險，而及時逃脫。最可憐的是小葉，愛海安愛得太深，不惜改扮男裝來迎合海安，但終亦無濟於事。這整個情愛的羅網，構成了對同性之愛過分壓抑後的心靈投射。

馬達加斯加的場景是全書最不寫實的一部分，是一個夢境、一個理想，也是台北社會的一個倒影，用以反襯現實的庸俗。可是若沒有這一部分，全書會失去了現在所具有的空靈。耶穌這個人物當然也只能在夢境和象徵中存在，他是海安的另一個自我，是一個虛的海安。馬蒂追隨耶穌正如她追隨海安，不會獲得愛的回應。在經歷了虛實兩面的經驗之後，馬蒂終於了悟。

從另一個層面上來看，《傷心咖啡店之歌》也是部成長小說，寫馬蒂從稚嫩走向成熟；在一步步發現自我的過程中，馬蒂產生了過人的自信，毅然走上不從俗的道路。同時這也是部求道的小說，寫馬蒂從懵懂到悟道，一旦領悟，馬蒂便覺得她的生命似乎已與宇宙合一了。

在冥想中她的意識不斷擴大，擴大，擴大到瀰漫充滿了整個宇宙。她與宇宙等大，於她之外別無一物，連別無一物的概念也沒有。於是不再因為找不到方向而徬徨，因為所有的方向都在她之內，自己就是一切的邊境，所以不再有流浪。

也明白了生命的意義。

山頂上的馬蒂領悟了，生命的意義不在追求答案，答案只是另一個答案的問題，生命在於去體會與經歷，不管生活在哪裡。繁華大都會如台北，人們活在人口爆炸資訊爆炸淘金夢爆炸的痛苦與痛快中，這是台北的滋味，這是台北人的課題。也有活在荊棘叢林中的安坦德羅人，他們的生命舒緩遲滯，享有接近動物的自由，卻又限制於缺乏文明的困苦生活，這是曠野中游牧的滋味，這是他們的課題。

朝聞道，夕死可矣。在完成自我以後，脫離了無能完滿的愛的痛苦，死便成了無能避免的宿命。

一起經營傷心咖啡店的一票朋友，最後死的死，散的散，正像曹雪芹筆下大觀園的崩解，然而各人卻都經歷了各自的生命，從中獲得不同程度的了悟。

這是部寫人的小說，情節只是隨興，有時使人覺得太過偶然，像海安的車禍、馬蒂的死等等。英國小說家安東尼．布爾吉斯（Antony Burgess）生前在他《最佳英文小說導讀》一書的序言中，把小說區分為藝術小說和通俗小說兩種，他說前者主要在寫人，後者主要在寫情節。無疑，朱少麟企圖努力把《傷心咖啡店之歌》寫成一部寫人的藝術小說。雖然作者並無多少寫作經驗，但她對文字的駕馭能力、對人物塑造的掌控、對場景的烘托、對思想的釐析與辯難，都不能不令人驚歎，足以證明作者是屬於天生作家的一類。我們期待作者在未來的歲月裡會有更上層樓的表現。

1

根據科學家的觀察，北半球的颱風是以逆時鐘的姿態，席捲附近所有的雲塊，形成一種漩渦狀的風暴。所以，如果你有機會從四萬呎的高空看下來，就很容易了解，為什麼颱風外圍的天域，是如此被搜括得乾乾淨淨，晴朗無雲。

馬蒂在失去視覺前的最後一瞥，就是看見了這樣湛藍澄淨、寶石一樣的長空。

這個年輕的警察用手肘排開人群，汗珠正沿著他的臉頰滾落。他低頭看自己沾滿綠色汁液的皮鞋，很想利用腳底下的斷木殘枝揩乾淨。但是在這麼多的人注視之下，他感到有維持神色威嚴的必要，所以就攤開雙手，很有力地將圍觀的群眾撥到背後。

在人們的記憶裡，從來沒有過這麼暴烈的颱風。一夜的狂風驟雨，摧毀了全城的樹木，留下了幾乎不屬於這個城市的蔚藍天空。

年輕的警察執行管區勤務已經有兩年多，第一次對他的工作與人生感到茫無頭緒。人們總是抱怨台北的灰塵太多，綠意太少，那麼，這場颱風真是個應願而來的魔咒了。一夕之間，台北變成翠綠之城。帶著細芽的嫩枝、青澀無依的樹葉鋪滿了馬路，鋪滿了車輛，鋪滿了屋簷，橫掃的勁風還將它們帶進了黑暗的騎樓、地下道，帶進了崎嶇堆疊的違章建築。柔軟的樹葉就地棲息，槭樹葉、榕樹葉、樟樹葉、欖仁樹葉、木棉樹葉、黃槐樹葉、大王椰子樹葉、七里香樹葉、相思樹葉、菩提樹葉……人們所能想到的所有綠色，全數從天而降，像個快樂又狂想的電影，漫空飛舞後，繽紛灑落在每個向天的平面。

人們沒能看見這場電影。早晨，雨停風偃後，人們才推開窗扉，見到了綠色的台北。人們揉揉眼睛，覺得恍如還在夢境中。

一整天下來，年輕的警察指揮著工人，鏟起成噸的枝葉，用卡車運走。年輕的警察回想起小時候，穿著內褲的他蹲在海灘上，用塑膠玩具鏟子掘沙。那感覺與現在相仿，再多的鏟子也造不成太大的變化。他覺得非常之疲憊與飢餓，正等著交班，現在又接獲報案，得處理一樁路倒事件。

要找到事件地點並不困難，圍觀的人群形成了明顯的地標。年輕的警察沿路踏著綠色枝葉走來，就看見了靜靜臥在路上的馬蒂。

警察卻以為，他看見的是滿地枝葉鋪就的柔軟綠床上，棲息著的一朵風吹來的，淺淺粉紅色的花蕊。

2

如果說，穿著粉紅色洋裝的馬蒂像一朵風吹來的粉紅色小花，那麼一定是一陣長風，纔能送著她飄過這麼遙遠的路程。

在倒下去之前，馬蒂徒步走過了大半個台北市。

有很長一陣子，她多麼希望就這樣一直走下去。遇見綠燈就前行，遇見紅燈就轉彎，只是絕對不要停下腳步。因為一旦佇立，她就不免要思考，不免要面對何去何從。

這颱風後盛夏的傍晚，空氣的燥熱並不稍減於中午，馬蒂就這樣漫無目的地走了一個下午。若非腳下的高跟鞋，她很願意永遠走下去。穿上這雙高跟鞋是個可怕的錯誤。它們是她的鞋子中唯一正式的一雙。雖然已略顯老舊，鞋底隱密的地方也有了小小的綻縫，但擦亮了之後，與她這身淺粉紅色洋裝是個出色搭配。它們是雙美麗的鞋，天生不適合長途跋涉，而是用來出入高貴又華麗的場合。它們是一雙宴會用的纖弱的高跟鞋。

馬蒂走到了台北的最南界，碰到景美溪之後就向右轉，迎著夕陽繼續前行，一邊回想著琳達的婚宴。此刻婚宴上的歡言俏語都該沉寂了罷？但是馬蒂留下的話題，恐怕是足夠賓客們談論很多年的。她後悔出席了這場婚禮。從接到琳達的鑲金邊紅色喜帖開始，她曾經多次陷入長久的思索，怎麼委婉地託故不赴宴，怎麼提前捎去禮金，再怎麼補救性地以書信向她致意。婚禮中有太多人，包括琳達，都是她不想再碰面的。終究這一天她還是整裝以赴，穿上了最體面的一套洋裝，最好的一雙鞋，並且還提早出了門，成為這午餐婚宴上第一個就座的客人。

到得委實太早了，這國際飯店豪華的宴客廳中，連禮金檯都尚未布置妥當。繫著蕾絲邊圍裙的女侍正在擺設花籃，兩個著燕尾服的英俊服務生忙著安放婚照。

沒有任何接待，馬蒂直接走進空蕩的筵席中。一個年輕男子匆匆向她走來，走到一半又恍然止步，從口袋裡摸出「總招待」紅卡別在衣襟上。他很活潑地與馬蒂握手，同時不失憂慮地瞄了一眼禮金檯。這男人馬蒂認識，是她大學同屆的國術社社長。他並不記得她，完全依傳統方式與她交換了名片。

總招待以職業的熱情細讀馬蒂的名片，盛讚她的名字令人印象深刻。顯然她這名字的特色尚不足以喚起他的回憶，而馬蒂對他的記憶卻在這寒暄中復甦了。他叫陳瞿生，香港僑生，大一熱烈追求琳達之際，講得一口令人聞之失措的廣東國語，如今這口音已完全地歸化了台北。當年同班的琳達是馬蒂的室友，一個禮拜中總有四五次夜不歸營，全靠她在舍監面前打點。偶爾匆匆回宿舍換洗衣服，陳瞿生總是倘坐在聯誼廳中等待著，琳達有時候彷彿不想再出門了，就央馬蒂下樓打發他回去。她很不樂意這差事，只好走到聯誼廳門口與他距離數公尺之遙，揮揮手說：「琳達說她不下來了。」

他則受驚一樣迅速地起身，頻頻彎腰向她說：「多姐！」

那是廣東發音的多謝之意。

現在回想起來，陳瞿生對她不具印象是很有理由的。為什麼要記得她？他們之間幾乎沒有過友善的接觸。這中間的疏離連她也無法明白。從離家搬進大學宿舍時開始，馬蒂曾經對即將展開的獨立生活充滿了期待。她期待擁擠的宿舍能給她家的感覺——雖然她並沒有一個真正的家作為比對，但想像力可以彌補感覺上的空缺。她很快發覺琳達像一個遲來很多年的姐妹，只是這個姐妹又太早墮入了情網。

支走陳瞿生之後，她多半會倚在舍監室的玻璃幕後，看他騎著摩托車的身影遠去。他的摩托車側邊有一個特殊的鐵架，安放他練國術用的雙刀。摩托車走得很遠很遠了，雙刀還在陽光下閃閃發光。那光芒刺著她的眼睛，有時候，會疼得像是要落下眼淚。

此時陳瞿生正準備引馬蒂入座，他問她是男方或女方的來賓。女方。她說。

琳達的大學同學。她補充說。

「噢！那我們可能見過了，我也是琳達的大學同學。」

於是她獨自一人坐進了禮堂前端的「新娘同學保留桌」。她遊目四顧，廳內一片荒涼，女侍們逐桌擺設糖果，兩個像是那卡西的藝人正在調弄電子琴，似乎連新人都尚未到場。這樣孤獨地坐著很容易顯得手足無措，所以她剝了幾粒瓜子，將瓜子仁在白瓷盤中排列成一個心的形狀。藝人開始唱起一首時興的台語悲歌。

一叢尖銳的紅色光芒從背後刺來，喜幛上的霓虹龍鳳燈飾點亮了。這讓馬蒂意識到當眾人的眼光集中在禮台時，背著禮台而坐的她將迎向所有的目光。她換了座位，面向那扎眼的蟠龍舞鳳，浸浴在猩紅色的海洋中。

她周圍的氣氛是蕭條的，但是她知道不久之後，這新娘同學保留桌，以及其他桌次都將坐滿賓客。他們將敘舊，吃喝，言不及義，總之要社交。閉著眼睛也可以想像得到，她的身邊充滿了同學，她七年來避不相見的英文系同班同學。

賀客漸漸地落座在馬蒂的附近。往日的同學身畔都多了伴侶，有些更添了小小的孩子。同學們一圈圈地聚集歡敘著，馬蒂發現自己又落單了。多麼熟悉的感覺。

大學的四年，馬蒂幾乎是全面性地落單。上課時雖然採自由落座，但是同學們有自己的小圈子，一簇簇的同學分布出隱然成序的生態，而馬蒂不屬於任何圈子，所以她坐在教室的最外緣。這種孤單在教室中聽課時無妨，甚至在分配小組作業時也並不構成威脅，小組總是不嫌多一個人分攤作業；而體育課時馬蒂就顯得無依無靠了，尤其是當老師要同學們拿著球具自由練習時，那解散隊伍的哨音一吹，馬蒂的掩護也就當場消失。針對這種尷尬的局面，她想出一個對策，就是讓自己看起來非常非常投入她的單人練習，好像那運動完全地吸引了她，專心得連額上的汗水也來不及擦。於是，體育老師藉口回辦公室以躲避太陽，女同學們三三兩兩擇陰影休息談笑，一邊對著陽光下揮汗練排球的馬蒂喊：「薩賓——娜，休息了啦。想當國手啊？」因為忙得歇不下手，馬蒂只有露齒羞赧地一笑。

英文系的學生習慣以英文名字彼此稱呼，這幾乎是一項傳統，久而久之，互相遺忘了別人的中文姓名。所以在同學的印象中，馬蒂不叫馬蒂，而是薩賓娜，孤單的薩賓娜，獨來獨往的薩賓娜，或者說，自尋苦果的薩賓娜。

對於這種處境，馬蒂並非沒有自覺。她深深明白，薩賓娜之所以被孤立，完全是因為薩賓娜太急於找到一個超過同窗之誼的親密伴侶，而她的伴侶——傑生——恰恰好是班上的助教，恰恰好是一個不在乎所謂社會關係的瀟灑助教。這種前衛又自我的作風，觸犯了同學們心情上若有似無的規範。同學們用默契構成他們的判決：薩賓娜要搞兩人世界，那就給他們一個純屬兩人的世界。

為了一種心靈上的歸屬感，馬蒂從大一就開始從同學的陣線單飛，對很多人來說，這是一種不成比例的犧牲，他們無法明白馬蒂的沉溺，馬蒂也不能了解，何以這麼私人的情事必須迎合眾人的心情？傑生告訴她：「薩賓娜，重要的是妳自己的看法，不要為別人的價值觀而活。」說得不是很清楚嗎？她要的不過是這麼簡單，一個家，一個回家的感覺。傑生的地方有溫暖飽滿的燈光，有滿室的原版英文書，有上百張經典爵士唱片，有一台電動咖啡機，這讓馬蒂感覺回到了家，雖然與她生長的景況相差那麼遙遠，但是馬蒂的想像力可以自動延伸出神祕的連結。她在大一下學期就遷出宿舍，搬去與傑生同住，並且覺得永遠也離不開這個家了。

傑生認為一個人要忠實地為自己的感覺而活，在某種層面上，傑生的確貫徹了他的人生觀。馬蒂大三那年，傑生在自助餐廳認識了一個應用數學系的女孩，他很快地感覺到對這個女孩的愛慕，而他是為感覺而活的。馬蒂終於離開了她與傑生的家，只帶走一只皮箱，和手腕上四道深色的疤。馬蒂回到了家裡，像往常一樣，這個地方並不歡迎她，馬蒂領悟到只有回去把大學讀完，才能真正永遠地逃脫這個家，所以她又帶著一只皮箱，和手腕上四道深色的疤，回到英文系。這一次，她是完全地孤立了。

往事像是一場黯淡的夢，這場夢模模糊糊地侵蝕了真實生活的界限，將黯淡的煙霧過渡到馬蒂後來的人生。

昔日的同學不斷地湧現，當年的系花法蕾瑞坐在馬蒂的左手邊。令人意外的是，法蕾瑞單獨一人赴宴。法蕾瑞很寂寥地靜靜抽了一根菸，捺熄菸後，出奇地活潑了起來。她用全副精神研讀著馬蒂的名片，馬蒂則乘機端詳著她。法蕾瑞的雙眼很美麗，還有海軍藍色的眼線塗暈出逼人的豔光，但是豔光下有脂粉掩不住的淡淡眼袋，祕密地記錄她這七年來走過的路程。這曾經是一雙令馬蒂羨慕的美麗眼睛。

「唉，很不錯嘛妳，薩賓娜。」她將名片放進手袋，順手又掏出一根香菸，「這家公司很難考的耶。做多久了？」

「不久，才四個多月。」

馬蒂不想騙人，她的確在這家公司待了四個月，只是已經辭職了半年多。

「真好。聽說妳結婚了是嗎？怎麼不見你老公？」

「他在國外。」

這也不算說謊。馬蒂的丈夫隨公司在南美洲進行一樁建築工程，這兩年總是在國外的時候多。馬蒂略而不提的是，即使她的丈夫回國，也不曾與她同住。他們很早就分居了。

談話至此，法蕾瑞大致覺得已善盡了禮節。她眨了眨塗著海軍藍光澤的美麗雙眼，正打算點上手中的香菸，一瞥見禮金檯前新簽到的來賓，又將香菸捺入菸灰缸，這支未燃過的細長香菸委頓成了一圈問號。春風吻上法蕾瑞的臉。馬蒂也看著來人，這人比記憶中壯大了許多，是他們班上連任三學期的班代表，英文名字叫戴洛。

戴洛用麥克筆在紅幛上畫了很大一個DARYL字樣，最後一撇裊裊不絕捲曲成一束羽毛狀的圖案，簽完名字，他站直了環顧整個大廳，巡視的目光所及，從筵席的各個角落都反射回了燦爛笑靨。

「戴洛！」

一個瘦小、挺直，穿著吊帶褲的男人拋下了正在歡敘的同伴，起身用力揮著手，戴洛含笑向他走去。一路上，有的人親暱地拍了拍他的臂膀，幾個人隔著座位抓他的手搖了搖，有個人則頗有力道地拍了一下他的頭，戴洛回首在這人耳邊低語了幾句，這人嘹亮地笑了。戴洛來到吊帶褲男人身邊，那男人捧起戴洛的手猛撼著，戴洛瞇起眼睛相當柔和的看著他。

「啊，我們的皮鞋大王，全英文系就數你最有成就了。」

這個被戴洛稱為皮鞋大王的男人，馬蒂現在記起來了，是大二時插班進來的專科畢業生，人雖瘦小，有一個很具分量的英文名字，叫克里斯多佛，記憶中是個特別羞怯內向的男孩。戴洛在大三班代兼任系學會長的任期中，力排眾議讓克里斯多佛擔任系幹事，掌管所有系際活動事宜。克里斯多佛個子小，聲音也出奇的細小，很容易臉紅。系幹事的工作迫使他常上台主持會議，戴洛鼓譟同學叫他克老大，克里斯多佛站在台上聲若細蚊地答應著，臉更加地紅了。

如今的克里斯多佛瘦小依舊，不知何時成了戴洛口中的皮鞋大王。戴洛與他交頭接耳談了一會，又起身向筵席前方走來。一旁坐著的一個小女孩引起了戴洛的注意。戴洛蹲下來用指尖牽起小女孩的手，並與女孩的父母對視而笑，雙方的笑容都是無語而溫柔的。

「怎麼樣？沒事了吧？」戴洛問小女孩的父母。年輕的父親伸手摟著那母親，正好讓馬蒂見到了他的側面，是皮埃洛，班上的辯論社健將。

「有人介紹我們一個醫生，在日本很有名的。我們下個月帶ＫＩＫＩ過去。」

皮埃洛抱起了那叫ＫＩＫＩ的小女孩，馬蒂才發現小女孩的脖子不尋常地頹軟，很漂亮的小臉蛋垂在襟前，不知道是什麼樣的病症。戴洛摸摸小女孩的頭髮，很輕緩，很疼惜。

看及這情景，馬蒂心中閃過一瞬自憐又嫉妒的情緒，以前在班上獨坐著的時候也會有這種感覺。戴洛與這些老同學的寒暄透露著他們畢業後仍然延續的友誼。先前的，馬蒂來不及參與，畢業後和同學之間的斷層更加地遙不可及，現在的馬蒂簡直像是個局外人了。有人靠到馬蒂耳畔，一陣茉莉香味入鼻，她才發現法蕾瑞也同樣盯著戴洛。

「妳看看戴洛，帥吧？他現在是Ｐ＆Ｄ廣告公司市場部總裁，早就說他很有前途的。」法蕾瑞挪近了身體，用白而纖細的手指揮馬蒂的視線：「克里斯多佛，聽說體重不足不用當兵，畢業不久就去做貿易，專門賣鞋子到中東，再進口毛線原料回來，生意越來越大。皮埃洛做國會助理，不過上次他的老闆落選了，現在做什麼我不知道。艾蜜莉，左邊那一個，妳看看有多胖，連我都差點認不出來，她老公在深圳開工廠。還有夏綠蒂，看到了沒？姘上了有婦之夫又被抓姦，現在官司都還沒打完，妳待會千萬不要跟她提感情的事。啊，凱文，聽說很不得意，工作換了又換，現在又跑回去唸研究所，妳不覺得太晚了嗎？」

馬蒂不停地點著頭，只是沒辦法專心地融入這緊湊的介紹。她的視線悄悄地飄向入口處，法蕾瑞簡單扼要的報告讓她感到焦躁。她真正關心的情報，法蕾瑞並沒有提及，她又不願意開口詢問，馬蒂氣惱自己的軟弱，開始懷疑法蕾瑞有意地在迴避重點。再者，法蕾瑞和她從來不具有這樣親暱耳語的交情，她不太能習慣這突來的親熱。馬蒂本能的縮起肩膀，正好一陣掌聲響起，新郎新娘被簇擁著入席。侍者送上了第一道金碧拼盤。

戴洛親了親小女孩ＫＩＫＩ，轉身向馬蒂這邊過來，而法蕾瑞更加地喋喋不休了：「妳待會一定要跟克蕾兒聊聊。她到巴黎留學了好幾年，簡直變成了法國人，妳的法語不是修得不錯嗎？潔思明坐在那邊，她現在是單親媽媽，我真不曉得——喔嗨，戴洛。」

戴洛含笑站在眼前。

「嗨，法蕾瑞。嗨，薩賓娜。妳們兩朵系花都是單獨來哪？」

「席開得有點晚了，我們聊得正愉快呢。」法蕾瑞挪回了原本挨近馬蒂的位子，輕巧地轉移了話題，「我們還以為你不來了。」

「怎麼會？」戴洛拉過馬蒂右邊的椅子坐下，「都太忙了，要不是這婚禮，不知道大夥要怎麼才能碰面。尤其是薩賓娜，這麼多年了，妳過得好嗎？」

馬蒂感激他用辭的方式，那麼自然而然地就把她虛構為大夥的成員，但是他的語氣卻又包含過多的同情成分，就像是已經窺得了馬蒂這幾年來的慘淡生活，她一時間像是要招供了一樣，低頭撥弄自己的指甲，之後才抬頭露出了微微的笑臉。

「還好啊。」

「真的好？」

「嗯哼。」

戴洛點點頭，眼光落在地毯上，看起來心事重重。馬蒂直覺地感到抱歉，抱歉自己破壞氣氛的天賦。但戴洛的心事很快地就有了終結，他掏出了一本淡橘色的小本子。馬蒂的眼睛卻再也離不開這小本子了。

這是他們大四時的英文系通訊冊，馬蒂再熟悉不過。戴洛翻動紙頁，在同學的通訊資料欄上，有密密麻麻的塗註筆跡，記載著七年來的物換星移。一切都變了。幾年前，馬蒂曾在一次溫柔的激動中打電話給傑生，才知道傑生早已遷移。從此之後，傑生就變成了通訊冊中可望不可及的一排字體了。戴洛翻著紙頁，十三頁，十五頁，十七頁，再翻過一頁，就是教師與助教欄，馬蒂的雙手緊緊相絞，她知道戴洛一定有每個人的最新資料，她必須看到傑生的訊息，但是紙頁停留在馬蒂這一頁。

「找到。薩賓娜，全班就缺妳的資料了。現在告訴我妳家的通訊方法。」

馬蒂原本要脫口而出說，我沒有家。但她的雙唇自動地說出現在的地址，又應著戴洛的詢問，拿出了那早已過時的名片，讓戴洛記載公司資料。

在馬蒂望眼欲穿的注視下，戴洛仔細地登記完畢。馬蒂正待開口，法蕾瑞又插嘴更改了她的現址。現在戴洛將通訊冊放回衣袋中。馬蒂突然覺得空虛極了，舉箸吃了一些麻油花椒拌海蜇絲。她想要求看看戴洛的通訊冊卻說不出口，只好很猶豫地淺呷一口柳橙汁，又連下箸吃烤乳豬脆皮、美乃滋鮑魚片和鱘魚子醬，最後，夾起襯盤邊的刻花黃瓜片細細啃了起來。

「啊，戴洛，今天要和你好好喝一杯。」

酒席方才開始，凱文已經喝得兩腮通紅，他手勁很重地放下一杯濁黃的酒，溢出一些酒汁在馬蒂的白瓷盤上。戴洛很爽快地接過凱文手上的酒瓶，給自己滿滿地斟了一杯。法蕾瑞朝馬蒂抬了抬眉毛，用眼神補充著剛剛未竟的簡報——跟妳說過的，這傢伙最近很不得意的吧？微醺的凱文轉身從隔壁桌拖來一把椅子，將自己塞在馬蒂與戴洛的位置之間。他與戴洛飲乾了酒，突然面轉向馬蒂，很驚奇地說：

「我的天，妳是薩賓娜？」

「不就是嗎？」法蕾瑞風情萬種地幫她答了腔。

不知是否出於錯覺，馬蒂感到凱文的臉一霎時更加通紅。他用手背揩嘴，眼神在厚厚的鏡片下閃爍著。俯身過來的戴洛遮住了凱文的表情，他為每個人斟了酒，然後舉杯說：

「我們該祝福凱文，全班現在就剩凱文一個讀書人了。來來，為咱們英文系廿三屆最後掌門人喝一杯。」

眾人都淺抿了些，凱文卻一仰頭就乾了酒，倒過酒杯重重的在桌面一扣，砰一聲，震散了拼盤上裝飾的水梨雕蓮花。「什麼掌門人？媽的你別糗我。系上最後一個衰尾仔還差不多。尤其是戴洛你小子，說好要再唸下去，一畢業全跑光，發達去了，剩我一個人跟那票小學弟鬼混。你調侃我是不是，啊？」

馬蒂偷偷和法蕾瑞交換了眼色。凱文在班上一向很斯文，沒想到現在一開口就是如此粗魯的場面。戴洛卻很輕鬆地給凱文斟了酒，神情非常開懷。

「哇操。你現在是高級讀書人了，說話一點也不講求邏輯。我們是想讀書苦無機緣，哪像你走運，說讀書就讀書？在所裡面當老大有什麼不好？將來畢業更加高高在上了，大夥還要靠你提拔咧，你可別想跟我撇清關係。這麼囂張，該罰。妳們說是不是？」

「就是說啊。」法蕾瑞甜蜜蜜地說。

凱文再喝了這杯，人有點搖晃了，憨憨地笑著。

「唸完了有什麼打算呢？」法蕾瑞追問凱文。

「就再唸下去囉，不然怎麼辦？唸出滋味來了，乾脆留在系上教書算了。」凱文低眸吸著鼻子，「教書也好，起碼生活穩定。人生短短數十年，能盡情讀書也不錯，一輩子工作賺錢有什麼意義？不如少活幾年，多活點自我。」

「真悲情，你以為你是傑生啊？」

正要答腔的凱文卻戛然而止，尷尬地低頭搓弄著酒杯。眾人都沉寂了。馬蒂的目光掃過每張低垂的臉，某些念頭在胸中一閃而過，但是思維突然變得很遲滯。

「傑生怎樣？」

戴洛拉起凱文：「拿起你的酒，我們到你那桌去攪和攪和。」

「我聽到了，傑生怎麼了？」馬蒂的聲音很低，卻很沉穩。

法蕾瑞用眼角餘光偷瞄馬蒂。戴洛坐回了椅子，他的眼睛直視著馬蒂的雙眼：「這麼說，妳一點都不知道了？」

「傑生怎麼了？」

「薩賓娜妳聽我說，」戴洛說得很慢，很輕緩，「傑生他死了，病死的。都快五年了。我以為妳知道的。」

「……」

馬蒂差點想說我知道啊，以逃避這無助的尷尬，又想說死得好，但終究什麼也沒說出口。這麼一來，大家都知道她多年來對傑生的死訊一無所知了。傑生讓她孤立了這麼多年，連死，也讓她在死訊前落了單。馬蒂的直覺是想落淚，但是為什麼她的心靈和眼睛都這麼乾枯？戴洛伸手要輕輕觸及她的肩膀，馬蒂站起來避過了。

「薩賓娜……」戴洛也站起來。

「不要跟我，我去洗手間。」馬蒂低聲說，一轉身卻撞翻了侍者端上來的番紅蝦球，滿盤紅豔豔的蝦子潑灑出來，披蓋了凱文的頭臉，全場訝然。馬蒂轉身朝出口快步走去。坐在主桌的新娘子琳達也看見了這情景，她習慣性地輕咬住右手指節，忘記了手上正戴著潔白色的純絲手套。

馬蒂走出筵席，接待檯前的總招待陳瞿生關切地迎上前，不料被纖細的馬蒂撞個滿懷，高大的身軀仰天翻倒。旁邊幾人拉起他，陳瞿生將眼鏡扶回鼻梁，正好看見馬蒂的身影消失在大廳門廊外。

飯店門口，穿得像皇宮侍衛的門僮為她招來計程車。儘管往南走。她向司機說。

為什麼說往南走？她原本是想一路到海邊的。計程車走了一分鐘後她又下了車，全心全意地步行了起來。

台北附近的海，她只知道金沙灣，那是高中時參加夏令營的去處。說是金沙灣，海灘的沙實際上是令人失望的褐色。當時，颱風正好來襲，為期三天的沙灘活動，全部改成孩子氣的室內團康遊戲，只能在心中臆想著陽光下的藍色海洋。有一次，她在飯後各自洗碗的空檔時間裡，跑到遠遠的沙丘上，看那像墨汁一樣黯沉的大海翻騰著驚濤駭浪，海風呼呼狂嘯，闃無一人的海灘像月球般荒涼，十六歲的她覺得非常的悒鬱。怎麼去金沙灣呢？不知道。好像要坐很久很久的車罷？

因為看不到海，所以只好向南走，走進人潮中。

這一天的台北非常詭異，天空出奇的蔚藍，地面則鋪蓋了無盡的殘枝落葉，而且都是青翠碧綠，都是在枝頭上風華正茂就被狂風扯落泥塵的樹葉。馬蒂一開始還避著枝葉行走，後來索性踏葉而行，不停地走，遇見綠燈就前行，遇見紅燈就轉彎。

如果人能從自己的靈魂出走，那該有多好？至少這樣就不必背負太重的記憶包袱。馬蒂越想逃脫，越是清楚歷歷地回想起自己的一生。這一生，最渴望的東西都脫手離去，最不希望的境遇卻都揮之不散。傑生的死訊對她造不成太大的悲慟，在心靈上傑生能帶走的，多年前全隨他而去了，這些年只剩下一個空殼，像是傑生放進天空的一只風箏，早不玩了，卻忘記放鬆綁在這頭的線。她想不透自己怎麼這麼吃虧，連傑生早進了地府，五年，她還沿著線繼續與那端的力道對抗，孤伶伶地在天際盤旋。

走了很久很久，她的汗濕了衣衫，上衣有一點歪斜了，右腳的鞋跟已經有些鬆脫，雙踝沾黏了不少細碎的落葉。人潮一波波與她錯身而過，看到她卻不能看進她的哀傷。「多麼落魄的女人。」他們想。是的，我是一個多麼落魄的女人。馬蒂用無神的眼睛答覆他們的想像。非常落魄，連出席大學唯一好友的婚禮，也找不到一件像樣的禮服穿。她身上的這套淡粉紅色洋裝，是這一年時興的短上衣配百褶迷你裙，馬蒂很想擁有一套卻買不下手，最後總算在地攤以低價買到了這一套，回家穿上後才發現這洋裝廉價的原因：上衣與迷你裙是深淺不一的粉紅色，大約是來自不同的瑕疵品貨源。顏色的差距很輕微，正好說明了它們是廉價的拼湊品，正好凸顯了它們主人的寒傖。

這些年來，換過的工作不計其數。每當新工作的振奮消失時，作息上的拘束便深深地壓迫著她，不自由到極點時就放手從頭再來，所以馬蒂未曾累積同齡的人該有的錢財和地位。傑生死了，但是她對他說過的話從未忘懷：「薩賓娜，要為妳自己的感覺而活。」說得好輕鬆，可是到頭來，怎麼變成了樣樣抉擇都是為了向別人交代的局面？別人說總要找件正經事做做，所以馬蒂上班；別人說妳也老大不小了，所以馬蒂結婚；別人說心不在焉是不行的，所以馬蒂辭職；別人說不可以游手好閒，所以馬蒂又不敢讓人知道她已辭職。

回想起來，馬蒂簡直一無所有。連她的丈夫也遠去他鄉，在她從來都不想去的南美洲，為她永遠也不可能認識的人們建築水壩，用精密的力學係數設計過的水泥攔壩，積蓄一整個山谷的溫柔水域，多麼偉大的工程！但是面對他和馬蒂之間逐日拓展，像沙漠一樣乾枯荒蕪的距離卻束手無策。馬蒂下意識地舉手遮住眼眉，怎麼可能？怎麼可能把自己活得如此糟糕？傑生，你卻走得多麼輕鬆，……

最後她來到台北市與新店的交會處，這個傍著河堤的公路上，左邊是野草蔓生、半荒枯了的河床，右邊彷彿是個夜市，應該說，夕陽中尚未甦醒的夜市。

馬蒂覺得有點喘，眼前的視野開始像唱片一樣旋轉了起來，腳步有些虛浮。前面一大叢被風吹倒的綠樹擋住了她的腳步，馬蒂覺得猶豫，她有要把自己埋沒在枝葉裡的欲望，而很奇怪的，整棵綠樹也活起來了一樣向自己迎過來。

就在這一棵傾倒的相思樹前，馬蒂倒下去，柔軟的枝葉承接住了她的身軀，馬蒂淺淺粉紅色的可愛百褶裙，在綠葉中展開了，如同一朵粉紅花蕊的舒張。在失去視覺之前，她正好看見了澄淨得像藍寶石一樣的天空。

這天，怎麼可能這麼藍？馬蒂閉上了眼睛。

年輕的警察已經用無線電呼叫了救護車，這時候他彎下身細細審視著馬蒂。按照他的判斷，這個年輕的女子只是暫時性的虛脫，她蒼白的雙唇顯示著中熱衰竭的可能，警察所接受的訓練是，應該將她搬移到遮蔭之處，並且解鬆她的衣扣，但是這兩者看來都不易執行，左近並沒有適合的場地。警察檢查了她的手袋，袋中物品很單純：一個小小的泰國絲錢包，一支口紅，半包面紙，一串鑰匙，一本淡綠色的小書，書名是《一個細胞的生命》。這書名警察覺得很陌生，翻開書扉，見到夾在其中的一只紅包袋，上面寫著：祝福琳達與天華君，百年美好。馬蒂敬致。紅包袋中有兩千八百元。

警察做了決定一樣地吐一口氣，揹起馬蒂的手袋，雙手橫抱起馬蒂，帶她走向馬路對邊河堤上的水泥石墩。而馬蒂就在此刻轉醒了。

「放我下來，放我下來。」

警察吃驚一般地放下馬蒂。她一落地卻直接頹倒下去，圍觀的行人都驚呼了一聲。馬蒂面向著柏油路面乾嘔並喘著氣。警察俯身遞出了他的手，很輕柔地說：「把妳的手給我。」

馬蒂抬頭看著警察的臉龐。這是張年輕俊朗的臉。她還喘著氣，不太能明白眼前的處境。

「我們造成交通阻塞了。把妳的手給我，馬小姐。妳姓馬是吧？」

馬蒂馴服地握住了警察的手，警察扶著她走向河堤，一邊揮手驅散圍觀的人。馬蒂依照警察的指示坐在石墩上，警察將手袋還給她，馬蒂將袋子緊緊抱在胸前。警察傍著她也坐下了，一邊看似心不在焉地擦著汗。

「妳住哪裡？我送妳回家好了。」

「我沒有家。」

「……那麼妳想去哪裡？還是到醫院檢查一下？我叫了救護車了。」

「我不要去醫院。你叫救護車不要來了好不好？拜託。」

「妳確定沒事嗎？我看妳臉色還很難看。」

「真的我沒事。謝謝你。我只是……很傷心罷了。」

「噢。」

年輕警察看看落在城市邊緣的玫瑰色夕陽。他受過各種事件處理訓練，但與年輕女子的對話，於他來講永遠是個難題。基本上他已經下班，而這個女子的身體狀況大致還算安全，他很可以結束今天的執勤，只是馬蒂的臉上有一種讓他輕忽不得的預感。他曾經在企圖跳樓者的臉上看過這種表情，那是一次FD二號事件，意思是自殺行動成功。

馬蒂下了石墩，警察趕緊跟著站起，馬蒂給了他一個勉強的笑容。

「我真的沒事，我要走了。謝謝你的幫忙，請不要跟我。」

天色正在迅速地轉暗，警察想叫住她卻不知如何措辭。馬蒂已經過了馬路，並且回頭對他揮揮手。警察在背後注視著她，方才圍觀的行人在身邊打量著她。馬蒂只想快步走離這一區。可是雙腳卻出奇的痠軟，這一路走來的疲憊全在此時兌現。現在馬蒂站在夜市的邊緣，一個個攤位已經上燈忙碌了起來。馬蒂回頭看到警察還在原地觀望著她，她想找個地方坐下，讓這位觀察者放棄他的擔憂，但坐哪裡呢？眼前是枸杞冬筍雞攤，不想吃。隔壁賣的是「魷魚螺肉蒜」，再隔壁則是閃著愉快小燈球的泡泡冰攤。難道這附近就沒有一個可供靜靜歇腿的地方？

一波藍色的光像海水一樣湧來，冷冷的光圈裹住了她。馬蒂回首，看到背後這家與夜市完全不搭調的咖啡店，正點亮了招牌的燈。

3

那海水一樣的藍色光芒刺進她的內心深處。招牌上寫著「傷心咖啡店」。

拉開「傷心咖啡店」的玻璃門，馬蒂即刻後悔了。首先，咖啡店裡面充滿了震耳欲聾的音樂，迎面是一座陳列各式酒瓶的吧檯，簡直像是個嘈雜的搖滾樂酒吧；再來令馬蒂不適的是滿室揮之不去的煙霧，近門處一個桌位上坐著三個不超過16歲的女孩，其中一個很挑釁地朝馬蒂吐了一口長煙，煙霧流逸到馬蒂拉開的門縫，隨風往外飄散。馬蒂直覺地想回頭就走，但是想到背後那盯著她的警察，馬蒂拉大門縫走進傷心咖啡店。

年輕的警察還在對街觀望著。天色已經暗沉下來。他看著馬蒂消失在傷心咖啡店的藍色光幕中，那視覺上的印象是，一波藍色的海水湧過來，捲走並吞沒岸邊一粒微小的泡沫。

馬蒂背門而站著，並沒有人注意或招呼她。朝她吐煙的女孩已失去對她的興趣，一隻手很嫵媚的擎著菸，與她的同伴隨音樂輕輕搖擺著身體。

店並不小，可以看見的空間約莫二十多坪，但這是個老式的狹長店面，所以整個格局像一只深且暗的口袋。燈光是昏黃的，除了最裡面的吧檯外，共有十張桌子，馬蒂看見靠門的這一桌坐了三個女孩，吧檯前有個兩坪大的舞池，舞池旁一個腰果型的桌位上也坐著兩個人，正確地說，是煙霧中兩幢人影。其餘則空無一人，包括吧檯都是空的。

有個毛茸茸的東西摩娑過馬蒂的小腿。她輕呼一聲，低頭看到一隻全身虎斑的貓，正以水蛇一樣的姿態滑過她的腿際，臨走還用尾巴繾綣似的勾引著她。馬蒂朝裡走去，她想找個最深最黑的角落坐下來，事實上，最深最黑的角落就是吧檯旁那腰果型的桌子。馬蒂走近時才發現那兒不只坐著兩個人。除了原先那兩幢人影，桌上還趴著一個女子，她燙成豐富小鬈的長髮像瀑布一樣流瀉了整個背脊，所以被馬蒂誤以為是一堆黑色衣物。馬蒂在他們旁邊的一張圓形小桌子邊坐了下來。

一坐之下，腰果型桌位中的一人就站起了身，過來招呼馬蒂。看見了這人的臉，馬蒂原本淒涼的心境起了微微的震動。這人身材瘦長，但不算高大，皮膚比一般人黑，削得很俐落的短髮，正好明顯了他形狀美好的額頭。他的臉，可以說秀逸得出奇，上面飾以一朵爽朗的微笑。他的聲音則稍嫌稚嫩了些。大約還是個十五、六歲的小男生吧？馬蒂想。她點了一杯曼特寧咖啡。

男孩去吧檯煮咖啡，馬蒂環視周遭。小舞池上雖然空無一人，但是流轉的迷離燈光灑落在木質地板上，自有一種異樣的氣氛。那隻虎斑貓現在跳上了牆邊的盆栽架，很專心地舔洗牠的前胸。牠的頭上不遠處吊著一個黑色的鳥籠，其中豢養著一隻翠綠色的小鳥。吸引馬蒂眼光的是，鳥籠下面垂著一個中國結飾，結飾上嵌著的竹片有一排紅色毛筆字：「濃情蜜意」。

趴在腰果型桌邊的女子一直沒有動彈，但是馬蒂知道她醒著，因為她擱在桌上的一隻手正隨著音樂輕輕叩著桌面。她的指間還夾著一根菸，煙霧裊裊擴散，菸灰落在桌面成一長排，她身邊背對著馬蒂的男人卻視若無睹。那男人夾起桌上的菜餚吃著，烤雞的香味傳到馬蒂這兒，她才感到自己饑腸轆轆。嘈雜的音樂在一陣狂亂的鼓聲中結束，繼之以一首較輕緩的搖滾歌曲，是低語一樣的男聲合唱，再加上漫長的吉他間奏，聽起來很有一股頹廢的瀟灑味道。

「哪，咖啡。」男孩端來了咖啡。他將鬱金香形狀的杯子放在馬蒂面前，順勢俯下身來與馬蒂的臉相差半尺之距，正好讓馬蒂看清他漂亮的眼眉。

「很酷吧，這音樂？」他一邊的嘴角微微揚起，露出馬蒂認為只有無邪的少年才特有的，稍帶邪惡氣質的可愛笑容。

「很酷。不過我沒聽過。」

「告訴妳這是Pink Floyd的Another Brick in the Wall，很棒的歌，妳一定要去買。」

「嗯。謝謝你。」

「不謝，妳叫我小葉。」

小葉說完，以一種半舞蹈的輕快姿態回去那腰果型的桌子。馬蒂呷了一口咖啡，很不錯，比她預期中要香得多，全身的疲憊頓時減輕不少。她深深吸了口氣，空氣中有很重的菸味，多半是來自隔壁桌那趴著的女子手上的香菸。對於這菸味，馬蒂已經比剛進門時適應了許多。也許是這迷離的燈光與前衛搖滾交織成的頹唐氣氛，淡化了她的感傷；也許，是滿室濃厚的菸霧，讓她沉重的心情得到了藏匿的所在，總之，她覺得舒服多了。馬蒂深深地坐進沙發，將身體的重量全數放棄，開始感到肉體上的輕鬆。

那趴著的女子手上的香菸燃到了盡頭，在桌面上留下一排完整的白色菸灰。女子啪答一聲抛下菸蒂，伸手到腰間摸出一根香菸朝旁邊的男人揚一揚，男人接過香菸放進唇間點燃了，交還給始終維持著面朝下趴著的姿勢的女子。女子纖長的手指夾著菸，繼續輕輕隨著音樂叩桌面。小葉挨著她坐，無聊地隨音樂擺動著。

Pink Floyd的Another Brick in the Wall已經唱完，現在換成了真正的抒情搖滾。馬蒂略帶好奇地環顧著周遭。她相信這原本是一家預備作為酒吧的店面，簡單得近乎粗獷的裝潢，與店名沒有太大的關聯。天花板直接由鐵絲網構成，網內有交錯的建築管線，牆壁則是粗糙斑駁的水泥，多處刻意地裸露出紅磚。隨處可見堆疊的空心磚作為空間區隔，空心磚上是大量的盆栽，植栽的綠意補救了裝潢上的粗荒之感。唯一經過刻意設計之處，應該是店中段兩側的梁柱上，密密麻麻地貼滿了不計其數的照片，重疊貼到天花板，多半是普通的人物照，看起來像是客人貼上的留念之物。引人遐思的是，影中人多是年輕的女子。

「啊——」

誇張的哀叫打斷了馬蒂的思維，那趴著的女子坐直了身子。

「我的媽，海安到底來不來？」女子伸了個懶腰，順手將長髮撥到背後。

女子左邊的臉頰枕出了紅紅的印子。雖然是坐著，但是觀及她修長的手臂與頸子，可以看出這是個十分高䠷的女子。她的臉孔也顯示著高個子特有的餘裕，很秀氣的五官端勻地落在修長的臉蛋上，每個相對角度都恰好到令人有驚險之感。薄薄的嘴唇，若不是有嘴角那剛毅的線條搶了眼，很可能有下巴太長之嫌；細而長的眼睛，低眸之時有兩條細緻的眼波，睜開時就稍稍內褶加強了眼尾的神采，雙眼頗有太開一些的感覺，幸好有長而秀挺的雙眉，撮合了兩眼之間的距離。馬蒂想，這不算是個十分美麗的女子，但她卻有一張典型的好上妝的臉，格局天成，只要酌上一點彩妝，就是令人難忘的姿色。只是這女子似乎並不了解自己臉上骨肉勻停的優勢，她僅聊備一格地擦了些口紅，結果更顯出天生的蒼白。

「受不了！」女子揉揉壓紅了的臉頰，撢了撢手上的菸灰。

「再等一下嘛，他說過今天一定要回來的。」小葉好脾氣地說。

「是喔。餓死人了，再弄點東西來吧。」這女子開始揉自己的肩膀。

小葉跳下座位，轉到店後頭不見之處。這時店門作響，進來了一個女子。

那女子簡單看了店內的景致，直接匆匆走來最裡面這一桌。正在揉肩的女子朝她揮了揮手，那始終沒有開口的男人也轉過身與新來的女子打招呼。馬蒂看到了男人方方的臉。

「對不起，我已經提早下班了，可是今天塞車得厲害，真是颱風後的大災難，簡直寸步難行，真對不起。海安到了沒有？嗯，吉兒？」

「沒。」叫吉兒的女子挪了些座位，讓這新到的同伴坐在她身旁。

「唉，真不幸，該不會是改行程了吧？」

「只有等囉。」吉兒拋下手上燃到盡頭的菸蒂。她始終沒有抽上一口菸。

「真不知道海安他現在會在哪裡。嗳，小葉！」

小葉戴著一雙防熱手套，端出一只龐大的砂鍋，鍋沿還滋滋噴著油沫。馬蒂聞到了三杯雞之類的醬油混合九層塔的香味。小葉的腋下還夾著一只纖長的瓶子，看來是葡萄酒之類的飲料。

「嗨，素園，妳遲到了喔。餓了吧？你們先吃。籐條，你也吃一點罷？」小葉很俐落地擺好了食物。

現在馬蒂知道了那原先趴睡著的女子叫吉兒，方臉的男人叫籐條，新來的女子叫素園，他們等待的人叫海安。但這群人是什麼樣的組合則令人好奇。說是同學或朋友，看來年齡差距太遠。親戚的可能性也不大。吉兒長相纖長清秀，籐條則渾圓粗壯，素園是典型的東方女子面孔，稍嫌短的面孔上有一雙圓圓的眼睛。小葉則像是雷諾瓦油畫中走出來的秀色少男。他有些撒嬌地挨近素園，素園乾脆像個姐姐一樣攬著他的手臂，逗引似地撥亂小葉額前的短髮。

「怎麼？今天店裡這麼冷清？」

「很自然的啊，客人為什麼要來？」吉兒正嚼著雞肉，皺著眉以一杯葡萄酒送下咽喉，「我早跟小葉說過的，店要有生意，第一要有好咖啡，第二要有好音樂，第三要有好風景，也就是海安。海安既然不在，人家為什麼要來？」

「嗳，看清楚，我們小葉也有票房的。」那叫籐條的男人笑著說，一邊用拇指朝近門處那三個女孩搖了搖。

「哇操。」吉兒吞了一口開水，「這雞真辣。」

被這桌的笑語吸引，三個女孩齊望向這邊，太年輕的眼睛還顯不出媚色，只有單刀直入的熱情，全數傾注到小葉的身上。

他們桌上的食物香味誘人，馬蒂不禁想起，自己除了在中午吃了一點冷盤小菜，可以說是一整天粒米未進。她揮手招了小葉。

「小葉，麻煩你給我點餐的Menu。」

「啊，我們不賣餐的。」

馬蒂馬上洩了氣，飢餓之外再加上了尷尬。小葉卻盯著她認真盤算著。

「不如這樣，妳很餓吧？我把我們的食物盛一些請妳吃好不好？我親手做的喲。」

「不不，我不太餓，只是問問罷了。真的不用。」

小葉聳聳肩回座了。馬蒂卻陷入飢餓的深淵，與心情上孤單的絕境。事實上，她很清楚此刻在台北的另一端，有一桌晚餐正在等著她。那裡是壓抑她的陰暗所在，是人們一般稱之為家的地方。

她的丈夫，兩年前隨著公司到南美洲那叫做玻利維亞的國家，在崇山峻嶺裡建築偉大的水壩，從此家就成了主人棄守的城堡。偏偏他留下了一雙忠心耿耿的守門人，也就是馬蒂的公婆。他們日夜忠實地看守城堡，並且非常關心皇后的貞操。

當年在馬蒂堅持不與公婆同住之下，丈夫煞費苦心地在公婆的房子頂樓加蓋了他們的住所，就此開始雞犬相聞的生活。公婆有一副他們的鑰匙，不擇時皆可開啟他們的大門入內，有時來看看電視，有時竟來打掃他們的廁所，有時來將他們收藏在櫃頂深處的皮衣攤開曝曬在陽台，有時什麼都不做，只是盤據在沙發上靜靜地像兩隻貓頭鷹。

丈夫出國之後，公婆很快地就適應了新的情勢。婆婆說，反正一個人的飯難煮，乾脆三個人一起開伙好了。於是，每天晚上，公婆端著煮好的菜餚進駐馬蒂的飯廳。婆婆的北方菜做得相當精采，只是樣樣菜非酸即辣，公公每餐尚佐以一碟拍碎的生大蒜，說是殺菌養生。那大蒜公公每月初搭公車到迪化街採買，顆顆碩大肥美，侵略性的辛氣常使馬蒂食慾全消。馬蒂辭職賦閒在家，公婆什麼也沒說，只是自動將每日聚餐延伸到午餐與早餐。以一種老人家的耐心與執拗強迫馬蒂規格化她的生活。

馬蒂在家的時間長久了，他們就非常愁苦，認為這媳婦異於常人；馬蒂出門的時間久了，他們也非常煩惱，隱隱約約覺得沒有幫兒子管束好媳婦。馬蒂回家的時間過晚，他們就堅強地餓著肚子苦等，並以一種懨懨的表情說：「不回家吃飯也不打電話說一聲麼？」如果馬蒂打電話說不回來吃飯，他們又會以一種訕訕然的語氣說：「家裡又不是沒飯吃。回來不？」吃完了飯，照例馬蒂清洗碗碟，公婆就很愜意地在屋內閒逛，對馬蒂的私人物品付諸以偵探般的觀察。十點正，公婆倆相扶持地下樓回家，順便從門外給馬蒂鎖上了門。馬蒂越來越覺得這不再是她的家，而是公婆家中一間必須以鑰匙出入的大房間。嚴格說起來，這棟房子的確屬於公婆。丈夫偶爾回國，住的是公婆家客房，馬蒂事實上成了一個名之為媳婦的，白白吃住的房客。

隔壁桌的餐食氣氛是溫暖的，吉兒正以一種挑釁的表情，從籐條的碗中搶過一朵漂亮的香菇。籐條並不以為意，他夾起別的菜餚吃了。這之間傳達的感覺，非關男女之情的曖昧，反而是超乎性別界限的友誼了。馬蒂覺得羨慕，這種友情是她從來未曾擁有過的經驗。一種新的念頭在腦中浮起，她又向小葉招了招手。

「小葉，你們這裡賣香菸嗎？」

「嗯，我們不賣的。」

與馬蒂交換了遺憾的對視後，小葉換了活潑的表情。

「綠白Y，妳抽不抽？」

「唔，也好。」

馬蒂並不知道什麼叫綠白Y，小葉很快從口袋中掏出一包白綠相間的香菸，遞給了馬蒂，另一手又掏出一個超市賣的廉價打火機。

「哪，給妳。」

「多少錢？我跟你買好了。」

「不不，是送妳的。」小葉連連搖手。

「那怎麼可以？我跟你買。」

「這樣吧，妳下次來再還我一包綠白Y不就行了？」小葉又揚起一邊嘴角露出好看的笑容，轉身走了。

馬蒂點了菸，菸味沒有預期中嗆人，反倒有沁涼的薄荷味。

近門處那三個女孩看見了馬蒂的特殊待遇，撒嬌地要小葉給她們點菸。正在玩鬧間，門戛然開啟。見到來人，所有的人都安靜了。

傷心咖啡店海藍色的招牌燈光，穿透玻璃門，為來人的身影鑲上一圈冷冷的藍邊。音響正好傳出鋼琴演奏的月光曲，異常沉靜美好的氛圍流瀉整個店面。

進來的是一男一女。男的穿著一套亮面的黑色西裝，一看即知是西門町買的一千五一套的便宜貨。他和同來的女子不斷以快速陌生的語言交談著，不時微微彎腰鞠著躬，聽起來他們用的是日語。男人鞠完最後一躬，轉身離去了，留下那女子。

女子現在站在店的正中央，用沉靜的眼眸左右將店看了一周。所有的人默然看著她，唯恐遺漏了她轉動臉龐時，從每一個角度觀賞她的幸福。

女子的美像銳利的陽光，輻射而出刺痛了人們的眼睛。馬蒂向來保持著小時候對女人的審美觀，也就是只看面孔不計身材，但此時她無法不被女子的美好體態吸引。所謂穠纖合度，修長兼之圓潤的體型也不過這女子的漂亮身姿。她穿著一套黑色絲質的褲裝，雖然頗不合這南國盛夏的時宜，卻顯得優雅潔淨。她的五官，完美得讓人不得不懷疑，是出自整型手術的高超手筆，但即使有這念頭也是稍縱即逝，再厲害的整型大夫，也不可能在塑造出如此樣樣合乎夢想的五官後，不遺留下一點人造的呆板痕跡。事實上，這女子的面孔美麗而且自然，深刻的五官有點近乎野性的西方美，但顧盼之間卻又保留著典雅的東方韻致。她濃密的黑髮束攏在腦後，露出豐美的前額。馬蒂估計這女子的年齡在二十五至三十歲之間。

小葉迎向她，有點躊躇該如何開口。這女子在他看來不像本國人。

「歡迎。喝咖啡嗎？」

「不是。唔，是的。」女子的口音果然有些奇異，「我從……北方來，我來這裡找一個人。」

吉兒抬高眉毛，投給她的朋友們意味深長的一瞥。

「真麻煩你了，」女子深深地對小葉鞠了個日本式的躬，「我找的人叫海安，他是在這裡的嗎？」

「啊，真不巧，他出國了，也不知道今天回不回來。」

「是這樣的？」女子垂下長而黑的睫毛，神情有些黯淡，「我找了好久才找到這裡。海安他只跟我提過一次，說他在傷心咖啡店，台北。他並不知道我要來的。我叫作明子。你是小葉是嗎？海安曾經提起過小葉，就是你嗎？」

「嗯。」小葉的臉在燈光照映下紅通通的。

「可愛，真的很可愛。」明子以日語低語，又回神改用中文，「請不要誤會，我是在北方遇見海安的。那是去年冬天。去年冬天好大的雪。我原本不想活了，直到見到了海安，我才發現這個世界還存在著美麗。」

什麼？馬蒂吃力地聽著。她的位置與明子有一點距離，明子又使用著出人意料的中文，她不太確定自己聽到的內容。現在明子閉上眼睛微偏著頭，像是回想起了美麗又傷心的往事。她的睫影投射在臉龐上，小葉與她對站著。

「像這樣從遠方來，尋找連約也沒約過的海安，一定是傻得讓人想笑了，以為我是那種隨隨便便的女人。」明子兀自以日式語法低語著，又低頷對小葉鞠躬，「請你們了解，我不是那種糾纏別人的女人。我只是……想念海安。」

「啊，我們了解。」小葉的語氣猶豫但帶著溫柔。

聽見這樣奇異又坦誠的對白，連吉兒都收拾起了促狹的表情。

明子又緩緩地看著左右，她的視線停留在梁柱上的數百張照片。數百張照片上，是數百個不同女子的留影。

「請你告訴海安，如果他回來了，明子曾經來找過他。好嗎？」

「好的，妳要不要留下聯絡辦法？」

「不用了。」明子輕輕搖搖頭，突然盯住小葉，那表情很認真，認真得近乎單純。最後她低眸點了點頭，像是明白了什麼：「我會再回來的。」

明子走了。眾人目送她的背影，又是一陣靜默。

明子走過的地方，飄逸著一種淡柔的香氛。陌生又令人想念的氣味，像是長在山野的一棵默默綻放的梔子花樹。

「海安他，不至於不來了吧？」素園輕輕地說。

「誰知道？」吉兒說，「看來我們杜子上的照片海洋裡，又要游進一尾美人魚了。」

「美，真美！」籐條讚嘆著，「從美學的角度上簡直沒法挑剔了。」

這話馬蒂是同意的。她與其他人一樣，陷入了想像的境域中。這個說著奇異的中文的明子，從哪裡來？與海安之間有什麼故事？喵一聲，那虎斑貓躍上空心磚矮屏，一時失足，整隻貓懸掛在磚牆邊上，小葉過去抱起了貓。這時櫃台上的電話鈴聲響起，吉兒起身去接了。

「喂，啊，海安。我的天你現在在哪？哦……是這樣的，……哦，早說嘛，害我們傻等，……唉，真是的你。好吧好吧，媽的還不都聽你的？」吉兒掛掉了電話，朝電話作了個鬼臉。

「怎麼？他到了沒？」素園問，小葉抱著貓也湊過來。

「這爛人，他現在還在馬達加斯加，根本就沒上飛機。」

「唉。」素園失望了。

「唉。」眾人也都失望了。

這次馬蒂聽得很清楚，馬達加斯加。

「海安說他還要再待一陣子，要我們下禮拜五等他回來。」吉兒回座，舉箸繼續吃飯，可是其餘的人卻像是失去了食慾，同時也沒了談興。

小葉拈起盤中的肉屑，低著頭專心地餵貓。

連店中的音樂，也顯得蕭索了。馬蒂再一次感到徹底的飢餓，她打開提袋找錢包，才發現夾在書中的紅包袋。那是她在琳達婚禮中始終沒交出的禮金。

她把雙手伸進膝上的提包，隱密地從紅包中抽出鈔票，並用這錢向小葉買了單。

推開傷心咖啡店沉重的玻璃門，一陣溫熱的晚風從南方吹來，直撲在她臉上。風中有夜市烤肉攤的味道：生洋蔥，檸檬，炭火上滋滋作響的多汁液的烤肉片，融合成一股濃厚的南國氣息。

啊！遙遠的，遙遠的馬達加斯加……

默唸這個地名時，多麼像是有一串風鈴在胸口響起。

4

馬蒂第三次轉動鑰匙，門鎖啪一聲彈開，但是推門時卻硬生生被阻擋住。很顯然的，鐵門裡面上了一道橫門。

即使是在幾個小時前，狼狽昏倒街頭，無助地仰望著藍天時，馬蒂也不覺得比現在更加悲慘。她將鑰匙收回提袋，非常沉重地走下後門的階梯。

在公婆這間獨棟的樓房後門，有一道老式的鐵皮便梯直通頂樓，是馬蒂平常出入頂樓住所的專用通道。現在後門被反鎖了，公婆的用意十分明顯，她只有繞到前院，先叫門進入公婆家，再經由屋內的樓梯上樓。

階梯上布滿了颱風後的落葉，葉片橢圓而細小，間還夾雜了粉紫色的小落花。夜裡的風吹來，花和葉就在水泥階梯上相偕迴旋。有一會兒，馬蒂衝動地想轉頭就走，永遠離開這個地方。但她只是在階梯上坐下了，撿起一朵小花，用指尖捻著小花脆而嫩的細莖，左右轉動著它。離枝的花還未死，只是疲乏得低垂了花苞。

右腳的鞋跟歪斜了，搖搖欲墜。馬蒂抓著鞋跟稍作搖晃，鞋跟果然應力脫落。黑色纖細的鞋跟握在手裡，大小和形狀都像炸雞店裡的雞小腿。馬蒂將它高舉過頭，想要遠遠地拋開，結果終究還是用面紙將它擦淨了，收進提袋裡。鞋子修補過後還是堪用的，畢竟這是她最體面的一雙鞋。

她脫下了鞋子，赤腳走到門口按鈴。

「誰呀？」

「媽，是我馬蒂。」

「喔，馬蒂呀，怎麼地這時間了還在外頭呀？」

馬蒂看了手錶，八點零三分，公婆標準的晚餐時間是六點半。

「您請先開門，好不好？」

「真是麻煩的耶，怎麼不能就早一點回來吃飯哪。」

「拜託您開門，我很累了。」

「這不就來了嗎？誰叫妳這時間還在外頭呢？唉，唉。」

婆婆開了門。她低著頭正好面對馬蒂雪白的赤腳，但彷彿視而未見。婆婆異常忙碌地左右巡視小院子內的殘敗景象，那目光始終沒有望及馬蒂。院內一株九重葛傾倒了，枝蔓潑蓋了大部分的地磚，婆婆返身回屋，一邊用腳將落葉掃置旁邊。

「唉，亂七八糟。亂七八糟。」

婆婆進屋了。馬蒂跟著走，一支九重葛的尖刺戳進腳底，馬蒂咬唇拔開了，腳底沁出一珠血滴。一進屋內，馬蒂就察覺了不一樣的氣氛。迎面的飯廳裡，公公正在用餐，而多日來他們都是不厭其煩地將食物端取到馬蒂的屋內進餐。瞥及桌面上的菜餚，馬蒂很確定公公是聽到門鈴聲後才開始進食的。雪裡紅炒肉絲，紅油燜桂竹筍，醋燒魚，苦瓜排骨湯，一小碟豆腐乳，外加那碟肥美的大蒜，都泛著食物久置之後冷冷的油光。

非常飢餓，但是更加疲倦，屋內的氣氛扣押了馬蒂的食慾。

「爸，媽，您們請先用飯，我先上樓了。」

「妳坐下。吃飯。」公公說。

馬蒂坐下，舀了一小碗湯。

公公的背後開著一座電風扇，馬達沉悶地運轉著，送來公公帶著汗味的氣息，馬蒂覺得像是在外星球一樣孤獨。我為什麼要和這個老人對坐而食？婆婆不斷的縷敘著颱風帶來的災難，和種種善後的辛苦瑣事。馬蒂很細膩地啃著苦瓜，以減輕婆婆貧乏的談話內容引起的強烈無聊。

終於，公公舀了一碗湯，將碟子內剩餘的蒜瓣撥進碗內，順便又用筷尖捻了一小方豆腐乳進湯中，攪和，仰頭喝了。不知何時，婆婆也停止了她單方向的聒譟。馬蒂算好時間，和公公一齊放下碗筷。

「爸，媽，我去洗碗。」

「妳坐下，我有話對妳說。」公公說。

馬蒂坐下。

「馬蒂，妳吃飽了嗎？」

「吃飽了。」

「馬蒂呀，我們方家可以說是從來沒有餓過妳一頓飯。妳去整理行李。妳走吧。別說我們兩老妨礙了妳。」

「唉。我們一直把妳當女兒看待，可妳卻從來沒有把這個家當家。」婆婆愁悶地皺著眉，過分戲劇性地連連搖頭，「不知道給我們帶來了多大的煩惱，妳不要說我們趕妳——」

「妳就不要說了。」公公打斷婆婆的話，「讓她走吧。妳去洗碗。」

第一次飯後不用洗碗，馬蒂下桌的姿勢有些手足無措。更出乎她自己意料之外的是，她竟然開口對公公說：「謝謝。」

馬蒂上樓回到她的住所。

樓上的住所是一棟大型的套房。馬蒂把鞋子與提袋放在床腳，人也倚著床腳坐了下來。對於公婆的話，她並不感到震驚，奇怪的是她的感覺。他們趕她出家門，她並不覺得震驚，不覺得傷心、憤怒，不覺得被遺棄，被羞辱，不覺得抱歉或難堪，而是沒有感覺，百分之百、名副其實地沒有感覺。她知道自己一秒鐘也不想逗留了。

馬蒂開始收拾行李。她匆匆將所有的東西拋到床上，衣服、鞋子、書、文件、帽子、心愛的小擺飾……一本大冊子從櫃子裡掉出來，是馬蒂與丈夫的相本。她忍不住翻開看了後，才發現他們的合照是這樣少得可憐。錢！馬蒂有把現金隨處塞藏的習慣，一領到薪水袋就整包藏在角落，需要錢時再隨意拆開消耗。馬蒂兜了一圈，把所有的錢袋傾出點數，一共六萬多元。這讓馬蒂嚇了一跳。她一向憑著隱隱約約的印象，認為自己還保有十萬元左右的財產，沒想到錢花得這樣快。管不了這麼多了，她將錢密封成一袋。

馬蒂所有的資產都鋪陳在床上，龐大混亂的一堆雜物，總的組合起來是一個貧窮女人的廉價生活。馬蒂突然又覺得她什麼都不想要了，包括滾在床沿的那只厚實的黑色馬克杯。多少個夜裡她捧著這只杯子，啜飲著滾燙的即溶咖啡，憑窗眺望松山機場起落的飛機，這幾乎是她在此地最愜意的回憶。但她連回憶也不想要了。

馬蒂又忙了一陣，將所有的物品歸位，只將一些貼身用品和衣物整理成一箱，把其餘的褻衣與日記另打成一包，錢則放進提袋中。換上了舒服的運動裝，關了燈，她步下鐵梯走出後門。又返身將後門反鎖，鑰匙從牆外拋了回去。這個地方，沒有一件東西她將留戀。問題不在公公和婆婆，而是傑生的死訊。從聽到傑生的死開始，好像有什麼重要的東西在馬蒂的內在斷了線，整個人就此飄飄然盪向無所謂的方向。

兩肩各背了一包行李，馬蒂步出巷子。在巷口的垃圾堆前，她把裝著褻衣與日記的袋子擲進垃圾子車內，快步走進夜色中。

沒有任何目標，馬蒂又開始在台北街頭漫行。夜的台北，還是鋪滿了颱風後的殘枝落葉，晚風一吹，滿地離枝的葉子都像活起來一般向她盈盈招手。哪個方向都好，像是在夢中一樣。

就這樣不停地漫遊，直到馬蒂的兩腿軟得無法前行。現在她正在延吉街鐵路邊，再往前就是彷彿不夜的忠孝東路四段。打扮得相當華麗的男男女女與馬蒂錯身而過，看見馬蒂卻不再看她的落魄。夜的台北，人們並不作興多看旁人。

終於，終於走出了這個家，還有傑生也死了。照理說，她應該了無牽掛，像風一樣自由。但是她的心，為什麼像疊滿鉛塊一樣沉重不堪？

因為人不是風。馬蒂伸手進提袋摸了摸六萬元的信封袋，這是她生活在這個世界上的唯一憑藉。馬蒂在一個水泥矮籬上坐下。人不是風。在這個城市裡，要活得像個人，就得要有工作，有錢，有住所。簡單地說，要有一個身分，然後才成其為一個人，一個台北人。

水泥矮籬旁邊，是一家24小時便利超商。超商門邊躺著一隻黃色、短毛、黑嘴的流浪狗，這隻狗很自在地側睡著，袒露出牠曾經哺育過小狗的胸脯。進出超商的人不得不跨越過牠，但雜沓的腳步一點也不驚擾流浪狗睡夢中沉緩的鼻息。流浪狗是卑微的，牠就這麼接近霸道地接受牠卑微的命運，很舒坦地浪睡在街頭。馬蒂一直瞧著牠，有一點心酸，有一點羨慕。人不是風，人甚至不是狗。馬蒂想到為今之計，是儘快找到工作，找到住所，找到她在社會上的定位。

讓自己在社會上定位。馬蒂默想著，多少人因為這句話，同時就讓自己在生命中定格？

馬蒂看了看手錶，十一點過四分，這混亂又漫長的一天還沒有過完，但她非常疲倦了，疲倦得只希望找到一張床。馬蒂再看一次手錶，十一點零六分。她知道自己別無選擇，只有去那個她最不想去、但如今最可能收留她的地方。她曾經付出一切代價逃離那裡。多麼弔詭，人們稱那個地方叫家，她的娘家。

馬蒂揮手招來一輛計程車。很快地，車子往台北的東南方疾駛，台北盆地漸漸收攏，黑暗的山脊隱約在前面。山的腹部穿透了兩個明亮的窟窿，辛亥隧道。她從小就覺得，那隧道就像是黑色巨魔張開的巨口，人一進去，就會被無盡的黑暗吞噬、吞噬，掉落、掉落，陷入一個沒有出口的深淵，像往事一樣，巨大的深淵。

夜裡車少，計程車很快就穿過了辛亥隧道。深淵當然不存在，隧道內滿是溫暖的鵝黃色燈光，但往事卻像只口袋，守在隧道的另一端，毫不留情地攫住馬蒂。

那一年，媽媽抱著熟睡的馬蒂，坐車穿出這山脊，離開了山的那邊，只帶著一只皮箱。從此，馬蒂與媽媽過著時常遷居的生活。記憶中媽媽似乎做過一切的零工，總是那麼疲乏，那麼生氣，那麼貧窮。對於如何與為何逃離那個家，媽媽絕口未提，馬蒂也從來沒有想過問明真相，主要是她從沒有理解到什麼才叫做家。媽媽帶她逃家那一年，馬蒂三歲。

等到馬蒂長到足夠疑問這一切時，媽媽卻又死得那麼早。馬蒂永遠也不會忘記，在殯儀館簡單的靈堂前，她很愁悵地披著麻衣，乾坐著，一直不停地想，自己一個人住該怎麼辦？到底要不要繼續上學？就在那時候，鄰居幫忙的好心阿婆帶來了一個人，她一點也不認識的爸爸。看起來很老的爸爸蹲下來摟住她，只是掉眼淚。那一年，馬蒂十二歲。

爸爸帶著馬蒂坐計程車。那時是深夜了，馬蒂看到黑漆漆的山越逼越近，辛亥隧道像是黑夜張開的巨口，車子直直地駛進去，穿過隧道，回到山脊的那一邊。爸爸說，馬蒂妳不用怕，妳有家了。家在一棟公寓的四樓，有雕著花與藤蔓的鐵門，有三個房間，一個陽台，有一個阿姨，有兩個弟弟。

之後，馬蒂住了下來。直到考上大學，搬進宿舍。

之後，馬蒂兜了一大圈，現在正坐著車穿過隧道，再一次回到那個地方。

計程車停在家門口，馬蒂又看了錶，十一點三十五分。付了車費後，馬蒂站在家門口猶豫著。很晚了，但阿姨睡得更晚，現在上樓不免碰到阿姨，但怎麼辦呢？正在想著，一樓的鐵門開啟，馬蒂看到一個瘦小的人影出來，回身很緩慢地把門輕掩但不扣上。那是爸爸，比上一次見面更老、更小，一手提著兩大包垃圾袋。

「爸。」馬蒂在黑暗中輕輕地叫喚了一聲。

爸爸很驚悚地望過來。看清是馬蒂，他皺紋的臉出現了柔和的笑。

「回來啦，馬蒂？」

「爸，我再也不回方家了。」馬蒂一說完，眼淚就不爭氣地盈眶滾落。她也不拭淚，只是直直望著爸爸。

爸爸並沒有什麼表情，他像是個斷電的機器怔了有幾秒鐘之久，然後很慢地點點頭，走上前來伸手接馬蒂的行李。「先住下來。馬蒂，先住下來再說。嗯？」

馬蒂阻擋了爸爸欲接過行李的手，幫他拿了一袋垃圾。兩人並肩默默將垃圾拿去丟了，再並肩走回家門。

上樓時，馬蒂又猶豫了：「爸，阿姨睡了沒？」

「不要緊，不要緊，」爸爸說，「妳不要操心，我幫妳說去，妳儘管住下來就是。」

打開雕有花與藤蔓的鐵門，家很明亮，阿姨果然還沒睡，只是一臉倦容，整個人看起來意外的浮腫。她對馬蒂點頭笑笑，爸爸就與她進廚房低語著。馬蒂仍然背著行李，站在客廳，小弟馬楠縮著腳坐在藤椅上，正在讀一本很厚的參考書。他仰臉看到馬蒂，叫了一聲：「姐。」又低頭繼續讀書。

「明天要考試啊？」想到這樣站著很尷尬，馬蒂就找些話說。

「沒有啊。」馬楠眼睛看著書，「畢業考都過了，哪來的考試？」

「噢，你要加油。」馬蒂想到唸高三的馬楠正要面臨大學聯考。

爸爸與阿姨走出了廚房，爸爸很殷勤地來拿馬蒂的行李：「來來，先到房間把東西放下，就住妳大弟的房間。」

馬蒂默默跟在爸爸背後走進房間時，阿姨開口了：「妳大弟在當兵啦，很少回來，妳就給他住不要緊啦。」

馬蒂感激地對阿姨笑笑，阿姨卻已轉過身，一邊揉著肥厚的腰，一邊走進她的臥房。

大弟馬桐的房間，以前就是馬蒂住的地方，房間內布置已經大別於以往。馬蒂感覺房間變小了，變擁擠了。原本放書桌的地方，現在竟擺了一個辦公桌，上面還有電腦；窗簾換了；馬蒂貼在床頭的詹姆士狄恩海報變成了麥可喬登；牆邊多了一大套音響，還有一整櫃的錄音帶。

馬蒂坐在床上，她太累了，只想先睡，待明天再整理行李，但爸爸似乎沒有出去的意思，他撫弄著馬桐的音響，又逐一慢吞吞看著房裡的家具。

「對了，妳留下的一些個東西，我都給妳整理了收在櫃子裡，看看要不要？」

爸爸費力地拉開牆角一個塑膠衣櫥的拉鍊，裡面是馬蒂大學離家時留下的雜物。馬蒂湊過來看，主要是一些衣物、書，一些連她也記不起了的小用具，還有那只皮箱。

那只皮箱，是媽媽帶著她逃家時所用，她離家讀大學時也帶著這皮箱，離開傑生家時帶的也是它，大學畢業後最後一次回家暫住，她把這只皮箱帶著，從此卻留在家裡了。

在爸爸的幫忙下，她把那只皮箱從衣櫥底拖了出來。整個衣櫥和皮箱都泛著濃濃的霉味，摸起來有一種濕潤的觸感。爸爸轉身拿來了一塊乾的破布，馬蒂很輕緩地擦拭起皮箱，箱子有點沉，她想起來裡面是裝了一些東西，自己永遠也捨不得丟，卻又不想輕易回味的東西。

孤零零的皮箱，承載她命運流轉的一隻方舟，如今也孤零零地擱淺在衣櫥底好幾年。馬蒂用破布撫去箱子上灰色棉絮狀的髒汙，箱頂多車縫了一層加強皮的提把，也仔細擦了。提把下面是彈簧扣，上面有一個小小的鑰匙孔，鑰匙早就丟了，匙孔左右兩邊還各有一道皮扣，馬蒂小時候總覺得多餘，現在她溫柔地擦拭皮扣上鏽跡斑斑的鐵環。爸爸就在這個時候走出去，輕輕帶上了房門。

午夜了吧？馬蒂身體上的疲累已經超越了極限，變成一種感情上的抑制，手指下面的皮箱不再引人感傷，反而陌生得有些奇異。她打開皮箱。

兩隻不太慌張的蠹蟲反方向爬離，各自繞了一個圓弧迴轉，又相遇，交頭接耳，再各自隱逸到皮箱的最深底。馬蒂取出箱子裡一個淺綠色的鉛筆盒，微笑了。鉛筆盒是軟軟的塑膠亮面充棉裡的質材，盒口以一對磁鐵封住，很方便。馬蒂不能了解為什麼現在買不到磁鐵開闔的鉛筆盒了。鉛筆盒上面印了一個坐著的幼年公主，她身邊歇著一匹白色小馬，馬的額前有一支白色犄角。這幅畫面年少時的馬蒂總覺得非常美。鉛筆盒開啟太多次，側邊都綻裂了，用透明膠帶黏著。從小學開始，這個鉛筆盒就一直跟著馬蒂。她輕輕打開鉛筆盒，裡面用品俱在。兩支玉兔鉛筆，一支黑色原子筆，一支綠色小尺，還有一個草莓造型的橡皮擦。馬蒂把橡皮擦拿到鼻端，可惜那甜甜的草莓香味早已揮發殆盡了。

鉛筆盒底下，是一張印有味全奶粉標誌的舊浴巾。媽媽告訴過馬蒂，這就是當年包裹馬蒂的襁褓。

不論冬夏，馬蒂一直保有手裡握著這浴巾一角才睡得著的毛病，不知道挨了媽媽多少罵。這習慣直到十五歲才改。

一疊水彩畫對折存放在文件夾中，馬蒂並沒有打開它們。那是她大學後兩年賃屋獨居時，排遣寂寞的作品。

一本英文字典，小學畢業時獲得校長獎的禮物。

一個三稜鏡，國中時物理老師所贈。他說：「馬蒂，妳仔細看，鏡子裡面有一個不同的世界。」透過三稜鏡看出去，所有的事物都鑲了彩虹的邊，馬蒂愛不釋手，一直纏著老師要買，結果這老師竟送她了。馬蒂喜歡一個人擎著它靜靜地坐著，看著，進入一個只有她才能想像的祕密世界。

幾本馬蒂高中時主編的校刊。

一張陳舊不堪的對開世界地圖，背面橫豎貼了十幾道膠帶才保持它不四分五裂。馬蒂將之攤開，一個已經不符時事的世界鋪在眼前，上面還有用彩色筆打的星星記號，都是些馬蒂夢想要去的地方。尼泊爾、紐西蘭、象牙海岸，上面打了紅星星；加拿大最北的包爾登島、南極洲的羅斯冰原，這些地圖上最邊陲的地方，馬蒂感到陌生、荒涼又浪漫，她也打了紅色星星；最大的一顆紅星星，還飾以立體黑邊，落在南半球，非洲邊緣，汪洋大海中的馬達加斯加島。

啊。遙遠的，遙遠的馬達加斯加……

一只像海水一樣湛藍的骨瓷紅茶杯。非常的貴。大學畢業那一年，她去機場給琳達送行，在機場的昂貴禮品小店中，看到了這只杯子，杯子的價錢，正好是她買了回台北車票之後所有的餘錢數。不知道為什麼，平素非常節儉的馬蒂花錢買下了它。

皮箱的最底層，是多本馬蒂的手記。她向來有信手塗寫東西的習慣，多年來已寫滿了不知幾本筆記。馬蒂順手抄起一本，又從鉛筆盒裡取出一支鉛筆，爬到床頭坐了下來。

馬蒂一直喜歡這張床，因為床邊靠著窗戶，坐著就可以仰望天空。雖然與隔鄰的棟距那樣窄，窗口的天空被遮掩了一半；雖然台北的天空看起來總是那樣髒，馬蒂還是最喜歡抱著膝坐在床上，看天空。

附近的光害太多，此時看出去的夜空很混濁暗沉，看不到一顆星。馬蒂將前額貼在紗窗臆想著。星星都還在，她知道，只是超乎視線之外。

馬蒂翻開手記本，開頭是一篇她十八歲時嘔心瀝血創作的小說，篇名還用藍色麥克筆書寫：〈風的故鄉〉。這是一篇孩子氣的、極度缺乏寫實精神的愛情小說，故事中的少女主角一個人獨自旅行尋找自由，結果遇到一個令她迷戀不已的夢中男孩，她拋棄一切追求男孩的愛，最後得到男孩卻失去自我，所以她又離開了男孩。

故事在左支右絀的貧乏情節中戛然結束，留下了小半本的空白紙頁。這小說可以說是叫人汗顏的少年習作，可是看完之後，當年的情感卻如星星之火燎燃了起來。小時候的馬蒂常夢想遇見一個男孩，這男孩無比聰明而且完全了解她。她也常夢想自己可以變成一隻小鳥，自由自在地飛走。當然這樣完美的男孩從來沒有出現。至於小鳥，她後來在書上讀到這樣一段文字：人們常羨慕小鳥飛行的自由，可是大部分的人都不知道，多半的小鳥終生都棲守在同一個巢，只能在很固定的領域中飛翔；而候鳥，因為天賦的習性，每年不由自主忙碌地往返於南北之間，飛行在同一條路線之上。

這樣子，你能說一隻冉冉飛騰而去的小鳥自由嗎？

這是一個恆常讓馬蒂迷惘的問題，她發現自己又順手胡亂地在筆記本上塗鴉了。在不知不覺中，馬蒂用立體空心字，在空白頁上塗了「海安」兩個字，為了讓字看起來更立體，她還在每個筆觸的右下方，畫上了深深的、深深的陰影。

5

接連下了幾天的雨，不是那種北台灣特有的，半雨半霧式的綿綿霪雨，而是真正的傾盆大雨。總是在接近中午時分，漫天積雲陰鬱到了極點，然後在午飯時凝成水幕轟然落下，接著再意猶未盡地飄一整個下午的小雨。

馬蒂的午飯總是吃得不多。小弟照例一早就去學校圖書館用功，爸爸則更早出門上班，家裡只剩下馬蒂與阿姨。前幾天，馬蒂還穿戴整齊出門排遣光陰，但多雨的氣候又打消了她的興致。

馬蒂幫阿姨擦桌，掃地，倒垃圾。大部分的時間，她留在房間裡，看兩份報紙，找工作。她摒棄文具行販賣的那種規格化履歷表不用，用十行紙自創體裁，寫出半條列半敘述式的個人工作簡歷。

馬蒂寄出了二十幾份履歷書。

一整天食慾不振，偏偏到了夜深人靜時，飢餓感就排山倒海地來襲了。馬蒂囤積了很多種泡麵，等到阿姨入睡之後她就輕手輕腳地進廚房煮食。在家事上，阿姨不算是一個完美主義型的婦人，唯獨對於廚房有一種選擇性的潔癖，嚴拒任何人染指。從小，馬蒂就熟練了怎麼在午夜裡，摸黑下廚煮一碗無聲的泡麵，那攙雜了一點反叛意味的宵夜，滋味實在美極了，多年來令馬蒂難忘。

爸爸的工作實際上只有半天班。自從爸爸從農務局退休後，又託朋友掙到了一個工作，在一家民營公車總站裡當調班員。工作是很簡單的，爸爸在清晨五點踩著腳踏車上工，中午的發班工作完畢，吃完公司發給的便當，他就騎車回家，正好阿姨的短暫的午睡也結束了，他就和阿姨對坐在客廳裡，兩人組織成一個小小的工作線，做阿姨批來的家庭手工——一種簡單的鈕扣加工作業。爸爸和阿姨都戴著眼鏡，心手合一，很熟練，很靜默。

這件事他們不讓馬蒂插手。阿姨說：「不用妳幫忙啦。俗工。又賺沒多少錢。」馬蒂很希望早點找到工作，再依工作的地緣租一個房間搬出去，最好定時還有些餘錢給爸爸。寄出去的履歷表都還沒有回音，才幾天的時間而已，馬蒂知道還早，她也知道，等到回音的機會似乎不大。像她這樣年屆三十的一個女子，範圍廣闊地不斷更換工作領域，卻未曾在任何一個工作上累積過傲人的成績，人家是不敢輕易進用的，太基層的工作，她也不願意低就。這幾年，履歷書越寫越長，工作機會卻越來越渺茫。

馬蒂在浴室裡用冷水擦洗手臉，再把地板上的落髮撿乾淨。阿姨很怕頭髮，尤其是落在地板上的馬蒂的長髮。以前，阿姨常用一種驅除蛇蠍的表情清理地板，掃完之後，人很容易就動怒了起來。

擦乾了臉頰，馬蒂走出浴室，就看見爸爸正放下手上的加工品，推開小板凳向她走來。阿姨的眼神透過老花眼鏡，在背後送著爸爸。

「馬蒂呀，一道出去走走要不要？」爸爸問。

「嗯，也好。今天好像不下雨了。」

「不下嘍。」

父女走在午後的小巷子裡，陽光很強烈，小巷沉浸在靜甯中。巷底通往一個具體而微的社區小公園，有幾棵榕樹和水泥板凳，那是他們散步的去處。

「馬蒂，住得還習慣不？」

「很好啊，可是我擔心麻煩到阿姨。」

「沒有的事。唉呀，怎麼說妳也是我們馬家的女兒，就不要胡思亂想了。嗯？」

「嗯。」

他們在小公園的板凳上坐下。學校還沒放暑假，小公園裡只有幾個學齡前的幼童，蹲踞在一起很專心的在摳挖泥土玩耍。看樣子都四五歲吧，是爸爸最偏愛的兒童年齡，爸爸含笑的眼睛追隨著幼童的小小身影。

「爸爸前幾年還在想，妳要不就趕緊生個孩子，孩子來了，有事情忙忙，人也好比較安定一點。妳說是吧？」

又來了。爸爸還有方家公婆最喜歡的論調，「有事情忙忙」，好像馬蒂的生活一向多麼偏差頹廢放浪形骸，好像沒有一個固定的工作把作息穩定下來就是一種精神上的病態一樣。馬蒂並未答腔，她知道爸爸只是隨口說說，說了那麼多年，太習慣就說出口了。

爸爸取下老花眼鏡，拿在手裡撫弄著。

「工作找得怎麼樣？」

「寄出去一些履歷表了。爸，你放心，我想很快就會找到工作的。」談到這個主題，馬蒂對爸爸的同情多過於對自己，「我也不希望每天待在家裡，好吃懶做一樣。爸，等我開始工作，我就找個地方搬出去，我都全盤想好了，你不要擔心，好不好？」

爸爸的眼神看起來那麼空洞，他看著嬉耍的幼童，長久沉默著。

「爸爸還記得，妳以前讀書的時候，樣樣品學兼優，可以說人見人誇。」

是啊。馬蒂用盡一個少年所有的毅力換取來的好成績，她怎麼會忘記？她知道爸爸話裡的用意，曾經是多麼好的一個學生，怎麼會在學成之後，卻變成一個一事無成的閒人？

怎麼知道會這樣？不要說爸爸始料未及，就連馬蒂也沒有想過，畢業之後會是這樣的人生。學校裡的課業多麼單純，一個課堂五十分鐘，一個學分二十個課堂，切割得清清楚楚，成績來自老師指定的作業範圍，作業又來自特定的教材，讀完了，就拿分數。畢業之後呢？那就好像是用一輩子的時間，來上一堂長長的、沒有人來評分的自修課。馬蒂的好學生生涯，大概就是從那時候衰敗下來。

不。應該說在這堂人生的自修課裡，人人都在替你評分數，困擾馬蒂的是，她為什麼既不欣賞卻又必須這麼在乎別人的評分標準？馬蒂回想自己就業後的工作歷程，有好幾次也幾乎有擔當大任的機會，光榮、錢財、地位堪堪就在眼前，可是卻被她這麼輕率地放手遠去。如果說生命像一首變奏連連的大樂章，馬蒂就是一個曲異和寡的樂器，太即興了，漫不經心就逸出了常軌，漸行漸遠，終至不曉得該怎麼收尾，收一個別人可以鼓掌的結尾。

「記不記得隔壁的小孟，讀逢甲的那一個？」爸爸問。

當然記得了。小孟與馬蒂同年，他父親又跟爸爸同事，從國中起，比較他與馬蒂的名次，是爸爸生活上最大的樂趣。印象中小孟是個相當活潑好動的男孩，聰明伶俐，文章又寫得好。然而，這競賽馬蒂獲得了全面勝利。後來他考上中部的大學後，有將近十年未見面了。

「記得啊。他現在做什麼？回台北上班？」

「不。」爸爸的音尾拉長得有些誇張，「小孟聰明了，他專門跑大陸，買一些個什麼宜興茶壺回來，白天儘閒著，晚上就一貨車載去街上賣。嗯，賣得不錯，房子也買了。這個男孩，以前我看他挺懶，現在倒不錯，滿有點腦筋。嗯。」

小孟賣茶壺，這倒出乎馬蒂的想像力。

爸爸終於將把玩半天的眼鏡又戴上，從口袋中掏出了一張重重折疊的紙條，打開自己看了，又遞給馬蒂。

「妳看看。」

馬蒂看了，上面是爸爸的筆跡，寫著一家「威擎電腦」公司的資料，包括電話及地址，在新店北新路上。

「怎麼樣？」爸爸問。

「看過了。」

「這家公司老闆姓陳，他爸爸是我老同學，現在他們公司在找一個女祕書，得懂英文，我跟他們說過了，他們說想請妳過去談談。就談談嘛，也不費多少功夫，妳去不？」

「……新店，好像遠了一點。」

「就談談看嘛，這禮拜五，就後天了，談談看又不妨。」

「也好。爸，謝謝你了。」

爸爸點了點頭。不知道為什麼，馬蒂覺得爸爸的神情有一些羞赧尷尬。她真不希望爸爸幫這方面的忙，更不希望見到爸爸為了她出賣人情之後，那反而擔憂減損了她自尊的神色。

爸爸如釋重負，伸了個懶腰後站起身來：「回去吧？」

「我再坐一會兒。」

「好。」爸爸舉步，又回頭，「還有，對妳沒工作的那半年，我給他們的說法是妳陪先生出國去了。馬蒂呀……有的時候，換一個別人比較能了解的說法，是減輕大家的顧慮，對雙方都好，這妳曉得吧，嗯？」

「我曉得。」

爸爸走了。馬蒂繼續坐著。濃密的榕樹葉篩下圈圈陽光落在她身上，四周非常安靜，安靜得像是可以聽到自己心跳的聲音。馬蒂感到心裡有微微的疼痛，她覺得對不起爸爸，她也覺得有一點嫌惡自己。不是怪自己懶，懶嗎？馬蒂覺得小孟才真是懶，那麼有才情的一個男孩，卻用自己的生命來做一個茶壺進口商。馬蒂怪自己的是，她隱隱約約知道自己有多想掙脫別人的價值觀，可惜理想有餘瀟灑不足，沒有什麼作為，只有處處逃避，到頭來卻變成一個叫人擔憂的寄生蟲。既然作為一隻寄生蟲，還談什麼價值觀呢？

6

馬蒂坐在接待室中，將雨傘隱藏在座椅邊。不該聽爸爸話帶傘的。這兩天已經不下雨了，還帶這把老式的黑傘，顯得太過多慮又笨拙。她穿著一身大學時代的衣裙，看起來實在過分地清純，連妝都不曉得該怎麼上，只好淺塗一些唇膏，聊表鄭重。

履歷表已經送進總經理室一陣子，不知道什麼事耽擱了。馬蒂無聊地打量著辦公室。這公司的布局有一般電腦公司的風格，燈光明亮，安靜，個人座位都用淺藍色隔板區隔開，不站起來張望幾乎看不到人影。空氣中有淡淡的檸檬芳香劑味道，還有英語電台傳來輕輕的音樂聲。

剛剛接待馬蒂的女人又走回來，送了一份公司簡介給馬蒂。馬蒂站起來道謝，這女人輕按她的肩膀要她坐下。

「很緊張哦？」這看起來快有四十歲的女人的笑容很和藹，左頰還有一個深深的酒渦，馬蒂對她很有好感。

「陳總還在忙嗎？」

「陳博士。他喜歡人家叫他陳博士。」

女人走開了。馬蒂又坐了十分鐘之久，才獲得通知進總經理室面談。

陳博士私人的辦公室有兩面都是朝外的玻璃帷幕，採光相當好，他的棗紅色辦公桌讓馬蒂印象很深刻。這辦公桌呈L型，較短的一邊擺設了電腦器材，正面大約有六尺之長，一端還很奇特地圓凸出半個扇形，大約做為小型會議桌用，桌前有兩張椅子。

陳博士朝馬蒂點了點頭，眼睛卻向著地毯，以手勢要馬蒂在辦公桌前坐下。馬蒂坐下後，他又忙著打了一通電話，之後，從抽屜裡拿出一本角邊鑲了金屬框的日誌本，取過一支看起來很沉重的金筆，在日誌上打一些勾，盯著那些勾思考，最後，他終於將日誌收回抽屜，拿起馬蒂的履歷書，一手輕輕叩著桌面。

「以妳這個年紀而言，馬小姐，妳換的工作不算少。」

「欸。」

「英文怎麼樣？……嗯，英文系畢業，好，我假設妳英文不錯。」

陳博士翻著馬蒂的履歷書，馬蒂有一個直覺，他想儘速結束這面談。

「令尊大人對妳的工作能力非常讚揚。讓我們這麼說吧，我用人只有一個原則，唯才是用，什麼年紀、科系、經驗，對我都不是絕對的問題。這妳了解吧？我不希望用一些沒有定性的人，或是一些心存僥倖得過且過的人，獨立、富企圖心，這些才是我重視的品質。這就是為什麼我向來重視人員的進用，公司上自副總下至總機我都要親自甄選。這樣才能組織一個品質齊一的團隊，而團隊精神是我們公司成功的首要條件……」

陳博士還在滔滔不絕地說著。馬蒂現在了解了，這位陳博士的令尊大人想來對他施加了不少人情壓力，對於他帶刺的話，馬蒂並不惱怒，這只不過是兩個溫情主義的父親越幫越忙的結果。陳博士煩，她也煩。

「……所以我自己的親戚朋友一概不用，主要是管理上單純。這個我想妳能理解。」

馬蒂點點頭，陳博士終於抬頭正式面對著她，一瞥視後他又意味深長地看著馬蒂。

「唔，妳看起來比實際年齡年輕嘛，希望妳做起事來也是年輕精神旺盛。祕書的工作並不輕鬆，尤其是我的祕書，這妳以後慢慢就會明白。有關於公司的制度規章，待會我請人事部給妳解說。我這個缺很急著用人，原則上我希望妳下禮拜一就來上班，總而言之歡迎妳，希望妳盡力。」

陳博士站起來遞過他的手，馬蒂也站起伸手與他一握。

「謝謝你，陳博士。我想，我得回去考慮考慮。」

陳博士的左眉明顯地往上一揚，之後他很有風度地點點頭，讓馬蒂出去了。

在接待室的座椅上找到那把黑傘，馬蒂拉開電腦公司的玻璃門，整個公司還是靜悄悄地，只有廣播傳來被簡式喇叭壓抑過後的英文流行歌曲。搭電梯下了樓，大樓外面亮晃晃的，才下午四點多，站在陌生的新店街頭，馬蒂幾乎想不出下一個去處。

暫時還不想回家，爸爸一定等著要盤詰許多話。散散步吧。馬蒂這一天的裝束還算舒服，從方家並沒有帶多少衣服回來，她今天的穿著是從塑膠衣櫥中找到的，大學時的服飾，鞋子也是軟皮的低跟便鞋，很適宜走路。總之往北走，走累了再回家。

穿過景美橋，沿著羅斯福路慢慢地望北而行。整條羅斯福路被捷運工程開膛剖肚，用鐵皮圍籬在路中隔出工程區。馬蒂走來一路，看到有的圍籬是鐵灰色的波浪板，有的漆了深淺不一的綠樹剪影，有的是藍底白雲圖樣，上面用噴漆寫著：「忍一時的不便，換美好的明天」，「明天會更好」。鐵籬裡面，處處可見墳一樣的土堆，一捆捆鋼筋，工字鋼梁、怪手、吊車，很奇怪的是沒有看見任何動工。馬蒂回想，也不記得看過哪一處的捷運工程動工中的景象，大都只是用鐵籬在馬路上圍出它的占領區，鐵籬外是頓失幅員的路面，和更加壅塞困頓的交通。

走到公館，吃了一碗蚵仔麵線，轉走新生南路，路左岸是一連串的書店，右岸則是一整排木麻黃，陽光破雲而出，馬蒂開始滲汗覺得燥熱了。前方不遠，是新開放的大安公園，馬蒂從靠南的入口走進公園。

公園的土地大半還很荒涼，新植的稀薄的草皮上，是一株株弱不禁風的小樹，視野反倒開闊不少。又是一個明天會更好的公共建設。馬蒂爬上靠近新生南路的土坡席地坐下。

今天並不是假日，公園裡的遊人，幾乎全是特別年輕的和特別老的人，居間的，大約都忙著在營生吧？馬蒂目前例外。她看著坡下的人們，大都很馴良地沿著碎石小路緩步而行，就是走著，好像埋首前行就是到大安公園一遊的至高目的。馬蒂不能不聯想到監獄裡放風的囚犯，在天空與泥土之間的自由行動，由於重重的壓迫限制，被制約到只剩下走路，走路。這一天的天空並不藍，就如往常一樣，反而是新生南路上的台北市長選舉旗幟，遍地觸目的豔藍。

不記得是哪一個詩人寫下的句子了：因為很傷心，所以只好專心做一個台北人……馬蒂覺得這句子對於大安公園的遊客倒是很貼切。晚風柔軟地拂過，馬蒂想念起傷心咖啡店。

她打開提包一看，上星期小葉送的綠白Y香菸，一直還留在袋中，這期間她曾在一個深夜裡又抽掉了一根，還剩下大半包。馬蒂想點燃一根，迎風吸菸的滋味想來不壞，但拿起打火機後她又感到拘謹了，好像原本埋首而行的遊客們此時都眾目睽睽批判性地看著她。馬蒂這才了解到，對於初嘗菸味的人來說，困難之處不在吸菸入喉，而在點菸的動作。馬蒂將菸收回提包，走下土坡。

在公園門口的超商裡，馬蒂買了一包同牌香菸。想了一想，索性又買了一張印有紫色玫瑰花樣的包裝紙，向超商小弟借了剪刀膠帶，把香菸包成了一只美麗的紫色小包裹。

搭計程車來到河邊的夜市，已經是華燈初上的時分。下了車，馬蒂並沒有看到期望中的，海水一樣藍的招牌燈光，傷心咖啡店的未著燈的店招，隱晦在夜市邊緣的招牌叢林間，那麼渺小、寂靜。馬蒂心想不好，該不會是今天不營業吧？她來到店門前倚門而望。

透過玻璃門，可以看到裡面昏黃流轉的燈光，和隱約晃動的人影。就算看不見任何景象，馬蒂也知道咖啡店裡面很熱鬧，因為隆隆的音樂聲，正抑揚有致地振動著玻璃幕，傳導到她憑門的雙手上。馬蒂推門，才發現門是鎖上的。

有一些失望，馬蒂像是個撒賴的小孩，把鼻端貼在玻璃幕上，睜大眼向裡張望。等到適應了店內的昏暗，她才逐漸看清楚裡面的情景。看起來咖啡店真的沒有營業，就著吧檯前小舞池上每三四秒燎朗一次的投射燈光，馬蒂看到小葉、籐條、素園的身影，他們看起來都醉了，而且還相當醉，肢體動作幅度都很大，喧鬧聲也隱約可聞。她彷彿看到小葉與素園互相投擲著像是爆米花一樣的東西。馬蒂偏過頭想看得更清楚一點，就在此時她被眼前一幢白色的巨大人影驚得往後一退。

那是吉兒，穿著白色短俏小可愛與緊身牛仔褲的吉兒，不知何時悄悄地欺身向前，望著門外，與馬蒂就隔著一扇玻璃。她看起來那麼蒼白的臉正對著馬蒂，斜斜上翹的漂亮雙眼逼視馬蒂一兩秒，做了一個瞟向天空的不可置信的表情。她從裡面拉開了門。看到她開門時微微的躓頓，馬蒂想她也醉了。

「我們今天不營業。」吉兒偏著臉一手擋著門縫，全然地拒人於千里之外。

「看得出來，我只是來找人。」

「跟妳說，海安今—天—沒—空！」

「不不，我不是找海安，我找小葉。」

「也沒空。」

「那麼請妳幫我把這個包裹交給小葉，幫我跟他說馬蒂謝謝他。」

「ＯＫ。」吉兒收下包裹，砰然關上門，迅雷不及掩耳。

之後吉兒又隔著玻璃繼續與馬蒂對視。這樣的不友善完全令人無法置信，馬蒂反而不願落荒而逃，她退後兩步還坦然看著店門，就看見吉兒的背後走上來一個人。吉兒的身材已是相當高䠷，大約接近一米七，但這人比吉兒還要高過大半個頭，他很自然地將手臂擱在吉兒半裸的肩膀上，冰霜一樣的吉兒卻更自然地承受了，甚至她的臉頰還微微地親近向這臂膀。

如同海是藍的，雪是冰的，這些馬蒂閉著眼也不用懷疑，眼前的這個人，一定是海安。

這個人，海安，他的容貌完全超乎馬蒂對一個東方男子的想像。上帝捏造這形體之時一定耗盡了他對人間的眷戀。眼前的海安之美，不只在那勻秀舒展的眉眼鼻唇，還在那顧盼之間流露的颯爽之色。從他走來的姿態，馬蒂知道海安一點也沒醉，而且冷靜，冷靜至極，他淺呷手上一杯透明色的液體，毫無表情地向外眺望，那眼神淩越過馬蒂，遠遠地射向她背後的夕陽。

馬蒂走了。她很失望。

這一天看到的海安令馬蒂失望。她所終於看到的這個人，太過度俊美了，俊美得讓人相信，他的心智或靈魂一定相對的不夠健壯。否則，這個世界還有情理可言嗎？馬蒂知道她淪於一般人忌才妒秀、自憐自傷的情緒了。但她必須這麼想，才能揮除那烙在腦海中，她其實一點也不認識的，人們稱之為膚淺的皮貌的印象。

黑夜降臨了，是回家的時候。想到家，馬蒂心情與腳步變得沉重。她只是一個客宿娘家的失婚失業女人，所有的財產總值六萬元，穿著大學時代的舊衣裳，和向阿姨借來的便鞋，她的頹廢的頭髮，早在半年多前就該去重新剪燙了。謝謝這深沉的夜色，讓她在光鮮的人群中得以隱蔽。馬蒂在河堤上的水泥石墩坐下，迎風點燃了一根香菸。黑暗中，非常，非常，非常地不快樂了起來。

7

馬蒂在電腦裡找到了一支理財用的小軟體，她瞄一眼四周，暫時不會有人來打擾，於是就大膽地操作起指令欄。

目前所有的財產共四萬四千元，為了這個新工作，她大手筆地買了一些上班套裝，兩雙鞋，一個仿皮揹包，還將失去捲度的長髮剪了個多層次的飄逸髮型。在現有財產之下，她又按鍵填了一年度的收支預算表，每個月稅後收入兩萬七千元，扣除一萬元的生活花用，那麼一年後就可以累積出二十萬元的財富。慢著，還要扣除掉每個月給爸爸的錢，或者如果搬出去住了，就還必須負擔一筆可觀的房租，還有意外的醫療或公關費還沒考慮進去……想得越深，問題就越加複雜。

劉姐的臉在電腦旁出現，馬蒂連忙按鍵跳出軟體。劉姐笑盈盈地在馬蒂桌上擺了一大疊卷宗。

「不好意思啊，馬蒂，都一個禮拜了才整理出來。這些舊檔案，從上一個祕書走後就沒有人弄得清楚，真糟糕。」

「哪裡，我還要謝謝妳呢，這本來就應該是我份內的工作，多虧妳幫忙了。」

劉姐笑著搖搖頭，露出左頰上的酒渦。從那一天來公司面試時起，馬蒂就十分喜歡這位同事了。

那一天，走出「威擎電腦」沉靜的辦公室後，馬蒂就沒想過會再走進這家公司。不料第二天一早就接到了陳博士的電話，電話那端陳博士的口吻變得和氣多了，他簡短地要馬蒂考慮接受工作，馬蒂的心情也正好有了轉變。畢竟在面談時，雙方都太過於意氣用事。陳博士的反省精神令她感動，再者，她實在需要工作，所以馬蒂在兩天後就開始上班。

原來陳博士的祕書職位，已虛懸了兩個多月，陳博士挑人之講究果然不假，這期間所有的祕書工作由劉姐兼任，所以馬蒂一上班，就處處仰賴劉姐交接講解。馬蒂還發現，劉姐的工作內容十分浩瀚，從正式職銜「外貿副理」中的國外訂單處理工作，到一些業務員的後勤作業，市場資料整理，甚至與總務相關的進料業務，她都廣泛地牽涉其中。難怪年紀已不輕的劉姐看起來總是那麼累，幾乎無日不加班。劉姐一人怎麼會衍生出這麼複雜的職責呢？從別的部門那裡，馬蒂逐漸知道，原因在於劉姐是公司七年來的開國元老，從公司寥寥五人的規模時做起，到目前的一百餘人，她的職務與公司業務同步膨脹至今。

這麼累人的工作，還能隨時保持笑臉迎人，實在令人佩服。馬蒂在她桌前的「我的提示單」上，用英文加寫了一條：隨時隨地保持笑容。

馬蒂的桌子不小，有一百四十公分寬，是初級主管用的規格。桌上遺留了很多上一任祕書的文具，桌前的張貼板上也殘存了不少備忘紙條，馬蒂都清理掉了，唯獨這張以英文書寫的「我的提示單」，馬蒂保留下來。頭一兩天，她還常常瞪著這提示單遐想。

單子上整齊地寫著：1.上班的第一個小時從事思考性工作。2.午休前與下班前各整理一次工作日誌。3.每天讚美三個人。4.撰寫企劃案時，一次不超過一個小時。5.每週閱讀完兩種刊物（附公司訂閱刊物一覽表）。6.絕不、絕不抱怨。7.每週與不同部門同仁午餐三次。8.每月整理一次工作進度量化表。9.最討厭的事最先做。10.星期六是從事規劃性工作最佳時刻。11.永遠比預訂進度早一步完成工作。12.工作難於取決時，假想：如果我是老闆，我會如何想？13.公司的利益在部門的利益之上。

在這張單子上，列出的是一個完美的上班族動物奇觀，但馬蒂需要的就是這種近在眉睫的提示。

既然來上班了，既然在生命中沒有更好的出路，那麼只有將自己與環境相容。馬蒂知道的是自己的青春正在逐漸消逝，她再花不起本錢流浪了。做個上班族，不就是那麼簡單嗎？不過是按照這個提示單上的事項生活，然後，讓自己的生命內容量化、規則化、細節化、紀律化、社會化、機構化、機械化……然後，所有的事情就會變得簡單了。

馬蒂開始研讀劉姐交接過來的卷宗，內容大都是陳博士裁示延辦的非業務性企畫案。馬蒂需要做的是，將這些企畫案重新排出優先次序，製作出一個以星期為單位的執行進度計畫表，提供給陳博士參考。

工作一點也不難，馬蒂考慮將進度表輸入電腦軟體中，建立出一個每週檢驗進度的備忘錄，陳博士應該會欣賞。她正聚精會神地進入工作，就接到了內線電話，總機通知她有外找。

充滿了好奇，馬蒂來到接待室，她看到了爸爸端坐在沙發上，兩手莊重地交握在腹前。爸爸很正式地穿了他那件公務員夏日中山裝，看見馬蒂，他站起來笑著。

「爸，你怎麼過來了？」

「沒事沒事，就是出來走走，想想來看看妳也好。正在忙吧？」

「也不太忙，工作很輕鬆。」

「妳老闆在吧？」

「他出去了。爸，你要不要到我部門看看？」

「好啊。」

馬蒂的辦公桌似乎讓爸爸很滿意，他用心地觀察工作區的每個細節，同時又很注意其他人的舉動，只要有人站起或路過，他就趕緊哈腰點頭微笑。馬蒂指了陳博士的辦公室給爸爸看，他於是走到玻璃門前朝內長久地張望。

馬蒂正要張羅茶水給爸爸，他又堅持要走了，送爸爸進電梯前，他忽然想起一事，從上衣口袋內掏出一封信交給馬蒂。

「今天收到的，想到要過來就順便給妳帶來了。」

爸爸進了電梯，馬蒂拿著信還呆站著。竟然有人寄信到家裡給馬蒂，這件事比有人來公司找她更離奇。信封上只寫著收件人姓名地址，內容物有些厚重，像是卡片。

回到自己的坐位，馬蒂拿拆信刀劃開封口，一股香水味撲鼻而來。信封內，竟又是一封信。原來是一封寄到公公家給馬蒂的信，公公將它又寄給了馬蒂。

這封信上的寄件人地址馬蒂非常陌生。她再拆一次信封，裡面跌出一張印滿鳶尾花的紫色卡片，香氣盎然。卡片上面，只有寥寥數語：「薩賓娜，那天又見到了妳，我一直回想著從前，很想跟妳談談，我非常想念妳。跟我聯絡好嗎？以下是我的電話……琳達。」

是新娘子琳達。跟收到她喜帖時的心情一樣，馬蒂有點想把卡片拋諸腦後。能夠談什麼呢？往事嗎？不堪回味。但那天從她的婚宴中出走，連禮金也沒有留下，畢竟太失禮了，至少也該見個面，把禮金交給琳達。

她按照卡片上的號碼撥電話，接電話的人就是琳達，她的語氣聽起來很驚喜。

「我的天，薩賓娜，我不相信妳這麼快就跟我聯絡，好意外喲。」

馬蒂吃吃地笑著：「這是妳家嗎？」

「這是我老公的辦公室，我在這兒幫幫忙。」

「內務總管哪？」

「才不，打雜而已。累死人，但是有什麼辦法呢？自己老公的事業，不管又不行。」

「真是賢內助。」

兩個人很活潑地客套幾句後，都感受到一種轉入主題的壓力，都靜了下來。

「……薩賓娜，我們見個面聊聊好嗎？」

「好啊。」

「就今天吧，妳公司離我滿近的。」

「不不，我換工作了，在新店這邊。」

「喔，那有點遠。這樣吧，我比較方便提早下班，妳選個地方，我過去跟妳碰面。」

「嗯，我想想，……倒是有個地方，我覺得還不錯。」

馬蒂把傷心咖啡店的方位描述給琳達，並跟她約好了下班後在那兒見面。

跟總務部要來一個紅包袋，馬蒂再一次裝入兩千八百元禮金。在下班之前馬蒂跟同事問明了路線，原來，由北新路往北走，取道順安街穿過舊橋，就是河邊的夜市。公司跟傷心咖啡店之間，只有十分鐘左右的步行距離。

走到傷心咖啡店之前，馬蒂駐足觀賞它的店招。那海水一樣藍的底色上，寫著白色的店名，特別之處在那個「心」字，其他的字都是冷靜的細明體，唯獨心字採用飽滿的顏體字，比其他字大上兩倍。在細細的白邊內，這個心以特殊的質材呈現出一種璀璨的寶藍色，上面還綴以幾盞細小的雷射閃光燈，不時晶瑩乍現銀白光芒。

馬蒂覺得那真像是一顆盈淚欲滴的心。

8

拉開傷心咖啡店沉重的玻璃門，馬蒂又一次被濃厚的菸味嗆得喉頭緊縮，音樂倒很輕柔。她稍作環視，就看見座上的琳達朝她招手。

穿過幾個桌位，馬蒂注意到今天店裡生意不錯，大致坐了七成滿，多半都是女客。小葉一人很忙碌的在吧檯上煮咖啡，他那些同伴全然不見人影。

「這邊這邊，」穿了一身緊俏小洋裝的琳達拿起她的皮包，將位置讓給馬蒂，「天哪！這裡真是個毒窟，妳不是不抽菸的嗎？怎麼會選這一家？」

雖然這樣說，琳達面前的菸灰缸上正燃著她的維珍妮亞香菸。馬蒂坐下了。

「大概是店名我喜歡吧？妳不覺得特別嗎？」

「嗯，很少見，這樣觸霉頭的店名。不過是夠特別了。」

「琳達，妳的氣色真好。」馬蒂衷心地稱讚，眼前的琳達比以往更加明豔。

「妳也是啊，我喜歡妳的髮型。」

「馬蒂！妳是馬蒂ㄏㄡ？」小葉跳到眼前，他的小男孩一樣的表情看起來高興極了。

「是啊，小葉。又見面了。」見到小葉，馬蒂也很愉快。

「害我剛才看了半天，妳跟上一次都不一樣。妳的禮物我收到了，真可愛。吉兒說妳叫馬蒂，怎麼寫？」

「做牛做馬的馬，花蒂的蒂。」

「嗯？」

「菸蒂的蒂。懂了嗎？」

「收到！」小葉很活潑地作了一個接飛鏢的動作，另一手拿出一個小包裹：「哪，這個送妳！」

「送我？」馬蒂驚奇極了。

「對呀。拆開看看嘛。我包了半天。」

這個包裹很扁，四四方方的。馬蒂拆開一看，是一片Pink Floyd的CD唱片。馬蒂非常感動，雖然她並沒有CD音響。

「喜歡嗎？妳走了以後，有一天我突然想到妳，就買了一片要送妳。」

「謝謝你，小葉，很棒的禮物。可是你怎麼知道我還會再來？」

「當然會來的，」小葉點頭，他的表情很認真，「來過傷心咖啡店的人都會再來的。」

馬蒂與琳達相視而笑。

「啊，有客人起毛菇了。」小葉看著隔桌對他招手的客人，他的用語馬蒂和琳達都沒聽懂。起毛菇，馬蒂想大約是不高興的意思吧？

「得過去了。對了，妳喝什麼，曼特寧？」馬蒂點點頭，小葉走開了。他走時還順手在馬蒂的臉上括了一把，很輕，馬蒂竟一點也沒感到被侵犯，反而微笑著。

「我想我知道妳選這一家的原因了，很可愛的男孩。」琳達說。

當然不是這樣。至少，似乎，好像並不是這樣，但是馬蒂微笑著並沒有反駁。

琳達偏過頭瀏覽店內的景致。她的眼光停留在梁柱上密密麻麻的相片海洋，很久之後才轉回過頭。

「那天的婚禮上，看見妳走開了，我很難過。」

「對不起。」

「不，我指的不是這個。我後來跟戴洛談過了，知道了那天的情形。世界有的時候就是這樣，很殘酷。傑生死的時候，學校曾經給他辦過公祭，戴洛去了，沒見到妳，大家那時候就很尷尬，不知道該派誰來通知妳，另外，也沒有人曉得怎麼聯絡妳。知道妳地址的，大概就只有我了，可是我卻沒告訴他們。我在想，妳可能不希望他們知道，也許妳不知道這個消息更好。我幫妳作主了，也不知道到底是對是錯。」

「都過去了。」

「妳真的這麼想？如果是這樣那就好。薩賓娜，我希望妳過得快樂一點。」

「談談妳的新郎倌吧。」

「我老公啊？老實人一個，他很愛我。我老媽還說我嫁給他，是我這輩子唯一做對的一件事。」

「他做什麼呢？」

「小進口商。他找了條路線，專門進口安全用品，有幾個門市店面，現在正在動腦筋做郵購直銷，說是今日的最有潛力商品通路。簡直是個賺錢機器他。」

「什麼樣的安全用品？」

「就是些家裡用的安全器材啦，像安全插座，在嬰兒用品店賣得很好；什麼火災警報器呀，浴室防滑墊啦，防暴警笛，反正那些杞人憂天型的顧客會買的東西通通都有。連狗的安全帶都賣，妳聽過嗎？就是車子裡防止狗摔傷的安全帶，夠好笑吧？就是有人需要。」

「聽起來不錯嘛，應該很有市場。」馬蒂說，她掏出準備好的紅包袋，「對了，上一次竟然沒有留下我的禮金，實在很荒唐，妳一定要收下，這是我的祝福。」

琳達收下了。小葉送上馬蒂的咖啡。

「薩賓娜，這些年來每次一看到妳，就是好幾年過去了。有時候我打開報紙，還想著是不是能再看到妳寫的詩，那麼美又那麼富有感情的詩。那時候大家都料定妳會做個詩人還是作家的，怎麼卻不再寫了？」

「不提這些了。琳達，我真的一向以為妳會嫁給陳瞿生，接到妳的喜帖時，我不知道有多意外。」

「他呀？唉，怎麼說呢？一場遊戲一場夢。」琳達輕輕攪著她的咖啡。

「可是那時候我看妳很愛他。」

「不知道，也許吧？」琳達重新點了一根菸，「我那個時候很叛逆，叛逆得連跟自己都要作對。唉，那個年紀啊，誰都不好受。」

「我在想，陳瞿生對妳倒是一往情深。」

「是嗎？」

「不然，他幹嘛來做妳的婚禮總招待？」

「是吧。」琳達的表情那麼飄忽，不知道她回想著什麼，抽了一口菸，菸頭倏然焚起一星光亮，又黯淡。

「記不記得我們在一起同居多久？」馬蒂問，她總是把她們的室友關係說成同居，「才一學期，有時候回想，覺得好久好久，好像有我對大學的全部記憶那麼久，有時候又覺得那麼短暫，好像還——」

「薩賓娜，」琳達突然打斷了馬蒂的話，「我覺得我對不起妳！」

「怎麼這麼說呢？妳是我大學唯一的朋友啊。」馬蒂萬沒想到琳達會說出這樣的話。

「妳先聽我說完。那一年搬進宿舍，認識了妳，我就覺得妳是個特別的女孩，那麼充滿夢想，像我一樣，那麼急著掙脫束縛。我覺得我的行為影響了妳。」

「不，妳沒有。」

「妳聽我說完，」琳達非常急切地蹙著眉，「我那時候只是想，我的生活是那麼不自由，大學聯考差點把我搞瘋了，一進學校後，我只是想，要做一隻小鳥，只要飛，飛，誰也抓不住我，誰也留不下我，……我過得很痛快，因為我什麼都不在乎。

「我知道我的行為太放蕩，但是我就是要跟大家的刻板挑戰。這是我的生命，我的生活，我為什麼要去管別人滿不滿意？跟妳不一樣的地方是，我可以真的不在乎。我那時候也惹毛了很多人，沒關係，我能夠自尋樂趣，幸運的是，陳瞿生又懂得做人。但是妳不一樣了，我看見妳越來越孤立，我看見妳陷進去一個封閉的世界，但是我自顧不暇，我忙著製造樂趣來填補我的生活。沒能拉妳一把，我很後悔。」

「不是這樣的，本來就不關妳的事……」馬蒂低頭撫弄自己的指甲。

「我想我們是都太寂寞了，為了不要被寂寞壓垮，我們做了很多傻事。」

「我以為妳的大學生活過得很豐富，很精采。」

「寂寞啊。」琳達輕輕吐出一口煙，「那麼少的人，可以了解我的感受。大三時我和陳瞿生就散了。之後連接換了七八個男朋友，覺得還是寂寞。走在校園裡，有時候以為我是活在一個異次元的空間，和其他人的距離無限遙遠。」

「琳達，為什麼我覺得妳在說的不是我認識的妳？我一向羨慕妳的人緣那麼好。」

「那是因為我夠強悍，堅定地走我的方向，同學們沒辦法，只好折服了。妳比較退縮，讓大家不知道該拿妳怎麼辦，但是我們心中那寂寞，還是一樣的。我後來在書上找到了一個名詞，叫做社會適應不良症，妳是顯性的，我是隱性的。大家都只看得到我在班上開朗活潑，其實我打從心裡孤立，我瘋了一樣在尋找，尋找一個不存在的，誰也不侵犯誰，誰也不管誰的世界。當然我找不到，所以我不顧一切的更加放蕩，想要侵犯每個人的人生觀給我做補償。」

「我不明白。」

琳達想要做一個瀟灑的笑容，但是馬蒂看見了她眼裡閃爍著淚光。

「薩賓娜，青春像是一場風暴，我們都像得了一場熱病，那時的想法，現在看起來，有時候連自己也不明白。但是我們都長大了。我結婚，因為再能飛的鳥也有疲倦的時候。現在我很幸福，我知道有一個人綁住了我，他是那麼絕對的包容我，不管我再怎麼飛，都知道有一個巢在那裡等著我。原來我需要的，就是這種感覺。妳明白嗎？」

琳達拭去淚水，看了看錶：「唉呀，不早了，我今天得早點回去。我們走了好嗎？要不要我載妳一程？」

馬蒂搖搖頭：「我想再坐一會兒。」

「好吧。」琳達站起披上小外套，頓了一下，又轉向馬蒂，「薩賓娜，跟妳說了這些，我突然感覺輕鬆多了。不知道為什麼，我總覺得妳很像我。」

琳達堅持請客付了帳，馬蒂目送著她正要走出去，門打從外面被拉開，海安像一陣風一樣走了進來。大概只有春風，纔能讓滿室花朵一般的女客們這樣隨之蕩漾。海安穿了一件短的皮背心，裸露出雙臂，低腰的牛仔褲，登山靴子，也不怕招搖地戴著一只皮護腕。他的雙臂結實得很性感，馬蒂看到他的左臂上有一個圖案複雜的刺青，他的左耳戴著一只刺眼的銅耳環，梳在腦後的小馬尾，也箍著一個黃澄澄的銅環。若是在街頭看到這樣一身打扮的人，馬蒂多半只會暗說一聲：痞子！但是眼前這海安多麼英氣逼人，只有讓人感歎，感歎自己的運氣得以觀賞。

琳達和海安錯身而過，她不禁回眸再看一眼海安，呆了，千萬種滋味竄上琳達的心頭，但她還是推門離去。倦飛的鳥從門外朝馬蒂揮了揮手，消失在夜色中。

在女客們投射燈一樣的注目下，海安走向最裡面那腰果型的桌位，小葉迎了上去，兩人交頭接耳地談了幾句，只見海安頗為粗暴地搓亂小葉的頭髮，搓得小葉都彎了腰，卻嘹亮地笑了起來。

小葉轉到店後面去，不久又端著一盤食物出來，很精緻，飯、菜、湯、蘸醬、飲料，小碟小碗的滿滿一盤。女客們現在都回復了自然的姿態，只是不時飄送過去一些溫柔的目光。海安也不在乎，開動吃起飯來。

原來這家咖啡店不賣飯，只服務自己人。馬蒂發現自己一口咖啡也沒喝，咖啡上面的奶油都已結成了薄膜，不想喝了，卻也不想走。

「馬蒂，妳看！」

小葉又來到眼前。他手上是一包綠白Y香菸，香菸盒上很別致的貼了一道紫色的環，看來是從馬蒂挑的那張包裝紙裁下來的。沒想到這小葉像女孩子一樣，花時間做這種小玩意。

「嗯，很可愛，你貼的啊？」

「是啊。」小葉反過一張椅子，抱著椅背坐下來，「妳朋友走了？」

「欸。」

「馬蒂，馬蒂，」小葉孩子一樣的唸著，「妳的名字真好聽。」

「小葉也很可愛呀，小小的一片葉子。告訴我，小葉，這間咖啡店就你一人招呼嗎？怎麼忙得過來呢？」

「唉，就是忙不過來啊。本來有工讀生幫忙的，現在剛好辭職了，都快忙斃了我。」

「那麼……那個海安呢？」

「咦，妳怎麼知道他叫海安？」

「聽你們叫的啊。」

「喔，他是店的合夥人。不過，應該算他是老闆吧，幾乎全部的股都是他的。」

「那麼年輕，就那麼有錢？」

「哇塞，有錢死了，他。」小葉睜大了眼睛。

「真好。」

「妳在這附近工作嗎？」

「對啊，就前面不遠，給你一張我的名片。」馬蒂掏出一張新名片給他。

「謝謝。」小葉很認真地看名片，又翻過來看英文的一邊：「Mathi，好奇怪的英文名字。」

「那是我的中文名字直接音譯，你的英文不錯嘛，發音很純正。」

「老師好嘛。」小葉指了指海安，「他的英文才好得嚇死人。」

「喔，真的？」對於這點，馬蒂就露出英文系本科生特有的不以為然。

「不信妳去跟他說說看，我介紹你們認識。」小葉跳下椅子，拉住馬蒂的手。馬蒂嚇了一跳，完全沒有心理準備。

小葉的手指很纖長，以一個男孩子的手來說，感覺上柔軟了點。他拉著馬蒂來到海安的桌前，扯過海安對面一把椅子推馬蒂坐下。馬蒂臉上一陣燒燙，她竟像少女一樣臉紅了，連自己都不能置信。

「打擾了，小葉一定要我過來。」馬蒂對放下碗筷的海安說，覺得臉頰更燙了。

海安猶自嚼著食物，很從容，臉上帶著笑意。

「我給你介紹，這是我的新朋友，叫馬蒂。做牛做馬的馬，菸蒂的蒂。」小葉看起來是真的很高興。

馬蒂實在想表現得與眾不同一點，但她卻不由自主地、不能免俗地掏出名片雙手呈給海安。

「這是我的名片，請指教。」

海安接過名片，看了看，他直視著馬蒂：「謝謝。我沒有名片。」

「那請教你貴姓？」馬蒂真恨自己，滿口俗不可耐的商場語言。

「考妳！我寫給妳看。」小葉嚷著說，以手指蘸了點開水，在桌面上寫了個峀字。

「k——k——」馬蒂唸不出來。

「唸可。」海安說，他的聲音那麼柔和，「我這個姓很少見。」

「峀大哥的姓全台灣就他一個喲。」小葉喜洋洋地說。

「難道你沒有家人？」馬蒂不由得問。

「都在國外。」海安取過餐巾擦擦嘴，推開餐盤，小葉跳起來很快地幫他收拾了桌面。

「啊，原來你也沒有家。」馬蒂第一次直視海安那神氣精采的雙眸。

「家？妳指的是住所，還是住著有親屬的地方？如果是後者，很幸運，我並沒有。」

海安搖搖手拒絕了小葉送上來的水果，低聲向小葉交代了幾句話。

「說的也對。」馬蒂低眸，「在我小時候，一直希望能有個家，這個遺憾曾經讓我叛逆，也自暴自棄。現在我到了獨立的年紀，是自己組織家的時候，對家的渴望和概念卻都茫然了。」

「這麼說妳渴望的是一種溫情的庇護了，不管那是不是家。」

「也許是吧。」馬蒂臉上的燒退了，終於恢復了她平時思維的水準。馬蒂看著與她對面而坐的海安，對他產生了一種全新的看法。

海安的飽滿的額頭與線條陽剛的下巴，還有他神采迫人的雙眼，都顯示著他發展良好的內在。眼前的海安，不只沒有靈魂脆弱的跡象，還是個體魄與精神上都特別強壯的人。

玻璃門重重地被拉開，馬蒂轉頭去看，才發現整個咖啡店幾乎座無虛席。進來的是吉兒。

吉兒拉開海安身邊的座位，一坐下就攤了一本工作日誌還有一大疊影印的資料在桌上，很暴亂地在揹包中猛掏著，終於掏出一支原子筆擲到日誌前。

「嗨，海安。嗨，馬蒂。」

「妳還記得我？」馬蒂有一點受寵若驚。

「記得啊。」現在吉兒把原子筆套銜在嘴上，翻著資料，咬字很不清楚，「妳上次來找小葉嘛，運氣不好，那天小葉不見客。」

對於她那天的不客氣，吉兒則略而不提。她今天高高地綁著個馬尾，瀑布一樣的長髮都光鮮地攏開了，還是沒有化妝。海安一手搭在她的肩上。吉兒完全埋首到她的資料堆中。

小葉用盤子盛了兩杯咖啡前來。「嗳，吉兒妳來了。」

吉兒還是埋頭看資料，只揚手揮了揮。

「馬蒂妳嘗嘗看。」小葉端給海安和馬蒂各一杯咖啡，「這是岢大哥特別指定的喝法喲。吉兒妳喝不喝？」

「不喝。」吉兒說。

小葉興味盎然地看著馬蒂，熱心解說：「這是用四分之三的特級藍山加四分之一的ＵＣＣ炭燒豆，混合煮出來後，澆上雙份的奶油，不加糖，再撒一撮肉桂粉。怎麼樣？」

馬蒂嘗了一口，真是苦，她嚥下了，說：「啊，這才叫含辛茹苦。」

海安笑了：「說得好。肉桂的辛味加上咖啡的苦味，就是要嘗那苦中的餘韻。」

海安也淺嘗了一點咖啡。

「海安，」吉兒將她的資料推到海安面前，用筆尖指著，「你看看這個字怎麼解釋。」

那是一份英文的資料，基於英文系畢業生的優越感，馬蒂也探頭看了。結果非常挫敗，上面的難字不少，吉兒所指的這個字，vicissitudinous，她正好毫無概念。

「唔，怎麼說，」海安的兩手在空中交互擺動，「兩相交替的循環，有盛衰交替的意思，這個字很少見。」

更大的打擊來了。吉兒隨後和海安用快速的英文討論著，內容似乎牽涉到一項古代的西洋法令，馬蒂卻只聽得懂七成左右。

小葉很無聊地左顧右盼著，等到他們討論完，吉兒又栽進資料堆中，他問海安：「岢大哥，你要的Bourbon還沒送到，我給你調一杯Dry Gin好不好？OK！那吉兒妳喝不喝？」

吉兒搖搖手，小葉又望馬蒂，馬蒂猶豫著，她的酒量非常淺。

「本店請客，馬蒂妳知不知道，只要坐這個桌子就是我們自己人了。」小葉揚起嘴角笑著，那令馬蒂無法招架的，無邪少年的笑容。

馬蒂含笑點頭了，在這麼熱情的地方，喝點酒又何妨？

「這麼大方，都不怕會虧本嗎？」馬蒂問。

「不會啊，」吉兒插嘴了，「有海安這頭金牛在，賠再多也不怕。」

小葉很俐落地調了兩杯琴酒送過來，又到吧檯上忙著了。

海安執起杯子，看著透明色的酒汁：「淡而無味，可是芬芳，就當它是酒罷……沒有酒的時候，到河邊去捧飲自己的影子……」

馬蒂並不想賣弄，可是她脫口而出接下去了：「……沒有嘴的時候，用傷口呼吸。」

海安非常之開心，但其實驚訝的是馬蒂。這只不過國內一個早期詩人的一首不聞名的小詩，她可從未想過與其他人分享。

「啊，我最愛的小詩之一。」海安說，「馬蒂，這些年，讀詩的人不多了。我們的社會正在被集體的平庸化侵沒。妳看看吉兒，她就不讀詩。」

忙著讀英文資料的吉兒並不以為忤，她正以拿菸的手很起勁地刮著後頸。

海安繼續說：「像吉兒這種人居多，肯花腦筋，但不肯花心。」

「你就有心了？」吉兒反駁了，「你的心在哪裡？天底下最無情的傢伙——」

海安眉眼含笑地等待著，但此時吉兒揹包內的手機響了，吉兒拿出接聽，一開始是敷衍的啊聲，不久後吉兒拿起筆忙碌的記錄著電話中的談話，非常專注。

馬蒂一口氣喝了半杯，覺得酒味還不錯，尤其是酒杯裡琤琮作響的冰塊，讓她感到從裡到外的清涼振奮。馬蒂喝完了一杯，小葉精細地又送上了新酒。

「海安，我這樣叫你可以嗎？今天是我第二次走進傷心咖啡店，不知道怎麼形容，我好像和這樣的地方格格不入，可是這裡吸引我。我覺得在這裡有一種特別的感覺，怎麼形容呢？……好像是一種自由。」

「那麼妳接收到這裡的真正頻率了，妳看看她們——」海安用下頷指鄰桌的女客們，「她們之中，大半是為了來看我，結果她們只有更不自由。」

馬蒂再喝了小半杯酒，海安的直接讓人難以接口，但她不知道哪裡來的勇氣，更直率地說了：「你怎麼知道我不是來看你？」

「如果是這樣，那麼妳的損失就大了。」

海安連喝酒時嘴角也上揚著，是在笑嗎？馬蒂一說了剛才的話就吃了一驚，難道是喝醉了？不然，她的言語怎麼這麼不受拘束？

「哼，我不信！」吉兒與電話中的對方高聲辯駁著，「那只不過又是對媒體的片面之辭，要相信了我們就全都是傻瓜！你聽著……不，你聽著……，好！你先說……」

吉兒又取筆記錄起來。海安點了一支菸交給她。馬蒂注意到他抽的也是綠白Y。

「吉兒是記者嗎？」

「正確。她跑產業新聞，可是偏好政治性問題。」

「我羨慕你們，各有一片自己的天空，我感覺到你們的生命的舒展，很能隨興。」

「那麼妳呢？」

「我？……我覺得我的生命一團糟。說了你可能不相信，有人為了愛流浪一生，有人為了夢掙扎一世，我羨慕那樣的人，因為他們比我幸福。我的問題在沒有愛，沒有夢，我找不到方向。我總是羨慕那些確實知道自己要做什麼的人。我的生命那麼茫然，我會做的只有逃避。」

「在我看來，那是因為妳確實知道妳不想做什麼。」

這個說法倒像是當頭棒喝。海安的面容煥發著沉靜的神采，馬蒂幾乎覺得她看到了一顆寬闊的心。喝下了小葉送上來的第三杯酒，她才發現小葉不知何時坐在她的身旁。

「你知道嗎，海安？與你談話之前，我幾乎要以為你是個那種在台北東區可以見到的，前衛又頹廢的龐客族了，跟你談話後我更好奇。你平常做什麼呢？」

「妳指的是工作與身分？我沒有工作。」

「聽他亂講！」小葉不同意了，「大哥在股市裡有好幾千萬的股票，每次進號子，坐的都是貴賓室。」

「那並不是工作，小葉，不是嗎？我還是沒有工作，但那又怎樣？」

「那……那……」馬蒂想著措辭。對呀，那又怎麼樣？

「妳的意思是，那沒有建設性，做為一個人，我的存在對社會沒有建設性。是嗎？」

馬蒂思考著，沒有工作的人對社會沒有建設性，但是對社會沒有建設性，那又怎樣？

「這個問題的前提是什麼才叫工作。」海安接著說，「人們一般能認可的工作，是既有的歸類下的產物，要有身分，有名銜，有收入，最好有清楚的作息週期，具體的產出或成績，然後人家才認為你是一個有工作的人，才認可你的生活。我們都被社會機器——」

「異化了？」馬蒂接口。

「對，馬蒂，異化了，變成先有工作，有身分，然後才有人。」

「這令我困惑，」馬蒂說，「我自認為不是個懶人，可是在人前我非常頹廢。有一陣子我拚命地讀詩，可是不會有人認為那是工作，好像單單清楚的自覺對世界並不構成貢獻。」

「嗯。有點意思了。」海安的微笑帶有鼓勵的意味。

「所以我才那麼茫然。我覺得非常不自由，因為我對我的生命的支配權這麼少。我剛剛找到一個新工作，那沒有令我更快樂，可是我沒有選擇。我想是我的能力不夠，連養活自己都夠吃力了，卻還想要得更多。有時候我頹廢得想做一個一無所有，跟任何人都沒有關係的流浪漢，可是我知道那不可能，我連想靜靜地躲在家裡，都得編出一個對別人說得過去的理由。」

「那是因你們都忘了你們與社會互為生存的關係。」吉兒搗住話筒，插嘴了，「人的自覺，對生命意義的追求當然都重要，但是不要忘了，我們都活在社會中，當然社會對我們有一定的規範壓力。你要追尋自我，Fine，但是不要同時變成社會的廢人，垃圾！」

「那又怎樣？」海安說，他的語氣帶著調侃。

「受不了！」吉兒轉頭對話筒說，「你等著，我再Call你。」

吉兒掛斷了手機，高聲說：「你們的論調有嚴重的自我主義問題。要知道極端的自我主義是最頹廢的。你們的生命被社會滋養，卻不願意對社會做任何回報，還媽的侈言你們靈魂中的清晰就是對社會最大的回報。要做什麼樣的人當然隨你的便，但是在享有你們的極端自我時，不要忘記你們的自我得來自別人的自律。沒有別人對社會的建設性，你們連頹廢的屌份都沒有！自由的前提是群體足夠的自律，融入社會倫理的生命！」

「做為一個康德的信徒，妳的論點很透徹。」海安說，「妳的意思是沒有社會存在在先，就沒有灌輸到我們身上的知識、文化、文明教養，造成我們足夠的自覺，自覺到沒有自由的痛苦。沒錯，如果我們追求的不僅僅是動物一樣的自由，而是在理性上施展自我的自由，那麼社會的存在在自由之前。可是我們在談論的是兼具理性與獸性的自由。既然說到人與社會互為生存的關係，妳就不能否認這種自我主義中頹廢的積極性。沒有自我主義，甚至沒有寂靜主義，那麼這個社會就真的沉悶沉寂了，在這樣的世界裡，連只知道自律的人都要無聊得跳樓。」

「強辭奪理！海安你只肯說不肯聽。沒時間跟你作無謂的辯爭，我還有一大堆要命的工作要做，而且是對人類前途有真正意義的工作！」

「我們讓我們的新朋友困惑了，跟妳辯論不如去跳舞。」

海安真的去跳舞了。在吧檯前的小舞池上，海安一個人獨舞。

馬蒂留在座位上，因為酒醉搖擺著，跟跳舞差不多。海安與吉兒的辯論中的社會學名詞部分，她雖然熟悉，但她卻沒有這種暢然運用、便給表白的能力。她很羨慕。

「我厲害吧？」小葉跳回馬蒂身邊的座位，馬蒂甚至連他什麼時候離開都不知道。他喜孜孜地說：「每次大哥跟吉兒吵起來，只有我知道怎麼收場，就是放這首音樂。」

聚光燈下，海安一個人獨舞。那真是馬蒂有生以來最賞心悅目的景象。如果能把人的注視像麥穗一樣地收割起來，那麼此刻在傷心咖啡店裡是個瘋狂的大豐收，豐收後還隨之有酒池肉林中最縱情的犧牲祭典。女客們的最深藏的慾念隨著海安的軀體搖擺，Daryl Hall & John Oates的經典名作：Out of Touch，在海安的舞姿中，真的讓所有的人掙脫了身體上的拘束，只剩下強烈節奏中的搖擺、搖擺、搖擺。

「媽的，海安每天多跳幾場，我們就真的發了！」吉兒說。

「這些客人，她們怎麼不去和海安跳舞呢？」馬蒂大著舌頭問。

「岢大哥不太答理客人的，她們都知道。」小葉說。

「廢人一個！」吉兒說，她拿出手機撥電話，乾脆走出傷心咖啡店，在外面打電話。

「我的天，海安跳得真美！」馬蒂由衷的讚歎。

「妳不知道，吉兒才厲害，」小葉說，「她以前是舞蹈家，後來才不跳的。」

馬蒂這輩子最不可能扮演的角色之一就是舞蹈家。但此時她也放開了，隨著超強喇叭放送來的音樂逸進一個自由的境界。事實上，連最拘謹的女客都比馬蒂還要放縱，傷心咖啡店裡，只見人人各隨自己的韻律，在狹窄的座位間舞蹈擺蕩，大膽一點的，就到舞池邊扭擺著她們青春美好的軀體。但所有的青春美好的總和，都不如海安一人的舞姿，馬蒂的醉眼不能離開強烈閃光燈下，海安自由舞擺的美好胴體。青春鳥，在她的醉眼中，看到了一隻熊熊熾燄中的青春之鳥。

砰一聲，馬蒂仆倒在桌面上，她聽到自己的前額與桌子的巨大撞擊聲，並因此嚇了一跳。很奇怪的是一點也不疼。就這樣趴著，她開始覺得反胃。強烈的舞曲沉寂下來了，現在變成很柔軟飄忽的旋律，其中還有像戈利果聖詩一樣的輕輕吟唱聲。這音樂馬蒂就很熟悉了，Enigma的River of Belief，她向來非常喜歡的曲子，每一聽及就好像打開了心靈，與天地最幽冥深邃之處交會，並互放光亮……「真正的天籟之音！」她自言自語。

小葉扳起了馬蒂，以一塊冰毛巾覆在她的額前，又拿起馬蒂的右手壓在毛巾上。

「自己壓著。」小葉說。

「謝謝你呀，小葉你真好。」馬蒂說，不能抑制自己像傻瓜一樣的笑容。她看了看左右，客人們都冷靜多了，啜飲著她們的飲料。原來這咖啡店到了夜裡就成了酒吧。

馬蒂看了一圈，才發現海安不見了，小葉坐在她身邊抱著貓，吉兒則已回座，又埋首資料堆中。

「吉兒妳回來了。聽說妳是舞蹈家。」

吉兒重重放下她的筆，俯首靜了幾秒，才抬頭看著馬蒂：「誰說的？舞蹈家這三個字不懂就奉勸妳不要亂用。」

「妳不要理吉兒，」小葉忙打圓場，「她就是這樣，峕大哥說她是刺蝟。」

「對，我就是要刺，」吉兒氣勢洶洶對著馬蒂說，「我要刺得妳多活出些自覺來，不要以為自己讀了幾首詩就多麼超脫了，像活在夢中一樣。生命在實踐，不在夢遊，妳懂嗎？我最恨的就是像妳這種睜著大眼睛像少女漫畫一樣，唯美得忘記了現實的人。妳為什麼不回家去讀妳的禾林小說？」

「我？」馬蒂非常委屈，她覺得吉兒誤解她了，但又沒有勇氣反唇相譏。馬蒂雖然醉得腦中一片混沌，不過這點自知之明倒還是有的，她知道即使在清醒的情況之下，她在言辭上也不是吉兒的對手。

傷心咖啡店外響起一聲尖銳的喇叭，那是海安，他跨騎在一輛重型機車上，引擎轟隆隆地咆哮著，海安的背後坐著一個男孩，他正背轉過去看著街的另一邊，馬蒂看不到他的面孔，只見這男孩的背影和海安一般頎長高大。

海安催足了馬力，迴轉過車頭呼嘯而去。在轉車的一瞬間，馬蒂看見了那男孩的面容，是個外國人，很年輕，大約二十五歲上下。男孩的長相非常乾淨俊朗，他回眸望著傷心咖啡店，但那深邃安靜的眼神又似乎什麼都不看。

小葉抱著貓站在玻璃門後，目送他們離去，門外的店招燈光將他鑲了一身的藍。小葉輕輕撫弄著貓。馬蒂以手撐著額頭，睡著了。直到小葉搖醒了她。馬蒂花了十五秒鐘，才看清手錶上指著十二點半。

「馬蒂，我們要打烊了。妳怎麼回去？」小葉問。

「坐計程車吧。」

「那麼醉，怎麼坐啊？」吉兒很不耐煩地說，她正收拾著她的資料。

「沒有關係，你們不要擔心我。」馬蒂站起身，試著不讓自己的姿勢太過歪斜。

「妳住哪裡？」吉兒問。

「木柵。」

「還算順路。我送妳回去。」吉兒背起背包，一手支撐著馬蒂的臂膀，拖她走了出去。

在吉兒的車中，馬蒂的噁心感越來越強。所幸她今天沒吃晚飯，不然很可能隨時就吐在車上了。吉兒的車速非常快，還偏好輕快的急轉彎。一路上，吉兒不停地在聽一卷市議會質詢錄音帶，內容似乎與台北市郊一筆土地重劃問題有關。

帶子的內容對馬蒂來說很沉悶，兩個人都非常靜默。吉兒專心聽著帶子，還不時拿筆在拍紙簿上記下一些東西。她筆記的時候，另一手同時開著車，一點也沒有減低車速。

「妳常這樣開車嗎？不怕危險哪？」馬蒂試著劃破沉默。

「沒問題。」吉兒簡短地說。

「吉兒，妳為什麼討厭我？」

吉兒看了馬蒂一眼，她索性把車子停了下來。

「我是討厭妳。」吉兒說，「我討厭所有圍繞在海安身邊的女人。」

吉兒停掉錄音帶，搖開車窗，點了一支菸。

「為什麼呢？」此時馬蒂體內的酒精量，正好揮發到鎮定神經的程度。醉意過去了，她的思考反而比平時冷靜清楚。

「因為妳們大多是笨蛋。」吉兒說。奇怪的是，這麼重的話之下，她的語氣卻是不協調的輕柔。她說：「妳們都陷入了一種要命的偶像崇拜。妳們看見了海安的美，海安的不平凡，簡直像是美夢成真一樣，於是妳們就甘願矮化自己做海安的崇拜者，逐漸嚮往、認同他的價值觀。要知道海安跟我們不一樣，他是天之驕子，生來就富有、強健、智慧過人，所以他有本錢頹廢，有本錢做一個跟社會大眾反其道而行的自由的人。這種人是世界的點綴，我承認是美麗的點綴，可是我要謝謝老天，這種人非常稀少，因為他們同時撩起人的夢想又摧毀人的方向。海安他，只為自己而活，要愛上他妳就得準備好賠上所有。」

「那麼妳呢？妳不是嗎？」

吉兒突然轉過頭來面對馬蒂：「我不一樣，我可憐海安。」

如果真是這樣，那麼馬蒂為什麼看見她的雙眼中有無比的哀傷？

9

鬧鐘鈴響，馬蒂正在做最後的夢裡纏綿。那是一個有關於陽光與海洋的夢，在白色的沙灘與海水之際，聳立著一座潔白的、希臘式的石柱大門，大約有十公尺那麼高的大門。馬蒂從門內看見遠方寧靜的海平線，還有藍天裡幾朵暖洋洋的白雲。陽光是那麼的強烈，彷彿馬蒂的眼睫都要被曬出鹽的結晶，海和天都呈現飽滿的高彩度，鹽和色彩刺激著她的雙眼。

終於轉醒了，一睜眼就透過床頭的窗子看到了天空，那台北典型的，即使是晴天也呈淡灰色的天空。

接下來的步驟是制式的，馬蒂漱洗，換穿上班服裝，淺上一些粉底，畫眉毛，吃了爸爸和小弟吃剩的稀飯，再畫上口紅，出門，走一段長長的路去景美女中搭公車。

這一段路得走上二十分鐘，不過從木柵到公司有一班252號公車可直達，不用轉車，算是十分幸運的了。馬蒂一邊走，一邊第二十次對自己承諾，要買一雙運動鞋專供自己走這段路用，上班用的高跟鞋則放在公司中換穿。

從景美女中到公司大約不到幾公里，但是公車可以足足開上三十分鐘，因為正是早上的塞車高峰期，車潮總是準時凍結在寶橋上。

馬蒂也曾經想過帶一些英文書籍在公車上閱讀，一方面排遣塞車的沉悶，一方面加強英文功力。但最後她終於承認在公車上自修之不可能。不是因為車子時走時停的顛躓，不是因為車廂內劣質喇叭放送來的刺耳音樂，主要是因為車上那呆滯，那來自所有人互相感染、共同滋長的巨大的呆滯。

花了約一個鐘頭的奮鬥到達公司，馬蒂差可告慰的是，她的行程勞頓還是同仁中較輕微的。比方說會計部的艾瑪，因為無力負擔賃屋台北的開銷，畢業工作至今，還住在蘆洲老家中，早晨必須轉搭三班車抵達公司。那等公車望眼欲穿的滋味，她每天足足嘗六次。

比方說業務部的小陳，舉債三百五十萬，在汐止買了一間公寓，每天來回開車往返家與公司的時間有四小時之久。一天生命中的四小時！馬蒂開玩笑說，乾脆再加四小時在車上，做個計程車司機好了，收入並不見得短少。這玩笑話很讓小陳惆悵了一陣子。

早上的工作多半是忙碌的，因為陳博士有將會議集中在上午開完的習慣，馬蒂一律隨侍在側。而且馬蒂也謹遵「我的提示單」上的鐵則，盡量利用上午做思考性的工作，並在午休前詳驗一次工作日誌上登載事項。

有一件事馬蒂無法遵從，那就是「每週和不同部門同仁午餐三次」一項。中午是她的私密漫遊時光。雖然公司左近的市容那麼雜亂擁擠，她還是盡其可能地往內在找尋一些遊蕩空間。比如說到三商去看看少女髮飾和項鍊，到文具行挑一疊小卡片，或者到速食店中點取一杯熱咖啡，順手攤開自己的小手冊，在其上寫下一些與自己的內心對話。

午餐是很好打發的。為了應付每天中午如洪水出閘覓食的上班族，這附近衍生了很多吃食店，在經過長期的市場自動調節後，大略可分為兩種型式：五十元一客的飯食，及一百五十元一客，附有咖啡的商業簡餐。除了特別的社交聚會外，同事們大都買很簡單的便當回辦公室對坐而食，自奉相當樸素。

企劃部的小宋說，我們這一代白領階級叫做洋蔥族，外表光鮮，人模人樣，一經剝開外衣後，那真相辛辣得叫人掉淚。台北的生活就是這樣，五十元便當一吃半個月，上一次KTV卻要耗去幾星期的午餐費；穿著仿香奈兒剪裁的優雅套裝，卻擠在公車中做難民狀。若是斗膽舉債做了揹屋族，那麼就更有長達一二十年的拮据辛酸。

「你不想揹房屋債？很好。」業務部的小陳說，「但是最好保證你到五十歲還這麼想。我告訴你我這房子是為孩子買的，免得孩子大了，再苦一次，他會怨我。」

一天下來，馬蒂的精神尚好，但擠了公車回家後，大致上就累壞了。她脫了鞋進門，就聽見阿姨高聲的談話。

「啊？沒空？」正打著電話的阿姨瞄一眼馬蒂，「好嘛，那你就不要回來，反正你大姐還住在你房間，你要回來，那怎麼辦？」

馬蒂進了房間，將提包拋在床上，順便把自己也拋在床上。上班滿一個月，今天陳博士特別請她吃了午飯，那種附有咖啡的商業午餐，並告訴馬蒂，由於她的傑出表現，陳博士破格提前結束她的試用期。

「恭喜妳！從現在開始，妳是公司的正式員工了。」陳博士說，「妳已經是公司組織的一分子，希望妳與公司共同成長，共創明天。」

為什麼馬蒂覺得這明天不太具有誘惑感？做為公司組織的一分子，那明天早已登錄在公司前程規劃上。馬蒂的年資會累積，職級會增長，從董事長祕書到特助到某部主管，月薪從三萬到五萬甚至到六七萬，每年再多買幾件仿香奈兒的高貴服飾，每隔一兩週與同事去KTV徹夜狂歡。然後呢？馬蒂會老，老得像劉姐一樣，她的職務範圍會在整個組織上盤根錯節，她的生命和公司會互相瀰漫充滿，最後呢？也許買到了一棟房子，繳清了貸款，人也正好老得退休了，無事一身輕，卻也耗淨了體力和青春。

馬蒂滾落下床，啪一聲她跌在地上，覺得很痛快。她來到桌前，取出昨晚到重慶南路買的一袋書，珍而重之地打開，像是打開一扇面海的窗。

昨天，下班之後，她搭上熟悉的252號公車，不同的是她去對街搭了相反的去向。公車直駛到火車站前，她下車走到重慶南路，久旱逢雨一樣見書就買。她買了李維史陀的《野性的思維》，尼采的《查拉圖斯特拉如是說》，《瞧！這個人》，《歡悅的智慧》，叔本華的《意志與表象的世界》，還有依賽柏林的《自由四論》。買完之後她意猶未盡地在書街上漫遊，直到看到了那個男孩子。

那是個非常非常年輕的男孩，眉眼之間還保有少年的慓悍爽朗。事實上，馬蒂是先看到圍觀在男孩身邊的人群，然後她排開群眾，才見到男孩。

男孩子正在向一具電動遊樂器挑戰。很簡單也很蠢的遊戲，遊戲機上的主要機件是一只拳擊沙袋，男孩只要擊向沙袋，就可以與遊樂器中的惡魔格鬥。那惡魔還分三個等級，分別是一隻蟹狀的大海怪，火車，和襲擊地球的流星。

男孩子使出驚人的爆發力，以每一擊超過130公斤的拳頭，將惡魔們擊得粉碎稀爛，一口氣通過三關。但是男孩子還扼止不住他的怒火，他再投幣，再擊拳，一次又一次，怪獸們紛紛潰敗逃散，卻還躲不開男孩的瘋狂追擊。在圍觀人群的激烈讚歎中，男孩投幣七次，廿一個重拳，怒擊得遊戲機一再重新組合它的拳王排行榜。

在眾人和馬蒂接近崇拜的注視裡，男孩子離開了。高高瘦瘦的男孩，背著一只舊書包，一隻手壓覆在他疲於重擊的右拳上。大約是血肉模糊了吧。人群很滿意地散了，馬蒂打開筆記本，她覺得不應該忘記這一天所見證的激昂。她看到筆記本上的日期，登時明白了一切。

這一天是六月廿九日。在這個與南陽街補習班近在咫尺的重慶南路上，馬蒂明白了，大學聯考，就在後天。

馬蒂在重慶南路熙攘的人群中再也找不到男孩的背影，但是她卻彷彿回首望見自己年少時的徬徨。在速食店熱鬧的音樂中，馬蒂打開新買的每一本書，在扉頁上記下這一天的日期。還有兩天，就是大學聯考，這一考定江山的日子，拘禁了多少年輕的靈魂？主宰了多少功利導向的，還沒懂得選擇就被選擇了出路的人們？馬蒂吃了一些薯條，喝了半杯可樂，還是忘不了那個男孩子忍受著劇痛與劇烈憤怒的臉龐。

現在馬蒂再度打開她的書。這些書，並不一樣。它們不是教科書，即使在大學裡也沒有人建議馬蒂讀它們。這些書並不健康，妳還是專注在妳的講義上吧！馬蒂彷彿聽到她的學長們這樣建議著。健康的，是那些為了試卷整理的教材，馬蒂花盡一個少年的熱情消化了它們，同時感覺到自己生命中盛熾的消化不良。

在這個擁擠的國度裡，所謂出路是一條太狹隘荒涼的途徑。走過了它，就得承受思想中難以逆向的窄化與小化。馬蒂忘不了那個拳擊少年的面孔，還有自己十八歲面對考試時的抑制與迷惘。她終於想到現在就在隔壁的小弟，那還有十三小時就要面對聯考的馬楠。

馬蒂起身到馬楠的房間，看到了小弟坐在書桌前的背影。他一側目察覺到門口有人，只見馬蒂朝他揮揮手，輕聲說：「加油，再兩天就熬過去了！」

不想打擾小弟的最後衝刺，馬蒂轉身正要走，聽到馬楠喊了一聲：「姐。」

馬蒂回頭對馬楠溫柔地笑笑，一個姐姐一樣的笑容。馬楠長得好大了，真的好大，連呼喊她的聲音，也由童音脫胎成了年輕男人的粗聲壯氣。馬楠看著她，神色中有些期盼，馬蒂走進他的房間，在床沿坐了下來。

「都讀完了嗎？」馬蒂問。她看見馬楠的書桌收拾得很乾淨，桌面上是一大疊講義，所有的課本都整齊地歸位在書架上。比起馬蒂聯考前夕的兵荒馬亂，小弟看來從容不少。

「姐。」馬楠又喊了一聲。從他的表情，看不出疲勞或緊張，馬蒂注意到他額前有繁星一樣的細小粉刺。

「嗯？」

「記不記得妳聯考前的心情？」

「嗯，滿緊張的，可是又緊張得沒有時間著慌，只能說很亂吧。聯考前一天，所有的讀書計畫都亂了譜，只能抓到什麼讀什麼，像押寶一樣聽天由命的感覺。」

「我是問妳真正的心情，妳不鬱卒嗎？」

「鬱悶是有的，誰喜歡死背強記，讀那些枯燥的東西呢？尤其是讀一些連你都覺得蠢的東西，但是這鬱悶是這麼長久，到了聯考前一天，早已經不重要了，變成一種慨然赴考的心情。你懂嗎？既然沒辦法，制度就是這樣，那麼就衝過去，把所有的付出兌換出代價出來，總不能白白讀三年哪。」

「可是我怎麼不是這麼想？」馬楠兩肘擱在桌上，雙眼中很空茫，「姐，妳幫我把門關上好嗎？鎖上它。」

馬蒂照做了。馬楠俯身在書桌最底端抽屜摸索，掏出一包香菸，詢問地望一眼馬蒂，她搖搖頭，馬楠點了一根菸，以喝光的雞精空瓶充當菸灰缸。

「我覺得到了今天我的鬱卒達到了頂點。」馬楠說，他很熟練地將香菸深深吸入肺部，緩了緩，再吐出煙霧。「姐，妳覺不覺得這種人生沒什麼意義？人的一生短短數十年，最好的年輕時光，應該是很狂野很奔放的時候，我們卻綁在書桌前，除了背書還是背書，不背的時候就寫作業。我會考過去的，我知道，可是這些年輕歲月誰來賠我？問題是這個問題並不只發生在我身上，幾乎每個人都一樣，大家都一樣慘，在最富感情最富夢想的年紀裡，強忍著青春期本來就很嚴重的騷動不安，日復一日，捏著鼻子生吞活剝這些教材，物極必反，書上說的，大家都這麼壓抑，我很懷疑我們能組成多美好的社會。」

「可是你所讀的教材，並不全都是只用在考試上啊。想一想，英文能力多重要？那可以幫助你出國遊歷。數學也很好啊，你將來每一天的生活都離不開數學。歷史，經過編年整理後的歷史教材是很枯燥，可是那提供你一個基本的審世視野，將來你對世界上的每個事件都可以發展出你自己的看法和批評。甚至化學也沒有白讀啊，不明白酸鹼中和的道理，你在生活上可能會少掉很多應變能力，不是嗎？」

「聽起來是大人的論調。」馬楠說，「大人為了哄小孩子乖乖想出來的輕鬆的應付論調。可是事實上就不是這樣。數學很重要，不懂數學連買菜都困難，可是如果我不想當數學家，那我一天到晚唸唸有辭 $\sin 2\alpha = 2\sin\alpha\cos\alpha$ 對我有什麼意義？我喜歡歷史，可是我情願讀歷史小說，也不想去背鄭和下南洋七次，六次在明成祖一次在明宣宗時代，當然我全背了。還有國文，妳告訴我，劉義慶是哪一朝哪一代人，他出任過哪一州的官？說不出來吧？妳可能連他寫世說新語都不記得了，那妳當初背那些東西不是只為考試嗎？我知道妳很會寫詩，可是我問妳建安七子是哪七個？十三經是哪十三經？六才子書是哪六本？背這些對妳創作起過作用嗎？這個世界很荒唐，大人說我們弄一套東西來做標準，再比較大家背它們的成績來決定你的未來，然後大家就一二三開始背。六年，你什麼都不是，只是背書機器，背的東西又和你那麼遙遠不相干，妳想一想，這不是大家共謀一起開在自己身上的大玩笑嗎？」

「不只是這樣的，馬楠。有些東西背起來很辛苦，考過後好像又拋開了，你會懷疑到底背它來何用。像建安七子，我現在頂多說得出孔融跟王粲兩個，可是重點不是在背下他們全部，而是你在讀到那個章節時所浸淫到的文化教養，這些或多或少都形成你與其他人之間的共同語言，認知上的共通資源。這些我覺得很重要啊。」

「又是大人的論調。既然是文化教養問題，那為什麼不把教材弄得有感染力一點？到處都是提綱挈領的條列式重點，一點感情也沒有，然後再叫你去背。這不是生吞活剝是什麼？文化教養的目的我可以同意，可是這個過程太死板僵硬。為了聯考，我們連心中那一點天真創造力都快磨光了，這樣我們以後能有什麼文化？」

「這麼說，你反對聯考制度了？」

「我不知道。」馬楠搖搖頭，「我真的不知道。聯考是殘酷卻又方便的方法。大學窄門人人都擠破了頭，既然供不應求，自然就有所挑選，有所淘汰。只是這個挑選的標準太表面化了。我有一個好朋友，大家都說他是才子，又能寫又能唱，可是他不能背書，所以他註定在聯考前面是個敗將，是個不良品，是個退貨。我連他明天會不會去應考都不知道，可是我知道大學之門不會為他開啟。很矛盾，我覺得他是我所認識的人當中最聰明的一個，在聯考面前，卻沒有人在乎這點。

「但是如果沒有了聯考制度，我更不敢想像。我覺得這個社會很腐敗，如果改用推薦制度，那會更糟。聯考制度是以大家勉強自己背書的自制力來論英雄，如果換了一套甄選評薦標準，那結果只不過是叫大家轉換一套爭出頭的本領來度過這六年，恐怕這下連本身的自制力都不夠用了，還要看老爸老媽的財力，逢迎媚上的能力，或壓抑自己性向的團體適應力。這不是更辛苦嗎？」

「我還是覺得偏激了一點。重點是你改變不了制度，那麼只有征服它，不然做個失敗者，像你的才子朋友一樣，他損失了人生中更多的機會，你覺得值得嗎？馬楠，我從來不知道你的口才有這麼好，你準備考哪一組？」

「第一類組。」

「想讀什麼科系？」

「法律。」

「讀法律很辛苦的喲，是對當律師有興趣？還是政治？」

「不一定，還沒讀我不確定。可是妳知道讀法律是爬到社會巔峰的最快途徑。從小到大我所有的讀書過程都在學怎麼爬到別人上頭，怎麼去贏。學校裡是這樣，社會也一樣。社會裡比較的是財富，我不覺得做一個有錢人有多高尚，可是那比較有樂趣，至少有不必再屈己從人的樂趣。這個世界的度量衡是錢，我想通了，既然生存的是這種環境，那只有盡量做一個強者。你改變不了制度，只有征服它，妳說的這點有道理。」

「然後呢？爬到社會的頂端，再想辦法製造一些改革，讓這個世界合理一點？」

「妳想聽什麼答案？」馬楠譏誚地揚起眉睫，馬蒂愣住了，她覺得一點也不認識眼前的這個小弟，或者說，她從來也不認識他。從小到大她與馬楠的對話的總和也不如這次多，她覺得這個向來與她不親的弟弟出乎意料的聰明，思考與邏輯超齡地清晰，但又太過清晰剔透，隱隱約約間透露著什麼缺憾。

是了，馬楠的天資呈現出的不是寬大卻是無情。但能怪他嗎？就像他說的，從來他所學習的課程就是消蝕熱情的壓抑，還有爬到別人頭上的快感，這不只不是適應不良，還應該說是馬楠太過度的適應了他的環境。

現在馬楠一手搔著頭，瞪視著窗外的暗夜。他沉思的時候，表現了一些童年時的模樣，他問：「那妳呢？姐，妳當初怎麼選科系的？」

「也沒什麼特別的理由，首先讀的就是社會組，註定走文的路線，又覺得女孩子讀外文適合，就填了外文科系，除了東方語文系，我把所有外文系都填上了，然後就聽天由命，考上英文系。當年我只要低一分就是讀德文了，再高零點五分呢，離譜，是政大阿語系。」

「簡直像是閉著眼下注嘛！那妳為什麼又去輔修法文呢？」

馬蒂還沒開口，耳邊響起一陣敲門聲，馬楠連忙收起香菸，馬蒂去開了門。是阿姨。

「吃晚飯了啦。」阿姨說，「欸，馬蒂，妳怎麼在這裡？妳小弟明天是要聯考的ㄋㄟ，還在跟他聊天，妳做大姐的怎麼都不會幫他想一想？」

馬蒂回房間了。阿姨還在背後叨唸著，但她充耳不聞，因為她心中充滿了小弟最後一句問話。為什麼輔修法文？

為什麼輔修法文？因為她本來只在志願單上填了五個學校的法文系。那時，高中校長居然將她召進校長室，諄諄教誨，她的成績不錯，應該可以填更多志願，可以為學校爭光云云。在校長的不吝指導下，她重填志願單，結果考上英文系。

閉眼下注也罷，命中註定也罷，在那所大學的英文系中，馬蒂碰到了助教傑生，傑生的笑容是那麼燦爛，他的言行是那麼的狂放不羈。

大一上學期，她在一個陽光燦爛的下課的午後，碰到傑生，馬蒂問他，怎麼辦理輔修法文手續。

傑生揚起嘴角，瀟灑地笑了：妳想學法文？Mon enfent, ma soeur, songe à la douceur, d'aller la-bàs, vivre ensemble……

波德萊爾的詩。馬蒂後來也學會用漂亮的法文唸這首詩了。

幾個月後，她搬去與傑生同居。

馬蒂坐在床頭，仰望著窗外黯沉的天空，阿姨的聲音非常遙遠。

在床邊的牆壁上，馬蒂貼上了她從那只皮箱中找出的舊世界地圖，這樣子，她在床頭坐起時，可以看天空，躺下時，可以看地圖。

地圖上，一顆閃亮的紅星星標示著馬達加斯加島的所在。高二時地理課本上的資訊太貧乏，馬蒂特別到圖書館去查閱資料，藉著世界地理百科全書，她逐漸了解了這個島嶼。

馬達加斯加，面積587,041平方公里，幾乎有台灣十六倍大，人口一千三百萬人，幅員廣而人蹤稀，位居非洲大陸東南隅海外，地處南回歸線上方，氣候與地理條件與台灣相仿。島國常見的小山小水，攝氏十度的冬天，彷彿是一個放大又放鬆的台灣翻版。在那裡，四季溫和，蔥蘢鬱秀，物產豐美，盛出珍禽異獸。首都為安塔那那利佛，居民多為非亞混血後裔，在中央山脊四周的青翠平原上，人民種水稻，紡紗，恍若一片南中國風光。

馬達加斯加，原名馬拉加西，曾為法屬殖民地，官方語言法文沿用至今。

10

馬蒂是在與陳博士的私下會議中接到那通電話。陳博士正很陶醉地描述公司下半年度經營策略，馬蒂同步筆記整理時，總機轉接來了一通找馬蒂的電話。

「對不起，我知道陳博士交代過不要打擾，可是這個人說是急電。」總機在內線中說。

馬蒂直接使用陳博士桌上的話機，一聽之下，是小葉。

「嗨，馬蒂馬蒂！」小葉說。

「我的天，小葉，我還以為有什麼緊急狀況，我正在開會呢。」

「是很緊急呀！馬蒂姐姐，我生病了。」

「喔，什麼病？嚴重不？」馬蒂瞄一眼陳博士。陳博士已經性急地抓過馬蒂的筆記本，兀自書寫了起來。

「感——冒。好可憐喲。是這樣的，我快沒力氣了，可是待會店就要開門了，怎麼辦呢？」

「那你那些朋友呢？」

「一個也找不到，我快瘋了。馬蒂，妳今天下班願意過來幫幫我嗎？拜託拜託！」

「好吧。我下班就過來。」

掛了電話，繼續與陳博士整理經營規劃書。陳博士將下半年度工作要項中的市場調查部分，指派給馬蒂負責。這代表她不再只擔任被動性的勤務工作，也意味著陳博士正在探視馬蒂的能力範圍。來到公司甫滿一月，她已經開始延伸出她的職能範圍。公司重用在望，馬蒂感覺得出她的前途正在萌芽。這場會議一直延續到了下班時分。

傷心咖啡店這一天十分忙亂，小葉真的病了，不時過分誇張地趴著牆劇烈咳嗽，引來吧檯前女孩子們此起彼落的嬌聲撫慰。

馬蒂與小葉分好工，小葉負責煮咖啡、調酒、放音樂、爆米花、炸薯條和洋蔥圈，她則招呼客人、洗杯碟、照顧蛋糕和小菜檯。夜色未濃，客人大都點咖啡，吃起司蛋糕，馬蒂很快地就熟悉了工作。

第一次全面觀察傷心咖啡店的布局，馬蒂總算領會了店裡的生態。首先，客人以女性居大多數，也有男客，但多是互偕男伴而來。二十歲以上的客人，喜歡一般桌位，十幾歲的稚齡少女，則偏好吧檯前那幾隻高腳椅。小舞池旁那個腰果型的桌位，是不讓客人落座的，那是海安的桌子。小葉據守吧檯。

吧檯前的少女們互相都認識，馬蒂認為她們來自附近同一所中學。今年的少女流行清純的直髮，穿著短針織上衣，讓毛線的柔軟質感隱約吐露她們成長中的纖秀身材，鞋子則是復古的厚底寬跟。少女們多半揹著雙肩小背包，多半擎著一根菸又不諳吞吐雲霧，全部都目不轉睛地注視著小葉。

小葉很忙，對這些少女們卻又面露酷色。馬蒂因待洗的碗盤困守水槽，一邊洗濯一邊聽少女們交換著還算節制的黃色笑話。她們討好地幫著小葉擦抹檯面，遞送飲料。小葉則在一陣咳嗽後摸摸其中一個女孩的頭，小示謝意。

小葉盯住門口，臉上有驚喜的顏色。馬蒂看到一個年輕的女子走向吧檯。那女子讓馬蒂覺得很面熟，她認出是素園。

素園很熟練地將她的提包放進櫃檯後的小櫃中，又拿出髮帶，三兩下將蓬鬆的捲髮綁成馬尾。

「沒想到妳會來耶，認不認識這是馬蒂？馬蒂這是素園。」小葉給她們互相介紹，「馬蒂好好喔，特別跑來幫我們的忙。」

「那真是謝謝妳了，馬蒂。」素園含笑的眼神看起來很溫柔。她自動清理起檯子上的咖啡壺，還抽空摟了摟咳嗽中的小葉。

現在馬蒂和素園並列在吧檯後，洗杯盤，並且將冷凍的小菜分盤盛裝好。很快地就是客人點酒的時刻。小葉開始將各種酒基裝上抑流嘴，又小露一手漂亮的甩酒瓶功夫，惹得吧檯前的少女們尖聲清脆地笑了。

一邊工作一邊聊天，馬蒂發現素園和她有著大致相同的背景。素園和她同年，畢業兩年後就結婚，尚未生子。因為繳房屋貸款，暫時養不起，她笑著說。從三年前素園就在一家廣告公司中擔任媒體企畫，算是資深廣告人了，工作十分吃重，前景十分看好。

「那麼妳呢，馬蒂？」素園問。

「我在一家電腦公司當祕書，工作還算輕鬆。」

「有妳來幫忙真好。自從工讀生辭職後，小葉快忙歪了。」

「純友誼跨刀，我很喜歡這家咖啡店。不過工讀生應該不難找，不是嗎？」

「是沒錯，可是小葉很挑，女生不要，男生又不好找。我們只好多抽空來幫忙了。」

「這麼說妳是股東了？我認識另一個股東海安，還有吉兒。」

「說是股東，其實大家都是小股，玩玩票罷了，店是海安的。當初開了這家店，也只不過是想弄個地方，大家可以常聚聚。那時候能開多久，大家都沒把握，可是小葉很有毅力，硬是把整家店經營起來了，竟還小有一番局面，現在還準備轉型，朝ＰＵＢ的方式經營。妳看小葉，都快變明星了。」

「這麼說你們原本就是一群朋友了？大家再合夥開店？」

「是啊，說來話長了。」素園甩掉手上的水珠，開始切一盤起司蛋糕。

「下了班又來幫忙，妳不累嗎？」馬蒂問。

「不累，一點也不累。」素園甩抬起眼眉含笑看著馬蒂，她湊近馬蒂的耳畔說，「我在傷心咖啡店，存了一對翅膀。」

馬蒂怔然看著素園，素園對她眨眨眼。馬蒂想，她喜歡這個女子。

「去ＢＢ。」小葉說，他解下圍襟，朝廁所走去。

馬蒂低頭切檸檬片，新鮮的檸檬在她不熟練的刀法下噴擠出酸澀的汁液，突然之間她整個人覺得非常燥熱，非常不安。傷心咖啡店一共有兩個廁所，一間門板粉紅色，畫有百合花的是女廁，男廁塗淺藍色，畫有兩只鮮紅的朝天椒。她看見小葉走進了粉紅色的門。

「素園，小葉他，怎麼進女廁所？」

「我的老天爺！」素園抬頭望她，雙眼睜得非常圓，「小葉是女生，妳都不知道？」

「What?」馬蒂結結實實大吃了一驚，素園卻笑得打翻了一只咖啡杯。

吧檯前的少女們也笑著。

「也不能怪妳眼拙，」素園笑得喘氣，「小葉她長得俊俏，又喜歡做男生打扮。要不是我老早就認識她，看過她穿裙子的尊容，我也很難說出她的性別。」

又一個震驚。小葉穿裙子！那是什麼樣子？不過話說回來，為什麼不行呢？馬蒂想，這麼俊俏的小葉，穿著裙裝時，也是可愛的罷？

「我的天，我一直當她是十五六歲的小男生。那麼小葉到底多大？」馬蒂問。對於素園與少女們的笑聲，馬蒂開始感到尷尬了。

「二十二囉。」素園說。

吧檯前的少女們還笑著。這些令馬蒂不解的，像花蝴蝶一樣圍繞著小葉的少女。

「還有妳們，還笑得出來！難道妳們也都知道小葉不是男生？」馬蒂問。

「廢話！」

「當然啦，所以那才可愛呀！」

「男生？鍔！」

少女們妳一言我一語，清脆稚嫩的嗓音都很惹人疼愛。她們的表情既認真又生動。馬蒂充分接收到這個訊息：她與少女們已經確實有代溝了！原來這些少女那火一樣愛慕的眼神，是傾注在一個同性女孩身上。現在馬蒂明白為什麼小葉對其他女性那麼容易有親膩舉動了，不過那不代表馬蒂能比較釋懷。先前她將小葉設定為一個漂亮的少男，對於小葉的略帶挑逗的舉止，她含溫情視之；現在小葉是女孩，馬蒂反而有些糊塗了。

砰一聲，小葉推門走出女廁，一邊走，還一邊整理她腰際那帥氣的哈雷標幟皮帶。這一次連馬蒂也忍俊不住，和全部女生笑成一團。

「有什麼鮮事，把妳們樂翻了？」小葉問。

「鮮事天天有，今天最離譜。」馬蒂笑著說。素園伸手搓搓小葉的短髮，小葉傻氣地笑了。怎麼看都是個男孩子的可愛笑容。

音響傳來Eagles的老歌Hotel California，傷心咖啡店沉浸在一片浪漫恍惚的氣氛中。開始喝起調酒的客人們都放鬆了，煙霧瀰漫整個店面。毒窟。馬蒂低聲說，彎腰在袋中找出她新買的菸，點燃了一根。

那隻虎斑貓像條水蛇，在靄靄霧氣中滑泳而行。牠悄然來到小葉腿際，擦挨著她，喵嗚地叫著。小葉從冰櫃中取出一罐魚，撥了幾條進牆角的貓碗中。在牆角一叢巴西藤旁邊，擺了兩只貓碗，都是暗色的手拉陶胚，虎斑貓坐定很規矩地收攏四腳和尾巴，吃起魚來。另一只碗則是空的，乾的。

有素園的熟練幫忙，馬蒂騰出了手腳，小葉給她調了一杯淡味的蘭姆酒。馬蒂坐在海安的專用位置上，淺酌著。她試著以咪咪聲叫喚虎斑貓，吃淨了魚的貓真的應聲走來，雨傘節一樣的尾巴豎得挺直，在馬蒂腳下繞了兩圈，跳上她身邊的座位，很專心地舔洗手臉。

馬蒂一手撫貓，整個人都慵懶了起來，小葉又送上一大盤切片蛋糕。

「忘了妳一定還沒有吃飯。對不起喔，我今天沒力氣弄晚餐，大家將就點吃蛋糕吧。」小葉說。

馬蒂與小葉分吃各色蛋糕，小葉用啤酒杯喝大量的冰水。為了充分享受各種蛋糕的美味，她們兩人把每塊蛋糕剁分而食，小葉還不停地鼓勵那隻貓吃蛋糕屑。

「這隻貓叫什麼名字？」馬蒂問。

「小豹子。」

「嗯，很貼切。」

「還有一隻叫星期六，是小豹子的兄弟。」

「在哪裡，我怎麼沒看到？」馬蒂四處張望。

「看不到的。星期六整天在外面晃蕩。」小葉瞅著馬蒂，她的雙眼晶晶發亮，「馬蒂，妳考不考慮來店裡幫忙？」

「我是來幫忙了呀，小葉妹妹。」馬蒂說，禁不住她也摸摸小葉可愛的短髮。

「我是說正式來幫忙。」

「那怎麼行？我還有工作呀。」

「沒差啊，妳下班後再來，晚上七點幫到十一點，這樣我們就忙得過來了。」

「那不累死我啊？」

「不累不累！吉兒素園常來幫忙，再說也挺好玩的呀。薪水一定讓妳滿意，岢大哥說如果妳可以parttime來幫晚上，月薪可以算妳兩萬五。」

「有沒有搞錯？」馬蒂咋舌了，一晚四個小時，竟然接近她的月薪，「哪有這麼高的薪水？那店裡還要不要賺錢？」

「還是賺的啊，生意已經穩了。再說，我們開這家店主要是消遣，也沒想到要賺多少錢。」

「妳跟海安說過要請我？」馬蒂問。

「嗯。」小葉的神情很認真，「我問過岢大哥，他說好啊。」

「小葉，」馬蒂不由得問了，「妳為什麼相信我適合？我們才見過幾面而已。」

小葉趴在桌上，撫弄著啤酒杯：「其實妳第一次來，我就注意妳了。妳自己記不記得？我沒有看過比妳更傷心的客人。這麼傷心，當然最適合我們咖啡店了。」

「妳說真的假的？」馬蒂記起第一次來這裡的落魄相。

「假的。」小葉揚起嘴角帥氣地笑了，一手又挑逗似地括一下馬蒂的臉頰，「妳那天看起來很慘，所以我送菸給妳。我記得妳。也不知道為什麼，我們好像有緣分。我很相信緣分的，妳信不信？」

「信哪。」馬蒂輕輕地說。月薪兩萬五的兼差，這令人心動。她實在需要錢，而且，似乎還有更大的理由吸引她。「小葉，我回去考慮考慮好嗎？」

「行！不過要快考慮喲，不然小葉累掛了，店也不用開了。」小葉起身，招呼一個揮著手的客人。

馬蒂擦擦嘴收拾了桌面，又到吧檯幫忙。她看到小葉在牆上的咖啡杯櫃中尋找著，端出一套漂亮的描金瓷杯碟給素園，交代是第三桌客人的咖啡杯。

那是客人寄養在咖啡店的杯具。寄養架是一座有燈光打底的橡木櫃子，櫃裡隔了數十個小格，琳琅滿目擺滿各種杯組，杯前還有小牌子標明客人姓名。馬蒂想起她那只皮箱裡的藍色骨瓷杯。

店內的氣氛熱絡起來，開始有人到小舞池跳舞。小葉忙著播放音樂，雖然抱病，她還不時應少女的邀請，與她們活潑地共舞。素園吃了一些炸薯條，跟客人聊起天。

馬蒂在人前做不來的兩件事，其一是唱歌，再來便是跳舞。她看著年輕的人們在擁擠的小舞池中款擺，覺得很享受。這些一般稱之為台北夜生活的靚人族，在下班之後偕伴來到供應酒的小咖啡屋，喝一些酒，傾吐一點心事，跳一些舞，展示了他們特別為夜的台北裝扮的青春，也許還親吻了並不衷心愛的人，交換一些過分激動的擁抱，或是掉幾滴眼淚，白天的所有鬱悶，都隨著酒精蒸發到夜空。明天天一亮，卸掉了夜的濃妝，也洗盡一切荒唐，再回到他們工作營生的地方。工作！馬蒂一天上班九個半鐘頭，所得竟然接近在這裡打工半個夜晚，她很心動。

夜漸漸深了，馬蒂不停地為客人遞送啤酒，客人點調酒的數量減少了，便宜的罐裝啤酒才是深夜的明星。馬蒂乘空也灌了一口熱門的可樂娜，素園幫她在瓶口塞了一片檸檬，淡味略澀的酒汁沖入咽喉，很刺激，可惜卻振奮不了精神，她今天工作太重，身體已經累壞了。馬蒂倚著吧檯休息，她看見小葉在小ＤＪ檯後面很落寞地坐下，頭深深地埋進兩肘裡。

小豹子繞著店內遊走了一圈，最後被馬蒂攫起抱在懷裡。小豹子。馬蒂輕輕喚著牠的名字。小葉在ＤＪ檯後抬起臉，又很快活地調換舞曲，一邊還輕輕地哼唱著。她剛剛那傷心的模樣稍縱即逝，連馬蒂也弄不清楚自己是否看錯了。素園來到她身邊，告訴馬蒂，她可以先回去了。

「我還不累啊。」馬蒂說。

「我看妳累了，這裡我們忙就行。再一個小時就打烊，妳先回去吧。再說海安也來了，我們忙就夠了。」

「海安在哪裡？」馬蒂張望店內。

「在外頭，他已經在外面很久了。」素園說。

「唔，我都沒發現。」馬蒂說。

「馬蒂，謝謝妳來幫忙。」素園給了她一個柔軟的擁抱，「小葉說她想請妳來兼差，我很希望妳能來，一定要好好考慮喲。」

馬蒂拿起提包，跟小葉道別，正在和少女們縱聲調笑的小葉給了她一個火熱的擁抱，擁抱中彷彿還親吻了馬蒂的臉頰，馬蒂有點恍惚不能確定，推門離開了。

咖啡店門口不遠，停著一輛火紅的捷豹跑車。雖然一點也不懂車經，這跑車還是讓馬蒂眼睛一亮，車後站著一個輕裝女郎，更是讓馬蒂目不轉睛。那是明子，這一夜的明子穿著T恤牛仔褲，薄施脂粉，仍舊亮麗得令人不忍逼視。明子身畔，是海安，他們兩人沒有對話，海安仰天吐著煙，明子望著遠方。

馬蒂站在騎樓陰暗的角落，她的雙眼捨不得離開這對麗人。只見明子的肩膀輕輕晃動，晶瑩的淚珠滑落她的臉頰。明子掩面哭了起來，海安遂擁她入懷。從黑暗中，馬蒂看見了海安的面孔，擁抱著淚人兒明子，海安的臉令馬蒂難忘。

馬蒂看進海安的雙眼裡，那裡比南極更冰冷，比沙漠更荒涼。

明子進入紅色跑車，開走了。海安跨上他的重型機車，但並未啟動，他只是頹首坐著。馬蒂悄悄走向前，海安雖沒有回頭，但察覺到了她。

「嗨，沒有目標的馬蒂。」海安說。

「嗨，沒有工作的海安。」馬蒂輕輕說。

海安今天的穿著很輕便，一件無袖的短上衣配牛仔褲。他的表情也很清朗，彷彿馬蒂剛剛目睹的傷心擁抱是幻象。海安的重型機車相當巨大，超出馬蒂所見過的所有摩托車規模，車側還有閃閃發亮的防撞鋼條，馬蒂用指尖觸及了它們的冰涼質感。海安拍拍後座：「坐坐看。」他揚起嘴角等待著，馬蒂依言上前。她今天穿著喇叭褲裝，很方便就跨坐了上去。

海安一催引擎，車子衝向黑夜，馬蒂尖叫了出來。「帶妳去個地方。」海安說。

海安騎車宛若電掣，第一次坐這樣重型的機車，馬蒂不禁攬緊了海安的腰。她的手腕感覺到了海安非常強壯結實的腹肌。

夜已深，一路車行無阻，他們來到台北最南端，面向著一片寂靜山巒的河灣。河灣之畔是一道水泥堤防，他們爬上堤防，這一晚有月亮，靜靜的河面在夜色中映照著粼粼光芒，海安和馬蒂並肩在堤上坐下，之後是長久的沉默。

「好安靜，真難想像這裡還是台北市。」馬蒂說。

「嗯，尤其是這空曠。」海安說。

「我常常想，就是我們生活的環境太侷促，才讓人人都變得這樣你爭我奪，爾虞我詐。人真是奇怪的社會動物，互相需要，又互相壓迫，就像哲人說的，一群擁聚取暖的刺蝟。」

「不是嗎？」

「我從來沒有出過國，海安，不過我猜台北是全世界最擁擠的城市。」

「人口密度各有不同，不過在擁擠的程度上，每個城市都一樣。」海安折了一枝小草葉，銜在嘴上，傍著河堤的斜度躺了下來。

「真可憐。我要的真的不多，至少只要眼前能看到這一片沒有人的荒地。唉，為什麼人看到空曠的景致就會這麼覺得舒暢安詳呢？」

「那是因為人永遠脫不了領域動物的野性。」

「領域動物？」

「對，領域動物。像豹子撕抓樹幹，像狼群遺留體味，用原始的方法標示出牠們的領土。領土之內，唯我獨尊，不容外物入侵；領土之外，在領域動物的知覺中，一片殺機，一片荒涼。人就是領域動物，可惜社會化了以後的人，必須依賴群聚的生活，那占有領域的衝動，只有轉而在其他的方向去滿足。」

「你是指社會地位，財富？」

「妳看看台北人，忙了一輩子，追求的是什麼？不過是闖出一片屬於自己的地盤。人太多，土地太少，領域的度量衡變成了錢。大家窮其一生賺取金錢，好劃下在社會中的地盤。財富多的，領域充裕，志得意滿不怕進退失所；財富少的，仰人鼻息倉倉皇皇，如同無地自容的孤獸。人群越擁擠的地方，追求財富的慾望越明顯，只因為那求取地盤的慾望越迫切。賺錢機器，人最後變成了賺錢機器，被自己的領域慾望所驅動，身不由己。看到了這片空曠寬裕，勾起了人心底最原始的記憶，在一片可以伸展野性的土地上，不必被侵犯，不勞去爭奪，所以非常安詳，停止了生活，開始了存在。誰不需要這種感受？」

「這麼說台北人真可悲了？」

「可悲的是，人既是社會動物，又是領域動物。」

「所以你去馬達加斯加旅行？」

海安側過臉看馬蒂，他的面龐奢侈地展示在馬蒂眼前。馬蒂喜歡他鞭子一樣的雙眉，還有他摺痕深秀的明朗眼眸。擁有深邃明眸的男人總讓人覺得失之美麗，不夠男性化與剛強，但海安的眉眼是這麼地放肆舒展，恰到好處，兼具陰性美與陽剛，還有他髭鬚微現的勻稱下頷，線條美好的唇。馬蒂想，海安面容之美好，狂妄得不似人間。

「我也好想去馬達加斯加。」馬蒂輕聲說，她抱著雙膝看河面上的月光。

「頹喪的渴望。」海安說，他撇嘴吐掉草葉。

「怎麼這麼說？」

「不是嗎？」

「……高中的時候上地理課，講到非洲南部有個外島，地理老師攤開世界地圖，告訴我們馬達加斯加和台灣的雷同關係。突然之間我有一股激情，我在筆記本上畫下了這座島，告訴自己，有一天我要到那裡去，住下來，一輩子住那裡。很好笑吧？」

「並不難理解。因為馬達加斯加的外在太像台灣卻又不是台灣。那只不過是妳戀家與棄家的複雜情緒的投射，人渴望的是空間。」

「那麼你不是嗎？」

「我去過很多地方，馬達加斯加不過是我的行腳中的一站。」

「我情願終老在那麼原始又荒涼的地方，就算死在那裡，我也願意。」

「在我看這個願望並不難達成。」

「難哪。」馬蒂嘆息一樣說，她抱緊了雙膝默想著。

「妳想說什麼卻說不出口？妳拋不開這裡的生活？妳想說我們從小被教養成社會機器中的一環，一個螺絲釘，脫離這個生命體妳就失去了所有依據？妳想說從讀書開始到大學畢業妳已經溶入台北，在台北落地生根是條不歸路，結果變成了放棄台北也是條渺茫的不歸路？妳害怕一旦放手，萬一後悔了卻回不了頭？妳不想跟旁人比賽，可是整個生活本來就是一場瘋狂的競跑，妳不跑了又不甘心做個落隊的人？」

「我不曉得……也許是吧？」

「妳太在乎別人對妳的認同了。」

「是嗎？如果是這樣，我就不會像今天一樣頹廢了。你根本就不認識我。」

「好，那麼我給妳一分鐘，告訴我妳是誰。」

馬蒂一愣，之後她流利地答道：「我叫馬蒂，今年二十九歲。台北人，不，江蘇人，台北出生。輔大外文系畢業，主修英語。已婚……現在分居。我在一家電腦公司上班，擔任祕書，血型A型，……現在住木柵……」她的速度緩了下來。

「這就是妳？」

「是啊。」

「我所聽到的，都是社會階級或團體的標籤，是從一般社會認同的角度下去描寫的妳，那是別人眼中的馬蒂。試著不要用縱向的時間來丈量妳的生命，還要橫向去探測妳生命中的深度，然後拋開社會符號，再告訴我妳是什麼人。」

「我，馬蒂，……今年二十九歲，沒有一年過的是我想要的生活，我花了目前生命的三分之二在讀教科書，我很孤獨，那是因為我從小沒有家，個性又內向，我很愛幻想，可是又好像太懶，我有滿腔的柔情，可是不知道該去愛誰。我現在又上班了，可是上班好像讓我更茫然，我害怕做一個作息刻板的上班族做到退休，我想找機會脫離這種生活。我要什麼生活呢？我要的也不太多，就是自由吧？比如說，今天天氣這麼好，有陽光，我就想去指南山上走走，不用去向別人請假，得到准假後才去自由走走。對，不用向別人請假的生活。我很想做一個我行我素的人，不用向別人交代我，不用跟別人一窩蜂地去追求那種典型的人生，我渴望長出翅膀，自由自在飛翔。這樣的說明，及格了嗎？」

「很好。妳沒有理由不自由。」

「在這個世界上，誰自由了？」

「問題還是一樣，妳太在乎別人的認同了。當妳說妳不自由時，不是指妳失去了做什麼的自由，而是妳想做的事得不到別人足夠的認同，那帶給妳精神上或道德上的壓力，於是妳覺得被壓迫，被妨礙，被剝奪。馬蒂，翅膀長在妳的肩上，太在乎別人對於飛行姿勢的批評，所以妳飛不起來。」

「你所說的是不顧任何道德規範，全然放縱的自由？」馬蒂問。

「有何不可？」

「難道那就自由了？難道掙脫了一切社會規範枷鎖，就不會變『不受拘束的激情』的奴隸？」

「很好，妳讀了些書了。在這個世界上，有政治上的奴隸，有法律上的奴隸，也有價值觀或道德上的奴隸，看妳要做哪一種。沒有真正完全的自由，除非妳不存在於社會，可是沒有社會就不會有現在的妳。我所說的放縱的自由，主要是從妳被灌注的價值觀、人生觀上的解放，這是妳的生命，社會滋養妳，現在夠了，開始切斷社會對妳的臍帶，專心盡情地做妳自己。」

「像吉兒說的，太自我主義了吧？人人都這麼想，社會就垮了。」

「又是價值觀問題。妳被妳所學到的價值觀困住了。要從價值觀中自由，自由到連沒有價值觀了也不在乎。」

「那很需要勇氣吧。至少需要……需要……」

「知識與智慧，還有錢。」

「我不像你那麼幸運。老天爺對人並不公平。」

「本來就不公平。但又何足遺憾？要知道大自然厭惡的就是平等。公平來自比較的概念，一比較妳就陷於尺度上的束縛。」

「那麼你很自由了？」馬蒂問。

「我是。」

「你什麼也不在乎？」

「我只在乎我在乎的。」

「那你在乎什麼？」

「傷心咖啡店。」

傷心咖啡店打烊了。素園幫小葉洗淨了所有的杯盤，擦抹了全部的桌面，小葉給她叫了無線電計程車，目送她離去。

小葉在半個小時前，吞下了客人饋贈的康得六百膠囊，現在停止了咳嗽。她熄掉海藍色的店招，店裡突然變得很晦暗，昏沉沉的黃色燈光，還有小舞池上兀自旋轉的玻璃燈球，映照得四周非常幽靜迷離。小葉關掉音樂，開始覺得頭很沉重。

小豹子跳進櫃台後的貓籃裡打盹。小葉把牠的貓碗洗了。另一只貓碗，星期六所有，已經閒置多日，碗裡結了幾縷蜘蛛絲，小葉蹲下來看蛛絲上的七彩反光，她把這只碗也洗淨。

小葉打開店裡的小鳥籠，鳥籠內有一隻安靜的翠綠色小鳥，一般人稱為愛情鳥。小葉將食指伸入籠中，愛情鳥馴服地躍登她的指上。小葉帶著牠在店內走了一圈，又在小舞池上張開雙臂旋轉，旋轉時那隻小鳥就縮緊頸項，將螺狀的鳥嘴對準前進的方向，怔忪悚望，旋轉的風吹拂著牠頰上的紅色羽毛，但牠並不飛翔。小葉頭昏了，她將愛情鳥送回籠中，填滿了食料。

小葉提了一桶水到店外，在外頭她找到海安的純白色跑車。除了慣常騎用的重型機車外，海安還有兩輛轎車，其中這輛常駐在店門口。小葉先啟動引擎熱車，再把車洗乾淨。

小葉累壞了。她決定明天再結算帳目。海安今天不會再進來的，她剛剛曾看到海安與明子在店外長久佇立。小葉拉下鐵門。在傷心咖啡店門口旁邊，有一道水泥梯通往這棟建築的樓上，樓上是三間分租的套房，小葉租了其中一間。

小葉回到臥房。她洗澡。她梳了梳短髮。脫下的哈雷皮帶與領帶掛在她衣櫃裡，整排粗獷的男孩服飾中。小葉換了棉質的T恤短褲，睏了，但是她來到書桌前。桌旁有一座小書架，擺滿了對她的年紀與學歷而言非常艱澀的書。她略作瀏覽，最後決定讀英文就好。

小葉打開最新一期的空中美語雜誌，將錄音教材放進隨身聽，戴上耳機，取出字典與筆記本，開始跟著錄音帶讀誦起來。這一課教的是「向商店退貨」實用美語。

小葉在書桌上睡著了。

11

陳博士很焦躁，他打了兩次內線給總機，交代馬蒂一進辦公室就向他報到。現在他索性站起來透過玻璃門望出去，馬蒂的座位還是空的，已經是上午十一點鐘。

陳博士通知幹部們，決定還是準時召開業務專案會議。專案會議在小會議室中進行，只有兩位副總級和八位副理級幹部參與，再加上陳博士自己和祕書。依慣例專案會議時大家都不落座，站著開會，可吸菸。

外貿部副理劉姐第一個進入會議室。她抓時間再閱覽一次專案資料，不懂的細節之處，她用鉛筆在資料上詳加圈註，待管理業務的黎副總進來時，她低聲謹慎地逐一求教，求教完後她的資料上是更多的註解筆記。

黎副總拖著沉重的腳步，不能坐下來開會讓他十分不爽快，但他從來沒有向陳博士表白過這個小小困擾。他的年紀沒有陳博士大，不過常年的酒肆應酬，讓他的外貌及心情都呈現出未老先衰的徵兆。黎副總抽菸，看起來很瀟灑地斜坐在會議桌上，陳博士並不反對這舉動。黎副總閉目養神。

陳博士吩咐準備了錄音裝置，好讓馬蒂事後整理會議紀錄。現在幹部們都到齊了，包括閉目養神中的黎副總，全部的人都很肅穆。陳博士將大家環視一匝，這些幹部，公司的脊梁骨，伴著他走過了好長的創業之路，他以一朝天子的情緒看著這些鼎國重臣，心裡很複雜。

創業伊始需要的是拚命的夥伴，事業平穩後，他理想的幹部是沉穩，強健，眼光長遠，有與公司同進退的熱情，還有絕對的忠心。眼前這批幹部們雖各有長處，卻沒有人擁有全部的美德。當年創業時，與他一起從那家國際大企業出來獨立門戶的三個夥伴，已經在多次的傾軋較勁後，又紛紛求去再獨立門戶，此後陳博士手上有的，就是這批雖堪用但不完美的二等兵。

二等兵！陳博士常在經營不順手時這麼憤憤地埋怨著。管業務的黎副總資歷最深，陳博士曾給了他一切往上爬的機會，現在他爬到頂了，失去衝勁之餘還隱隱有擁客戶自重的傾向，也不懂得保養身體，真要把路走得窄了再下不了台嗎？掌內部管理的吳副總也不夠聰明，心態保守手段卻又特多，把整個組織管理弄得暮氣沉沉，跟不上公司架構膨脹的腳步，事事還要陳博士操心指點，像頭牛一樣！劉姐，自命是公司的管家婆，她這麼想也好，公司缺不了這種忠心耿耿的老僕，但她天資不足是一大缺憾，職務內容換了又換，還是表現不出色，總不能因為她忠心，就得勞動陳博士不時為她的角色職責格外費心吧？

陳博士要黎副總主持會議，他站次席觀察著，腦筋不停地運轉。公司需要新血，培養成熟後再漸漸賦予大任。至少像馬蒂一樣反應靈敏思考細密的員工，就是值得長期栽培的。可是現在的年輕人又讓人輕易寵信不得。昨天明明跟馬蒂交代了，這個專案會議他非常重視，可是今天馬蒂卻不假遲到，她最好有一個充分的理由！陳博士這麼想，最好是有足夠的理由，不要讓他有期望遭辜負之感。現在的年輕人！五十五年次以後的都變質了，抱怨太多，示忠太慢，跳槽又太早，常常害陳博士的苦心白忙一場。六十年次以後的，陳博士不敢想像，他們有令人費解的輕率的價值觀，時下稱為草莓族，胸無大志但求快活，也不想苦幹往上爬，也不要買房子，人生就是享樂，姑娘爺們今天不爽就請假去唱白天的減價KTV，簡直是社會的蛀蟲！要是交棒給了這一代，誰來持續台灣的經濟奇蹟？

黎副總主持的討論離題了，陳博士開口插了些話，順便將會議主持權接回自己身上。黎副總又點了一根菸，陳博士要劉姐將空調開大。

馬蒂在床上怔怔望著灰色的天空，一群麻雀飛過窗外，她看看鬧鐘，十一點半，事實上她十點多就醒了，卻只是躺著賴床。

這期間她也曾想奮力起床去上班，頂多只是遲到一個多鐘頭，但她終於還是躺定了，反正為時已晚，乾脆請整個上午的假。

昨天與海安在河堤邊聊到半夜，回到家時已經太晚，怕吵到阿姨她連澡也沒洗，就脫衣躺上了床，極度疲憊卻又睡不著，盯著夜空胡思亂想。上這個班是很自然的選擇，她沒錢沒歸宿必須經濟獨立，但是她並不想一輩子過朝九晚五的生活。對她來說，最可怕的事莫過於把自己的生命拋到一種無盡的規律中，像鐘擺一樣地過活。更可怕的是無處可逃，因為到哪裡都一樣，人人都在拚命開拓自己的地盤，就如海安說的一樣。

而比可怕更可怕的情緒是對自己失望。馬蒂想到明年她就要滿三十歲了，對於一個城市人來說，三十歲是一種意義非凡的里程碑，如果到了這個歲數，還沒有經營出一個堂皇的身分，一個擲地有聲的工作，那麼這個人就要被宣布是個不長進的、社會適應不良的、混不好吃不開的次級品。這是馬蒂正要遭遇的處境。

一事無成，本身就是一種沉重的壓力。近來的馬蒂越活簡直越茫然，不知道自己的人生要往哪裡走。年近三十的她，只能在一家中型企業中，領微薄的薪水做個小職員，連換工作的本錢也每下愈況，有時候真想全部拋開，既然不喜歡一般人典型的人生觀，那為什麼不跳出來，走一條全新的、沒有人走過的路？

辦不到。一方面怕自己會餓死，一方面又怕那路上的荒涼。

昨天夜裡海安的談話，意外地帶給了馬蒂新的想法。她望著灰色的天空，放縱自己的靈感，開始覺得眼前一片迷霧中，出現了一絲峰迴路轉的感受。人，只要物質上有起碼的保障，其他的地方，為什麼一定要去跟隨別人？

基於保守的習性，馬蒂想，試著在工作上雙向發展，也許是眼前值得走的路。傷心咖啡店像是個及時出現的答案，那裡像一片土，可以供馬蒂滋長出她從來也不敢伸出的臂膀。

馬蒂決定，今天就開始到傷心咖啡店兼差。

下午上班時，馬蒂表現得特別勤奮，對於她請的事假，陳博士的不悅明明白白掛在臉上，馬蒂用加倍的工作速度請罪。工作對於她本來就不是難事，只要說服自己專心在工作之上，馬蒂老早就是職場上的明星了。現在她做完了會議整理簡報，順便還提報了各部門進度查核表，在下班前，她又交出了一份自動提案的，公司內部刊物籌備簡案。

下班後馬蒂就到了傷心咖啡店，正好趕上小葉點亮店招的時刻。她與小葉並肩站在店外，看著招牌上那盈淚欲滴的心字。

「好美。」馬蒂說，「這個招牌是妳設計的嗎？」

「是，也不是。」

「怎麼說？」

「那個心字的彩色玻璃質料很特殊，台灣做不來的。上一家店記得叫『心夢園』，他們從日本訂作了招牌，後來店搞垮了，被我們盤下店面。這個心字太美了，說什麼也要保留下來，所以就把招牌設計成這個樣子。」

「這就是你們把店名叫傷心咖啡店的理由？」

「是，也不是。」

馬蒂和小葉走進咖啡店。店才剛開門，只有兩三個歇腳的客人。小葉每天下午五點鐘開店門，在下班人潮湧進之前，她主要在後頭廚房料理晚餐。小葉的手藝極佳，晚餐菜色豐富，小葉自己匆匆吃了一些，再把菜飯用小盤分置得清清爽爽，等海安稍後來用餐。

現在馬蒂陪著小葉用飯，她對每一道小菜嘖嘖讚賞。

「那些賣客人的小菜也是妳做的？」馬蒂問。

「我瘋了？哪來的功夫？那些小菜都是整批買來的。」

「小葉，妳的菜太合我胃口，我決定到店裡來兼差了。」

小葉高興得跳起來吻了馬蒂的臉頰，接下來她忙不迭將店務工作逐項告訴馬蒂。工作其實也不難，一些比較緊要的進貨、會計、法務事項都由小葉操心，馬蒂的工作不過是夜裡的服務生。對於兩萬五的薪水，馬蒂感到微微的過意不去。

馬蒂和小葉將工作大致分成二等份，小葉管內場調理，馬蒂負責外場服務，洗濯擦抹等工作則二人機動執行。

這天是星期五小週末，店裡很快就坐滿了客人，馬蒂開始上場招呼，忙得一刻不得坐下。小葉對店內音樂的要求非常嚴格，常常飛奔在吧檯與ＤＪ位之間切換歌曲。她試著教馬蒂操作音響，小葉以馬蒂很熟悉的Enigma專輯做示範。一時之間，妖魅惑人的樂音穿透整間店面，彷彿一團異質的空氣襲進了四周，客人們悄悄騷動著，馬蒂不用回頭也知道，海安進來了。

海安在他的位置坐下，小葉跳著迎上去。

「岢大哥，馬蒂答應要來幫忙了耶。」

「我知道。馬蒂，我歡迎妳。」

馬蒂微笑頷首，他怎麼知道？海安現在開始用餐，客人們用滿含幸福的目光啜飲她們的咖啡。馬蒂也向小葉要了一杯咖啡，偷閒喝了幾口。

籐條來了，小葉給馬蒂介紹。一聽說馬蒂要來兼差打工，籐條熱情地展開雙臂，攫小雞似地給了馬蒂一個結實擁抱。怎麼這幫人都愛抱抱？馬蒂想，旋即又想不對，海安並沒有抱過她。

籐條有一張方方的臉，身材厚實近乎肥壯。他的臉色紅潤，笑容親切，看不出年紀多大，大約在二十五歲到三十五歲之間。與他的身量不成比例的是，籐條愛笑，而且笑聲又尖又高。談不了兩句話，馬蒂已經遭遇了他數波爆笑聲攻擊。她很喜歡籐條。

「嗳，我們的旹大戶，幾天不見，您都在忙些什麼？」籐條抓過椅子坐在海安身邊。

「不就是忙著推動景氣循環？」海安說。這句話逗得籐條樂了。

店裡已經客滿，客人所點的飲食大部分都已送上，外場工作輕鬆多了，小葉要馬蒂去海安那桌。「妳先去歇歇腿，我待會就過去。」小葉說，她給音響換上了一片古典的鋼琴演奏CD。

素園也來了，她加入海安與籐條的飯局。小葉在廚房裡待了片刻，又端出一鍋法式的白酒燉雞，一大盤下酒的炒溪蝦。從傍晚開始也沒有看見小葉怎麼忙著煮菜，她如何又憑空弄出這些大餐？馬蒂覺得很神奇。小葉也遞給馬蒂一副碗筷，她欣然接受。小葉給每個人倒了葡萄酒，素園挾了支雞腿給馬蒂。

「傷心咖啡店歡迎妳！」素園說。

「噢謝謝，你們這群朋友就差吉兒沒來了，是嗎？」馬蒂問。

「以後要說『我們』這群朋友。」素園說。

「這不就來了嗎？」籐條揚起下巴望向門口。

吉兒匆匆而入，她的手裡握著一束白色的花。

「哪，給你。」吉兒把花給了海安，「送你一束水仙，慶祝你無可救藥自戀三十年。」

「咦？海安生日不是上個月剛過嗎？」素園喊道。

「今天是陰曆生日．我也有禮物要送訔大哥。」小葉說，她到後頭取來一個大包裹，淡紫色的皺紋紙包裝，四方扁平的外形，看起來像是一幅鑲了框的畫。

海安拆開，果然是畫，大家都湊前看了，是一幅壓克力顏料畫的海安像，線條很強烈、簡單，但是寫意，畫風相當前衛。馬蒂不得不承認，這幅畫的確捕捉住了海安的神韻，畫它的人，顯然頗有天賦。

「嗯，畫得好。」大家稱讚了。

「畫得好，小葉。」海安搓搓小葉的短髮，小葉低頭憨憨地笑著。

「真沒想到，小葉畫得這樣好。」馬蒂稱讚。

「小葉本來就能畫。」籐條說，「以前我們同事時小葉就是美工，那時候我還鼓勵小葉可以專攻商業設計。」

「你們以前全部都是同事？」馬蒂問。

「是啊，大家都同一間辦公室耶，我從沒待過那麼大一間辦公室。」小葉說。

「啊，糗大了。」吉兒搔搔頭，低頭吃菜。

「我來說吧。」素園滿臉笑意，「那是三年多以前了，一幅占了報紙半版的徵才廣告，吸引了我們各自去應徵。經過幾關很慎重的甄試，我們從據說四百人中脫穎而出成了同事，先前大家互不認識。」

「嗯，不中肯。」吉兒說。

「喔，對了，我修正。」素園看了吉兒一眼，「也不能說大家互不相識。吉兒和海安算是台大同屆校友，在大學裡又各有名氣，可以說互相仰慕久矣。」

「算了吧，海安，你怎麼說？」吉兒揚起眼眉。

「這得用台語來說比較貼切，是互相幹譙久矣。」海安笑著說。

「嗯。」吉兒滿意了。

「總之大家就成了同事，」素園繼續敘述，「公司呢，是由一家很大很大的某財團幕後操縱，主要是要籌建全省北中南好幾座豪華的高爾夫俱樂部。真是瘋狂的計畫，建設部分另有公司負責，我們要做的是整個俱樂部的行銷包裝，還有銷售管道設計。整個企畫室有十幾個人，再加上籌備中的管理部，公司大約二十幾人。」

「真的是很詭異的組合，」吉兒插嘴了，「公司產品連屁也沒見到，整個文宣動作就沸沸揚揚的搞起來了，一切的規畫都好像在建造空中樓閣。那時候公司還繼續在吸收金主，為了孚眾，公司的門面弄得很嚇人，一進門就是超大型瀑布造景，二十幾人待在五百多坪的豪華辦公室裡，連互相找個人都得鬼叫半天。我後來找工作最恨空蕩蕩的公司，公司取其人氣旺盛，空則不祥。」

「可是我覺得很棒耶。」小葉的表情很興奮，「我記得公司裡還有一個人造果嶺，我們常溜去打室內高爾夫，玩瘋了。唉，我真懷念那段時光！」

「我也滿懷念那棟辦公室的。」素園說，「雖然不久後大家都感覺有異，可是自己份內的工作還是做得挺起勁。海安是文案撰稿，我做媒體廣宣規畫，吉兒作行銷規畫，籐條是美術指導，小葉是美工，公司給我們的經費還算充裕，每天都忙得不亦樂乎。」

「喔？海安也會上班，我想像不到。」馬蒂說。

「他閒得發慌，他沒事找事嘛。」吉兒朝海安挑挑眉毛。

「我還記得海安第一天來上班，開著一輛ＢＭＷ，哇銬，我就納悶了，這傢伙幹嘛來做文案？」籐條說。

「結果那些高爾夫球場開幕了嗎？」馬蒂問。

「門！」吉兒滿臉不屑，「搞了半天，原來所謂公司是場騙局，拿我們一群人模人樣的企畫招徠金主，公司老早就存心落跑。」

「我們同事了三個月，大家都熟了，第四個月，公司說了一大堆理由，說資金調度有問題，薪水要延後發放，我們就感覺不妙了。」素園說。

「聰明的一聽到薪水延發就走人，全公司剩下連我們五個不到十人苦守寒窯。」籐條接腔了。

「那你們為什麼不走？」馬蒂問。

「不知道。」素園輕輕地說，「一方面覺得工作還算有趣，再來，可能是真的有緣吧？大家工作上的默契和感情培養出來了，有點捨不得拆夥。又拖了兩個月，那兩個月裡公司只給我們做一些很消極的文宣籌備工作，總經理那一票人很少進公司，整天都像活在夢中一樣，很荒唐的兩個月。」

「我最懷念那兩個月。」小葉高興的笑開了，「岢大哥弄來一套大音響，我們一高興就跳整天的舞，要不就想辦法打開玻璃帷幕，大家坐在窗台上抽菸打屁。十四樓耶，一點也不怕高，我們創作了一大堆棒呆了的廣告設計稿。啊！我最快樂就是那兩個月了。」

「大家在那兩個月成了好朋友。」素園說。

「到後來，連最後留下來敷衍我們的幾個狗屁副總也晃點了，公司正式倒閉。每天都有一票兄弟來公司討債。我們被積欠了兩個月薪水，還算是損失最小的。」籐條說。

「那你們怎麼辦？」馬蒂問。

「氣死了，但能怎麼辦？」素園說。

「那時啊，只有小葉像個樣。」吉兒說。

馬蒂看小葉，她笑咪咪地說：「那時候，我毅然決然地把公司傳真機還有色膜機搬回家。電腦搬不走，就拆開主機，把裡面的晶片撬出來從十四樓扔下去。」

「啊爽。」籐條叫道。

「結果還是拆夥啊，」素園說，「海安看大家這麼頹喪，就提議他拿錢大家一起開一家店，就算不賺錢也要好好玩一場。」

「早就看出海安很肥！」籐條說，「只是不知道有這麼肥。」

海安歪著嘴笑笑，他沒怎麼說話。吉兒給他點了一根菸，他說：「我倒記得，那時候全企畫室只有吉兒不抽菸。」

「就是說！」吉兒自己也點了一根，「那時候給你們煩透了。一群毒蟲，整天把我的頭髮衣服弄得全是菸味，洗都洗不掉，倒像我是毒蟲一條。」

「那時候你們就決定開傷心咖啡店了？」馬蒂對這個話題很感興趣。

「也不是，開店的問題很複雜。」素園說，「先是湊巧弄到了這個店面，大家還為了開什麼店討論半天，本來想開ＰＵＢ，籐條想開餐館，最後才決議開咖啡店，簡單輕鬆，天天有咖啡喝。誰叫我們全體都是咖啡癡？」

「那店名怎麼取的？」馬蒂又問。

「那更湊巧了，這要問籐條。」素園說。

「我來說比較傳神，」吉兒接口，「籐條這小子整天動腦筋賺錢，倒還挺有創意。他當時被公司那幾個騙人的總經理、副總氣壞了，提議說，我們開一家餐廳，專攻辦公族市場，店名叫做『上班族傷心小館』，店裡面呢，全部做辦公室裝潢，坐辦公桌吃飯，餐具放抽屜裡，Menu在公文夾裡。最絕的是，所有的跑堂做總經理打扮，客人要點菜，得說：『總經理呀，今天服務什麼菜呀？』要不就是：『董事長啊，今天菜怎麼做的？鹹哪！』跑堂就要很惶恐很卑賤的回答：『是是，下次改進，一定好好努力。』唉喲，籐條光是描述這餐廳的構想，就把我們笑斃了。」

馬蒂和大家一起縱聲大笑。

「後來仔細想想，開餐廳太辛苦，還是開咖啡店好。」吉兒接著說，「籐條的主意雖不足取，可是店名大家都喜歡。湊巧盤下來的這家店有一個作廢的招牌，上面那個心字設計得美極了，捨不得丟掉，我們就一致通過把咖啡店取名做傷心。」

馬蒂總算明白了。

「店開了沒多久，大家又紛紛各忙各的，剩下小葉一個人獨撐，也真難為她了。」素園說。

「我喜歡啊。」小葉的臉在燈光下紅通通的。

「本來開這家店就不準備賺錢的。」吉兒說，「那時的心情是窮極無聊，搞件事情玩玩，海安有錢，大家心知肚明，就算賠本也不成問題，海安薪水股息照付。海安擺明了要讓大家開心，誰知道小葉她玩真的，硬是把店做起來了，又有海安這個超紅舞男把場，弄到最後，誰也捨不得放棄了。」

有客人揮手，小葉站起被素園按坐下，素園去招呼了。

小豹子喵一聲，跳上海安膝頭，海安順手抓撫牠的下巴，小豹子滿意地咕嚕一聲。

「嗨，小豹子。」馬蒂對牠甜甜地叫著，「小豹子真可愛，買來的嗎？」

「岦大哥撿的。」小葉說。

「哦？」馬蒂揪了揪小豹子三角形的耳朵，小豹子連忙用前爪梳理耳朵上的絨毛。

「前年聖誕節的晚上，岦大哥在外頭發現了小豹子和星期六。兩隻貓長得一模一樣，好小喔。真可憐，都生病了，凍得抱在一起，還淋得濕濕的。岦大哥把牠們抱在夾克裡，帶回咖啡店，我趕快把牠們餵飽。結果養活了以後，變得頑皮死了，簡直鬧翻了天，忙得我到處收拾。」小葉回憶說。

「就是小葉最好，一天到晚幫海安擦屁股。」籐條說。

「嘴巴放乾淨點，」吉兒瞋目說道，「你這麼說要小葉噴鼻血啊？」

「本來就是啊，」籐條哈哈大笑，「小葉年紀最小，結果什麼都是她在打點收拾。我們大家都欠小葉一份情。」

「才沒有。」小葉說，她的蘋果一樣的臉頰紅通通地，馬蒂第一次看到小葉臉上的少女姿色。

「怎麼都沒看過星期六呢？」馬蒂問。

「說起來也奇怪，兩隻貓明明同一胎，長得也從頭像到尾，可是個性截然不同。星期六很野，越大越野，到最後還會咬人，只有小葉才能碰牠。牠不爽待在店裡面，一天到晚往外跑，只有受傷了才回來找小葉。」吉兒說。

「就是說啊，」小葉接口了，「星期六和外面的野貓打架，常打得全身是傷，我帶牠去看獸醫，結果好不容易給星期六搽好藥，再給我和獸醫自己塗藥，大家都掛彩。那些獸醫就很賤地告訴我，下一次到別家去好了，這隻貓太兇，是危險動物。我一共換了六家獸醫院。妳看，我滿手都是傷。」

小葉興致勃勃地抬起雙臂，展示星期六撕抓過的痕跡，果然在手腕上有長長交錯的淡色傷疤。她說：「搞了半天，一隻養成野貓，一隻養成家貓。」

海安一直低頭撫弄著小豹子。在馬蒂的眼中，今天的他看起來心事重重。

素園不知何時，已給每人斟了一杯葡萄酒。她舉杯說：「我們來祝福壽星吧。」

「海安生日快樂！」全部的人都舉杯祝賀海安。

海安去跳舞了。素園與小葉去招呼客人，小葉要馬蒂再坐著，籐條去店外打他的手機。馬蒂看著跳舞的海安，還有其他圍繞在海安身旁跳舞的客人。

「我真羨慕海安，他的生活好自由。」馬蒂說。

「海安哪，我對他只有一句評語，」吉兒說，「頹廢得很積極。」

「籐條怎麼叫海安凒大戶？」

「本來就是大戶啊。上億的財產在股市裡炒著，錢再生錢，海安一輩子不缺錢。」

「怎麼這麼有錢呢？」馬蒂嘆了口氣。

「老爸老媽夠肥嘛。」吉兒說，「海安他爹娘都在美國，老媽在大學教經濟，是個德高望重的教授，老爸在股市裡呼風喚雨，他們兩老一個司理論一個掌實務，有錢得不像話！唉，所謂銜著銀湯匙出生啊。」

「海安爸媽都是美國人？」馬蒂問。

「都是美國籍。他媽媽是台灣早年過去的留學生，他爸就複雜了，一半中國人，四分之一印地安人，四分之一美國人，再往上一輩就更加不可考，所以我說海安的血統是標準的五胡亂華。」

小葉切換了一首老式吉魯巴節奏的歌曲，氣氛很歡騰熱鬧。海安帶一個長髮女郎，小葉帶素園，都在旋轉燈下起舞。小舞池擠得很難動彈，擠不進舞池的人們，在池邊眷戀地看著海安的舞姿。

「玩嘛！盡量玩，夜夜笙歌，混吃等死。」吉兒說。

「妳怎麼不去跳？」馬蒂想起小葉告訴過她的，吉兒是舞蹈家一事。

「不爽跳。」

「吉兒，我上次跟海安談了不少，我覺得他沒有像妳說的那樣無情啊。」

「那是妳不了解他。」

「我是不了解，我只能以我所看到的去評斷。我覺得海安很重感情。妳看，開這家店不就代表他捨不得你們這群朋友嗎？你們不是也都喜歡來這裡，而且玩得很開心嗎？看看他們，還有全店的客人，妳不覺得海安像是太陽，照亮著大家的灰暗的生命嗎？」

吉兒深深吸了口菸，店裡流轉的燈光投射在她臉上。

「妳記住一句話，」吉兒雙眼亮晶晶看著她，「黑暗並不能造成陰影，光亮才能。」

馬蒂和小葉合力把小海報貼在店門口玻璃上。海報是小葉剛剛揮筆畫的，很工整的美術字體寫著：「今天營業時間到九點正，八點半以後謝絕光臨。」小葉還在海報四周隨意加了些活潑的線條和色塊，還有小葉的漫畫自畫像，是個笑中帶酷的短髮少年。

大功告成，她們兩人都很高興，攜手走進咖啡店。提前打烊一事是小葉提議的，馬蒂隨即附議，今晚天清氣朗，有月有星星，正合夜遊。在海報的預示之下，客人果然減少了，小葉乘空教馬蒂調一些簡單的酒。

幾種重要的酒基都先裝上控制流量的抑流嘴。「重點是抑流嘴每晚都要卸下來，洗乾淨。」小葉說，手一拋，搖酒器在空中滾翻兩圈，反手抓下繼續搖晃酒液。

「哇，厲害厲害，這樣調的酒比較好喝嗎？」馬蒂睜大眼睛。

「天曉得，不過這樣子小費比較多。」小葉雙手執搖瓶在右肩上搖漱完畢後，一反手很俐落地拆開瓶蓋，凌空一尺注下弧型的酒液到高腳杯中。

「喔，好帥！」吧檯前的少女們毫不含蓄地讚美著。

酒喝多可亂性，喝少常壞事，這是爸爸喜歡說教的一句話，馬蒂從來就沒有學會喝酒的樂趣。現在隨著小葉的示範，她凝眸端詳閉目品嘗每一道酒，這些城市人只在深夜喝的酒。

DRY CAT，透明的琴酒加透明的檸檬汽水，輕輕攪拌，讓杯壁結滿晶亮氣泡，然後喝一口，透明的心事就隨泡泡浮現迸裂，透明的眼淚滴了下來，傷心蒸發，騰逸到大氣層的最外緣，再化成透明的雨露旅行大地。

CUBA LIBRE，白蘭姆、可樂加檸檬，平凡不過的材料，給你唾手可得的十分鐘自由。爽快沁涼，像是心底最隱密的吶喊，只有在最隱密的時刻才得以解放。仰頭一口喝光它，不要喊，閉住眼也閉住氣，讓它沖刷你的血管，直到自由了的血液在腦中聚集，點亮了那個念頭。那個念頭，在喝酒之前你輕易不敢觸及。

MARGARITA，杯緣先在新鮮檸檬片上轉一圈，再沾上晶瑩的鹽粒，在注進龍舌蘭酒之前，已經在心底抹上一層酸鹼不侵的絕緣體。這酒宜用舌尖品賞，舔一口，回味那鹹與酸，再從喉頭激流到心頭，和著心頭的苦，交織成久久不散的況味。

VODKA LIME，北國的伏特加，北國的萊姆，大量的像北極一樣的冰塊，用力搖晃，讓最冰冷的與最荒涼的絕境在金屬搖瓶中相遇，爆發出火一樣的灼燒，一路燒下去，紅上了雙眼，燎起心底最黑暗的慾望。燒光以後，冷靜了，冷靜得像是陷入了北國的冬眠。

小葉調理一種，馬蒂閉著眼啜飲一種，之後她睜開眼睫，靜靜地，笑了。

馬蒂隨著音樂，輕輕搖晃著，她在想，這時若是有人來邀她跳舞，她也要下舞池去款擺一番。但是沒有人理會她。小葉洗杯子，客人們默默啜飲咖啡。夜未央，是清醒的時候。

馬蒂自己繞著咖啡店走了一遭，又回到吧檯。她倚著吧檯問小葉：「柱子上那些照片是怎麼回事？」

「客人貼的啊。」

「貼它來做什麼？」

「給岢大哥的。」

「喔？為什麼？」

「以前有客人要跟岢大哥合照，他不要，客人就拿自己的照片要送岢大哥，岢大哥說，妳把照片貼在牆上吧。客人貼了，後來貼的人越來越多。妳去翻過來看看，背後都寫著她們的姓名電話，有的還寫三圍。給岢大哥的。」

「海安要姓名電話幹嘛？」

「他又不要。」

「那妳貼了嗎？」

小葉抬頭看馬蒂：「妳喝醉了，醒一醒，我們待會要夜遊。」

小葉拿了一塊冰毛巾，要馬蒂自己敷額頭，她乖乖照辦。只見小葉忙著打電話呼朋引友。馬蒂真的醉了，這次並沒有噁心欲吐的反應，只是整個人輕飄飄，像一個掙脫了線的風箏，在風中悠悠蕩去，天地四周再沒阻礙。

小葉送走了客人，關掉店裡的燈光音樂，安頓好了貓和小鳥，牽著馬蒂走出店門，又拉下鐵門鎖好。

「妳站好，我馬上回來。」小葉雙手扶正馬蒂的肩膀，跑向通往樓上的水泥梯。

「妳去哪裡？」馬蒂叫道。

「給岢大哥帶點東西。」

「我們去哪裡？」

「去ＫＴＶ。」小葉在樓上喊著回答。

與小葉一起搭計程車到敦化南路的ＫＴＶ，籐條、素園、吉兒已經先到了。他們租了一間有小舞池的大包廂。

馬蒂癱在沙發上，聽見籐條的歌聲。令她驚訝的是，厚壯的籐條有十分細膩的歌喉，唱起悲傷的情歌非常迷人。像吉兒說的，籐條被外形拖累了，要是在電視發明之前的收音機時代，難保籐條不成為金嗓歌王。

吉兒唱了一首英文歌。大部分的時間，她埋首在自己的一本小筆記冊，不停地寫，不停地抽菸。馬蒂醉臥椅頭看吉兒抽菸，覺得很有趣。她抽菸是真的抽到底，直到菸草與濾嘴的接壤處，還不忍按掉，將菸蒂拋在缸中，讓它餘煙裊裊，火盡而熄。

小葉與素園合唱男女對唱情歌。素園的歌聲和馬蒂在浴室中的表現相仿，有一點抖，有一點脫調。小葉的歌聲令人難忘，她唱男聲的部分，歌聲真的像男孩低沉而且富有磁性，更重要的是歌聲中那豐沛的、綿綿不盡的柔情，馬蒂幾乎要落淚了。唱得好唱得好，她喃喃讚嘆著，吉兒遞給她一支菸。

之後大家彷彿跳了些舞，馬蒂似乎也跳著，她分不清楚是否睡了，在夢中踩著舞步，只記得大家好像又說要走了，小葉攙著她，他們下樓來到敦化南路上，夜裡的涼風拂來，她才稍微清醒自己站定。

籐條與吉兒去拿車，馬蒂甩甩頭，吸一口夜裡的空氣，剛才的情景宛若是夢中。

「我們去哪裡？」她問。

「去山上。」小葉說。

馬蒂與小葉坐籐條的車，素園與吉兒同行。只見車子不停往北而駛，漸行人車漸稀，後來斜斜地爬上山區。

籐條打著手機，他似乎在和海安聯絡方向。聯絡好了又用手機通知吉兒。

現在車子駛在台北最高貴的別墅山區，路的兩邊綠樹掩映，處處可見精緻的別墅隱藏在山坡間。籐條突然把車速減緩了，在前面不遠，有一棟純白色的獨棟別墅，用紅磚圍牆圍起。這棟別墅從外牆還打了燈光，映照得可愛的建築像是歐洲森林中的寂靜古堡。

「漂亮。真漂亮。」籐條嘖嘖稱讚。

「啊，什麼樣的人住裡面呢？」馬蒂輕輕說。

「有錢人哪。」小葉說。

在山頂一個斜緩的山坡上，籐條的車與吉兒相會，他們在穿著華美制服的車僮指揮下，將車停在花木扶疏的典雅停車坪上。

下了車，他們五人會合。馬蒂竟然清醒了，現在只覺得口渴。他們面前，又是一座城堡，正確地說，是一座像城堡一樣的大門，門前有歐式的希臘神祇雕塑，門兩旁是向左右拓展的壯麗城牆。門前車馬繁忙，衣香鬢影，穿著燕尾服的雍容服侍者穿梭不停。

這是一座台北最昂貴的私人俱樂部，他們五人的身分累加起來也不一定足夠涉足其中的美麗夢境。馬蒂隨著其他人走到門前不遠的花台邊，大家都席地而坐了，不顧那些華美貴人的側目，五個人相顧含著調侃，都坐著。

一個看來極穩重的中年服侍者走過來，很禮貌地頷首微笑：「對不起，這裡只有會員才能進來。」他的口音有些微的廣東腔。

「我們是貴會員請來的客人。」吉兒說。

「喔，請問哪位呢？」

「岢海安。我們要在這裡等他。」

「喔。是的。岢先生。那麼您們是否到候賓室等著？」

「謝謝了，我們覺得這裡挺好。」

中年服侍者困惑了，他思考片刻，恢復了從容，頷首作禮：「那麼如果有需要，請務必告訴我。」

中年服侍者先倒退而行兩步，才轉身走開去。

這裡是左近最高的山丘了，夜裡涼風襲人，五個人就這樣坐著。吉兒與素園抱膝抽菸，小葉跳上花台蹺著腳哼歌，籐條乾脆仰天躺下看星星，大家都很自在，旁若無人。

馬蒂漸漸了解這群朋友為什麼可以在百忙之中，常常到傷心咖啡店相聚。像這樣不顧旁人的據地等候，太過風格，像是進入法國的新浪潮電影中，真實生活裡的拘束拋之如過眼雲煙，開始面對生命中的脫軌之必要，浪漫之必要……她抱緊雙膝，靠著小葉，覺得很快樂。

「海安他，會不會來呢？」馬蒂問。

「誰知道？」吉兒仰頭吐煙圈。

「吉兒說，大哥是職業的缺席者。」小葉說。

這麼說大家並不在乎海安來不來了？馬蒂有一點失望，她倒是希望進這俱樂部看看。

遠遠的山的那一邊，路的盡頭有一些騷動，像是悶雷一樣的轟然聲響漸漸靠近，俱樂部門口等待進入的賓客們都轉頭翹望。來了！一群重型機車像奔馬一般聲勢驚人地駛近，一共有七輛，都是海安的那種真正重型機車，車上的人都是囂張的飛仔打扮，海安在他們之間，跟其他人一樣，海安也綁著頭巾。

七輛車駛到馬蒂他們眼前，紛紛下車。馬蒂隨吉兒他們站起來，只見海安與其他騎士把臂說著話，海安裸著的臂上那個刺青，在花園的探照燈裡斑斕得醒目。馬蒂看清楚了，是兩條蛇吐著信，交纏成螺旋狀。龐客騎士們圍著海安，馬蒂看得出來，他們以海安為首，他們都眷戀海安。一個高大且俊美得出眾的飛仔在海安耳畔說了句話，馬蒂清清楚楚看見他吻了海安的耳垂，騎士們都上了車轟隆離去。

海安兩臂各搭著吉兒與小葉，大家朝俱樂部門口走去。還未到門口，那中年服侍者已匆匆迎向前，表情失去了原有的穩重。他的背後門口處佇立了幾位衣著高貴的會員。

「晚安，岢先生，晚安。」服侍者說。

「晚安。阿PAUL。」

「岢先生您，」阿PAUL的表情很艱難，「我們討論過的，您不能穿這樣進去。」

阿PAUL的不安具有十足理由。海安的上半身穿著一件短背心，裸露著半個胸膛，胸前繞著粗銅項鍊，肚臍隱約可見，低腰牛仔褲上有幾個綻縫。就算是在城裡的迪斯可，海安這身打扮也叫人側目。

「放心，我不為難你。」海安笑了。小葉卸下她的雙肩背包，從裡面拿出一件上衣，一件外套。然後，在賓客們瞠目結舌的注視下，海安揚臂脫下背心，裸著他的上半身。馬蒂也不能不睜眼注目，海安他那從胸膛到腰際的壘壘肌肉，年輕、均勻又壯麗的胴體。海安先扯下頭巾，甩甩頭，再從容地換上上衣。小葉幫他穿上外套，素園幫他摺起背心，阿PAUL尷尬地回頭看看賓客們。

「擔心什麼？這麼養眼的鏡頭，白白便宜他們了。」吉兒笑著。

在大家的簇擁之下，海安進入俱樂部大門。在進門之際，他順手塞了一張千元鈔票進阿PAUL上衣口袋中。

一進大門，是一座歐式的大型中庭花園，花園中還有仿古的優雅水榭，一個南美風味的外國小樂團正演奏著輕快的歌曲，花園裡錯落著露天桌位，處處火炬、燭光搖曳。

過了花園是一排橫式的歐式建築，海安領著他們進入大廳，在壯觀的宮殿式餐廳裡，海安點了一份地中海燒烤海鮮全餐，馬蒂與其他人湊興地點了一些串燒和飲料。海安餓了，很快將他的食物吃得精光，然後大家一起喝整壺供應的咖啡。海安在一本燙金有他名字的專用簿本上簽帳，用的是服侍生呈上的一支通體澄金的筆。

之後，穿過重重豪華休閒設施，還有些很洋化的時髦運動，壁球間，板球區，槌球場，電腦模擬高爾夫球棚等等，他們來到了俱樂部領土的最外緣，一個面向台北市夜景的山坡。

夜深了，這綠樹籠繞的山坡非常寂靜，沒有其他客人佇足。遣走了服務生後，他們一行人占有了夜裡的整片樹林，眼前囊括整個台北市的璀璨夜色。一片燈光大海熠熠生輝的壯麗景觀，像一隻閃耀著千萬個金色鱗片的巨獸的，像集合了無數星斗明滅著無數命運的，像一片碎鑽海洋的，台北。

馬蒂席地坐下。這兒經過特殊培養的青草觸感很柔軟，她幾乎想躺下了，但又捨不得山下這一片燈海風光。素園與小葉沿著山坡邊緣散著步，海安和吉兒不見了人影，只有籐條坐在她身邊。

「好美！這些燈光像星星，我就是其中的一顆，」馬蒂揣摩著台北的地形，遙指西南角邊的部位，「在那裡，有點閃爍的那抹燈光。你呢？你是哪一顆？」

籐條將左右看了一圈，搖搖頭說：「我不是哪一顆，哪一顆也不是我。我是很多顆的總和，這裡、那裡，很多很多顆。」

「哦？籐條很狡猾，狡兔多窟。」

「這麼說也對。一顆哪夠？除非妳甘心做個小人物，一輩子受人擺布，不然妳就千萬不要釘死在一個地方。這樣講妳明白嗎？」

「我不明白。」

「小精靈妳總玩過吧？」

「玩過。」

「這個世界就是一場不平衡的競賽，我們是一個個單打獨鬥的兵，很弱，很渺小，像小精靈，妳不吃人，人家吃妳。要強壯，就要吃下妳身邊的所有妳找得到的東西。吃得多了，豬羊變色，變成人家怕妳，走到哪裡都威風凜凜，不必挨氣受委屈。」

「你一定領教海安的地盤論了。」

「我管他什麼論。海安書讀得多，他天生是少爺，沒有經過窮困渺小的痛苦，但是我知道。妳看這片燈海像不像鑽石？每顆燈代表一個人，每個人代表一堆貨幣，我書讀得不多，但是市場經濟原理我還懂。貨幣像是山坡上的石子，哪裡有凹洞它們就自動滾向哪裡，滾得越多帶動越大量的貨幣，聰明的人就挖夠大的洞，讓一大片的山坡的貨幣都滾進去。所以我說我不是這片燈光中的哪一顆，要嘛就做很多顆的總和。妳看看，現在我們腳下有一百萬盞燈，我從每盞燈裡挖來一百元，集合起來就是一億元。」

「那請問你要怎麼挖呢？」

「當然要用腦筋啊。滿地都是貨幣，人家幹嘛要滾向你？當然要站好地勢，給他們足夠的誘因，讓廣大的市場自動向你聚集。市場的體積越大，賺錢越容易。」

「一直以為你還在做美術指導，聽起來不是？」

「早就不做了，沒什麼出路，再做頂多也是人家的夥計。媽的給人賣命，替人賺錢。」

「那你做什麼？」

「我最近到一家新的公司，很有意思。」籐條面向馬蒂，興致勃勃，「我們主要就是聚集市場上沒有目的的游資，幫大家規畫生財的道路，大家都得利，我們賺取大家得利的利潤，集眾人財富的大成。」

「怎麼做呢？」

「妳標過會吧？標會是很簡單的理財管道，會腳湊多少，錢財就聚多少。但是一般人的社交範圍有限，一次能湊的會腳也有限，這樣子玩來玩去都是小錢，要是同時操作多會又累死人。我們公司的概念，就是把標會這件事制度化，公司化，把會腳的人數無限擴大，只要加入我們公司的互助會基本會員，愛玩多大的會，我們就用電腦幫他組合多大的會。這樣的資金流通量很驚人，玩大玩小各取所需。收會費由公司統一辦理，大家都輕鬆，有公司作莊，也不怕倒會，公司只收操作費。這樣子大眾的資金就自動滾過來了，什麼事只要玩大的就有搞頭。妳看多簡單。」

「喔，聽起來像地下銀行。」馬蒂說，其實她聽得有點迷糊。

「才不，妳要向銀行借錢難如登天，可是透過我們的互助會組織，要借多少都隨妳。說真的，我們不只不像銀行，還像公益機構，幫游資開闢又簡單又安全的營利管道。」

「那你擔任什麼職務？」

「早看準這一行有前途，我加入得早，算是第一代創始會員，只要吸收足夠的會員就升任公司經理，我上個月才爬上公司協理。實在講，我活了快三十年，現在才嘗到賺錢的滋味。」

「難道沒有風險嗎？」

「什麼事都有風險。這一行怕的是會員倒帳，可是我們公司制度很嚴明，收帳確實，而且重點在會員人數多，繳互助費款少，倒帳的可能性不大。我也不笨啊。我現在只要再開展十幾個會員就是業務副總，到時候就可以加入公司經營，大家要搞就正正經經搞，賺長久的錢。」

對於理財概念十分幼稚的馬蒂，聽到一半就放棄了，她禮貌性地繼續聆聽，一邊點頭附和。籐條講得很流暢，卻也多所保留。他保留的最大部分是，這家公司不只從互助會操作費中得利，最大的利潤來源，在於公司化身多頭參與標會。這一點籐條並沒有提，就像他平時吸收會員時一般，這一點他略而不提。畢竟這是公司經營層才需要操心的事，未爬到經營層，他也無法多過問，時候到了再多弄清楚。籐條這麼想。

「聽起來還滿有前途，可惜我對錢的興趣不至於這麼高。」

「妳很幸運是女生。女生好命。」

「哦？」

「不是嗎？女生總要嫁人，就算不嫁人要養活自己也容易。男生就不一樣了。我知道談來談去都是錢很俗氣，可是一個男生你沒有錢就屁也不是。抱歉我說話比較粗俗，可是事實就是這樣。結婚以前，我也不那麼在乎錢財，可是男人到了一個年紀啊，就不得不扛起家庭的擔子，到時候什麼都在乎了，要安家，要立業，還要出人頭地。講得詩意一點，這片燈海像花海，每朵花都拚命長，長。要冒出頭來撐出一片天，要不就矮在別朵花的陰影下面了，照不到陽光，那你的種子怎麼辦？這樣講妳懂嗎？」

「怎麼不懂？這台北典型的人生觀啊，男人和女人又有什麼不同？」馬蒂躺下來望著星空，「大家的命運大同小異，都是先上學，領畢業證書，找工作，建立一個別人弄得懂的身分和地位，結婚，開始養小孩，開始買房子，花一輩子賺錢，然後慢慢變老。如果不要這樣，那就得禁得起做為異類的壓力，不管是來自別人的批評，還是自己獨立支持一種價值觀的壓力。這種人生，還不如用影印機來拷貝來得乾脆。」

「這麼說妳懂了。台北的男人很可憐哪！沒有別的比較，只有用錢來堆身高。不管你愛不愛，整個社會就是這樣，想要超脫一點，自我一點，又有家有累不能太過任性，總要先給家庭掙出一片天才能談到自己。」

「你結婚了？」

「嗯。」

「有小孩了？」

「快了，再兩個月。」

「沒想過。」

「告訴我，如果你沒有家累，那麼你想做什麼？」

「騙人。」

「沒騙妳，這樣想本來就不實際。」

「那你告訴我，在你高中的時候，想做什麼？」

「畫家吧？」

「那現在呢？」

「我告訴妳我想要什麼，」籐條俯向馬蒂，雙眼閃閃發光，「記得剛剛路上看到的那棟白色別墅嗎？三年之內，我一定要買下它！」

「要是人家不賣呢？」

「賣的，什麼都有價錢，只要我出得起價錢，一定賣的。」

「那麼我祝你如願。」馬蒂輕輕說。

對於籐條的言辭和思維中的銅臭味，馬蒂並不至於反感。這被錢財異化了的價值觀，大家都身在其中身不由己，社會的規格就是這樣，怎麼去要求人超脫呢？

「打擾您，請問用飲料嗎？」服務生在身邊朗聲問道。

馬蒂嚇了一跳，趕緊坐起身，看到了這個繫著法式服務圍襟打著領結的年輕服務生，推著一車檯各式飲料，像風一樣無聲地出現在他們面前。

「請問用哪種飲料？」服務生問。

「謝謝你，我們沒叫服務。」籐條說。

「岢先生交代的，請您們用飲料。」

馬蒂挑了一大杯礦泉水，服務生給她加了冰塊和新鮮檸檬片，用托盤遞給馬蒂。籐條選了葡萄柚汁。

「你看起來很年輕的嘛，還在讀書嗎？」馬蒂問服務生。

「是的，大學就在前面不遠，我晚上在這裡打工。」服務生答道。

「辛苦喔。」

「不不，服務您是我的榮幸。」

「俱樂部教你們這麼講話的？多麼不自然！說真的，辛不辛苦？」馬蒂問完，有點佩服自己咄咄逼人的氣派，有點覺得自己像是吉兒。

「欸，這裡的要求比一般餐廳嚴格，規矩很多，可是收入真的不錯，小費也多，辛苦很值得。」服務生說。

這是自找的，馬蒂只好掏出一張百元鈔放在托盤上，動作不太自然，她生平第一次給小費。服務生的手輕輕一掠過托盤就抄起小費，將拿著鈔票的手隱藏在盤下，很坦然。

服務生推著小車檯走了，這個白天上課晚上熬夜托盤子等著拿小費的服務生，這個未出社會就未雨綢繆開始打拚的年輕男孩，像風一樣無聲地悄悄消失了，帶著他的小費。馬蒂看著他隱沒在樹林中的背影。在台北的燈海中，很快又要添一盞閃爍的燈火了吧？一眨一眨，無言面對同樣閃爍的星空。

樹林裡有人影在晃動，馬蒂瞇起眼睛，看見海安擁著吉兒從濃蔭中走出來。他們兩個人貼得很近，太近了。穿出樹林後吉兒就往旁邊讓開，兩人一前一後往馬蒂走來，正好小葉和素園也從山坡一邊轉回，老遠就聽到她們的笑聲。

吉兒現在繞開海安坐到馬蒂身邊，問道：「你們聊天啊？」

「嗯，我們在討論有關地盤的問題。」馬蒂說，她瞧一眼海安。

小葉素園都過來了，大家席地坐看台北的夜景。

「啊，台北。」素園說。

大家默默看著燈火輝煌的台北盆地，心思各自飄得非常遙遠。

「你們看這片燈海像什麼呢？」素園問。

「像一隻千眼巨獸。」吉兒說，「這隻獸渾身都眨著晶亮的眼睛，每隻眼睛都有一個靈魂，每隻眼睛都以為有自己的獨立生命，獨立作為。其實眼睛都錯了，它們不知道，其實它們都是附生在巨獸身上的一個器官，它們以為自己可以完全自主，其實巨獸往東它們就全體往東，巨獸呻吟它們就全體受苦，巨獸思考它們就全體困惑。有時候其中一隻眼睛覺醒了，開始反省到底這是它的生命，還是它生活在一個更巨大的生命中。但它只有更迷惑，因為它不能確定這樣覺醒思維的是它自己，還是巨獸。我也是巨獸身上的一隻眼睛，脫離巨獸，我就乾燥死亡，連眼睛也不是……一隻失群的螞蟻可以稱之為一隻螞蟻嗎？不是了，它只是一點點神經原的組合，茫然懵懂，原來在蟻群中建築巢穴儲存食物的智力都不復存在了，它只能像在夢中一樣走來走去，一直到死。這隻巨獸，它生成了我們，我們又組成了它。你們稱它為社會，或者是命運共同體，本質都一樣，這隻獸長得美我們就美，它長得惡我們就惡……sad。」

「sad。」素園也說。

「sad。」馬蒂也說。

「stupid。」海安說。他仰天躺著，雙手枕在腦後，面對滿天星斗。「蟻群中的螞蟻，它的生命和失群的螞蟻一樣悲哀。因為它只不過是一個更大生命體中的元素，沒有思考的螞蟻組成了有思考能力的蟻群，終其一生都只是一個巨大生命體中的零件。但是人不一樣。我相信人的生命並不受限於這巨獸的生命，只要一個清晰的注視，你不只看穿它，還主宰它。思維就是一切主宰，思維的人就是一切。吉兒並沒錯，妳只是用人的思維來看世界，結果世界就是基於這樣的邏輯。用神的思維來看，整隻巨獸，整個世界都不過是腦中的一瞬想像，這隻巨獸啊，我要它既美又醜，讓我盡其可能地經驗它。」

「你從哪裡得來神的思維？」吉兒反問。

「超人那裡。」

「可悲的唯我唯心主義者，你中了尼采的毒。」吉兒說。

「有何不妥？怎麼知道妳的毒藥不正是我的美酒？」

「我不管什麼超人，我也不談神，我相信命運。」素園說，「在我看這片燈海像是滿天星斗，星星之間互相有重力牽引，互相影響著對方的生命。每粒星星之間的因緣又很長遠，今天你看這牽引往東，可能是一千年前另一粒往西的星星留下的反作用力。有緣的星星，不斷重聚，互相成就彼此的方向。這千萬道牽引，要一直到每顆星星都找到它永恆的軌跡，達成一種平衡圓滿的狀況才會停止。

「我們就是有緣的星星，前世的緣分在今生兌現。我們都帶著未完成的功課來人間修練，修成一堂課就向圓滿又邁進了一步。我們有緣相聚，就是因為在這輩子的功課中，有很多道題目都在彼此身上，我們必須相逢，遭遇問題，再用我們的生命去尋求解答。若是找不到答案，那麼我們下輩子還要再相遇。」

「那我永遠也不要找到答案。」小葉說。她的聲音是這麼輕，沒有人聽見。

「我覺得這片燈海像是鍋子裡沸騰的泡泡。」馬蒂說，「畢畢剝剝，有的往上冒，有的往下沉，但大家都在鍋中推擠著，拚命伸展自己。它們以為上面有寬闊的空間。泡泡的命運都一樣，可憎地一樣，誰叫我們都在鍋中？鍋裡面不管上層下層壓力都相同，因為這是壓力鍋。我不要這種典型的人生，好像我們都是一個巨大舞台上的傀儡，演得神靈活現，忘了身在戲中，事實上我們的命運不在自己手上。工作、工作、賺錢、賺錢，劇本就是這樣。這是一個枯燥的劇本，可是人人搶著當主角，誰也不願意跑龍套，每個人都汲汲營營創造一種人人能夠認可的身分與生活，卻忘了自己到底希望怎麼活。沒有一個人自由，我渴望找到自由，可是萬一竄出了鍋子，結果是怎樣呢？泡泡只有迸裂，變成了空氣，變成一陣風。風也許就自由了，我不知道，一個泡泡怎麼想像風的自由呢？」

「鍋子裡也有自由的。我告訴妳自由在哪裡。」籐條說，他掏出沉甸甸的錢包，扔在馬蒂眼前：「自由在這裡。這是錢，錢有多少，空間就有多少，只要在屬於妳的空間裡面，誰也管不了妳，妳才自由。」

「若是你的自由碰上我的自由呢？」海安也拋出他的皮夾。很顯然，他的皮夾具分量多了。「有限的自由不是真正的自由。自由在這裡。」海安指指他的頭腦。

小葉伸手拿起海安的皮夾，打開了，輕呼一聲：「岢大哥，這個人是誰？」

大家湊過來看，皮夾裡有一張照片，照片裡是個男人，滿臉鬍鬚的年輕男人。

「這是你嗎?岢大哥。」小葉說。

照片裡半身像的男人穿著一件奇怪的袍子，背後的天空非常蔚藍。男人的五官十分俊朗，和海安竟然有七八分像，但這並不是海安，他的體形看來比海安清瘦許多。

「唉，不可思議，真的像耶。」素園說。

出乎馬蒂意料之外的是，從來什麼也不在乎的海安猶豫了。他收起皮夾，繼續仰面看著星空，並不說話。

「那是他在馬達加斯加碰到的一個怪人，沒有名字，沒有人認識他。」吉兒說。

「那你認識他嗎，岢大哥？」小葉問。

海安靜靜地看著夜空，很久之後，才說：「不認識。」

「我來說吧，」吉兒說，「這個人誰也不認識他，他就在馬達加斯加南部西薩平原一個人流浪。他從來不說話，就是流浪。當地的土著叫他耶穌，這名稱中戲謔的成分居多，因為他穿著長袍，又蓄著長鬚長髮。依我看這是個嬉皮，遺世浪遊的嬉皮，太頹廢了，頹廢得竟然懶得說話。」

馬蒂很想要求海安再讓她看看照片，但她知道海安不會再拿出來的。馬蒂的心飛到了夜空中星星的高度。在那裡，無限寒冷，無限廣闊。啊，這在馬達加斯加浪遊的從不說話的嬉皮，透過照片，馬蒂在他的雙眼裡看到了前所未經驗過的寧靜。

「這片燈海像是一群蟑螂，它們光滑的翅膀在夜空下反射著光芒。」海安開口了，「有名的包德瑞實驗，你們聽過吧？把一群蟑螂養在封閉的巨瓶中，給養充足，讓它們自由繁殖。蟑螂越繁衍越多，就在瓶中給更多的水和食物，唯一不變的是瓶子的大小。蟑螂多得太擁擠了，一層層疊著生活，但是給養並不匱乏。結果呢，蟑螂全退化了，它們的翅膀薄弱，智力減退，喪失了原有的大半行為本能，但是它們並不死，還是繁殖，頑強地延續著全體的生命。最後包德瑞斷定，因為缺乏空間，這些蟑螂全退化成了白癡。

「這個城市的罪惡在太擁擠，擠得沒有了空間，大家就更無所不用其極地爭取空間，但同時已經遭遇到思維上的窄化與心靈上的退化。所謂地盤之爭，所謂價值觀上的異化，都是源由於這擁擠。要是離不開這城市，要是學不會在形而上的跳脫，要是再擁擠下去，結果會是不可逆的腐敗。看這群蟑螂！搖撼著它們的翅膀，群聚棲息，自鳴得意地繼續繁衍，繼續增加擁擠度，繼續加速物種的滅亡。」

「那麼我請問你為什麼不乾脆離開，給這個城市減少一丁點擁擠度呢？你這個拿美國護照的美國人？」吉兒問。

「擁擠也好，滅亡也好，我要用熱情來經驗這毀滅。我待在台北，因為這是我最討厭的城市。」

「我覺得台北還不錯。」籐條說，「這片燈海像是閃閃發光的鑽石，到哪裡去找這麼密集的財富？不要告訴我你們不愛錢，你們都愛。坐在這裡需要錢，活著需要錢，連呼吸都需要錢，你們只是不屑講出來，但是我敢。」

籐條站起來走到山坡的最邊緣，俯向整個台北市。

「錢！一把抄下去都是錢！我要賺錢！」籐條的吶喊在山坡上迴盪，「我──愛──台──北！」

13

馬蒂陪著陳博士從世貿展覽場回公司，陳博士開車，馬蒂坐在一旁，氣氛有點沉悶。

這是個針對歐美客戶籌辦的國際電腦展，陳博士所有的威擎電腦公司一共租下了八個標準攤位，還大手筆找來了設計公司裝潢出特色十足的門面。光是場地打點就花費了七、八十萬元，陳博士非常在乎這次展覽的成效。

公司參展的總負責人是黎副總，實際上掌事的是劉姐。為了這場展覽，她忙得整個人瘦了一圈。但顯然從成果看來，劉姐在陳博士心中的分量，卻是不進反退。

五天的展覽下來，攤位上接獲的訂單量是預估中的三分之一不到，客戶到攤位參觀人次數與去年相比較，減少了許多。整體大環境的不景氣結實地反映在攤位上。馬蒂想，主辦單位也應該負責任，展覽廣宣工作做得不漂亮，每年的舉辦規模每下愈況，來自國際的客戶量自然就呈現反成長。

但是陳博士並不這麼想，環境越艱難就越要有敗中求勝的霸氣，可惜培養不出一批有銳氣反敗為勝的悍將。看攤位上駐守的黎副總，一個勁與原有的代理商客戶周旋，鞏固自己的業務地盤，卻不多花精神開發新的國外買主。懶了，一個懶了的業務副總，拿他怎麼辦呢？給他台階下總也該好好踩階梯吧？陳博士決心把業務獎金結構重新設計，給這種坐吃長期佣金等死的業務老鳥一帖毒藥，以毒攻毒，毒不死也許就成了還魂丹。

劉姐忙得團團轉，實在可憐卻又令人難以同情。攤位現場的管理調度需要精神抖擻的魄力型主管，看她累得一塌糊塗，攤位還沒開張就先癱了半截，老了，公司像棵樹，老了的枝葉就該修葺，讓新枝好冒出頭，怎麼就是婦人心腸撒不了手呢？

還有令陳博士不愉快的是，在展覽上曾經發生了幾個狀況，業務部的小陳於展覽前兩天臨時辭職，原因不詳，為了重新部署他的客戶服務事項，業務部忙得不可開交。展覽場上，請來幫忙接待的工讀生，竟然不堪繁忙重務接二連三請假落跑，害劉姐焦頭爛額地召集員工家屬前來幫忙。

陳博士嘆了口氣。車子離開世貿中心已有半個鐘頭，現在還塞在基隆路上。該死的交通！這樣的城市怎麼吸引國際客戶？

「陳博士，您請不要太擔心。根據這兩天在展覽場上調查，我們的訂單狀況算是十分出色的，主辦單位沒把展辦好，有這樣的成績已經不錯了。」馬蒂說。

「嗯，我曉得。」陳博士說。

「小陳的業務也都cover過去了，並沒有什麼損失。」馬蒂說。

陳博士從車內置物架上取出一封信，交給馬蒂，說：「妳看看。」

這是一封小陳寫給陳博士的信，文情並茂，洋洋灑灑，共有三頁，信中對於公司的栽培有說不盡的感恩，並詳述了不得不離職的理由。整體說來，這封信的離情依依，與小陳斷然去職的事實相去甚遠。他寫這封信的動機並不難理解，小陳離職後，與公司之間還有一些未收佣金的財務關係，留得情面在，不怕將來的糾紛。

「看起來小陳會離職也是遲早的事。」馬蒂看完信後說。小陳在信上寫著，他準備賣掉貸款中的房子，離開台北，與妻小到中部山區老家重新開始。

「這個男孩！潛力不錯，只可惜他想不透。小陳在公司的前景很好，薪資也合理，再熬一陣就出頭了。唉，這一放手，白白放棄了大好前程哪。」

「也許他並不要這樣的前程。」馬蒂說。

「那還有什麼前程？台北這一片大好機會，連房子都買了他也要放棄。回到鄉下去做什麼呢？開個小店？種田？」

「我想，鄉下有鄉下的人生吧，如果人的一輩子不只是要賺錢，不只是要掙社會地位，那麼離開台北也不算損失了。」

「這樣的想法失之天真，什麼叫做鄉下？廣闊的田野和恬靜的生活？台灣已經沒有所謂的鄉下了。交通和傳播已經讓鄉下和城市的生活漸漸同質化，還有價值觀上的同質化，除了比較寬敞的居住空間之外，鄉下人所追求的和城市人一樣，卻還少掉很多機會上的優先性。小陳這一走，只是把生計壓力的問題延緩而已，總有一天，他或他的下一代還是要從頭面對。成功之路大不易啊！要是不乘著勢頭，坐失了機會，結果只有讓自己成了弱勢族群。」

「我最近開始思考，做個弱勢族群有什麼不好？做條懶蟲，低姿勢爬來爬去，那才叫輕鬆。」馬蒂說，她不用轉頭，也想像得到陳博士皺著眉的表情，「重點是，只要它真的不羨慕強勢者的天地，誰有資格去批評它的快活？陳博士，我知道這番話對於我很不利。獨立、富企圖心是您在乎的員工品質，我來應徵時您說的，我沒有忘記。只是對我來說，坦誠也是重要的品質。我想表達的是，環境雖然不能變，價值觀卻是可以多樣的。最可怕的是強勢的一元化的價值觀，就像台北的世界，好像脫離了這城市就脫離了社會的主流，好像不拚命賺錢就註定是天地間的弱者。不是這樣的，還有什麼事，比盡其量地追求自己喜歡的生活更重要呢？」

「新新人類的價值觀！告訴我，一個人能保證他的價值觀一輩子不變嗎？人都是這樣的，年輕時追求狂放痛快，到老了又要安逸舒適的生活。自己的價值觀別人無可干預，但是如果到最後變成了社會的寄生蟲時，社會何須平白對他付出成本？現在的年輕人，太過自我了，只想到自己，沒想到別人，頹廢的風氣正在侵蝕我們的下一代，真叫人擔心哪。」

車子終於穿過仁愛路口的瓶頸，開始有一點加速的傾向了。馬蒂瞧著車窗外的國父紀念館，在綠蔭籠罩中，紀念館前廣場上有幾十隻彩色風箏突破擁擠，在灰暗的天空中逆風飄蕩著。

對於陳博士的最後一句話，馬蒂思考良久。她知道再說下去，自己就會在陳博士心目中被貼上新新人類的標籤，一個阻礙她往上爬的標籤，但是此刻她的勇氣有如泉湧，不往上爬又不是世界末日！她心中閃過這一句近乎賭氣的話。

「新新人類也是時代的產物。陳博士，您是學物理的，萬物不正是有自動平衡、自動填補的本能嗎？這個社會一切向錢看，向錢衝，人壓抑成了錢奴，所以才有這樣逆向的思維出現。您說新新人類頹廢，您不覺得這頹廢正好調和了社會中的拜金狂潮嗎？兩者都是極端，我說不出來哪種比較頹廢。」

「妳一定覺得我是老古董了。馬蒂，我並不保守，只是我相信中庸。這個社會是處處充滿極端，所以才需要有步伐沉穩的人，不受風潮左右，維持著社會生存的命脈。人到了一個年紀呀，就得要有社會使命感才沒有白活。」

陳博士是真的這麼想，還是在發表維持他身為老闆之崇高性的場面話？這些話似曾相識，倒像是吉兒的高論。

「馬蒂啊，我一直覺得妳是有潛力的，想事情要長遠，不要一味追求痛快。妳的天資夠，這是一種幸運，在那些強勢者與弱勢者的二分法中，妳可以永遠都是強勢者，只是不要忘記，聰明的人再加上年輕氣盛最容易流於狂妄批評，做為註定中的強勢者，妳應該多做些建設性的思考，不要辜負妳的幸運。有一種人，天賦太少，費盡力氣才能出頭，他們才是應該批評一元化價值觀的人，像妳我這種，天生是一元化價值觀的既得利益者，妳懂嗎？妳應該懂的，妳夠聰明。」陳博士對馬蒂抬抬眉毛，又說，「公司裡就有一些人，他們的工作價值與所得不成比例，這些人才應該擔心價值觀的問題。」

「您指的是？」馬蒂問。

陳博士並沒有答腔。他指的是劉姐。

劉姐把展覽結束撤回公司的繁重物品一一清點妥當，又帶領工讀生收拾好展覽會場蒐集到的市場資料，已經是晚上九點多了。

忙到此刻，她才想到自己還沒吃晚飯，很可能從中午開始就忘了喝水，她覺得像是虛脫了，趕緊泡了杯牛奶，再一邊喝一邊打電話回家。

守在家裡的兒子竟然也還沒有吃晚飯，劉姐差點在電話中生氣了，她耐住性子指示兒子到冰箱中取出冷凍餐食，放到微波爐中，弄熟，又指示兒子沖一包紫菜湯配飯。直到這年僅十一歲的兒子在電話中傳來咀嚼飯食的聲音，她才掛下電話。

公司的人都走光了，劉姐打算再加點班，把攤位上的訂單報告打妥，趕得上明天一早業務會報再走。

當然她很累，四十歲的女性軀體此時充滿著腰痠背痛，當然她也覺得工作多得不公平，但是理智告訴劉姐，最好要撐下去。外貿副理的工作並不容易，尤其她不是商科出身，若不加倍努力，怎麼帶人？

現在的部屬不相信威權，一味的專業導向，帶人真難。再說她在公司的位置也太特殊，雖然僅只位居副理，但是身為公司最資深的員工，所有的福利分配都以她最多，年終分紅時，她的那一份連陳博士都心痛，連黎副總都眼紅。以往的付出現在是豐收的時候，千萬不能怠惰失手。

現在的職位，劉姐知道她就算累死也不會放手。一個高職畢業的女人，到了中年，離了婚，養著一個兒子，除了忠心之外沒有別的專業，她有放手的資格嗎？在她的人生有別的選擇嗎？能夠做副理是因為資歷深，而不是能力夠，劉姐心下明白。事實上她痛恨上班，但萬一離開了威擎，她將一無所有，到時候在台北人海茫茫能依靠誰？離開台北，人海茫茫又能依靠誰？

十一點正。劉姐打好了電腦報表，打電話叫了婦協計程車。她關了公司的空調，熄了燈，公司一片黑暗，她摸索著走出門口。

14

馬蒂坐在浴缸的邊緣上，一隻手還拿著鋼刷，浴室清潔劑噴得到處都是，濕淋淋滑膩膩。她扭開蓮蓬頭沖洗地板瓷磚，又將水喉開到最大，水流的衝激聲掩蓋住了阿姨的叫喊。

馬蒂氣極了，奮力刮擦地板，再用水沖走那垢膩，但她心中的斑點，是任誰也擦抹不去的。她打開浴室門，阿姨還站在門口，對於她的倏然開門有點措手不及。阿姨也生著氣。

事情的開端很無聊。馬蒂現在日夜兼差，每晚近午夜才回到家，簡單梳洗後她已經沒有精神做任何家事。但她私人的家務也決不敢讓阿姨分擔，所以每次洗完澡，馬蒂就把脫下的衣物抱回房間堆積，再趁較有體力的夜晚一次清洗。

昨晚馬蒂將待洗衣物浸泡在洗衣機裡，太累了，竟然沉沉睡去，今天一早又趕著去上班，等到回到家裡，她發現阿姨把她的衣服整桶撈起，堆在牆角，全部都混染了顏色。馬蒂一見十分心痛，正蹲著收拾，阿姨竟又過來指責她太過邋遢。馬蒂忍住了憤怒，一夜工作下來她已經沒有生氣的體力。

而阿姨的非難不發則已，一發則舊帳連篇，不可收拾，從馬蒂占據了大弟的房間，馬蒂不分攤任何家事將她當做老媽子，到馬蒂白吃白住家裡，內容極為瑣碎，語氣極為刺耳。

阿姨指著浴室說，這浴室馬蒂天天用，倒讓阿姨做清潔女佣。馬蒂聽了，當即進去大肆清洗，希望能遏止她的綿綿不絕的諷刺，但阿姨據守浴室門口，繼續高聲嘮叨。

「啊，了然哪！嫁都嫁出去了，還跑回來當祖媽。」

這時候馬蒂正好打開浴室門，與阿姨面面相對。馬蒂沉默了幾秒鐘，先讓氣息通順，才沉聲說：

「妳把我當外人！阿姨，這也是我的家，可是妳從來就把我當外人。」

「妳本來就是外人。」馬楠抱著胸倚牆而站，不知什麼時候加入了這戰場。

「就是嘛。」阿姨聲勢頓時更壯大。

馬楠，透過厚厚的眼鏡，他的雙眼望著馬蒂不含感情。才在兩個多月前，馬蒂和他聚坐長談聯考的辛酸，一個月前，當他考上東吳法律系時，馬蒂還送了他心願已久的電子翻譯機，這些日子下來，姐弟之間彷彿建立了某些遲來的親情。但是此時，面對她的馬楠有多麼冷漠！在他的雙眼中沒有任何同情的訊息。

「這個家本來很完整，是妳闖了進來，是妳把我們一家人都當做外人。」馬楠說，他的語氣不疾不徐，倒像是律師在陳述被告的罪狀，「妳一個人痛苦，也要一家人痛苦。從我有記憶以來，就感覺到妳帶給這個家的緊張。妳是外人！妳讓這個原本正常的家充滿了衝突，爸爸痛苦，媽媽也痛苦。妳不接受我們，倒說我們把妳當做外人，妳曾經給過這個家快樂嗎？妳曾經親近過媽媽，給過她感情嗎？是妳在排擠她，妳在排擠我們。」

阿姨開始用手背揩抹眼淚。

「不是這樣！」馬蒂說。

「是這樣。」馬楠向前踏了一步，「爸爸袒護妳，媽媽後母難為怕妳，妳的心態卻不健全，總覺得全家人虧待妳，其實從小妳只要不發飆，大家就謝天謝地。從小就看盡了妳故作委屈、鬧彆扭，惹得全家不高興的場面。妳嫁出去以後，我們終於有了個完整美滿的家，我才知道妳對這個家的傷害有多大。現在妳搬回來借住，請有一點自知之明，妳是個退貨，讓我們收容，如果妳再惹媽媽生氣，連我也不會縱容妳！」

「做人要有良心哪！」阿姨揮淚說。

「爸爸找我回來的時候，我只有十二歲，那麼小一個小女孩，如果給她足夠的親情跟寬容，她怎麼有破壞力去傷害整個家庭？我還是要說，阿姨，我知道妳恨我，妳一開始就把我當成了外人。我現在就走，不破壞你們完整的家，讓你們去組織美滿的家庭，如果你們真的還有一丁點親愛別人的本能！」

馬蒂說完返身就走，她聽到阿姨在背後用濃濃的鼻音問小弟：「她在說啥？」

馬蒂回房間拿起她的提包往門口就走。打開雕有花與藤蔓的鐵門，她猶豫了一秒鐘，因為從這個角度，她正好看見爸爸穿著汗衫的背影，頹坐在房間內的床鋪上。爸爸並沒有出來勸阻，這樣也好，馬蒂與阿姨的衝突向來只有讓他為難。

馬蒂一口氣走到木柵舊市區裡，才感到事態對她的不利。原本只是很單純地想多攢點錢，所以不急著搬出去，即使要搬，也不應該是今天這種扯破臉的場面。其實她打從心裡不想造成家裡的不愉快，但就是發生了，又發生了，終究她又做了一次家庭爭執的禍首。

十二點多了。馬蒂打一通電話給小葉，電話響了良久，她才想起來咖啡店早已打烊，小葉睡在樓上的套房裡。她再打電話給素園，沒人接聽；試著連絡吉兒的手機，線路不通；再打海安的手機，通了，電話那頭很嘈雜。

「喂，峕海安。」

「海安，我是馬蒂。」馬蒂說，一時之間，又不知道該怎麼開口，「我——我跟家人吵翻了，現在一個人流落街頭，我——」

「帥。」海安打斷了她，「告訴我妳的位置。」

馬蒂把地點說了。等了不到十五分鐘，海安的重型機車就轟隆而至，停在她的面前。

海安的髮型變了，原本梳攏在腦後的小馬尾整個剪除，現在變成時下最流行的短酷平頭，正好烘托出他比例勻韶的五官。海安兩手扠腰，端詳著馬蒂，一揚嘴角笑了。

「海安，你馬尾到哪裡去了？」馬蒂驚呼。

「送人了。」海安說，拍拍後座，「上來吧。」

坐在海安背後，他寬闊的背遮住了眼前的視野，馬蒂只見海安左耳上戴著的十字架，隨著車行很活躍的前後擺盪。

他們不停地往北走，直到來到了中山北路上，一個小街暗巷裡酒吧林立的區域。馬蒂認得這裡，以前曾和同事來玩過一回，這一帶是真正的不夜城，一般人稱為台北的蘭桂坊。

海安把車子停在一間門面極暗淡的酒吧前，門口前有幾個大漢，都坐著打撲克牌，他們啪然有聲地和海安互拍臂膀，又意味深長地瞅著馬蒂。

一進去店面並不算小，酒客擁擠人聲鼎沸。海安攬著馬蒂到了吧檯前，找來了酒保，說：「這是馬蒂，給我照顧她。」海安隱沒在酒客中。

馬蒂不要酒保的照顧，她寧願一人靜靜坐在角邊。所幸這看來很年輕瘦削的酒保惜話如金，只問一聲：「喝什麼？」甚至連一雙吊梢眼也懶洋洋不望向馬蒂，馬蒂回答：「VODKA LIME。」

馬蒂環視了一圈，在吧檯離她最遠的對角處，一個紅頭髮的外國男孩吸引了她，他的頭髮紅得像火，非常俊朗寧靜的面容，讓馬蒂隱隱覺得似曾相識。這男孩低頭喝著啤酒，他的身邊並沒有同伴。

酒吧右側的舞池傳來了騷動，酒客擠成了人牆，太擠了，多半的人只能隨樂音上下跳動，大家一起拍著手，鼓譟著，舞台的中心清出了一小片場地，有個人正在跳舞，是海安。

馬蒂在吧檯前也站起來翹望。海安的舞姿極具誘惑性，他動人的胴體與面容催發了酒客們狂烈的慾望，不分男女，大家推擠著往前，有女孩子不時尖聲叫著。即使與海安熟識如馬蒂，也不能不沉溺進這華麗的視覺官能享樂。海安的軀體之美，面容之美，集合了純潔夢幻境地與色情想像深淵之大成的，神祇之美。

戴著獅子頭金色假髮的ＤＪ非常開心，一曲音樂未竟，他又跳接了更煽情的熱烈舞曲。在酒客們的高聲鼓譟中，一個穿著緊身勁裝的馬尾女孩跳入舞池中心，貼近海安的身體，扭擺起來，那肢體語言充滿了叫人臉紅的挑逗。海安卻不跳了，他反身排眾而出走到那紅髮外國男孩面前，眾目睽睽之下，海安展開雙臂擁他而吻，吻在脖子與臉頰的接壤處。

啊，想起來了，這個外國男孩，前些日子曾在傷心咖啡店外頭見到的，那乘坐在海安摩托車後座，有極其沉靜眼眸的男孩。

海安與紅髮男孩低著頭交談，馬尾勁裝女孩還在舞池中跳舞。酒客們的眼睛非常忙碌，心裡也忙碌運轉。海安吸引著他們的眷戀，但他的行徑之旁若無人不可想像。海安走回馬蒂身旁，接過了酒保遞來的酒杯。

「跳舞不？」海安問她。

因為他的到來，現在馬蒂也處在眾目睽睽的焦點之間。她覺得雙頰緋紅，她覺得手足無措。她說：「不，我不會跳舞。」

「沒有會不會的，隨著音樂，自由搖擺罷了。」

「那也太難。」

海安盯著馬蒂思考片刻，他放下酒杯，拉椅子坐下：「告訴我，馬蒂，現在妳想像一下，全場所有的人都戴上了黑色的眼罩，包括服務生，包括酒保，全部人，如果都戴上了眼罩，包括妳自己，然後我再帶妳跳舞，妳敢跳嗎？」

「你也戴上嗎？」

「也戴上。」

「好吧，那我就跳。」

「ＯＫ。」海安揚起嘴角，「妳不是不會跳，妳只是不能讓別人看妳跳舞。為什麼？」

「……就是不敢吧。」

「妳在乎別人多過於在乎妳自己？」

「不是。」

「跳舞讓妳覺得很奇怪，萬一跳到一半，突然驚覺：『我這樣像野獸一樣沒有意義地搖擺軀體，像白癡一樣沒有思考地放縱我的表情，是在做什麼？』妳怕突然被一種無聊，一種無地自容淹沒，所以妳不敢跳？」

「我沒有這樣想過。」馬蒂的臉更紅了。其實，海安很精確地說中了她的想法，連馬蒂也從沒有這麼寫實地描述出她害怕跳舞的理由。

「告訴我，馬蒂，」海安俯向前，更接近她的臉頰，「那麼妳也害怕作愛了？害怕在作愛的快感當中，也被這種突然來襲的清醒與無聊淹沒？」

「海安！」馬蒂低聲斥責。

海安的臉上帶著調侃的笑意，他坐直了回去，喝一口酒，說：「妳沒錯，其實跳舞的姿勢很可笑，作愛的姿勢也很可笑，但是這種可笑能夠排遣做為一個人的可悲，兩種滋味都一樣糟。」

「用可笑來排遣可悲？包括你剛剛在眾人之前擁吻一個男孩？」馬蒂反擊，她覺得海安將她看成一般人了，她不喜歡這種感覺。

「我想吻他，有何不可？別人愛看就看，我免費給他們狂野的想像。」

「你是同性戀嗎？」

「什麼叫同性戀？這個世界對同性戀與非同性戀的二分法太不實際。我想愛誰就愛誰，我想玩誰就玩誰，不管他是什麼性別，不管他有沒有性別。」

「那麼你是雙性戀囉。」

「又是膚淺的定義問題。馬蒂，妳活在社會標籤的拘束之中，重點是妳自己怎麼想，愛不愛，不要去管別人用什麼角度定義它，看待它。這個世界最不缺的就是規範，規範上要妳做的都必須和別人一樣，一樣的價值觀，一樣的人生觀。妳不覺得這種生命乏味嗎？」

「所以你追求跟大家不一樣？反其道而行？這樣就不乏味了嗎？難道這樣不會像吉兒說的，變成了社會的垃圾、廢人？」

「什麼叫做廢人？妳難道還不明白嗎？馬蒂。」海安又俯身逼向她，「這個世界被物欲侵略了，多樣的傳播文化發展，催生了有史以來最普遍的，價值觀上的一元化，我們正在被沉悶與刻板淹沒。發出不一樣的聲音，做一個不一樣的人，即使是廢人，本身就是一種貢獻。妳告訴我，什麼才叫做廢人？」

15

馬蒂在一片燦爛的陽光中醒來，一開始還不明白自己的處境。她躺在一個非常寬大的白色床鋪上，白色的床單有漿過的清爽觸感，眼前是一方斜斜面向床鋪的大窗，望出去是廣闊的天空；只有天空，沒有其他任何景象，陽光恣意灑落在整個床上。

馬蒂坐起來，清醒了，想起這是海安的家。

在這棟台北東區最昂貴的大樓二十二樓，她躺在海安家的客房裡。昨天夜裡進來的時候，她已經太睏了，沒有多作觀察，就住進了這間豪華得像國際級飯店的客房。只記得她在寬敞的浴室裡梳洗時，彷彿又聽到海安開門出去了。

馬蒂看錶，十點多了，她打電話向公司請一天事假。事不宜遲，馬蒂準備今天就去找房子，趁早搬出那個亟需平靜的家。

馬蒂正準備穿上昨天脫下的衣服，瞥見床尾腳櫃上擺著一件毛巾布的晨袍，她穿上了，走出房間，眼前是一間特別打通的大起居室連開放式廚房，還有小型吧檯。這個超大客廳至少有二十坪，就著兩邊靠窗的面向，錯落著出乎一般居家格局的家具。在向東的落地窗前有一套沙發，向南的落地窗前又是一套白色床墊，立燈、窗帘處處，入眼盡是白色。沒有窗的牆邊都是書櫃。通天落地的大型書櫃，一直延伸到一間書房，至少馬蒂看起來是書房，因為整間房環繞滿書櫃，櫃裡是各種中英文書籍，學過法文的馬蒂竟還看到一整排法文詩集。

馬蒂繞了一圈，沒看到海安，而且也沒看到臥房。除了她所住的那間客房，書房，一間顯然是健身房，一間和式起坐間，還有超大型的客廳連廚房，她找不到海安的臥房。那麼，海安是睡在客廳落地窗前的床墊上了？床墊很整齊，沒有睡過的痕跡。

讓馬蒂困惑的是，在這間大客廳裡有兩種出奇的東西。其一是落地鏡，一共有四大面，讓馬蒂幾次誤以為撞見旁人；另外就是時鐘，落地的復古式鐘擺大座鐘，馬蒂略一點數，一共看到了六座，奇怪的是，沒有兩只鐘的時間相同。

客廳角落的衛浴間裡有聲音傳來，馬蒂看見其中走出了一個清潔婦人。她含笑向馬蒂點頭，說：

「小姐起床了？要不要用早飯？」

這婦人的友善與熟練給馬蒂的感覺甚糟，好像海安常常有女客留宿似的。

「岢先生出去了？」馬蒂問。

「大概吧，我一早來就沒看到岢先生。」

馬蒂著意看了每個桌面，沒有留言。對於馬蒂昨天的深夜求援，海安不但沒有任何過問，現在將她一人留在家裡，他竟也沒有隻字片語交代。

馬蒂在開放式廚房的早餐吧前坐下，檯上有壺熱著的咖啡，她正需要，馬蒂動手倒了一杯。她花了半小時慢慢喝咖啡，並在房子裡漫遊，很仔細地參觀一整櫃的CD唱片，海安還是未歸。馬蒂回房換回了衣服，離開海安家。

「小姐您慢走。」婦人在背後柔聲地說。

馬蒂回到家，動手將所有的物品堆到床上。很簡單的資產，主要是她的一些上班衣物，還有那只裝滿陳年雜物的皮箱。

馬蒂把所有的物件打包好，稍微試了一下，發現她一個人無力全數帶走。她打了電話給小葉，小葉一聽之下就答應過來幫忙。

在等小葉的空檔裡，馬蒂曾經想動手寫一封信給爸爸，但想想又作罷。能說什麼呢？不過又是讓爸爸左右為難的話。她瞥見床頭邊貼著的世界地圖，小心地撕下來捲好，然後就坐在房中等候著。家裡安靜異常，阿姨正在午睡，並不知道馬蒂房裡的動靜。

小葉來了，她們兩人背負著行李，搭計程車回到傷心咖啡店。對於馬蒂的離家，小葉很懂事地並不多過問。她一聽及馬蒂要找房子，即興奮地說，對門的套房下個月到期，聽說房客並不續租，她建議馬蒂租下來，這樣子住在傷心咖啡店樓上，工作方便，兩人也可以做鄰居。搬進去之前，暫時就住在小葉房裡，兩人擠一擠。馬蒂欣然同意，兩個人都開心了。

小葉陪馬蒂整理行李。當馬蒂打開那只皮箱時，小葉輕呼了一聲：「好漂亮的杯子！」是那只湛藍色的骨瓷紅茶杯，小葉將杯子捧在手中，左右摩娑。

「妳喜歡？那送妳好了。」馬蒂說。

「不不，這是一只好杯子，不能送人。我告訴妳怎麼做，妳把她寄養在咖啡店裡。」

「我把自己的咖啡杯寄養在自己的咖啡店裡？」

「對，寄養在咖啡店裡，用寄養架好好地擺起來，這樣子不管何時，妳都知道它在哪裡，這樣子很幸福，因為妳能夠天天看到它，天天碰到它，永遠也不離開它。」小葉說，她的聲音越來越輕，到了最後，像是在跟自己低語。

16

馬蒂趴在小葉的窗台前看月光，已經是秋天了，窗口晚風拂來竟有幾分寒意。

自從搬進了小葉對門的套房，馬蒂有不時過來串門子的習慣。傷心咖啡店剛打烊，小葉正在浴室裡洗澡。馬蒂坐在窗前，順手翻翻小葉書架上的書。她知道當小葉洗完了澡，總是會先讀書再就寢。小葉很上進，她讀英文，她讀艱深的哲學，她讀一整套報社出版的現代思潮系列叢書。她讀得很辛苦，從她看書時的表情和放下書之後的輕鬆，就可以知道這些書在她單純的心靈上所造成的煎熬。小葉愛作筆記，在中學生寫作業用的橫行簿上，以自動鉛筆抄下一頁又一頁重點筆記。這筆記馬蒂看過，都是一字不漏的謄寫自書本，並不見思維過後的重點整理。

小葉的桌前有一個備忘貼板，貼滿了咖啡店進出物料的提示紙條。幾張大家一起出遊時的照片，還有一張自黏貼紙上，寫了一部摩托車的機種資料和價錢，自從在夏天丟掉一台摩托車後，這是她目標中要買下的交通工具。

小葉出來了，她穿著棉質的短衫褲，柔軟的衣服質地吐露著她身材上的女性化部分。小葉不失為一個纖細清秀的女孩，若是能夠做女兒打扮，應該是十分可人的吧？

「有沒有搞錯？殺了我算了。」每當馬蒂這樣建議，小葉總是如此回答，還伴之以一串放縱的笑聲。所以馬蒂也不再說了，小葉過著她喜歡的生活，誰也沒資格批評。

秋深了，從整個中秋節連續假期，到了國慶日，台北的天空維持著乾爽的好天氣，竟然還出現了千金難求的藍天。海安一直維持著他的短髮，還有他飄忽不定的行蹤。吉兒變得更忙了，偶爾出現在傷心咖啡店，也是大堆頭的資料筆記不離手。籐條簡直成了一個回憶，聽說他事業發達，每天忙著處理如潮水湧入的錢財，一刻不得閒。素園也比較少來咖啡店了，她晚上忙著去上課，上一種近乎宗教的靈修課程。

馬蒂獲得擢升為陳博士的特別助理，除了公務的質量增長外，陳博士將她的月薪調升為三萬五千元，再加上傷心咖啡店的收入，馬蒂開始了前所未有的經濟充裕的生活。她每月寄兩萬元給爸爸，並寫信勸他不要再操勞工作，至少把家裡的加工副業停掉，免得傷眼睛。

馬蒂下了班，回到傷心咖啡店，看到店裡已坐了半滿的客人。她在櫃台下找到小葉；事實上，小葉真的名副其實在櫃台下面。小葉頹坐在地上，整個人有一半縮在櫃台底，她抱著雙膝。馬蒂看見她今天穿著特別粗獷的牛仔褲和靴子，還打了領帶。

馬蒂挖起了小葉，好把自己的提袋塞進櫃台底。小葉手上緊捏著一張明信片，她說：「馬蒂，岢大哥走了。」

「走去哪裡？」

小葉搖搖頭，把明信片給馬蒂。馬蒂一看，上面只有海安寥寥數語，說他此刻正在四處走走，沒什麼特別計畫的路線云云。馬蒂翻過明信片看郵戳，上面印著NETHERLANDS字樣。

「荷蘭。」馬蒂說。

「荷蘭？大哥到了荷蘭？」小葉睜大了眼睛，「……好遠。」

「哎，有美國護照真好，說走就走，也不知道他什麼時候回來？」馬蒂說。

「不知道。去年秋天，大哥突然說要去日本賞楓，結果他一去就是半年。」小葉說。馬蒂看了她一眼，再看一眼，小葉的眼眶是紅的。

「日本……他就是在那裡認識明子小姐的吧。我想想，他們在那裡一起度過了冬天，去年冬天好大的雪，我記得明子曾經這麼說。」

「他有了明子，他根本就忘了回來，忘了傷心咖啡店。」小葉低下頭洗杯子，她把水流扭大到極限，一口氣洗了七八個杯子，又洗了一把臉。

小葉洗完臉，甩甩臉頰上的水珠，給音響換了一片輕快的雷鬼樂舞曲，開始準備各種調酒用具，兩個活潑的年輕女孩和小葉調笑了起來。

「對了馬蒂，素園在第三桌，妳看到了嗎？」隨著音樂輕快搖擺的小葉向馬蒂說。

馬蒂正埋頭打鮮奶油，她抬頭一看，果然素園坐在前面不遠，她與一個體積非常碩大的人同桌，正在聚精會神地與那人談話，馬蒂進來時並沒有注意到她。

半個月不見素園了，馬蒂很高興，她把打到一半的鮮奶油交給小葉，走到素園那桌去。

今天的素園容光煥發，她一見馬蒂十分興奮，連忙起身給馬蒂介紹那同桌的人。

這人從容地坐著，臉上泛著似笑非笑的奇妙表情。他的打扮十分之奇特，頭髮至少有兩尺長，在腦後打成清朝式的辮子，他穿著上下一套飄逸的麻質衣裳，他穿著一雙涼鞋。整體說來，是那種追求大自然風的脫俗打扮，裹在衣服裡的，是明顯發胖的身軀。

素園對這人極其推崇，稱他大師，她當面直接不停地稱讚著大師，說大師吸收了東西方哲學精要，學貫古今，跳脫了宗教的形式束縛，開拓出一種回歸心靈的「生命澄清」運動，帶領了多少人在雜沓人世間，找出他們人生中的真正意義與方向。

「所以我一直期望妳們能見到大師，希望妳們也能像我一樣，從大師這裡，開始學到認識自我，遠離迷津。」

對於素園的褒辭，大師受之不卻，臉上依然泛著十分崇高寬容的笑。馬蒂坐在他的身邊，他們聊了一些時興的天災問題，馬蒂發現大師並不是非常健談，但他談話時有一種直視對方眼睛，逼催對方在心防上軟化的能力。他的言談內容非關宗教，而是介乎哲學與玄學之間，再加上大堆頭的自創術語。現在他們聊到了現代人的健康問題，特別就近代發生於世界各地的前所未有的新疾病現象，大師有獨到的看法。

「問題發生在蛋。」大師說。馬蒂不能相信她的耳朵，但她更忙於回視大師利刃一樣的眼神。大師盯進馬蒂的瞳孔，說：「生病在於中毒，生命系統的供養與排泄發生了不對等運輸問題。自然界裡沒有真正所謂的毒藥，生產毒藥的生命機制，本身都有解藥的制衡能力。這麼打比方吧，一隻毒蛇能被牠自己的毒液殺死嗎？不能，因為產生毒液的同時，它也產生了平衡毒液的分泌。如果妳只攝取到毒液的部分，妳會中毒喪命，可是妳如果同時攝取了蛇體內解毒的體液，那麼妳就像蛇一樣安全。」

「這麼說妳應該就明白了。」大師繼續說，「現代人破壞了大自然的平衡，所以傷害到自己。就像吃蛋，我告訴妳蛋也有毒，但是蛋白和蛋黃互相是毒素的平衡劑。一隻蛇會吃掉蛋白吐出蛋黃嗎？不會，但是奢侈的現代人會。過度加工的食品，破壞了食物本身的毒素制衡，自以為很營養，其實大家都在慢性中毒中。吃要有一種原則，就是盡量師法大自然，大自然不會毒害自己。就像到了夏天大家都喜歡吃冰，這也是會造成某種形式的中毒。我問妳，在這亞熱帶的夏天裡，一隻原始動物應該吃到一口冰嗎？不應該，但是人製造出夏天的冰雪又把它吃下去，於是破壞了身體的平衡。各式各樣奇異的病症就產生了。」

現在大師又從大自然的韻律解釋到黑格爾學派的辯證理論，馬蒂覺得大師喜歡自問自答的演說方式挺有趣，有小學老師的教課風格。這末世紀的玄學風啊，馬蒂心裡想，她也曾經讀過一些新時代運動的書籍，連篇通本中，她看到城市人渴望回歸自然的傾向。馬蒂並不屬於任何學派，但她相信自然，所有歸向自然的風氣對她而言都是可親的。所以身邊這大師的理論她能接受，但她不太能接受大師的待己之道，這大師，全身縞素，綁著長辮，滿口正反合辯證法與回歸大自然，卻散發著明顯的油垢味，馬蒂的想法是，大師首先需要的是洗一個澡。

小葉端上了招待大師的飄浮咖啡，在杯緣上是濃濃的鮮奶油，大師用小匙吃了，覺得很美味，心情因此很愉快。曾經有一度，大師極力克制對食物的熱情，他主張近乎動物式的，攝取不經過任何美食處理的食物原材，以求接近自然中冥冥的神性。一直到有一天，他正在家裡用飯，他用幾乎憎惡的心情，看著盤中只經過簡單加熱處理的黃豆，突然得到了開悟，他體會到人之所以存在，就是要經驗神性中的人性，人性中的各種終極感受，於是他開始讚美食物，讚美口腹之慾極度享樂中的積極性。至於攝食時的毒素平衡問題，他潛心研究出一套解毒食譜，供滿足口腹之慾後補救之用。至此他的學說在城市裡開始風行。

馬蒂與素園也喝咖啡。素園嘆了口氣，說：「唉，大家好久沒聚聚了，要是今天吉兒能來，能跟大師一番談話，一定更有趣。妳知道吉兒現在何方嗎？」

馬蒂不知道。

這仲秋的夜裡，吉兒正在吃湯圓。她小心撇開碗中的薑片，一次一粒，小口地吃著這種紅白相間的台式小湯圓。這是教授最喜歡的點心，也是教授最喜歡的正餐。現在教授正和一群學生聚坐而食，吉兒坐在他的正對面。

這是個老教授，從三十八年隨國軍退守來台後，隔年就退伍進入台大繼續攻讀歷史，讀了半輩子，卻在大學裡教國文。

教授很愛讀書，顛沛流離的前半生，更讓他沒有退路地成為了書蟲。教授終生未娶，但是他並不寂寞，因為他有書，還有這群比子女更可愛的學生。教授讀書的範圍很挑，他不能理解一個太開放的想像空間，如物理；他也不喜歡太狹隘的命題，如會計，所以他選擇了有最具體的想像空間，又有細節淵源考證把握的中國歷史。他是個德高望重的中國歷史教授，講課力求符合史實，於是十幾年前，學校以一個很委婉的理由，要他轉任教授大一通用科目——國文。

教授接受了這命運的轉變，他很認真地把握每次授課時間。對他來說，國文是教不來的，必須激起學生對文字與文化的根本熱愛，所以他自編教材，除了賞析文章外，他授課的目標，是引領學生跳出教材，發展出自己獨立作學問的精神。每一年學生升上二年級後，總有一兩個開了竅的學生又回到他的研究間，繼續沾濡他的熱情。

像跟前陪著他吃湯圓的孩子們，前後差別近十屆，都還常常回來探望他，大家討論討論自己的研究課題，一起吃吃點心。現在他身畔共有十三個學生，還有十六隻雞。

雞怎麼來的呢？原因是去年一個學生提來了一對土雞，說是要孝敬教授進補，教授見到這一公一母兩隻雞很活潑昂揚，捨不得殺，就養了下來。結果牠們在教授的宿舍小院中孵養小雛，小雛長大後就在教授的小院還有平房自由出入，都很野化不馴，身形都很矯健。

教授正和學生們討論到世界歷史進程中，很多文明發展都不約而同地等速進化問題，一個學生提到，整體人類的歷史本身有全面性的發展韻律，不能只是片面地剖開分析。比如說，全體人類如果是一個人，那麼從第一次工業革命開始，這個人進入了快速成長的青春期，他的全身各處都受到同一的荷爾蒙刺激發展。教授想，這是對的。

「我們都好比湯圓，」教授說，「不管你是哪一顆，這鍋中的水滾了，大家都熟啦。」

「這個比喻不合理，」另一個學生反對了，「每粒湯圓的材料都相同，怎能拿來比喻芸芸眾生呢？」

「材料相同，可是際遇不同哪！」教授笑盈盈說，他舀起一粒湯圓，張口吃下了它。

吉兒正在與教授討論她的研究進度。這一年多來，吉兒乘記者職務之便，一直在研究台灣的土地政策問題。她認為土地政策的不合理，大大地箝制了台灣的經濟結構，私有土地分配不均情形，造成了嚴重貧富落差，激化了人民的物質傾向，間接扭曲了所有人的價值觀，而這扭曲是深刻地遍及整個文化層面，在大都市裡，情況尤甚。吉兒將調查案例的取材，著重在台北市，因為台北人是這文化現象最典型的受害者。

吉兒將她整個研究報告的撰寫結構，一一與教授討論，她決定將報告編寫成書出版。

「書名我準備叫做『新佃農時代』，點出現代人役於土地的悲哀，能造成揹屋族的感情認同，而且將一生忙著賺錢交給地主，以買下自己房屋的人們，比喻成新一代佃農，這名稱有話題性，老師您覺得如何？」

教授滿含笑意看著吉兒，這個女孩，已經有了追尋答案的批判精神，思考有邏輯，表達直接又清晰。他撫弄著懷中一隻小黃雞，這隻小雞因為貪著教授的撫抱，已經在他懷中蹲了良久。

教授拍拍懷中的黃毛小雞，說：「嗯，小雛兒，倒長了三兩肉啦。」

17

馬蒂與吉兒對坐著，分享同一包菸。吉兒難得來傷心咖啡店，還是埋首在她的文字工作中。馬蒂幫她一個忙，吉兒帶來了一批新加坡的土地改革資料，全是英文，馬蒂整理旁雜的資料，依吉兒列出的重點，重新排列好順序。

小葉踩過來，懶洋洋說：「馬蒂，前面有一個客人說是要找妳耶。是個男生。」

馬蒂站起來，看到男生的背影，她覺得十分陌生。走到那人面前，才認出是大弟馬桐。

馬桐穿著便服，並未剪著大兵頭，倒是曬得很黑。馬桐對她咧嘴笑了。

「嗨，馬桐。」

「嗨，大姐。」

馬蒂在他面前坐下，心中有點忐忑。這個大弟與她相差五歲，從小與她之間的感情，在馬楠之下。馬楠小她十一歲，姐弟之間雖然缺乏親情，但至少他童言稚語的模樣常惹得馬蒂開心。而馬桐素來迴避著她，馬蒂知道，在她與阿姨的衝突最劇烈的時光裡，正好是馬桐的青春期。記憶中，馬桐總是以一雙陰鬱的眼睛偷偷看著她，卻又避開與她的眼神交會。

現在馬桐坐在她面前，就他們兩人，這桌子面寬兩尺，可是馬蒂覺得他們之間的距離非常遙遠。

「好久不見了。」馬蒂說，「前些日子我在家裡住了三個月，你一直沒回家，沒能見到你。」

「我知道。」馬桐說，「我是故意不回家的。」

「喔？」

「我知道妳住在我房間裡，我也知道媽媽的個性。我想，妳搬回家住一定十分不得已，如果我回去了，一定造成妳的難堪。那三個月裡，我放了假都在朋友家裡晃蕩。」

這一番話化解了馬蒂心裡的冰，她看著眼前的馬桐，心裡很溫暖但也很陌生。

「謝謝你。我真的很感動。」馬蒂輕輕說。

「不用謝我。我們本來就是姐弟，無論什麼情緒都不能改變這個親屬關係。」馬桐端起他面前的咖啡杯，思索了良久，才皺眉喝下一口，「老實說，我從來沒有真正當過妳的弟弟，妳也不曾做過姐姐。我們以前，都太幼稚了，被自己也不明白的衝動情緒掩蓋，可以做家人的時候，卻用來作對。我後來想起來，妳那時候一定過得很難受，否則妳不會動不動就惹全家人生氣。我想起來以後，開始覺得妳很可憐——並不是在挖苦妳，我是真的同情。人的童年經驗養成他的性格，妳過了這樣一段童年，一定揹滿了痛苦的成長烙印。我開始在想，現在的妳過得怎樣？」

「我現在過得很好。馬桐，從來沒有想到，你也會關心我。」

「對了，就是這種反應！人都需要親情和感情的依賴，妳的世界卻這麼疏離，好像跟任何一個人也沒有關係。我想，我們這個家給了妳偏差的人生，我不希望這影響妳一輩子。」

「……一開始好像是的，但是我很幸運，現在我有了一群好朋友，一個好的工作。以前種種，好像是黯淡的過眼雲煙，你不用再擔心我了。」

「真的是這樣嗎？成長的痕跡真的能轉頭就拋開嗎？我希望是的。」馬桐說。

「這麼說我也該問你，我對你是否造成了成長中的陰影？」

「是吧。我想我們都影響了對方，如果我們都把往事埋在心裡，這影響將持續一輩子，所以今天我來看妳，是要告訴妳，我已經原諒了妳，讓我們互相從那種陰影當中釋放，好嗎？」

「我的天，你以前一定很恨我。」

「這麼說妳別怪我，那時候我和馬楠那麼小，怎麼會想那麼多？我覺得是妳討厭我們在先，我們自然怕妳，怕得好像家裡住了一個敵人，隨時要害我們。但漸漸長大以後，其實我對妳很好奇，我還偷偷讀過妳在校刊中寫的詩，其中有一句我永生難忘，妳寫著：『水冷以後變堅冰，心冷以後成利刃……』那時候我還是國中生，我想了很久很久，感覺到的不是恨意而是疏離。可能從那個時候開始，我覺得妳很可憐。」

「往事了，你說得對，讓我們從往事中解放吧。我也原諒了你。」馬蒂說。

馬桐展露了笑容：「這麼說，讓我們都回擊成長造成的扭曲，好嗎？」

「你長大了。」馬蒂說。

「妳也長大了。」馬桐也說。

兩人對飲了咖啡，馬蒂喝的是黑咖啡，她很驚訝地發現，第一次嘗到黑咖啡中的香醇多過苦澀。原來，有溫暖的眼淚滴落在咖啡裡。

馬桐站起來要走了，馬蒂並未留他。

「對了，馬桐，一直不知道，你大學讀的是什麼科系？」

「妳忘了，我沒有讀大學。」馬桐微笑望著她，「我是專科畢業後，同等學力考上哲學研究所。」

馬桐走了很久了，馬蒂還呆坐在原位，小葉也沒來打擾她。馬蒂一直思索著馬桐與她的談話：回擊成長對她的扭曲。怎麼從來沒有這樣想過？馬蒂曾經把自己所有的不快樂歸咎於世界的沉悶壓力，但她忘了回頭看，成長的經驗，到底扭曲了她多少視線？她始終覺得不自由，但束縛她的，到底是社會，還是她自己長了傷疤的性格？

馬蒂一口喝盡了咖啡，端著杯子走回吧檯，就看見小葉和吉兒坐在海安的桌位上。她們面前，有一個儀態雍容的婦人，約莫有五六十歲，小葉很客套地與這婦人談著話，看到馬蒂走過來，小葉連忙揮手招來了馬蒂。

「峕伯母，我給您介紹，這是馬蒂，也是我們的好朋友。馬蒂，這是峕大哥的媽媽。」

峕伯母含笑一眼把馬蒂從頭看到腳，馬蒂趕緊鞠躬問好，並落座加入她們。

「峕伯母，您來得不巧，海安他剛出國了。」馬蒂說。

「我剛聽說了。真是不湊巧，海安這孩子給我開了一大疊書單，我趁著回國給他帶了四大箱書，卻碰上他出國去了。真是沒緣見面哪。」

峕伯母挽著高貴的髮髻，雖然青春不再，但眉眼之間含著端整秀氣，和海安卻不算相像。吉兒停下了手上的工作，陪峕伯母喝咖啡，小豹子這時跑來，跳到吉兒懷裡。

「這麼說妳是吉兒了？」峕伯母問，「海安跟我提過妳，說妳是個十分聰明的女孩，沒想到長相也這麼漂亮。」

吉兒連忙道謝。峕伯母又稱讚了小葉，小葉低著頭臉頰通紅。

「你們都是海安的好同事。」峕伯母說，「海安這孩子從小獨立，跟爸媽住的時候少，都靠朋友照顧著。」

小葉和吉兒齊聲說：「不。」

「一直都是大哥照顧我們。」小葉說，「您說峕大哥很少跟您們住？」

「海安哪，就是喜歡台灣。他小時候我在台灣講學，直到我跟他爸決定長住美國，他卻要留下來考聯考，考上當然讀下去了。幾年前我們遷居長島，他爸爸說什麼都要他過去，海安他卻說找到工作要上班。什麼時候聽過他要上班了？說穿了還不是不想走？唉，這個流浪的孩子。」

馬蒂想，岢伯母長年旅居美國，倒說海安是在流浪。

「孩子是獨立的，給他自由點也好。」岢伯母說，「我也看得開了，跟兩個兒子，就是沒有長聚的緣分。」

「您是說，大哥有別的兄弟？」小葉問。她和馬蒂瞠目相對，大家從來都以為海安是個獨生子。

「可能連海安自己也沒印象了吧。」岢伯母喝了一口咖啡，用手帕抿抿嘴唇。她說：「他的哥哥叫海寧。」

大家都吃驚了。岢伯母以手撐著下頦，靜靜的，回憶著久遠的往事。

「當年我懷胎時，在維琴尼亞州讀書，我們住在學校宿舍裡，就在一個大湖邊上，美極了的史匹列大湖。每當我打開窗戶，看見陽光下閃閃發光的史匹列湖，我就想，寧靜海，真是寧靜海，所以我把生下來的雙胞胎取了名字叫海寧跟海安。」岢伯母微笑了，「兩個孩子在我腹中四臂交纏，連臍帶都打了死結，只好剖腹生下來，兩人幾乎同時落地。先哭的海寧，就作哥哥吧，海安呢，從來沒有哭過。

「海安真乖，從來不哭。這對雙胞胎很可愛，那時醫院裡的醫生護士們，還會特地抽空來育嬰室參觀他們。醫院的人給他們取了個綽號，說是天堂來的雙子星。他們是一對美麗的孩子，長得一模一樣，尤其喜歡面對面躺著，怔怔看著對方，像是在照鏡子，真的是十分可愛。」

岢伯母的表情真幸福，她閉上雙眼，只見她睫毛輕輕晃動著。

「那海寧哥哥在哪裡？」小葉問。

「死了。」岢伯母睜開眼睛，很溫和地看著小葉，「海寧只活了六個月，靜靜地死在夢中。雙子星只剩下了一顆，我非常恐慌，因為不斷有人告訴我，雙胞胎中如果夭折了一個，另一個也不會獨活。幸好海安很健康，活了下來，只是可憐了他，從在我胎裡就打了結的伴，就只陪了他那麼短的時光……」

「海安他，一定很寂寞。」馬蒂輕輕說。

吉兒並沒有說話，自始至終，她都低頭撫摸著小豹子。小豹子在撫摸之下，發出咕嚕聲響，睡著了。

18

窗子的透明玻璃上貼了一層隔熱紙，不知道以前哪個人，用美工刀在隔熱紙上劃了一道道傾斜的細紋，如果站在適當的角度，透過這些細紋望出去面對太陽，就會看到一叢像尖針一樣放射狀的七彩光芒。

馬蒂是在憑窗眺望遠景時，發現這些細紋的奧祕。她教劉姐站好角度，欣賞這初冬的陽光所折射出的絢爛，劉姐點點頭，說：「很好看。」但她還是愁眉不展。

劉姐在午休前接到兒子的班導師電話，告知她兒子生病了，似乎有出水痘的傾向，要劉姐去學校接兒子回家休養。劉姐在電話中千萬拜託，說服班導師先將兒子安置在保健室，等她下班後再趕去處理。掛了電話以後，劉姐被深深的內疚擊垮，幾乎連手上的工作也無法為繼。

下午兩點鐘，劉姐有一項對客戶的業務簡報，事關一大筆訂單，所以今天她打扮得十分隆重，準備午休一過就動身。

兒子病了，如果趕去將他帶回家安頓好，至少要花兩個鐘頭，而劉姐並沒有兩個鐘頭，更何況她還得在動身見客戶前，整理妥當一份臨時加進的簡報資料，連午休時間也必須加班趕工。現在她覺得淚水在眼眶中醞釀，趕緊拿面紙按按眼角，說：「這陽光還滿刺眼。」

辦公室裡的同仁都出去午餐了，只剩下自帶便當的寥寥幾人。馬蒂並沒有帶便當，她只是還在猶豫著，想不出該吃什麼。每天上班時間九個半鐘頭，其中包含這九十分鐘的午休時間，不論有沒有食慾，上班族們都學會抓時間，放風一樣出外遊蕩覓食。馬蒂是真的沒食慾。一般來講，人們總被建議定時定量用飯，馬蒂覺得這是不好的，不好的飲食習慣，莫過於沒有食慾卻勉強用餐。像今天，以她的心情來說，她寧願下午四點吃飯，半夜兩點再喝一杯咖啡。

當然馬蒂不能縱容自己，待會從兩點開始，她有連續三個鐘頭必須陪陳博士視察工廠，之後還得做一份複雜的業務績效評估報告，很可能因此要加班。她披上新買的俏麗風衣，準備出去買一碗麵線羹，若還是沒胃口就多下點辣椒。馬蒂走出公司，被一陣寒冷的風吹得聳起肩頭，她攏緊了風衣。

結果馬蒂真的加了班，回到傷心咖啡店，就看到迎面站著籐條。籐條展開雙手捉馬蒂入懷，給了她一個結實的擁抱，並介紹他的妻子小梅給馬蒂。

小梅坐在他們的老位置上，懷裡抱著個小嬰兒，素園也在。小葉正很忙碌地逗弄著嬰兒。馬蒂也抱過嬰兒來親親，這女嬰有形狀漂亮的眼睛，像她媽媽。馬蒂發現小梅長得真是美麗，那種亮眼的美麗法，像是城市男子典型的人生目標之一。

小梅很溫柔可親，和小葉、素園都熟，她們肩並肩坐在一起，話題不離嬰兒，籐條躊躇志滿極了，他也伸過大手摸弄嬰兒，馬蒂看到他腕上戴著一隻鑲了鑽的金錶。

「看來籐條最近是很得意？」馬蒂笑著問籐條。

眼中滿含笑意。

「哎，忙啊。財運到了，城牆都擋不住，想不忙都難。」籐條說。

「他呀，簡直成了ＶＩＰ，每天忙得天昏地暗，還拉我下海，連我都遭殃。」小梅瞅了籐條一眼，

「籐條奴役妳？」素園問。

「可不是？他互助公司的業務都忙不完了，還搞直銷，當然忙不過來，就利用我帶他的直銷下線，一直到進醫院待產前一天，我都還在他們直銷大會中上台示範，妳們說非不非人？」

「哇，籐條你還做直銷？真是大小通吃滴水不漏啊。」馬蒂說。

「其實概念都一樣的，都是搞人的組織，我既然有一大狗票互助會員了，不賺直銷的錢白不賺。」籐條說，「我也很有品味的，什麼來路不明的健康食品直銷我不做，我都挑一些高檔的品牌，像是珠寶直銷啦，家具直銷啦，有錢大家賺嘛！那些直銷公司看我帶了一兩百個互助會員，嚇得屁滾尿流，一聽到我要加入，就要我直接入股當公司經理。哇操，現在我只恨一天沒有四十八小時。」

「這麼忙，不要忙壞了身體呀，你這個新科爸爸。」素園說。

「不會不會，我為了強迫自己運動，特別買了個健康俱樂部會員。」籐條從他的皮夾裡秀出一張K金卡片，「妳們看看，貴得不像話，加入費就要六十萬元。在哪裡？在信義路五段再過去，很漂亮的田園式俱樂部，都是一些有錢得鼻孔朝天的人在裡頭游泳曬太陽。過兩天我帶小梅去裡頭減減肥，恢復魔鬼身材。」

「什麼話嘛，小梅還是很苗條的哦，根本看不出剛生過。」小葉說。

「對了馬蒂，」籐條說，「記不記得我跟妳說過要買的那棟白色別墅？」

馬蒂記得，在北邊山區上，那一棟像是歐洲古堡的可愛建築。

「我找人去探過了，他們開價六千六百萬，我告訴妳，明年我就貸款買下它！」

「哇塞！六千六百萬！」小葉咋舌了。

「人家真的會賣嗎？」馬蒂問。

「會的。既然開得出價錢，就是肯賣了。這棟別墅遲早是我的。」

籐條的臉上泛著志得意滿的光采，連原本高而尖的笑聲都變了，變得嗓音開放，很渾厚，很悠揚。

馬蒂捏著嬰兒透明一樣的小手，問道：「女兒名字取了沒？」

「取了，好特別的名字，叫樂睇。」小葉說。小梅用筆寫在紙上給馬蒂看。

「滕樂睇，真特別的名字，有什麼特別的意思沒有？」馬蒂問。

「有啊，說是『在人間一回快樂地注視與諦聽』。對了，都忙忘了，明天得去給樂睇登記戶籍。」

「這個名字美極了，誰給取的？」馬蒂衷心感到佩服。

「海安啊。他聽說我生了個女兒，就給取了這個名字。」籐條說。

馬蒂與小葉面面相覷。小葉問：「你怎麼聯絡上岢大哥的？」

「碰到他啊。」籐條說，「我在健康俱樂部的時候，碰到海安，帶著一個很亮的妞。」

「什麼時候的事？」小葉追問。

「我想想。」籐條敲敲額角，「很久了喔，快半個月了都。」

19

小葉的語氣很不耐煩，她用台語對著電話說：「沒空啦，我說真的沒空啦。啊，拜託拜託你們不要無聊好不好？好了啦。──有客人要找我，我要掛電話了啦！」

小葉真的掛了電話。馬蒂剛剛洗刷完廁所出來，她站在吧檯前不遠，店才剛開門，一個客人也沒有。

「又是妳媽？」馬蒂問。

「煩死人了，他們又要我回去相親。好像非把我推銷出去不成，才二十二歲，有什麼好急的？拜託妳也不要提這件事，我想到就煩。」

小葉坐立難安，她去把寄養架裡的咖啡杯都擦拭一次，把小豹子抓來整隻撢一遍灰塵，現在又在鳥籠前逗弄著小鳥。

星期六的午後，她們提前到下午兩點開門。馬蒂乘空把每個桌面的菸灰缸清理一番。吧檯前那個腰果型的桌子上，兩只菸灰缸都很乾淨，吉兒素園籐條有兩個多星期沒來了。海安也沒有回來過。自從上次籐條透露了海安在台北的消息後，她們靜候了幾天，小葉終於打電話給海安，海安在電話那頭很平常的語氣，好像只不過是一不小心遺忘了傷心咖啡店。他說，過兩天會回咖啡店，如今又是半個月過去了。

馬蒂到鳥籠前，與小葉一起看著這隻翠綠色的愛情鳥。小葉打開籠門用指尖拂著牠的腮邊羽毛，愛情鳥蹲踞著非常乖巧安靜，鳥籠下面那個刻有「濃情蜜意」的竹牌蒙塵了，小葉用手揩乾淨。

「好乖的小鳥，牠怎麼不會衝出來？」

「已經養馴了，就是放牠出來也不會飛走。」

「妳不覺得牠寂寞嗎？我們再買一隻來作伴好嗎？」馬蒂說。

「一開始是兩隻的。」小葉答非所問，「鳥店賣愛情鳥都是一對的。」

「怎麼只剩一隻？」

「兩隻的感情不太好，會搶窩，有一天我打開鳥籠要餵，結果其中的一隻——」

「飛了？」馬蒂問。

「死了。都怪我。我把客人送的芒果簽削得細細的給牠們吃，結果其中的一隻就這樣噎死了。」

「真可憐，不知道剩下這一隻是公是母？」

「不知道。總是其中的一隻吧？」小葉說。馬蒂覺得她這句話有詩意。

還是沒有客人上門，小葉煮了兩杯義大利咖啡，和馬蒂坐在腰果型桌前，兩人邊喝邊抽菸，小葉一人悶悶地吐著煙圈。

「怎麼了，這麼不開心？」馬蒂學小葉，用手刮她的臉頰。

「我覺得一切都變了，以前我們好熱鬧，現在大家各忙各的，都忘了傷心咖啡店。」

「開心點嘛，每個人都有他追求的生活啊，總是會變的，妳也在追求妳要的生活，不是嗎？」

「不要逗了，又不是小孩子，我覺得最沒有成就的人就是我。」小葉垂頭喪氣。

「怎麼這麼說呢？」

「就是沒錯啊。籐條變成暴發戶，素園又上班又上課，忙得很過癮，還有岢大哥跟吉兒，他們兩個像是在霹靂大競賽一樣，拚命讀書。我什麼都不會，什麼都沒有。」

「妳有傷心咖啡店啊。不然告訴我妳想要做什麼?」

「我告訴妳我要做什麼。」小葉抬頭看著馬蒂,「我最想要做的一件事,就是放一把火,燒掉傷心咖啡店。」

小葉站起來招呼進門的客人,是四個國中生模樣的清純少女,她們像麻雀一樣圍繞住小葉,一起向吧檯前走去。小葉的手搭在其中一個少女的纖細腰臀之上。小葉比少女們高眺挺秀,舉手投足都是男孩子氣,從背後看起來,真的像是個男孩攏在少女間。她們不知道說了些什麼,只聽到小葉仰天放縱地笑了。

入冬後第一個寒流來襲的那個夜晚,海安回來了。久無音訊的吉兒竟然隨後也到了。

海安黑了,瘦了,穿著件拉風的皮衣,如往常一樣,他攫住了所有客人的目光。如往常一樣,海安置之不理,他走向自己的位置,小葉迎上去,海安摟著小葉的肩膀,兩人低聲說了些話。

小葉撇下所有客人的召喚,給海安和吉兒煮咖啡。現在馬蒂是負責炸煮點心的掌廚,她太忙了,與海安吉兒稍作寒暄後,又匆匆回吧檯忙著,但是她的心裡非常高興,高興得超乎了她自己的預料。她放薯條進油鍋中炸,手中的輕重一偏,熱油濺出來燙著馬蒂的臉頰,她輕呼一聲,用手背揩去油漬,發覺自己的臉頰燒燙。

這一天的吉兒並沒有隨身帶著任何工作,她很輕鬆地斜倚在桌前讀報紙。小葉放了海安最愛的音樂,果然海安就到小舞池跳舞,海安的舞掀起咖啡店裡的高潮,店外寒風狂嚎,店裡熱情沸騰,客人們圍著舞池擺動喧鬧。就在這時候,小葉在吧檯後面蹲下來,哭了。

海安舞罷到了吧檯後面,與小葉一起坐在牆角地板上,他們倆低聲談著話。馬蒂只好走出吧檯,從吧檯的另一邊幫客人調弄飲料。

吉兒還在專心讀報紙，現在她讀到了台北地方版，忍不住打開皮包拿出拍紙簿，又開始抄錄些筆記。

海安和小葉聊了很久，馬蒂聽到小葉的聲音越來越大，但又不時被海安壓制下來。

為了取調酒用的石榴汁，馬蒂走進吧檯，斷斷續續聽到海安與小葉的談話：「……我好矛盾，我就是這樣的人，但是你們都說我不是。大家都好殘酷，好像都要把我推到極限……」

海安不知道說了些什麼，小葉又叫著說：「就是這樣啊，人的極限如果超過了，就死了，什麼都沒有了。」

只見海安站了起來，臉上頗有慍色。他說：「跟我談極限！妳給我回去好好的讀一遍黑格爾。」

海安走出吧檯。小葉也站起來，大聲說：「我讀過了。」海安頭也不回走出咖啡店。

「……我讀了兩遍。」小葉說。

「小弟，」有個客人向小葉招手，「弄錯了，你給我這杯FROZEN SUN是冰咖啡嘛。」

「銬！」小葉大聲回嘴，「沒喝過伏特加就別充內行，痞子！還ㄍㄞ？」

吉兒也抬頭看這變局，結果是馬蒂連忙打圓場，她幫忙重調了一杯酒，安撫了客人，又叫小葉去跟吉兒坐著，招呼的事由她來忙。

小葉很沮喪，她低垂著頭，吉兒端詳著她。

「對不起。」小葉囁嚅地說。

「跟誰對不起？」吉兒問。

「岢大哥。」

「他走了啊。」

「我知道，被我氣走的。」

「氣不走的他，過兩天他就回來了。」

「過兩天，就是大半年。」小葉說。對於吉兒，這是語無倫次。

「吉兒妳告訴我，要怎樣變得跟你們一樣聰明？我天天都讀書，可是好像都白讀了。」

「妳都讀些什麼書？」

「就是那些講大道理的書啊。」

「好，妳昨晚讀的書名叫什麼？」

「《人論》。」

「恩斯特卡思勒的《人論》？」

「好像是吧。」

「妳讀得認真嗎？讀的東西都懂嗎？」

「應該是吧。」

「那妳簡單地告訴我，《人論》談的是什麼。」

「……就是……就是，很難說的耶。」小葉皺緊眉頭。

「妳一本書讀幾遍？」吉兒放下手上的報紙。

「一遍啊。從頭讀到尾。」

「不夠。」

「從頭到尾讀完都不夠？」

「不夠。又不是讀愛情小說。小葉，妳聽我說，書分成兩種，一種是消遣用或資訊用的，那種只要讀到妳想要的東西，比方說結局，就行了，讀完了書也可以順便丟掉；另一種書是用來鍛鍊妳的智慧，提供給妳概念，這樣的書不能當小說來讀，要把它們當做是一個跟妳在對話中的老師，要一邊讀一邊反問，一邊思考自己是不是能理解，理解後是不是能接受。這種書至少要讀三遍。」

「一本書要讀三遍？那就是像考試的時候讀課本，一直讀一直讀，讀到都背起來了？」

「也不一定要背起來，我覺得大部分的背誦都是愚蠢的。妳認真聽我說，嚴肅的書要這樣讀：第一次一口氣讀完，越快越好，讓妳大致知道作者想要整體表達的是什麼，然後就是難的部分了。

「第二次閱讀，妳要用跟作者對等的態度去讀書，作者說什麼妳不要就一古腦接受，要逐一去思考批判。批判妳懂吧？就是不管他說什麼話妳都要想一想：是這樣嗎？難道沒有漏洞嗎？可能有另外一種思考方式嗎？即使是國父說的話妳也要這樣去對待。批判過後妳會有答案，如果妳同意作者，那麼不用背妳也忘不了；如果妳不同意作者，妳要整理出自己的思考結論，這樣書也不算白讀。每讀完一個章節，妳就停一下，好好回顧這一章所要表達的重點是什麼，再用自己的語言，把妳讀到的東西簡單摘要一次。要是找不出重點，有可能妳讀得不認真，要不就是作者打混，根本沒寫出個東西。就這樣子，好好把書讀第二遍。

「第三次閱讀，最好跟第二次閱讀之間空一段時間，在這段時間內，妳要常常回想起這本書，常常把書上的東西跟妳看到的世界去印證，這樣子在讀第三遍之前，這本書已經成為妳的朋友。第三次打開書，妳對話的對象是妳自己。要一邊讀一邊去體會，這些思想給了妳什麼概念，跟妳其他的概念是不是能起演繹作用，如果讓妳就這個題目寫這些東西，妳會怎麼寫？第三遍應該是很愉快的，因為妳不只讀它，妳還掌握它，征服了它。讀完第三遍以後，妳可以很驕傲地說，我讀過了！我知道這本書提供了如何如何的概念，我對這些概念有如何如何的看法。這樣子，書才算讀完，這本書已經屬於妳，即使把書燒掉了也沒關係，因為妳已經把菁華吸收到妳的腦中。」

吉兒講完，小葉才發現馬蒂也坐在一旁。

「小葉，這樣說妳明白嗎？」吉兒問。

「明白啊。」小葉說，「……可是一本書要讀三遍，我那些書永遠也讀不完了。」

「讀書不在多，而在是否讀通。小葉妳有的是時間，不要急躁，慢慢用心地讀，這樣子妳就會變聰明了。」吉兒說。

「真的？」小葉的表情很認真。

「當然是真的。我二十二歲的時候，比妳還笨。」吉兒伸手拍拍小葉的頭，小葉笑了。

小葉去吧檯上忙了，留下馬蒂與吉兒。吉兒給馬蒂點了根菸，再給自己點一根。

「小葉最近很不好受，是吧？」吉兒問馬蒂。

「是。情緒不太穩定。幸好有妳這樣教導她。」

「沒什麼，朋友的義務罷了。」

「說真的，我覺得妳疼小葉，對旁人我就看不出妳有這樣的耐性。」

「小葉她很可愛，」吉兒緩緩吐出煙，又說，「也很可憐。」

馬蒂並沒有答腔。吉兒的意思，盡在不言中。

小葉是傷心咖啡店裡，另外一隻養馴了的孤單愛情鳥，甘心永遠踞守在籠中，早已經放棄了飛翔。那個籠子，是海安。

20

今年的冬天非常冷。

馬蒂到茶水間裡給自己沖一杯熱咖啡，順便又幫陳博士新泡一壺紅茶。茶水間朝外的窗戶有寒風掃進來，沒有穿外套的馬蒂連忙抱著茶壺和杯子回到座位。

新店已經夠冷了，靠山腳的深坑應該更冷吧？威擎電腦所有的生產工廠就在深坑鄉，一樣是台北市邊陲的落後又擁擠地帶，工廠的規模擴展迅速，陳博士準備在工廠裡設立一個直屬總經理室的企畫部，這個獨立於廠長之外，地位奧妙的企畫主管，他意屬馬蒂擔任。

為了這個問題，陳博士與馬蒂已經討論了三次，結果雙方都有些氣餒。對於馬蒂，這是一次不可多得的升任良機，可以直接邁向公司的高級經營層，陳博士給她這個機會，是信任也是賞識，陳博士不能了解，為什麼馬蒂竟然面露出難色。

馬蒂自己也困擾著，這一陣子公司與咖啡店兩頭忙，身體上負擔頗大，心靈上卻是閒散的，好像很長久以來就沒有經過這樣的舒緩。總經理特助的工作，照理說需要相當的人事斡旋技巧，但因為陳博士性喜凡事一把抓的作風，使得馬蒂在工作執行上的角色，大為單純化了。而傷心咖啡店像個家，有一群雖不常見面但卻親切的兄弟姐妹。她滿意這樣的生活，滿意得幾乎忘記了今年夏天以前，沒有目標也沒有重心的，黯淡的夢一樣的人生。

現在的馬蒂有目標嗎？她說不上來，也許沒有，比較貼切的說法，應該是穩定的生活讓她安歇了翅膀，不再倉倉皇皇四處追尋，所以，就無所謂失去目標的徬徨。無所謂失去目標，同時也意味著無所謂目標，馬蒂有時隱隱約約這樣想著，而每當她這麼想，就又會聯想起海安完美無瑕的臉龐，那臉上帶者調侃的笑意，反問著她：那麼人為什麼一定要有目標？

很頹廢，不過好像並不比視事業為一切的陳博士更頹廢。馬蒂猶豫的是，萬一到深坑去工作，那一定要離開傷心咖啡店，這是她萬萬不願意的，而且到那樣一個外放單位，去作為直接遙控於總部的特務型主管，她在情緒上也不喜歡。

陳博士皺眉了，他說道：「妳是在用個人的情緒考量工作了，這是不理性的。組織上需要有這種角色，我們就挑選適合的人去擔當，要從大處去著想妳的生涯，這樣就不會懼怕職務上的衝擊了。」

是的，公司與工廠相距遙遠，的確需要這種角色，我願意盡量忠於職守，但這是我的生命，我不願意為了公司的大目的，去從根本上扭曲變化我的生命。馬蒂在心中這麼想著，這個工作代表著更高的收入，更好的生涯前景，但是更好的前景又代表著什麼呢？更多的工作，與更長的工作時間。這是簡單易懂的邏輯，也是一個城市人簡單易懂的人生曲線，偏偏這邏輯馬蒂覺得費解，她覺得她需要好好想一想。

陳博士更不快樂了，他說：「為什麼要想這麼多？妳該想的是妳的生涯規畫。想一想，一年之後，妳希望擔任什麼工作？三年之後呢？十年之後呢？要往長遠去想，這樣的機會並不多，妳要懂得把握。」

好可怕。一年之後還有十年之後，單從薪水上的數字去遐想還算愉快，其餘的部分則不可想像。為什麼人終究都脫不了賺錢動物的命運？陳博士有關生涯規畫的建議，不但沒有激發馬蒂的雄心，還掀起她心中最根本的反社會傾向。馬蒂想，她真的要想一想。而以往當她需要想一想時，多半也是她從工作上轉身逃跑的時候。

陳博士終於生氣了，他怏怏不樂地闔上他的工作手冊，通常這是他結束面談的前兆。他說：「馬蒂，妳好好想一想，都快三十歲的人了，難道要一輩子當個小職員嗎？妳到底希望將來要怎麼走呢？要把握啊，機會是不等人的，不趁現在往上爬，將來妳要後悔的。我給妳幾天考慮，一個星期後再給我答案。妳不要讓我失望。」

陳博士走了，留下馬蒂一人在小會議室中，她喝了一口冷咖啡，開始有一種熟悉的感覺，那是放棄之後的失落感與解脫感。但是這感覺中又有一種全新的成分，在失落與解脫雜陳的小小苗圃中，正在滋長著幾株骨梗堅硬的棘狀幼苗，這些幼苗的名字叫做勇氣、獨立與擔當。

馬蒂憑窗望著外面的新店市，寒風從高空中呼嘯颳過，忙於工作賺錢的人們擁緊了大衣，更快步地行走在都市的人行道上。在北半球中的大都會裡，應該有半數以上的城市正飄著雪吧？雪花攙和著工業化環境的粉塵，變成一種灰色的憂鬱雲霧，籠罩天空又飄落大地。

而此刻，在翠綠的、翠綠的馬達加斯加，正是暖洋洋的盛夏。

21

小葉一邊煮咖啡一邊讀她的新書：《笛卡兒的方法導論》。這一篇正討論到上帝的存在。通篇不順暢的翻譯語文中，從「我懷疑，故我在」引論到「我懷疑上帝，故上帝存在」，對於小葉來說，這是奇異又勉強的邏輯。她讀得很費力，已經花了半個小時在同一頁上，不知何時才能讀完這一章，況且這是她第一次閱讀，按照吉兒的三遍理論，同樣的痛苦還要再遭受兩次。

小葉的腦袋頓時感到三倍的沉重。她把咖啡端給客人，又回到吧檯上，雙手隨意擦擦抹抹檯面，很不願意再捧起書。她的心裡掙扎著，直到她從抽屜裡拿出一份客人贈送的影印食譜，才快樂了起來。

小葉一口氣讀完食譜，心領意會。這是一道北歐菜，用杏仁和檸檬來煮鱒魚，食譜上有註明可以用鯉魚代替。小葉的腦中快速地盤算，若按照食譜烹調，缺憾是色彩太單調，她打算用紅椒絲與香菜葉來裝飾。對，明天就試看看，若是成功了，就煮給岢大哥品嘗。

馬蒂費盡力氣才擦好女廁的地板，剛剛有個客人在廁所中吐了，弄得一塌糊塗，沒辦法，既然咖啡店裡供應酒，這就是必要的煩惱。馬蒂洗好手走出廁所，就看見門口的騷動。

兩個壯漢，送來了一台嶄新的機車正擺在門口，小葉繞著機車高興得像隻小狗，這兒摸摸那兒嗅嗅。機車是來自車行，一位「岢先生」指名要送過來給小葉的。小葉雀躍著上樓拿證件，給車行的人帶回去辦車籍過戶。車行的人走了，馬蒂與小葉站在閃閃發亮的摩托車前，小葉的臉上比新車還要閃亮。

新車頭前面結著一個大紅彩，車子的型號、款式、顏色、甚至後輪加寬的細節，都如同小葉寫在她房間裡，那張memo紙上的一切，包括全新的棗紅色安全帽，也是小葉打算已久的樣式。美夢成真，小葉連忙上車啟動引擎，油缸是滿的，小葉風一樣地騎走，試車去了。

馬蒂含笑看著小葉遠去的身影。海安雖然又有一陣子不見人影，但終究他是心存這裡的。從不知道海安有一顆這麼細膩的心，送了這輛車，竟能在細節上完全依照小葉的心願。那張memo紙馬蒂是常看的，就在小葉的書桌前。小葉還曾經很羞赧地告訴馬蒂，不要把這事告訴別人。

慢著，那麼海安是怎麼知道的？那張紙條貼在小葉房裡，據馬蒂所知，只有她才進過小葉的套房。馬蒂回想起一件小小的往事，那一晚，大家一起去唱KTV，又赴北邊山上的俱樂部之前，小葉曾經說，要上樓去給海安帶點東西，事後她知道所謂東西是海安的衣服。

這意味著什麼？馬蒂沒有再想下去，再想下去的情節，她並不喜歡。

22

小葉畢竟還是回南部家裡去了。她的媽媽打來一通電話，告訴小葉她父親正生著病希望見到她，小葉與馬蒂都了解，這是老人家慣常用的親情拘票，目的是要勾引小葉回去，好進行她所不願意的相親節目。

小葉還是回家去了。臨走前，她與馬蒂商量好將咖啡店暫停營業幾天。反正大家最近都不來了，小葉這麼說。大家指的是海安他們，自從上次寒流來的夜裡，海安與吉兒雙雙回傷心咖啡店以後，這一群朋友像是各自飛散的鳥，不再聚集。而海安長久不出現，店裡的生意明顯地清淡許多。

馬蒂下班回到鐵門緊閉的傷心咖啡店，站在門口，覺得有些寂寥。小葉在店門口貼了一張海報，寫明了暫停營業數日的字樣，海報右下角，還畫上小葉的速寫自畫像，一個短髮的，蹙眉側著臉的男孩肖像。馬蒂發現畫像角落有幾個小字，她湊上前，看到歪歪扭扭的原子筆小字，寫著：喔，我愛小葉！

大概是不得門而入的年輕女孩罷。馬蒂掏著提包，摸出鑰匙進入咖啡店，小葉交代過，店裡的貓和鳥要每天餵兩次，尤其是小豹子，必須讓牠出門溜溜。

馬蒂餵完了小豹子，打開門讓牠出去，小豹子卻在門口躊躇著坐下了，馬蒂用腳尖推小豹子，牠索性撒嬌地臥倒在地，與馬蒂的腳尖纏鬥起來，正與小豹子玩得上了興頭，馬蒂瞥見門外站著一個人影。

傷心咖啡店今天並未著上店招的燈，店內也只開了昏暗的照明，店外的這個來人，背著外頭的路燈，拖著一道巨大的黑影，覆蓋在馬蒂與小豹子身上。

馬蒂用手遮住路燈射來的光芒，還是認不出這來人，她走出店門口，才與他打了照面。馬蒂臉上猶存的笑容凍落了，她與來人對望，靜了一會，才說：「怎麼你，知道我在這裡？」

「馬桐告訴我了。」

「……」

「馬蒂，我們需要談談。」

「……好吧，進來店裡再說。」

那人進了傷心咖啡店，馬蒂讓他坐在靠門的第一桌，她先去開了空調，用電壺燒兩杯咖啡，站在吧檯後想了想，她又去打開音響，放了一片ＣＤ進去，一聽是抒情的老式情歌，她又換了一片，音響傳出了沉靜的古典吉他演奏。

馬蒂靜候煮好的咖啡滴落在杯中，這一切就像是在招待著一個陌生的客人，但就算是個客人，也不比眼前這人更陌生。現在他環視店內的裝潢，最後視線停留在馬蒂臉上。他們又對視了。這個人，是馬蒂的丈夫。

馬蒂在他面前坐下，兩人之間，是兩杯水洗摩卡咖啡。

「聽說妳過得很好。」丈夫說。

「嗯。」

「那我很高興。」

「謝謝你。」

「妳就住在這裡？」

「嗯哼。」

「上次回國，才知道爸爸要妳搬出去。」

「都半年了。」

「爸媽是老一輩的人，妳不要怨恨他們。」

「我不怨恨他們。」馬蒂說，「搬出去是遲早的事，你不覺得我住在你家已經失去意義了嗎？」

丈夫低著頭，不知道在想著什麼。

「搬出來對我是好的，你不要想太多。」

「想得多的是爸爸。對於趕妳出去，他一直耿耿於懷，他怕這件事遭人議論，他怕妳搬出去以後，會做出讓方家難堪的事。」

「你認為我會嗎？」

「我認為不會。」

「你爸爸太傻，操心自己還不夠，連下一代的事情也要插手，自尋煩惱。」

「還說妳不怨恨他們？」

「真的不。我和你爸媽的感情一直很疏遠，你也知道，我必須承認，他們也是一對很不幸的公婆，我不懂得和老人家相處，我根本就不懂得和家人相處，得不到他們的歡心，是很公平的事。在你們家裡面，我活得一點也沒有感情，我應該感謝你爸爸，他那麼乾脆的讓我脫離了這個家。」

「脫離……」丈夫喃喃自語。

「不是嗎？我們的婚姻，本來就是一場錯誤。你也不否認吧？」

丈夫靜靜想了一會，說：「我沒想過錯不錯誤的問題，我認為我們是真的在有愛情的狀況下結婚的。只是這愛情消退得太快了。馬蒂，妳不會怨我吧？」

「你好像很怕我恨你，恨你的家人，那又怎樣呢？既然沒有了愛情，你還在乎那麼多作什麼？你為什麼不問我還愛不愛你？」

「妳並不愛我。」

「對不起。」

「不要這麼說。從決定與妳結婚以來，我就隱約覺得，妳從來就不屬於我，妳不屬於任何人，妳好像是一顆星星，跟任何人都沒有關係，跟任何人都存在著無限的距離。那也是妳吸引我的原因吧？我做了一個不負責任的決定，娶了妳，明知道最後會是這樣的結局，我卻娶了妳。馬蒂，以前種種現在想起來就像做了一場夢。」

「現在你要告訴我你夢醒了？」

「我的夢醒在玻利維亞。」

「你有了情人？」

「她是個華僑。」

「那麼你是真的愛她？」

「妳聽我說，馬蒂，在玻利維亞的山區，我住了兩年，第一次感覺到我的生命屬於我，我依照著我的感受而活，以前我們都太年輕，我們的世界狹窄得可憐，我按照爸爸的意思讀書升學找工作，按照媽媽的意思早早討了媳婦，按照電視裡連續劇的情節度過了一場愛恨糾纏的婚姻。馬蒂，我們都是犧牲者，都是還沒有學會生活，就被大家的生活觀壓垮的犧牲者。在玻利維亞我靜了很久，也想了很久，我想，還來得及找到我要的人生，我愛上了一個女孩，希望妳能了解，我是真的愛上了，我很想掙脫一切束縛，去尋找我要的生活。妳能了解嗎？」

「我們離婚吧。」馬蒂很和煦地望著丈夫，她說。

丈夫抬頭看馬蒂，久久不能言語。這一個夜晚，他是以半帶求情半帶告解的心情，來找馬蒂。在他準備好的說辭裡，至少有三分之二的內容還沒有表白，他已經準備好承受任何責備刁難或是淚水，但不是這樣的平靜。馬蒂很平靜，平靜得令他語塞。他如釋重負，微乎其微地點了一個頭，算是聽到了，也算是同意了。

「我在一個星期以內，會找律師去跟你辦手續。」馬蒂說。

「謝謝妳，不管妳要——」

「至於贍養問題，就不要再談了。我們是在很對等的情況下分離，不要再談到錢財問題了。」馬蒂說，她點了一根菸，深深地吸了一口，這是以往丈夫絕對不能接受的舉動。

丈夫走了。馬蒂留在位置上，直到那根菸抽完。

她關掉音響、空調，熄了燈，拉下傷心咖啡店鐵門，回到樓上套房，又鎖上房門，才坐在床沿哭了。

窗外寒風襲襲，開始下起冰冷的細雨。

馬蒂擦了擦淚水，打開窗戶，冷徹心扉的寒風灌進來，混濁暗沉的夜空看不見一顆星。

而丈夫卻說她是一顆星星。跟誰都沒有關係，跟誰都無限疏離的星星。

如今要跟她離婚的丈夫，也是同樣走過孤獨又不幸的路途吧？馬蒂的心裡一點也沒有怨恨，只是很單純地傷心著。好幾年前，為了擁有一個屬於自己的家，她非常天真地嫁給了他，才知道在這世界上，有一些很簡單的東西，卻是仿造不來的。馬蒂是一顆星星，自力脫逸了軌道，想要追求一種親近、依偎的感受，卻沒有想到星星是不可能真正接近的，除非互相撞毀、化為粉塵。

被一種奇異的情緒引導，馬蒂從床底下拖出了陪伴她流浪的那只皮箱，打開它，從箱中取出一疊對折的水彩畫，拿到窗前的書桌上，展開了畫。

這些畫，大約有七、八年沒有再展開過它們，折線的地方都微微綻裂了，馬蒂很輕地攤開圖畫。迎面第一張，是她的自畫像，黯沉又冷凝的色調，冷冷的雙眼望向前方，那雙眼睛，不合比例的大而且漆黑，為著映照背景上的黑夜。

其他多是一些靜物畫，風景畫。當年，馬蒂一人獨自租屋而住，很孤獨也很貧窮的完成了大學課程，每天晚上七點到十一點，她固定在租屋處的樓下塑膠加工廠打工，回到房間裡時，通常是累得心力交瘁，累得沒有精神再來對付寂寞。

馬蒂是一顆星星。琳達也許說對了，馬蒂和她都得了一種叫做社會適應不良症的病，這場病來得飄忽，久發不癒，把她從整個人群中疏離出來，成了一顆孤單的星星，在正常的外表下，是一顆漫無目標、漫無依靠的心。如果不是這樣，那為什麼她連一個婚姻都可以維持得無疾而終呢？

圖畫的最後一張，畫著灰色雪雨交加的天空裡，一隻白色的風箏迎風飄搖。這是傑生最喜歡的一幅畫，馬蒂曾將這幅畫送給了傑生，分手後他又把畫歸還給她。畫的背後，有一排傑生手寫的細字：薩賓娜，重要的是妳的看法，不要為別人的價值觀而活。

是的，如今傑生能留給她的也只有這句話了。有那麼多年，馬蒂在悲慘的孤獨中怨恨著離她而去的傑生，事實上有一個念頭隱隱約約在馬蒂心中，她從來沒有真正地面對。傑生，不過也是她的不健康之下的受害者，傑生並不算是個背棄者，「要為你自己的感覺而活。」傑生不是始終這樣子身體力行嗎？背棄這句話的，是她自己，為此她付出了長久的流浪做為代價。

馬蒂拭去臉頰上的淚，聽到了敲門聲。她打開門，看見了海安。

海安，在這寒風斜雨的冬夜裡，只穿了件很單薄的毛衣，衣衫上盡是細小的水滴，他的短髮上也滲著雨露。海安看著臉上猶存淚光的馬蒂。

「海安，你都濕了，進來擦擦。」

「不需要。」海安說。

「你怎麼來了？」

「我到傷心咖啡店，見到了海報，上來看看。」

「小葉回南部去了。」

「那妳呢？」

「我無處可去。」

海安站在門口，盯著馬蒂的房間，但卻又沒有進來的意思。

馬蒂也不要他進去。兩人面對面站在門口，就在今天訂下離婚約定的馬蒂感到想要說一些真心話。

「你送小葉的車子，她非常喜歡。她很快樂。」

「我知道。」

「你似乎什麼都知道，那麼小葉是愛你的，你明白嗎？」

「我明白。」

「可是你並不愛她。」

「我不愛她。」海安臉上的水珠正沿著脖頸往下滑，他一定非常冷，像馬蒂此刻的心一樣冷。

「那麼你為什麼又要綁住小葉？這不是在玩弄她的感情嗎？」

「除非出自自願，馬蒂，否則別人也無從玩弄一個人的感情。」

「多麼不負責的說法。」

「什麼叫做負責？對別人的感情負責？還是對自己的感情負責？。」

「小葉陷得很深，難道你不心疼嗎？」

「妳指的是這裡？」

海安拿起馬蒂的手，貼住他的心臟，「我的這裡，沒有感覺。馬蒂，別人愛慕我，追求我，我早就膩透了。我不去迎合，我不會為任何人改變。」

「你這是不負責任的遊戲人間，別忘了其他人可不是活在這樣的世界裡。」

「好得很。我從來也不需要別人的認同。」

「你真無情。」馬蒂想縮回手，卻被海安有力地牢牢按住。

「要感情做什麼？那太複雜，我寧願只要感覺。人們天天圍繞著我，事實上我很濫情了，我給他們免費的觀看與遐想，為他們的生命添一筆狂放的色彩，回報他們的崇拜。要感情做什麼？我只要感覺就好，即使只是官能的感覺也好，可憐的人，早就失去自由感覺的能力。妳呢？馬蒂，妳懂得什麼叫做感覺？」

海安一拉馬蒂的手，馬蒂跌進他的胸膛，海安俯過來給她一個深深的、充滿肉慾的吻。

「海安。」馬蒂兩手齊用，推抵著海安的胸膛。

「妳不喜歡？」海安看著她的雙眼，臉上又是那帶著調侃的笑意，「這不是妳所期待的？不是妳在最狂野的夢裡才敢出現的畫面？現在妳得到了它，為什麼又表現得像是在推拒？」

馬蒂說不出任何話來做回答。海安的吻，不在她最狂野的夢裡。她太想要海安，這意欲太巨大，太強烈，就連在夢裡，馬蒂也不願戳穿，因為她不敢在夢裡頭面對夢醒的感受。

「喜歡為什麼不享用它？」海安問。

馬蒂搖搖頭。

「妳是個半人。」海安說，他鬆開了雙臂，馬蒂的手得到了自由。

「妳是個半人，像每個人一樣。」海安雙臂環抱在胸前，揚起嘴角笑了，但他的笑容在馬蒂看來卻是那麼冷漠。「你們身上揹滿了文明禮教的負荷，變得不知道怎麼活，不敢按照自己的感受去活。妳想要我，跟其他人一樣，但是妳不敢承受這慾望。今天妳得到我的吻，但妳的心裡想著明天，在應該感受的時候妳卻想著擁有，明天之後妳不可能擁有我，所以妳考慮著社會規範還有人際關係的種種束縛，於是妳寧願隱藏妳的感受。妳已經跟妳自己剝離了，妳只剩下社會化的一半屬於妳自己，天然情慾的另一半被妳壓抑。告訴我，做一個半人的滋味怎樣？比較安全嗎？比較崇高嗎？」

馬蒂低著頭，用手拭去淚水。

「馬蒂，這個世界像是一場大合唱，這個樂譜有至高無上的權威，要不妳就加入合唱，乖乖地唱妳所分配到的音律，要不妳就大膽唱出自己要的聲音，可是那必須忍受別人責難的眼光，因為他們覺得妳唱得不一樣就是荒腔走板。至於我，我選擇從合唱團中走開。」海安轉身走向樓梯，「心情要是不錯，我聽一聽你們的合唱，風度不好時，我放聲嘲笑，有的時候，那嘲笑還掩蓋過了歌聲。」

海安走下樓梯，轉個彎不見了人影。馬蒂的心裡有如海水洶湧狂潮，海安最後的一席話她多半沒聽進去，因為她心中不停反覆地自問著，我要海安，是的，我要海安！但我為什麼又不敢？

馬蒂追了下去，外頭下著悽冷的小雨，她全身彷彿冷到了靈魂裡，卻又在冰點處沸騰了起來，在夜色中，她看見海安的背影，但是海安的身邊還有一個人。

那個人披著一件灰色的袍子，馬蒂讀過天主教會學校，她一眼就看出來，這是一個神父，這個神父是誰，馬蒂也知道。他那一頭紅得像火一樣的頭髮，馬蒂不會忘記。那是馬蒂在酒吧中看到的，受海安深情一吻的紅髮男孩，當時他穿著常人的裝束。

海安與年輕的外國神父肩並肩走著，逐漸隱沒在夜色中。在他們的背影消失之前，馬蒂看到海安的胳臂輕輕地撫過神父的腰。神父的腰際懸著一條他的教會特有的皮鞭，那皮鞭在暗夜的霧色蒼茫中擺盪著，非常刺眼，感覺非常色情。

馬蒂還站在雨中，雨已經濕透了她的衣裳。冷得全身顫抖，她還是站著，冷到最後，沒有了感受。

大概是午夜了吧？路上的人蹤稀少，馬蒂回過頭，看到在黑夜裡的傷心咖啡店，這樣陰暗，這樣渺小，她不太想一個人回到房間。馬蒂發著抖，很勉強地撥了公共電話。
「喂。」電話那頭，倒是響一聲就接起。
「喂，我是馬蒂。」
「喔，馬蒂。妳怎麼了？」
「吉兒，我想過來妳這裡，好不好？」
「……那妳就來吧。」
今夜吉兒的聲音很奇特，帶著濃濃的鼻音，像是哭過了一樣。馬蒂發著抖掛了電話，招來計程車，把吉兒指示的地址告訴司機。
到了吉兒的家門口，是一棟老式公寓，下了計程車，馬蒂就看見三樓的一個陽台亮了燈，穿著白色睡衣的吉兒朝她招手，馬蒂走上樓梯。
吉兒打開門縫，示意馬蒂輕手輕腳隨她走回房間。吉兒與父母同住，老人家都睡著。進入吉兒有如書庫的大房間，吉兒端詳馬蒂：「妳濕透了，我去拿件衣服給妳換上。」
今夜的吉兒，不只有著濃重的鼻音，她的眼圈也是紅的。
吉兒到衣櫃中翻弄著。馬蒂在她的書桌前坐下，書桌前有個竹簾小屏風，上面吊著一個東西，看了之後，馬蒂心頭一凜。那是一束頭髮，用紅絲線綁縛起來的烏黑的小馬尾。海安所剪掉的馬尾，怎麼會在吉兒的桌前？
吉兒給馬蒂換上一套運動衣，又去端來了兩杯熱茶，兩個人都在書桌前坐下了，兩個人都默默看著海安的頭髮。

「怎麼了？」吉兒問。

「吉兒，妳告訴我，海安他是個同性戀？還是雙性戀？」

吉兒愣了幾秒，笑了。「不如這麼說吧，這個世界上，如果有第三種性別的存在，那麼我可以告訴妳，海安他一定是三性戀。」

馬蒂靜靜看著地板，很久之後才說：「……至少他很博愛。」

「愛？那些人愛海安倒是真的，海安則誰都不愛。」吉兒給自己點了根菸，「海安是沙漠，他的心裡荒涼得可憐，他靠大家對他的愛慕而活。要是沒有大家對海安的愛戀，他就不存在了，噗一聲，消失。」

「那麼妳也愛他了？」

「我認識海安，是在十年前。」吉兒悠悠吐出煙霧，「那時候大家都在校園裡，海安很有名氣，他天資聰穎，外表出眾；更出眾的，是他旁若無人的浪蕩行跡。學校裡有不少人迷戀著他，包括男生，包括女生，甚至包括老師……我在校園裡，見過他幾次，道不同不相為謀，沒想到畢業後，竟然會成為同事，又做了朋友。」

「妳愛不愛他呢？」

「我可憐他。」吉兒閉著眼抽菸，她的濃密睫影輕輕顫動，「我承認我欣賞他，海安的美令人著迷，像流沙一樣叫人陷下去。我是凡人。跟海安比起來，我只是一個太平凡的人。但是我又可憐他。」

「為什麼？」

「我總是覺得海安也是他的美好形貌的受害者，我認為他病態地自戀，自戀到這種程度是全世界最孤獨的人，因為他拒絕面對其他人的感情。海安他病了，瘋狂一樣追逐著他自己的影子，已經陷入一種旁人無法觸及的孤獨絕境。

「那一天，聽了伯母的談話，我總算明白了。原來，海安生下來是一顆落單的雙子星，怪不得在他的世界裡那麼荒涼，原來海安真的在尋找一個失去了的影子，那永遠也不可能再現身的，和他一模一樣的同伴。妳說，這不是很可憐嗎？」

馬蒂靜靜地不能回答，她冷，頭髮猶濕未乾，馬蒂不停地發抖。吉兒示意她喝熱茶。

「今天很冷吧？」吉兒說，「記得海安曾經告訴過我，全世界最冷的地方，在他的心裡。就是這句話，讓我變得很同情他。那種冷，那種荒涼，我也曾經遭遇過……」

「我一直以為妳愛海安。」

「即使我愛他，他也不可能愛我。我真正愛過的人，在這裡。」吉兒從書桌上拿起一封信，「今天收到的，在妳來之前，我整個晚上都在讀它。」

馬蒂接過來看，西洋橫式信封，上面全是英文，收件人的名字是薇拉。馬蒂探詢地望了吉兒一眼。

「那是我以前的英文名字。」吉兒說，「我以前就叫薇拉。」

「這是妳在國外的男朋友？」

「他姓楊，英文名字就直接叫作Young。」吉兒偏著頭，再點一根菸。

「中國人？」

「混血兒。Young長得很美，幾乎像海安一樣美。」吉兒的聲音那麼輕柔，全沒了她平時咄咄逼人的姿態，「話說回來，外貌算什麼？我愛上的是他自由的方式。那一年我二十二歲，剛畢業，放著研究所不讀，一個人到了紐約，去學跳舞。」

「難怪小葉說過妳是舞蹈家。」

「那時還不算。大學時我加入一個現代舞團，愛上了跳舞。那時候，人家勸我，這樣跳沒有前途，我才不管前不前途，舞團的老師給我寫了一封推薦信，我就帶著這封信到了茫茫人海的紐約，投靠那裡一個前衛舞團，唉，很傻，真的很傻。」

吉兒的聲音越來越輕，馬蒂必須全神貫注才能聽悉，她繼續說：「那是個充滿了理想色彩的舞團，大家一起創作現代舞作，窮得跟鬼一樣，被房東趕出來，就一起窩在公園裡，等附近的中學下了課，跑到人家籃球場繼續練舞，只因為籃球場的地板適合跳舞。

「哎，荒唐極了、也痛快極了的歲月。團裡其他的外國成員們，卻都很能吃苦，他們的人生觀和我們這裡本來就不一樣，比較允許一個人不顧一切地追求自己要的生活，我也愛上了這種生活。就是在舞團裡，我認識了Young，他也是個理想色彩很重的舞者。

「我們很快就住在一起，很窮，非常窮。馬蒂，妳經歷過真正的貧窮嗎？讓我來告訴妳。有一次，我們到一所大學打清潔工，因為窮的關係，我和Young常餓著。我們幫生物系實驗室打掃，正好碰到他們在銷毀實驗過的白老鼠，用小爐子燒，啊，那時候，聞到燒老鼠的味道，我們只覺得饑腸轆轆，只恨那個負責燒老鼠的學生不快走開。老鼠最後燒成了焦炭，我和Young很傷心，就去找雇請我們的主任，費盡唇舌要他預付了那週的薪水，我們跑到學生餐廳叫了一頓飽餐，還有咖啡，一邊吃，一邊笑，哈哈大笑。」

吉兒說到此，她的表情彷彿是溫暖的。「有的時候連續打了不少工，竟也存了點錢，但是為了舞團的各種開銷，我們常常一下子又花得一貧如洗。後來，不知道怎麼開始的，我發現Young賣身。他長得這麼美，自然大有恩客，Young只賣給男人。」

吉兒低頭抽著菸，馬蒂幾乎以為她不願意再談了，但她又繼續回憶：「賣身，有什麼大不了？我們都在追求理想中的生活，為了理想，其他的事都可以忍受。我們開始過著比較像樣的生活，冬天裡也有了暖氣。直到有一天，Young從外頭回來，他累壞了，躺在我的身邊。我和Young一起熬過了最苦的舞蹈訓練，從來也沒有看他這麼累過。那一夜他就這樣躺在我的身邊，累得不能動彈，我的眼淚流了一整夜。」

「結果妳放棄了？」馬蒂輕聲問。

「當然不放棄。我們拚了命練舞，舞團的作品開始獲得注目，我們開始有在重要劇場中表演的邀約。Young是首席男舞者之一，他漸漸地成了一個閃亮的明日之星，所有的苦，就像要熬過來了，我決定一輩子要留在紐約跳舞，我們很快樂，我們跳得更起勁……」

「後來呢？」

「後來，一切都變得那麼快。」吉兒的聲音再度低了下去，馬蒂不得不俯身到她的面前。「Young好像在一夕之間全變了。回台灣以後，我最怕看到花瓶裡的鮮花，因為妳知道嗎？花要枯萎是一瞬的事，本來是那麼青春美好，一回頭，妳就看到花瓣裡失去了生命……Young全變了樣，人家跟我說Young可能瘋了，我不相信，我帶他去看醫生。結果，他被醫院留了下來。醫生說，他得了精神分裂症。

「Young很快被轉送到一家療養院。那一天，我去看他，站在他的房間外面，但他不肯出來見我。那天的紐約飄著大雪，我抓緊雪衣，站在他那加裝了小鐵欄的窗外，等了有一個冬天那麼久，但是Young不肯見我。他坐在牆角，從窗外我只能看見他拖在地上的半截影子，我一直叫喚著Young的名字，看著他的影子，他始終沒有動過。

「第二年春天，紐約下了最後一場雪，我離開那裡回到台灣，我把跳舞的事永遠忘記，我換了一個名字，我全部的人生觀和態度也都重新開始。夢跟理想，我都追逐過，為了追求夢想中的感受，我也曾放浪形骸，現在的我，不再那麼不著邊際地過活，我還是愛著Young，但是我知道他永遠也不存在了。青春、才華、夢想都是那麼短暫，如果妳拿來揮霍就會嘗到苦果，我不知道一輩子可以活多久，但是對我來說，一輩子也不夠，我要做一些真的有意義，真的對人群有作用的事，不然我會對不起我曾經活過這個事實。妳很想知道我愛不愛海安，讓我問妳，誰不會愛上一個清晨時做的迷離夢境？但是我不能愛他，只能遠遠的欣賞他，海安很可憐，我陪他走一段，是因為我對Young所感到的遺憾。」

吉兒從信封中抽出了信，展開它，說：「這是Young寫給我的信，妳要看嗎？」

「我可以看嗎？」

「看吧。」

馬蒂接過信紙，這是一張很大的白色紙張，Young的英文字還算工整，但短短的內容集中在紙頁的左上角，看起來有些飄忽。

薇拉，昨天夜裡又下雪了，每當到了下雪的夜裡，我總是想起妳。我想著，薇拉，不知道現在的妳到底在哪裡？

妳一定以為我把妳忘了。不是這樣，我常常想著妳，想妳還跳舞嗎？妳還冷嗎？妳還像以前那樣子瞇著妳的中國眼睛微笑嗎？

我常常吃一些藥，吃藥對於我的健康很好，我還喝大量的牛奶，牛奶讓我有力氣，我的胳臂與雙腿的肌肉都長回來了，它們長得很結實，我可以連續跑上三十分鐘的步。這時候，契斯里珂醫生就會鼓勵我，他說我的復原狀況很好，只要肯聽他的話吃藥，我就會更健康，明年春天來的時候，也許就可以出院了。

但是我知道契斯里珂醫生騙我。我知道我會死在這裡。我常常整夜祈禱，祈禱上蒼要讓我死就死在下雪的冬夜裡，那多麼像我們的舞作「月影」中的結局！我多麼喜歡「月影」！我認為我們再花上二十年也編不出更美的作品了，我非常懷念我們一起創作的時光。我常常一個人在房間裡，練我們的曼爾邱雙人迴旋式，一邊跳，一邊想，薇拉，不知道妳在哪裡？

薇拉，妳的國家下雪嗎？薇拉，妳還記得紐約的雪嗎？薇拉，不要忘記好嗎？

看完了信，馬蒂的淚水也順著臉頰滑落。她所素昧平生的Young，在這封內容簡單思維跳躍的信中，呈現出一個令人傷心的輪廓。曾經是那麼青春美好的一個男舞者，瘋了，獨自一人在囚房裡練他的雙人舞。馬蒂彷彿看見了Young在月光下孤獨的舞姿，所有的青春美好猛烈壓縮的結果，竟然，變成了一場停不了的殉葬之舞。

吉兒卻冷靜多了。她收起信，攏了攏長髮，閉起眼睛，像是回到了昔日的雪中景色。

「寫這封信的人，不是Young。」吉兒輕聲說，「對我來說，Young早已經死了，不存在了；在療養院中，只是他痛苦殘喘的軀殼。馬蒂，妳曾經看過雪嗎？那種瀰天漫地，把一切景象都純白化的大雪，這種純白會掩蓋一切真相，讓妳在致命的冰冷中誤以為自己看到了天堂。啊，那種冷，我用生命經歷過，也許是因為這樣，所以我才同情海安，我知道在那種冰冷之中的淒涼。」

窗外又颳起北風。馬蒂的濕髮漸漸轉乾。喝完了一整杯熱茶，她的體溫已經回復正常，不再發抖了，但是馬蒂的心裡卻漾起一種悲傷又溫柔的激盪。

因為，海安的心裡，竟是全世界最寒冷的地方。

23

馬蒂整理辦公桌上的檔案，她下意識地把一些常備不用的參考資料丟到垃圾桶中。剛才在陳博士的辦公室裡，馬蒂很明確地答覆陳博士，她不願意到深坑去擔任企畫主管，陳博士也接受了，他並沒有多說什麼，整個會談出乎意料地簡短。

馬蒂有一個感覺，她所拒絕變動工作的決定，將帶來更大的工作變動。在陳博士厚厚的鏡片後面的那雙眼睛，已經失去了關愛的注視。馬蒂把辦公桌收拾乾淨，一看手錶，發現下班時間已到，她穿上風衣走進電梯。

又是一天的班過去了，電梯裡擠滿了剛打過卡下班的同事，會計小姐艾瑪就站在馬蒂身畔。艾瑪臉上塗著過度豐厚的蜜粉，讓她疏於保養的皮膚看起來更加的未老先衰。艾瑪提著一只瓊麻編織的手袋，那是去年她隨公司旅遊到菲律賓所採購。她天天提著它，很有毅力地站在站牌前等公車，風雨無懼，即使公車嚴重脫班，她也不曾花錢搭計程車，但總難免焦躁，艾瑪要轉三班車才回得了家，若是延遲了行程，就看不到她所喜愛的八點檔連續劇，那是她生活中唯一有色彩的部分，那劇情要是不能連貫，艾瑪就會非常惆悵。

企畫部小宋站在公司樓下抽菸，他不能決定到底是現在開車回家，在塞車陣中白耗一個多小時，還是先到旁邊小巷中的pub裡，喝一杯Happy Hour的小酒，等塞車結束後再上路。最後他還是去取車了。必須省錢，最好還能利用下班後再兼個差。小宋最近新交了一個女朋友，嬌滴滴的她說，如果沒有房子，她絕不考慮結婚。小宋同意她的說法。

而今天的馬蒂並不回去傷心咖啡店。她搭上公車，艱難地穿過整條羅斯福路的壅塞交通，在中正紀念堂下了車再繼續步行，直到她來到中山南路上的一片人潮中。

這一夜的氣溫很低，再加上刺骨的寒風，卻掩不過人群聚集時散發的特殊熱氣。人群圍繞著立法院，以靠近議事堂的青島東路為集結點。在這個淒風暗夜裡，立法院正進行核四廠建廠預算審查，抗議興建核能廠的人群聚集靜坐示威，並聲援立法院裡面投下反對票的立委們。

人群大約有三、四千人，很嘈雜，但整體示威動作頗見組織。馬蒂穿過人群，一路上有人為她繫上反核四的鮮黃頭巾，有人遞給她旗幟、貼紙、反核文宣資料。馬蒂邊走邊整理，在滿手的文宣品中，她發現自己正握著一枝台灣獨立國國旗。

示威群眾的最前鋒，是幾輛在野黨立委的宣傳車拼湊形成的臨時講台，講台上正站著一個老教授，以台語發表反核演說。台前聚攏數道強烈的光束，人群散發出來的滾滾薰氣在光束中如煙飄搖，超強喇叭放送來的聲響讓人如臨狂風暴雷，馬蒂必須摀著耳朵才能接近到講台最前端。她與吉兒約好在那兒相見。

講台前的人們都坐著，為了讓後頭的人有更好的視野，馬蒂也依樣坐下了。這是她第一次參加街頭集會活動。到目前為止，她的感受是，眼前的人群中老多於少，男多於女，拖鞋汗衫多於西裝皮鞋，人群中交換的語言，是她幾乎無法溝通的，台語。

甚至連這示威的訴求事項，對於馬蒂也是遙不可及，但一經身歷其境，馬蒂的情緒也是高昂的。畢竟這樣一大群人，因為同樣的意見與立場，聚集在此發出聲音對抗一個更巨大、巨大得無聲的勢力，這其中的尋求自主的熱情，就足以讓馬蒂感動。現在馬蒂身邊坐著的一個老伯，正很激動地以台語對馬蒂說話，馬蒂大致聽懂了一些。老伯說，示威人群多半是來自貢寮鄉的父老，他們誓死抵制核四建廠，不只為貢寮子孫，也為近在咫尺的台北人。

老伯遞了一個臂巾給馬蒂，示意她自己掛上，馬蒂照做了。她正忙著用別針別緊臂巾，有人拍了她的背，馬蒂一回頭，看見吉兒。吉兒的身邊是一個瘦高的外國人。

吉兒以手勢要馬蒂隨她走。為了避開喇叭的強力音波，他們就近繞到講台後方，那是接近鎮暴警察的緊張臨界點，但吉兒卻表現得很輕鬆，她先跟全副武裝的鎮暴警察一一揮手致意，再背靠著其中一個防暴盾牌席地坐下，並示意馬蒂與那外國人一起坐下。

拿著盾牌的警察很尷尬，因為倚牌而坐的吉兒，她的姿勢是這麼舒服，這個尚在唸警察學校的年輕男孩瞥一眼站在排頭的隊長，看隊長似乎沒什麼意見，他就繼續拿好盾牌，甚至順應著吉兒的坐姿，微微地將盾牌偏了一些角度。

透過吉兒的介紹，馬蒂才知道這個外國人來自法國，屬於一個泛歐洲的環保活動組織，名稱很奇特，叫做「綠星球黨」。外國人名喚尚保羅，是代表綠星球黨以觀察員的身分來台，負責觀察記錄台灣的環保社會活動，而吉兒純因為朋友關係，幫他擔任翻譯工作。

一聽到馬蒂兼通英、法文，尚保羅高興極了，兩人即刻英法文夾雜地交談了起來。從談話中，馬蒂了解到，尚保羅到台灣的目的，除了組織上的公務外，還有他私下學中文的計畫。而這個在歐洲興起將近十年的綠星球黨，是國際間環保組織中，手段較激進的一支潮流，他們除了出版跨國際的環保刊物外，還擅長到亟需推動環保的國家，有計畫地在當地發展組織勢力，製造環保運動。

尚保羅約莫四十出頭，學養俱豐，有一張憂鬱的、似乎隨時在追悔中的面孔，栗色的頭髮，襯托著顏色稍淡的眼珠。他的英文沒有法國人慣常的呢噥軟調，反而稍帶有德文腔的爽脆。一問之下，果然尚保羅先前在漢堡待過多年，那是綠星球黨的總部所在地。

尚保羅的栗色短髮在寒風中翻飛起來。這陣寒風，來自西伯利亞，拂過亞熱帶台灣，還要繼續向更溫暖的南方吹去。途經的地帶，是政治與人文路線迥異的國家，但在尚保羅的腦海裡，卻是一整片生態環境綿延伸展的自然版圖。他瞇著眼睛逆過強烈光束看著示威群眾，聽這嘈雜中陌生的語言，在陌生之中，他的心和這片土地彷彿建立著一種溝通，一種默契。

「馬蒂，環境問題是無國界的，投身進入搶救地球的行列，在我們的心裡就重新畫了一幅世界地圖。在這個地圖中，我們依照環境問題來分別各個區域。妳問我為什麼志願要來台灣，因為在我們的地圖中，這個地區非常荒涼，這裡需要環保的種子，也就是讓綠星球黨在這裡扎根。我從沒想過要來這個國家，但為了組織，我要開始融入這塊土地。」尚保羅說。

「到一個遙遠陌生的國度，去實踐一種理想，我想，是浪漫的吧？」馬蒂與尚保羅一齊望著左側不遠處，那裡有一個用布條圍開的特別區域，三個絕食抗議的反核人士，都盤腿坐著，靜靜面對擾攘雜沓的人群。

「再年輕個十歲，我會說這是浪漫，現在我只想著怎麼在一片災難中搶救與重建。我在說的是顛頂的大眾，骯髒的政治，血淋淋的財富鬥爭，這些，並不浪漫。」

「你先前的工作是什麼呢？」

「我在漢堡一間中學教書，教法文。」

「那你現在不再教書了？」

「不教了。」

「好瀟灑，就這樣放棄了原本的生活。」

「是放棄，但不是損失。」

尚保羅的雙瞳淡如藍天，他在強光中瞇起雙眼，眼前是光霧中如夢幻的幢幢人影，巨型喇叭送來震撼的音波，加上群眾齊喊口號的激昂，周圍的一切，如同置身在一部光影迷離的電影之中。但是這不是夢也不是電影，擁擠的人群已經往他們的方向逼近過來，他們背後的鎮暴警察蠢蠢欲動。

「加入國際環保運動以後，我領悟到一種全新的生命，原本框架之中的工作、生涯、社會關係都不再能主宰我。如果妳說我失去了根，那也可以，但是馬蒂，再也沒有根之後，我才知道什麼叫做充實的生活。」

「萬一你要後悔了，有沒有想過要怎麼辦？」

「馬蒂，我認為重點是，妳是全神注目在妳自己的人生，還是這個世界？那將帶來不同的結果。我相信人不只要做一個活著的人，還要做一個把生命灌注到全體人類命運中的人。不然，我不知道人要怎麼活，才算真的活夠。」

立法院門口有了一些騷動，方才的預算審查會議似乎有了結果，群眾與媒體記者蜂擁上前，尚保羅抱起攝影器材也湊上前去。鎮暴警察的陣線不安了，自右至左重整了一次隊形，吉兒與馬蒂站起來，退向一旁的榕樹下。

「妳這個朋友很有趣。」馬蒂與吉兒背著榕樹站立，等著騷動過去。

「嗯。有趣。」

「怎麼認識他的？」

「朋友介紹的。他剛來台灣，想要接觸社會運動，就輾轉找了些記者朋友幫忙，有人找我幫他翻譯，就這樣認識了。」

「這麼說妳認同綠星球黨了？」

「我做過一些背景了解，綠星球黨在歐洲的評價很極端，他們激進的組織形態總讓人認為具有政治野心，不過他們的確做了不少社會工作，我認為綠星球黨很有作為，只要有明確的理念，手段激進又何妨？以前是什麼問題都免不了泛政治化，現在是連政治問題都免不了泛環保化了。像綠星球黨這樣的團體，只是忠實地反映了時代的趨勢。我滿有興趣。」

剛從立法院出來的幾個在野黨立委跳上了講台，正在發表即席報告，示威群眾擠在講台前，而尚保羅則穿梭在人群外緣攝影，獵取群眾聚會的鏡頭。尚保羅非常高，幾乎高過整個人群。他栗色的頭髮在聚光燈下反射著蒼白的銀輝，馬蒂的眼睛很從容就追隨到那光芒。

這麼多年以來，從有知自主以來，就溶入了台北的社會節奏的馬蒂，她是一顆與旁人吸取同樣養分的水果，在同樣多雲的天空下，又被浸泡進一個出口窄小的醬缸。馬蒂差一點就相信，人的一生多半就是這樣，在上班沉悶的作息與下班看沉悶的電視劇之間，在努力的賺錢與更努力的用錢滾錢之間，有如鐘擺一樣的擺盪。為了突破這種命定的苦悶，她曾經懶散地鬆開了自己的發條，卻又被無所作為的更大苦悶所困擾。

不是自己太頹廢，是這個城市本身就夠頹廢。這是馬蒂最近以來所找到的答案。

這些苦悶與這些答案，難道是被自己的台北式思維所困住了？馬蒂因為尚保羅的一席話感動著。人生的路，本來就在一念之間，沒有勇氣走出自己的路，卻推諉於其他人的生活觀，是何等懦弱的情緒？看到尚保羅投身理想的熱情，馬蒂頓覺自己是一個多麼善於作繭自縛的平凡人。

天地之間本來就無限廣闊，其他人的生活觀是其他人的事，這個城市多麼無辜，它從來也不曾困住人，是人的狹隘思維困住了這城市。

吉兒迎風點了一根菸，馬蒂有一個感覺，嗜菸的吉兒在尚保羅面前保留了她的菸癮。吉兒拍拍裙角的灰塵，一邊張望著講台前的人群。

「看看尚保羅，」吉兒說，「人往往一不小心就被環境同化了，以為這就是唯一的生存方式。尚保羅是一個好的朋友，他提醒我們，在這個世界上還有很多種不同的人生。」

「妳說得對。」最近的生活片段在馬蒂眼前歷歷而過，她還想到小葉，想到籐條、素園，想到陳博士，想到海安。

「妳應該去看看海安。」吉兒卻有如看穿了她的心思一樣。她倚著榕樹伸手撩動飄在空中的鬢根。

「去看看海安。就我所知，他最近過得很糟。」

「怎麼糟呢？」

「他不願意跟我說。也許妳跟他談談。我總覺得海安喜歡妳。妳很聰明，妳溫柔多了，妳懂得善解人意。」

榕樹的鬚根，不依存於泥土，它們自由地懸掛在空中，被吉兒的指尖輕輕拂過。一陣風吹來，失去泥土支撐的纖弱鬚根都隨風飄搖了，但它們畢竟還是一把根，用它們在風中的姿勢，一樣捕捉空氣裡的稀薄養分，一樣滋養著榕樹。

馬蒂坐吉兒的便車，來到海安所住的大樓。下了車，她朝著吉兒與尚保羅招招手，看著他們離去。一天的街頭活動下來，吉兒與尚保羅還不打算休息，他們正要去拜訪一個以堅定反核立場著名的雜誌社。

吉兒的車尾燈漸行漸遠，消失在前面十字路口的車陣中。馬蒂走進這棟大樓的豪華噴泉中庭，卻被穿著制服的警衛攔了下來。警衛打電話向海安通報馬蒂的來訪，直到電話那頭認可後，馬蒂才獲准進入布置得很古典的電梯。當警衛打電話時，馬蒂聽得很清楚，海安那邊是個女人的聲音。

到了海安的門前，馬蒂尚未按鈴，門就開啟了。馬蒂面前，站著明子。

這是明子第一次和馬蒂照面，馬蒂尚未開口，她打開門示意讓馬蒂進去。

「妳請坐。」明子懶洋洋說。她雙手一攏身上的絲袍，朝向落地窗前的床墊走去，那身姿是撩人的，卻又不顯得色情。這麼冷的夜裡，明子只穿著一件純絲的薄袍，近乎透明的袍子之下，是全裸的身體。

明子不再理會馬蒂了，她在床墊上抱膝坐下。床前的落地窗是斜斜向外而建，只要坐在床前，不須仰頭，就可以飽覽整個穹蒼。現在明子正呆呆地凝視著窗外。

明子華麗的胴體，在馬蒂面前展露無遺。馬蒂默默站了一會，看出這兒似乎只有明子一人。空氣中有一股淡淡的，梔子花一樣的甜香。

馬蒂來到床墊前，倚著床腳坐下了，她也望向窗外。今夜的台北的天空，如往常一樣，一片濁黯。星光燦爛的夜晚，在這個城市裡，是太奢侈的情境。

「妳在看什麼？」馬蒂問。

「星星。」

「我怎麼看不到？」

「台北的天空太骯髒。我在假裝。」明子的中文有難以言喻的奇怪腔調，不像外國人，但又不像本地人。也許，奇怪的是她用辭的方式。

「海安在哪裡？」

明子轉過來面對她，美得叫人陶醉的雙眼一眨也不眨。

「我不知道他在哪裡。」明子偏著頭陷入不快樂的回想，「我也很多天沒有見到海安了。妳知道海安在哪裡嗎？」

馬蒂當然不知道。沒有工作，沒有親人，彷彿跟全世界都沒有關係的海安，是一座失去相對地標的孤島，茫茫大海中，他並不留痕跡讓別人捕捉。海安在哪裡？這是她們兩人原本就不該互相提出的問題。

左邊的牆上一面落地鏡子，映照出她們兩人的身影；右邊不遠，又是一面大鏡子，兩面鏡子夾照之下，反射出千千萬萬個馬蒂與明子，都默默坐著，那視覺上的情境與她們心裡的感受一樣虛幻。剛從群情沸騰的示威活動中走來的馬蒂，如同進入一個異時空的壙穴。在這裡，世界變得很遙遠，遙遠又不真實，世界變成一場夢，坐在這裡的她們是被夢著的情節。

暗淡的夜，馬蒂與明子就這樣無言並坐，不知道該談什麼，不知道該等什麼。

「現在的海安，也許也看著星星吧？」馬蒂輕輕說。

「妳是傷心咖啡店的人？」

「海安跟妳提過我們？」

「他很少提。幾乎從來不提。關於我，海安也不可能向你們提起的吧？」

「我知道妳叫明子。妳從……北方來，妳來找海安。」

明子不再說話。馬蒂靠著床墊，累了，上了一天的班，耗盡了她一個女子的體力，她睡著了，進入屬於她的夢境。

明子這一生從來沒有上過班，她的上一輩、上上輩、甚至她的全部的族人，都不曾上過班。生活對於明子來說，就是生活，關於昨夜之前和明晨之後的生計，都是太遙遠的事情。

來自北方的明子，已經習慣了這樣吹著風的寒夜，甚至再更冷一點，如果能再冷一點，冷到降下雪花，明子也許會快樂一些。自從在冰天雪地的北國裡遺忘了她的往事，明子就愛上了雪。因為在雪境中，明子可以忘記她在南方的家鄉。

多年以前，當明子還不叫做明子的時候，她的族人叫她克魯娜。那時，家在溫暖的台灣，多雨的山上。那裡所住的人，不是台灣人，也並非外省客，他們早在歷史之前就東遷到這個島國，群聚成自己的部落。

明子的部落在南投縣深山重嶺之間。這個部落很小，只有上千個人口。與其他原住民不同的是，這個部落的人膚色白皙，身材纖長，還長著令人驚喜的美麗眼睛。

傳說中，一百多年前，來自歐洲的傳教士曾經來到這個部落，他們沒有傳布出宗教王國，卻遺留下了白人的血統。這個說法並不可考，可以確定的是，傳教士在一百年後真的又造訪這個村落，建造了一座小小的教堂，還成立了一個簡單的基金會。

基金會每年資助幾個幸運的孩子，到山下的教會學校接受教育。全部落最美麗的花朵明子，成了第一批受惠的孩子。那所教會學校位居台中市，是一所典型的貴族中學，非常貧窮、一切依賴公費的明子，生活在來自富貴家庭的嬌嬌女中，又承受著別人眼中非我族類的壓力，她恨那六年的學生經驗，卻愛上了上層社會的生活方式。

貴族學校教養出明子舉手投足間的貴族氣派，畢業當時，她的容貌儀態已經超乎一般人的夢想。明子並沒有回到部落，她搭上了一架華航的飛機，到了日本。日本人說，她的美麗令日月星辰失色，所以他們為她取了名字叫做明子。

明子的族人很失望，他們所鍾愛的克魯娜終於沒有再回來。

明子的族人依照早年的哲學，過著早年的生活。這種生活持續了很久，直到他們發現山下發展出了另一種世界。山下的世界裡，每一個人都像皈依宗教一樣，將自己奉獻給一種特定的工作與身分，他們活在那種工作與身分中，日日賺錢，時時計較，自強不息。

多麼奇怪的邏輯！當露珠在陽光裡蒸發時，不正是徜徉漫步的美妙時刻？當太陽落到山巔之際，人們不該趁著此時凝望夕色沉思？勞動與工作，不就是為了吃飽？既然吃飽了，那還有多重要的事情，來打斷飽餐後的歌詠與飲酒狂歡？如果吃飽而不快樂，那是多麼愚蠢和不幸？

這些想法，很快地遭受到打擊。明子的族人發現，他們的山頭正被水泥建築侵襲，原本的種植與打獵空間越來越少，餵飽自己後，他們卻很尷尬地拿不出錢幣來買雜貨店中出售的紅標米酒，而山下卻盛產錢幣。於是壯丁下山，做粗重工作，女孩下山，抹粉賣笑。

山下的世界給了他們錢幣，卻給不起夕陽時分的歡笑與安寧。族人們最後多半又回到了山上。他們的世界與山下越離越遠，那不是他們血液中的野性所可能參與的生活。族人變得更愛喝酒，他們用各種方法賒帳買酒，再用酒醉來回憶他們所無法回復的野蠻年代。他們下不了山，克魯娜回不了家。

明子的族人漸漸忘記了他們的克魯娜，只有當他們看到樹上結著乳白色的克魯娜花時，才會彷彿回想著這個美麗的女孩。克魯娜花非常芳香，清晨開放時，那馥郁的香氣可以隨著雲霧籠罩整個山頭，於是整座山都變成了花瓣之中的神祕宮殿。這種花山下也有，平地人稱它梔子花。

平地人喜歡把梔子花摘下，漂在一碗清水中，用花死之前吐放的濃烈芬芳沾染四周，山上的人不這樣做，他們寧願把克魯娜花留在樹上。

在寒冷的北國裡，明子用她中學時的女同學所不應該知道的方法，得到了她在中學時所夢想的富貴生活。明子早就忘了山上的家鄉，她願意永遠不要再想起，她願意永遠也不要回到這溫暖的南方。

但是她回來了，為著追尋海安的足跡，而海安卻是一座可望不可即的孤島。也許世界真的只是一場夢，人只是被夢見的不由自主的布景，情節的發展並沒有道理可言，只能隨它，由它，直到夢醒。

馬蒂從夢裡驚醒了，看見落地窗前黑暗的天幕，明子還坐在身邊。她的肌膚在夜色裡呈現一種沒有生命的、玉一樣的光澤。現在她轉頭看著馬蒂，她美麗的雙瞳裡，也是沒有生命一般，星星也似的光芒。

「我聽說，海安最近不太好。」馬蒂沉醉在明子眼裡深邃的星光。

「他很痛苦。」

「為什麼？」

「海安愛上了一個人。」明子垂下了眼睫，星光於是黯淡，「那個人卻不愛他。」

「那人是誰？」

「我不知道，海安永遠也不會說。」明子搖搖頭，靜靜地想了一會，「不是很可笑的嗎？那麼多人都愛著海安，他不在乎。而他愛上了一個人，卻又得不到。可憐的海安。」

「現在幾點了？」馬蒂坐起身。

「我不知道。」明子說。

在她們周圍，至少可以看見六座時鐘，但是每座鐘的時刻都相差甚遠。馬蒂和明子左右把每座鐘都看了，她懊惱自己不喜歡戴錶的習慣。

「這些時鐘，怎麼搞的？」馬蒂自言自語。

「大概是不同國家的時間吧？」

「不可能。妳看，連每個鐘的分針都指著不一樣的方向，這是故意被撥亂的時鐘。」

「為什麼這樣做呢？」

「天曉得。也許海安是在告訴自己，他不要活在別人的韻律中。」

明子怔怔望向馬蒂，說：「海安一定很喜歡妳。」

迷失在時間裡，馬蒂與明子靜靜坐到天亮。終於在破曉前，她們一齊見到了東方天際的一顆曉明之星。

24

馬蒂坐在公車的最後一排，這是一輛新車，司機好像很樂意測試它的極限，在車潮中猶能以衝鋒陷陣之姿，飛快地左右超前。每一遇到路面顛簸，車尾的馬蒂就整個人與座椅分離彈跳起來，初時她還被逗樂似地笑著，之後不久就備感狼狽了，此時車上音響正傳來悠揚的小提琴獨奏曲。

星期六下午，與小葉說好晚一點回咖啡店，馬蒂正朝著木柵的方向前去，穿過這座橫亙在台北南端的山脊，山的那邊就是家。

辛亥隧道在前方不遠，而市立殯儀館，在辛亥隧道的前方不遠。

冬天裡的暖陽映照在殯儀館的黃色琉璃瓦上，仿廟宇的市立第二殯儀館，在陽光下閃閃發亮，煥發著一種前朝宮殿的風情。好像從小所見過的殯儀館，都是這樣如出一轍，皇宮和廟宇般的綜合體。是為了把死者為大的想法發揮到最極致？還是想要營造出冥冥之中一個引渡站的氣氛，來撫慰生者徬徨的心情？

馬蒂無從得知，她所知道的是，因為每座殯儀館的設計都如此雷同，所以不管在何處瞥及任何一座，都變成指向同一個回憶的窗口。殯儀館總讓馬蒂想起她早逝的媽媽。不快樂與操勞奪去了媽媽的生命，留下無依無靠的馬蒂，住進爸爸家裡，展開一段不快樂的童年。如果媽媽不死，馬蒂的人生也許又是另一番景色吧？

公車此時輕快地穿進辛亥隧道。在進隧道之前的一剎那，馬蒂仰天看見整座青翠的山巒，充滿生命力油綠青蔥的整座山頭，山上是因為午前的一場雷雨，水洗過一般澄淨的藍天。高彩度的綠與高明度的藍色穿透進整個視覺中，留下一種心靈上的幸福，連她所害怕的隧道也顯不出陰森恐怖了。

出了隧道，白花花的陽光像瀑布一樣潑灑下來。公車已經到了木柵區，幾個轉彎之後，馬蒂就在山坡邊不遠下了車。

爸爸和阿姨依舊坐在客廳裡，心手合一忙著他們的鈕扣加工。珍珠色的日光斜斜地射進客廳，襯出他們兩人靜默的側影。這是一幅在時間中停格的畫面，是馬蒂看膩了的一部沉悶電影，如今她又回來了。

對於馬蒂的來訪，爸爸的驚訝不下於阿姨，兩人都站起身來。阿姨說要去看看有沒有熱水沖茶，就進廚房去了，爸爸忙將堆滿沙發的鈕扣加工品搬置一旁，招呼馬蒂坐下。爸爸的動作匆促了，一疊釘扣用的鉚釘跌散在沙發四周，他於是忙碌異常地滿地撿拾。爸爸的殷勤與阿姨的冷淡帶來相同的感受，生份。

「爸，你別忙了，我又不是客人，我是女兒。」

「不忙，不忙。」爸爸放慢了手上的動作。

阿姨端來一杯熱茶。放下茶後，阿姨猶豫了，這批加工的交貨日很趕，但現在似乎不宜再繼續她的加工作業，而她也不想留在客廳。這個不討喜的女兒與她前番的吵架，至今還令她十分不爽快，架雖然吵贏了，但畢竟有損她做長輩的身分，這種損失是難以言喻的，對於不擅言辭的她更是一種委屈。阿姨準備要拿起小板凳，到後頭去洗韭菜，馬蒂卻順手拿起桌上的加工半成品，開始幫忙加工。

這種爸爸與阿姨常做的小手工，馬蒂早看熟了，很容易就完成一只鑲金邊鈕扣。她遞給阿姨。阿姨將鈕扣穿進一條計數用的捻子，再扔進旁邊的尼龍袋中，阿姨在板凳上坐下了。

他們三人很快就將生產線重組，馬蒂拼裝鈕扣，爸爸釘鉚釘，阿姨旋緊扣面再穿捻子。三方合作之下，一堆碎零件慢慢成了一個個漂亮的成品。

馬蒂陪爸爸聊天，多半聊到小弟的大學生活。原來小弟馬楠堅持住學校宿舍，早就搬到靠近外雙溪的校園去了，這個家於是更加的安靜，剩下屬於老人的寂寥與乾枯氣味。爸爸真的是個老人了，年近七十的他早已滿頭白髮，不健康的瘦削身材看起來格外脆弱。阿姨也老了，她漸趨臃腫的身體包裹在連身式的阿婆裝下，幾綹花白的頭髮從髮束上飄出拂在臉上，更顯出一個憔悴老婦的神色。

「我看以後有假日就回來陪陪你們好了，大家偶爾出門走走，不要老悶在家裡。」

阿姨透過她的新眼鏡看馬蒂。看來她是順口說說的吧？現在的年輕人，忙著打拚還不夠，哪裡真的有時間來陪老人？即使是這樣，她這話倒還算順耳。阿姨的新眼鏡是用馬蒂每月寄回家的錢買的，每個月兩萬塊錢，對這個家來說，是筆意外的財富。自從馬楠讀了私立大學後，為了他的費用大家曾經十分氣短，馬楠說，現在一個大學生一個月沒有萬把塊的生活費簡直活不下去。阿姨很震驚，這個轉變摧毀了她原本的理財計畫，為此她相當埋怨一生清廉拮据的丈夫，直到馬蒂的匯款到來，才正好解決了她的煩惱。

阿姨真的老了，現在她兩手揉著後腰，常年的腰痠背痛折磨著她。馬蒂心裡生出了一點同情。這個曾經與她勢同水火的後母，給了她一個糟糕的少女生活，而現在馬蒂獨立了，回想從前種種爭執只覺得幼稚。總是這樣的，不管人與人之間有多少仇視對立，最後得勝的，只有時間，時間會慢慢收拾雙方，一個先，一個後，終究都歸於塵土，塵土哪來的仇恨呢？

「你們這樣子不會無聊嗎？我下次給你們帶來一個小音響，忙的時候打開聽聽音樂，氣氛就活潑多了，好不好？」

馬蒂說。經濟力量為她在這個家裡帶來了新的地位，連她的語氣也跟著果決了起來。爸爸和阿姨不置可否，他們還不太習慣受惠於自己的孩子。

「就這麼說定啦。」馬蒂拍拍手上的灰塵，她的聲音是輕快的。

跟阿姨之間的對立，總要有一方做出和解的姿態，現在的馬蒂不喜歡阿姨如昔，但她知道這種情緒無益於自己的人生，無益於其他所有的人。阿姨只不過是一個心思狹隘的、苦於保護自己地盤的婦人，從來沒有人好好教她如何讓心胸寬大，馬蒂於是將自己轉了個面向，不再與她稜角相對。

從側面看過去，這個排斥她多年的後母，是個臃腫多病的婦人。馬蒂在心裡原諒了她，並且在這種寬恕裡，感受到自己從情緒中自主的能力。這滋味是甘美的，幾乎抵得過以往的苦澀淚水。

「今天就留下來吃飯吧？」爸爸說。

「吃韭菜水餃哪。」一直沉默著的阿姨抬起頭說。她的嶄新的老花眼鏡，反映出一片亮晃晃的夕陽。

25

像醉酒一樣酡紅的葉子從枝頭飄離，在冬天的風裡面翩翩飛舞，它並沒有沾落泥塵，馬蒂的手掌接住了葉子。

生長在亞熱帶的槭樹，落葉喬木，其葉如楓。這條街上正種著一排槭樹，盈枝的樹葉都在寒風裡凍紅了，放眼望去，有在北國楓林裡的情調。馬蒂把手上的槭樹葉遞給小葉，小葉卸下小揹包，從包中拿出一本她正苦讀的《黑格爾學述》，把槭樹葉輕輕展平，夾進書頁裡。於是當她再艱難地掀開黑白紙頁時，就會瞥見一抹陶醉的楓紅。

小葉高高地攀在牆緣上，在馬蒂來得及阻止之前，她已經整個翻上近兩公尺高的牆頭。小葉的短髮在風中翻飛，她的臉頰泛著年輕的桃紅色。

「妳也上來嘛，這上面好好。」小葉央求馬蒂。

「危險。」

「才不呢，我拉著妳，妳爬爬看。」

「一個女孩子家，像猴子一樣。」馬蒂像個姐姐一樣數落著牆頭上的小葉，但她已經試探性地踩上牆腳的花台。

「誰說女孩子不能像猴子？」小葉倒懸下來，一手扳穩牆頭，一手拉住馬蒂，嚇了馬蒂一大跳。

「不要不要！」馬蒂尖叫著，「這樣妳會栽下來，妳坐好不要動！」

才叫著，小葉的手已經很有力地將馬蒂拉上去，驚魂甫定的馬蒂剛在牆頭坐穩，小葉一撥短髮，索性把穿著短靴的雙腳也抬上了牆頭，哼起歌來。

牆裡面是一座中學，長著短草的操場上，有一群女生正在玩籃球。牆頭上很寧靜，耳邊只有呼呼的風聲。

這是一所有名的女子中學，要不是和素園約了在這裡相見，馬蒂從來也沒來過這一帶。現在如楓一般的槭樹枝葉拂著馬蒂的腳邊，眼前是可愛的女校風光，顫巍巍地坐在牆頭，心情卻浪漫了起來。

今天是投票日，大家得到了一天的選舉假。台北原本就充滿了因為工作而久羈不回家鄉的人們，這一天都回到鄉里投票去了。吐盡客居人口的台北街頭，空空蕩蕩，因此顯出了奇異的舒緩。在這一天裡，車行優遊，人蹤從容，一陣風將選舉公報從路頭刮到路尾，走在冷清的馬路上，台北人心中都感動了，他們總算在這種蕭瑟裡，感受到這個城市的一絲遼闊與大方。

馬蒂和小葉一早就手攜手去投票選台北市長。而素園投完票之後，卻還去加班。一個急著為客戶趕辦的case，不能因為選舉耽擱。她在辦公室裡把最後的定稿傳真給客戶，一邊看了手錶，發現與馬蒂她們的約會要遲到了，就匆匆收好什物，抓著皮包衝下樓，招了計程車。

一進計程車，她說：「請到景美。」素園人癱在座椅鬆了口氣。今天中午約了馬蒂、小葉去郊遊，幸好一個上午的趕工下來，她著意保持自己的體力，連咖啡也忍住不多喝，現在大致還算精力充沛。

那司機把菸熄了，菸蒂丟出窗外。他並不把計程錶按下，卻轉回頭看素園，慢條斯理，他問：「小姐，投票了沒？」

又來了。自從台北市長選戰白熱化以後，搭計程車變成了一場強迫性的鬥智遊戲。從同仁那邊，素園聽過了不少的計程車奇遇：一個外省第二代同仁在計程車裡，與擁黃的國民黨籍司機疲勞激辯一個多小時；而不懂台語的人被擁陳派趕出車子；操台語的卻跟擁趙派司機吵了起來。

現在素園快速把車裡瞄了一圈，沒有「青溪」的標誌，沒有綠十字旗，沒有國旗，沒有任何貼紙可供辨識。汽車音響裡的卡帶，不是「春天的花蕊」，連司機的口音也不透露任何訊息，既不像外省人，又不是台灣國語。

「選誰都一樣啊，只要他尊重民意，就是個好市長。」素園展開游離戰術。

「那妳不覺得黃大洲做得不錯嗎？台北十項建設，妳看多不簡單？」司機說。

司機的表情有一絲調侃，分明是欲擒故縱。素園押注似地豁出去說：「我不這麼認為，我選陳水扁。」

「好！給妳載！」司機撥下計程錶，開動車子。

一路上，司機滔滔不絕地縱論三黨情勢與台灣未來，所言多是匪夷所思的街頭耳語。他的高論包括：朱高正是海外陰謀華僑的傀儡，最近的麵包坊爆炸案是共產黨的傑作。

下車之後，素園發現她終於累了。她看到高高坐在牆頭上的馬蒂與小葉。

仰著頭，面對馬蒂和小葉的慫恿，素園笑著拒絕爬上牆頭。最有力的理由是，她穿著這身上班用的窄裙和高跟鞋，根本不適合肢體大幅活動。

聽了她的藉口，馬蒂和小葉對視片刻，她們二人一齊伸出手來，左右挾起素園。一陣兒童式的嬉鬧後，素園也上了牆頭，只是裙子歪了，頭髮凌亂，手肘擦破了一小塊皮。

小葉蘸了些口水，敷在素園破皮的手肘上。素園整了整衣衫頭髮，開始覺得很愉快。北風在耳邊呼號，風中傳來學校的鐘聲。

「坐在這裡真好，我好像又回到了傷心咖啡店。」素園說。

「才說咧，那妳怎麼這麼久不到店裡來？」小葉問。

「忙嘛，忙死人了。」素園摟住小葉肩頭，「其他人還好嗎？吉兒也忙？籐條還好吧？那海安呢？」

一個籃球夾著勁勢飛過來，馬蒂輕呼一聲，小葉伸手截住了球，操場上玩球的少女們都聚過來了。

小葉將球挾在臂彎，穿短靴的雙腳在牆上蕩啊蕩。她盯著少女中為首的那個女孩。那女孩也仰頭望著她，女孩的雙眼非常漂亮，她緊抿著雙唇，逼出了頰上可愛的酒渦。

「把球還給我。」女孩說。

「妳叫什麼名字？」小葉問。

「你叫什麼名字？」女孩反問。

「小葉，這是馬蒂，素園。」

「球還給我。小葉哥哥。」女孩說。她認真的表情與撒嬌的口吻，顯出令人不可抗拒的少女神色，女孩十分了解這優勢。

小葉一縱身跳下牆，馬蒂和素園都倒抽了一口氣，她們開始思考自己要怎麼下牆。小葉說：「我跟妳們一起玩。」

少女們都笑了，小葉加入球局。從牆頭上看下去，穿著短夾克的小葉，如此挺秀出眾，連少女們也要相顧失色。小葉很快地掌握了控球的角色，她的籃球基礎甚好，太好了，夾雜在兒戲般打球的少女間，如入無人之境。事實上，少女們已經不再全神貫注於籃球上。現在脫了夾克的小葉，她的短髮汗濕服貼在額上，她追蹤籃球的雙眼中吐露英芒，少女們的心變得很柔軟，球場上的走位也變得很紊亂。

這些女孩，大約是看不出小葉也是個女孩吧？素園在牆上幫馬蒂綁辮子，球場上的情景看在她們眼裡，兩人都不覺得有需要去拆穿。這北風裡的與小葉的邂逅，總有一天會變成少女們美麗的回憶。誰忍心去戳穿一個少女時代的美麗回憶呢？

「小葉真的是投錯胎了。」馬蒂雙手摩著耳畔的髮辮，「她真像是個男孩。妳剛認識她時，就是這樣子的嗎？」

「那時候啊，小葉，」素園開始給自己打辮子。她說：「是中性了一點，很可愛，全公司都疼她。但還不至於像現在簡直是個男孩。」

「這中間難道有什麼轉變？」

「人總會變的。我們不也都變了嗎？」

「說得也對。」

綁著印地安式的粗辮子，馬蒂和素園都坐在牆頭，讓自己的雙腳晃盪，事實上她們都找不到下牆的方法，直到打球打得滿臉紅透的小葉過來，把她們像貨品一樣扛下牆。

下午一點多了，照原訂計畫，她們坐車到政大，再轉搭小公車上山喝茶。

小公車卻在上山的路上塞住了，怪不得台北城裡如此空曠，原來大家都是一般心思，都趁著難得的假期出外遊玩。台北外圍的郊區就是這幾個選擇，所以急著從城裡出走的人潮，又都在這裡狹路相逢。車潮以錯綜複雜的隊形互相牽制，進退維谷。

等了三十多分鐘，小公車才勉強地往前推進幾個車位。山路上紛紛有車子放棄掉頭了，迴轉下山的車子越來越多，結果回程也整個塞住。車子的廢氣在山嵐裡氤氳繚繞，不耐煩的喇叭聲此起彼落，綠蔭中的山路上，竟像台北城裡一樣沉悶了。就在轉進山凹前，馬蒂一行下車漫步起來。

一隻山上的蝴蝶會循著山路飛行嗎？不會。但是人有沉重的雙腳，所以只好依照著前人闢下的路途前行。擁擠的車陣仍舊在山路上愁腸百結，馬蒂和同伴們徒步穿過一輛輛車子，並對著車裡面一雙雙羨慕的眼睛投以同情的目光。摘一把野鈴蘭，讓飛行中的蝴蝶翩然來訪。馬蒂她們邊走邊玩，爬到半山腰一片蘆葦蒼茫處，因為素園腳痛不能再行，她們背著柏油路旁的大樹坐下歇息。

眼前的路上還是一條滯塞不前的車龍，左右是平展的蘆葦地和茶園，山谷裡的勁風吹來，大家都攏緊了衣裳。小葉拉起夾克擋風點了根菸。

「不行，我走不動了，腳痛。」素園說。她穿著上班用的漆皮仕女鞋，能走這段山路已經算是毅力驚人了。馬蒂的足踝也隱隱作痛，她穿的雖是低跟鞋，但新穿不久，雙腳在鞋中猶如受刑。

「那不簡單？把鞋脫掉就好了嘛。」小葉說，她攀上樹幹凸出處眺望前方，「再繞過半座山就有茶店了。」

素園和馬蒂互瞧一眼，兩人齊搖頭：「那多糗！殺了我算了！穿得這麼正式再打赤腳，我寧願搭車。」

「車子都塞住了啊。」小葉環視前後山路。

「那我們就等。」素園說。

「打赤腳又不會死，妳管別人怎麼看。」小葉說。

「……那好嗎？這麼多人，我從來沒有這樣做過。」素園猶豫了。

「就試今天一次嘛，下了山再去人模人樣，現在又沒有人管妳們。」

素園哀傷地望向馬蒂，馬蒂哀傷地看著她的雙腳。

「也好。」馬蒂脫下她的鞋子：「就試這麼一天，我管別人怎麼想。」

很不情願地脫下鞋拎在手上，素園的雙腳踩平在柏油路面，從腳底傳來的解脫感立刻放鬆了她的表情。她和馬蒂赤腳來回走了幾圈，互相揶揄著，再來回走幾圈，素園拎著高跟鞋的右手扠腰，款擺出模特兒的華麗姿態，她說：「老天爺，我幹嘛要管別人怎麼想？」

車隊裡的人們看著車窗外打發時間，他們都看到了赤足而行的馬蒂和素園，那樣邋遢，卻又那樣舒服。小葉朝注目的人揮手。「嗨，」小葉說，「羨慕死了吧？傻瓜。」

解脫了鞋子的束縛，她們三人一路玩上山去。素園摘了盈懷的野薑花，小葉用隨身的瑞士刀削下幾片颱風草，做了幾個吹起來荒腔走板的小笛子，馬蒂則顯得很安靜，她打散辮子，迎風撥理她的長髮，長在草叢或山壁上的細碎野花都引起她的注意，馬蒂俯下身去親就小花，閉上眼，長久地聞取花朵的芬芳，彷彿她就是一隻蝴蝶。

前方不遠，處處可見露天搭築的茶店隱藏在山坡間，走累了的馬蒂一行走進視野內的第一家茶棚，她們點了山上最出名的炒川七、狗尾草雞、溪蝦和炸豆腐，但很遺憾的是這時節並不出產鮮筍，在店主的建議之下，她們嘗了醃成酸味的麻竹筍乾，之後，為了消脹解膩，又喝了文山包種茶，感覺非常滿足。

山上沒有夕陽，日與夜的交際特別分明，只見周遭的山形樹影突然之間陰沉了，路上的車隊也早已消失蹤影，氣溫陡然降得很低，草叢間的呢喃蟲鳴也寂靜了。

這家茶棚的搭建雖然簡陋，除了桌椅和後面的廚灶之外，可以稱得上四壁蕭然，但是它正面對著山谷的天然隘口，颳著北風的山上的傍晚，手拈著陶胚小盞，喝熱茶，面對山底下的台北市游目騁懷，堪稱是極富情調的所在。喝完了最後一泡茶，小葉起身付了帳，揹起她的雙肩揹包。

「走吧，回去開店了。」小葉看看錶，六點多了，已超過她們平時的開店時間。

「嗯，也該回去弄晚飯了。」素園說。她把大家吃剩的伙食都打包了，準備回去稍做處理，就是給老公現成的一餐。

「上工上工。」小葉快活地說。素園俯身套上她的鞋。

馬蒂也彎身繫鞋扣。繫到一半，她抬起頭，說：「我們不要下山好不好？」

「嗯？」小葉說，「還想坐啊？」

「不是，我是說，我們今天不要下山好不好？」

「那店怎麼辦？」

「一天不開又不會倒店。」馬蒂把鞋子又褪開。

「我老公怎麼辦？又沒跟他說過要住外頭。」素園說。

「出走一天，嚇不死他的。」

「可是我們都沒有帶過夜的用具啊。」素園很猶豫，穿著這一身上班套裝，光是卸掉臉上的妝就是大工程。

「那才好啊。聽我說，」馬蒂用腳推開素園的另一隻鞋，阻止她穿上。「就試這麼一天，我們什麼事也不要管，店不開，So What？家不回，So What？每天累得像條狗一樣，還不夠嗎？就試這麼一天，讓我們忘記平常應該怎麼過，想做什麼就做什麼，好不好？」

小葉和素園面面相覷，很不習慣，這不像她們所認識的馬蒂所說的話。看起來馬蒂卻很認真，她斜揹起皮包，跑到茶棚外的山坡處，展開雙臂臨風而立，呼嘯的北風貫穿她的全身，風裡面，有來自山林的味道，來自天空的聲音。

「酷。」小葉笑逐顏開，「我們就留在山上，鬼混他一整晚。」

「有沒有搞錯，荒郊野外耶？」素園說，她掛念家的一顆心掙扎了。

「棒透了的荒郊野外。」小葉推素園一起走出茶棚。素園邊走邊跳著穿上了鞋，一手還摟緊她採來的野薑花。小葉說：「荒郊野外，我們來了！」

素園被推到山谷邊緣，屏息在風中的馬蒂身畔。一陣風從谷底狂飆上來，吹得素園打從骨髓裡一陣哆嗦。抖完後站定了腳，她看到山下台北市的萬家燈火，與映照其上的繁星無數。四周的空氣變得像冰一樣涼，素園吸一口冷風，問：「好吧，那我們做什麼呢？」

「隨便妳做什麼。就試這麼一天，看妳要做什麼。」馬蒂說，「今天我要忘記我的一切，不要再做馬蒂。」

馬蒂瞧瞧腳下，一塊四面平整接近骰子形狀的大石塊就在山谷邊，看來大約有幾十斤之重，馬蒂使力推動它，沉重的石塊從它棲息的泥土中翻出，長久的重量負荷，這石塊將泥土壓出一個深深凹槽，現在它滾向山谷，又黑又深的谷底處，是一個多巨石的乾涸河床。喀啦喀啦的撞擊聲從山谷傳來，巨石正在歡迎它們新來的沉重的夥伴。

「再見啦，馬蒂。」馬蒂向滾落谷底的石塊說，「馬蒂，好好規畫妳的生涯！馬蒂，力爭上游！馬蒂，做個有成就的人！馬蒂，少壯不努力，老大徒傷悲！加油馬蒂，不要輸給別人。哇，妳滾得好快，再見了，繼續妳的重力加速度吧。」

一個悶雷一樣的聲響從谷底傳來，又歸於寂靜。

「啊，把別人撞得粉碎。」馬蒂側耳傾聽，山谷下靜悄悄沒有聲音，「馬蒂走了。現在我誰也不是，我感覺好輕快，輕飄飄。喔，從來都沒有這麼輕鬆。」

大石塊在河床上滾定，卡死在黑壓壓的巨石間。它將天長地久地與巨石安眠在谷底，因為本身的重量，它們永遠都不會再遷徙。

「那妳呢，小葉？」素園問。

小葉正低頭俯視著山谷最深最黑處，從側面望去，她的瀏海覆蓋下來，正好遮住她的眼睫。「我就是小葉，不用再改。小葉本來就什麼都不管，別人都太假，假死算了。」小葉仰頭甩開瀏海，馬蒂和素園於是又看見她那漂亮少男一樣的眼眉。她說：「今天也好，哪天都一樣，我屌別人怎麼想？」

「我啊，」素園打了一個噴嚏，「就試這麼一天，只希望我能把房屋貸款和工作通通忘光。」

素園把滿懷的野薑花望天撒出，花枝飛脫散落在山谷中，月光之下，委地的花朵映出螢火一樣的點點白光。「走吧。」馬蒂說。

山上的這一區布滿了茶棚，在夜色中各自以燈光造出自己的忙碌地帶，一圈圈燈光之外，是黑不可測的山林。走出這一帶，就是真正的荒郊野外了。荒涼的山上，無目標的漫遊，她們來到一家孤單的廟，在廟前的自動販賣機上，馬蒂她們買到了熱咖啡，一人一杯，捧著啜飲，坐在廟埕前的小涼亭裡。放棄了趕回家的想望，素園喝咖啡的速度舒緩了，夜變得沒有節制的漫長。「啊，要是有音樂就好了。」她說。

小葉把紙杯遠遠拋開，「我唱給妳聽。」她真的放開嗓子清唱，唱的是廣東語的海闊天空，歌詞馬蒂大部分無法聽懂，只有不斷重複的那一句：「原諒我這一生不羈放縱愛自由，也會怕有一天會跌倒……」迴盪在靜如湖底的山上，馬蒂聽懂了。

小葉的歌唱最終被嘈雜的馬達聲打斷。兩輛摩托車駛進廟埕，下來了兩對很年輕的男女，這四個人下車之後，誇張地搓手跳腳一番，顯然夜行在山風裡凍壞了他們的身體，四個人爭先投幣買了熱咖啡，之後他們就雙雙擁坐在廟前的階梯上，不時傳來毫不遮掩的浪笑。他們還又開了摩托車上的音響，於是安靜的山谷裡掩上了粗躁的少年嬉鬧。

「一群高中生。很囂張。」小葉撇撇嘴，轉到涼亭向山谷的另一邊。

兩對男女中，靠近雕龍廟柱坐著的那一對，陷入熱情的擁吻。因為顧忌馬蒂她們，那個戴著紅色毛線帽的女孩不停將她的男伴的手撥開，但她的男伴的手是這麼的執拗有力，女孩的上衣被扯弄開，少女的乳溝在昏暗的燈光下乍現。

戴著紅色毛線帽的女孩撒嬌地斥責著，一手拉回衣服，突然她驚叫了。廟柱邊不遠的矮樹叢裡有窸窣的聲音，幾隻野狗鑽了出來，圍繞著少男少女們。牠們的尾巴朝著地面揮擺，非常討好的姿態。

野狗裡面有一隻很明顯地是純種洛威拿犬，褐黑分布鮮明的毛色，和粗大的骨架顯示著牠高貴的血統。不過這高貴卻只是昔日的回憶了。現在這隻洛威拿不但瘦，還長著皮膚病。牠是隻老狗，被主人遺棄的命運並沒有泯滅牠對人類的熱情，老狗用充滿感情的雙眼看著眼前的年輕人，牠巨大的鼻尖正觸向戴紅帽的女孩。

女孩又叫了，她的男伴只好撿起石頭擲向野狗。野狗的感情受挫了，牠們遠遠地跑到廟埕邊緣觀望著，尾巴都滿含委屈地捲向胯下。

另一對男女跑過來。他們共同發現了一項新的樂趣，就是用石子追擊這幾隻倉皇的狗。那隻年老的洛威拿因為動作遲緩，軀體龐大，一連吃了幾記飛石。

「嘿，不要這樣。」

小葉跳到廟埕中，橫眉對這幾個年輕人。年輕人住手了，但是其中那個臉孔瘦削，戴著一副無指手套的男孩，卻挑釁地將手上的石頭上下拋弄著。

「媽的要你管？」他說。男孩一開口，露出他缺了左門牙的模樣。

「就是要管。媽的只敢欺負狗的爛貨。」小葉反唇相譏。

沒有預料到小葉這樣凶，那幾個年輕人面面相覷。戴著紅色毛線帽的女孩輕輕拉住缺門牙男孩的手臂，示意要他往回走，另一個女孩抿著下唇，盯住小葉的臉孔。

「想幹架厂一ㄡ？誰怕誰？」缺門牙男孩射出他手上的石頭，砸在小葉小腿上。

「唉喲，不要這樣啦。」戴紅毛線帽女孩看起來很苦惱，她拉拉另一個女孩的袖子，那女孩歪著嘴角笑，置之不理。

素園和馬蒂看情形不對，一齊走出涼亭。

「快去勸架呀，不得了了，小葉真的會打架的。」素園很著急。

「我來。」馬蒂說。

「叫小葉不要惹事，忍口氣就算了。」素園在馬蒂耳邊氣急敗壞說，她太急了，有一點口沫橫飛。

「是應該忍的，這個世界上不講理的人太多了，當然只有忍。」馬蒂邊走邊挽起袖子，她的表情中有一絲奇異的神采，「但是我今天又不是馬蒂，幹嘛那麼溫吞吞的沒有個性？」

「不要這樣，妳聽我說，小葉她……」素園氣喘喘拉馬蒂，馬蒂卻大步走向鬧事的年輕人面前。

馬蒂擋在小葉與那群年輕人中間，覺得自己氣勢還不夠，就扠起腰。

「你們講不講理啊？說不到兩句就要動手動腳，怎麼這麼野蠻？」

年輕人再一次面面相覷，這一次他們的臉上添了嘲弄的神情。

「喂喂，麻煩這位阿姨閃一邊，磕到了算妳倒楣。」缺門牙男孩滿臉訕笑的意味。

是可忍孰不可忍？馬蒂又向前踩了一步。「不要以為你們凶就怕你們，我們才不想吵架，是你們太過分了。」

「我們愛怎樣就怎樣，要妳管？」

「本來也懶得管你們，誰叫你們沒品欺負狗？我就看不下去。」

「要怎樣？」

「沒有人教訓你們了嗎？這時候還在山上鬼混，你們有沒有家教？」

「憑什麼管我們？你們還不是一樣？」

這倒也對，換一個說法，馬蒂說：「總之你們先動手就不對，跟她道歉。」

「我幹。」

馬蒂傻了眼，才要破口反擊，眼前閃過一抹黑影，她跌坐在地上，左臉麻辣辣的。

缺門牙男孩剛摑了馬蒂一掌，他背後兩個女孩反身就跑，但是他和另一個男孩卻越過馬蒂逼向小葉。突然之間，馬蒂領悟到事態十分不妙，她撐起身體一回頭，正看到缺門牙男孩向她倒過來，馬蒂又被壓制在地上。

馬蒂雙手十指狠命掐進男孩的脖子，她聽到男孩子的哀叫，又感到一陣濕熱，從男孩的臉上，正滴落濕漉漉的液體到她的唇邊。

另一個男孩猛力從馬蒂的尖爪中扳起缺門牙男孩，他們兩人匆匆竄向摩托車，兩個女孩已經發動引擎。

缺門牙男孩左臉頰上湧著血，一路滴到摩托車，馬蒂這才看到小葉手上握著一把彈簧刀，刀尖也淌著血。

「好膽不要走。」兩個男孩子拉開鴨子一樣的嗓門叫囂，催油門走了。

「妳沒怎樣吧？」馬蒂跑到小葉身邊。

「唉，叫妳勸架的，就不聽。」素園氣得跺腳，「我剛剛就是要告訴妳，小葉搞不好會弄傷他們的。妳看小葉又闖禍了。」

「他敢甩馬蒂巴掌，我就要他破相。」小葉把刀尖的血跡在褲子上抹淨了，收起刀鋒。馬蒂上下打量小葉，確定她沒有受傷。自己臉頰上還火燙似的，卻開心起來：「痛快，哇，好痛快。」

「閃了。」小葉拉著她們走回涼亭取袋子。

「怕什麼？他們不是落荒而逃了嗎？」馬蒂覺得亢奮極了，連這夜裡的山風吹來，都驅不散她全身的燥熱。

「大姐，」小葉說，「別鬧了。這種爛角色我看過太多，不出半小時，他們就會找一票人帶傢伙殺上來，快閃吧。」

夜裡山上並沒有交通車，因為馬蒂與小葉身上還帶著血跡，連便車也攔不到。她們往山裡快步走了一陣，小葉攀到山坡上前後張望，她看到山路上急馳而來的摩托車群。

「追來了。」小葉跳下山坡。

「怎麼辦？」素園的腔調中帶著抖音，她緊張極了。

前後就一條山路，兩邊都是濃密的叢林，正盤算著，馬蒂一手拉住一人，往前奔去，山路前面轉個彎，左側山坡上有一棟別墅，黑壓壓的並沒有燈光。石砌的圍牆大約有兩公尺高，上面還有加高的鐵刺圍籬。

馬蒂帶著兩人繞到別墅側邊，那裡是一排電動鐵欄，應該是轎車進出口，鐵欄有一點鬆脫了，與圍牆之際產生一道窄窄的空隙，正好讓她們三人側身擠了進去。從鐵欄後望出去，摩托車群駛過前面山路，車上都是前後雙載著兩人，共有七八輛之多，那個缺門牙的男孩臉上裹了一塊骯髒的布，也在車陣中，倒是女孩子們都不見了。

摩托車在別墅前彎道上打幾個迴旋，車上的人都瞧向別墅，一邊猛催摩托車油門，車子都爆出尖銳的咆哮聲，不久他們又紛紛往前揚塵而去。直到摩托車聲隱沒在山路的那一端，素園才背著圍牆頹坐到地，剛剛擠進鐵欄時，她的法藍絨外套被鐵釘勾出一道長口，破掉的前襟軟軟地垂在胸前。素園低頭把臉埋到兩手之中。

「對不起，早知道就應該乖乖回家的，說什麼要留在山上鬼混，都是我的錯。」馬蒂輕輕觸素園的肩膀，覺得滿懷歉意。她的模樣也很狼狽，方才那男孩滴到她臉上和前胸的血跡尚未乾，不知是否出自下意識，馬蒂被一股血腥氣薰得十分噁心。

「不用道歉。」素園揮手撥開馬蒂。她仰起頭，臉上竟是一朵笑意，「要是回家了，我頂多軟綿綿躺在床上看電視，怎麼碰得到這種事？我的天，這一來我真的把貸款跟工作都忘了。去他的貸款跟工作！去他的回家！喔，我們好像在演電影。」

「噓。小聲點。」馬蒂悚然張望著圍牆外。

「都走遠了，不用怕。」小葉說，她正彎腰重新綁緊靴子，「妳怎麼知道這裡？」

「以前常來這邊玩，發現了這個別墅，上次還鑽進來玩過，這裡沒有住人。」

「真的？」小葉站起身來。

「真的啊，妳自己去看，屋子裡都沒有家具的。」

「去看看。」小葉繞著房子外緣輕快地走去，她的背影隱沒在夜色裡。

馬蒂也背著圍牆坐下。牆角長滿了柔軟的酢漿草，她索性以肘為枕躺下來。剛才一陣逃難累壞了人，素園也跟她躺下。一仰天，才發現山上的星空這樣燦爛。

「好美。」長久的安靜之後，素園這麼說。

「唔，還以為妳睡著了。」

「這麼美的星空，怎麼捨得睡？」

「妳懂得看星座嗎？」馬蒂問。

「不懂。」

「我也不懂。」

「……星星就是星星。」素園說。

「唔，說得好。」

「我只知道，其實，星星都比太陽還要大，我們看到的每一道星光，都是在宇宙中旅行了千萬年以後，才射進我們的眼睛裡，不是很奇妙嗎？只要想到天上這些瞬間閃爍，是億萬顆星星億萬年之久的發光，我就……我就不知道自己到底在幹嘛。」

「怎麼說？」

「一想到，我們這輩子只活幾十年，活在這麼小又這麼擠的地球上，我們活上十輩子也比不上一顆星星的一瞬閃光，那我們到底在拚什麼？」

「記得妳曾經說過，我們都是在尋找永恆軌跡的星星，每一個人世都是來修練一些課程。這個我相信。所以我認為一輩子雖然短暫，還不至於沒有意義，只要真的曾經用過我們的一顆心靈去活。妳說是嗎？」

「我上課學來的東西，妳可比我還要透徹。」素園轉頭笑盈盈看馬蒂。

「這讓我想起妳那位靈修大師，還上他的課嗎？」

「早不上了，太忙，一天到晚加班累癱了，沒辦法跟得上課程，我們大師又不讓人隨隨便便缺課的。」

「真可憐。不那麼忙不行嗎？」

「不行啊。天曉得我有多討厭上班，可是要不賺錢，又活不下去。好矛盾哪。」

「這叫做錢奴。」

「沒辦法，我們這叫做都市新貧族，妳聽過吧？以我為例，我和老公加起來月收入九萬，聽起來挺不錯。可是讓我來算給妳聽，一個月房屋貸款要繳三萬五，為了房子頭期款標下來的死會每月兩萬，車子貸款八千，每個月郵局定存一萬，水電瓦斯養車費什麼的一個月下來要五千，扣下來我和老公一個月靠一萬二過活。我的天哪，一萬二怎麼活下去？只好拚命加班，私人企業加班費沒個準，但是加了班至少可以領便當省下晚餐錢，妳說慘不慘？」

「真的好慘。」

「話說回來，這一輩其實都一樣，除非命好老爸老媽幫忙買了房子，不然大家都一樣慘。唉呀，說好要忘記我的工作和貸款的，結果還說個沒停。完蛋了，就是忘不了。」

「生命中難以承受之沉重哪。」

「不是嗎？乾脆來談妳的工作吧。妳未來有什麼計畫呢？」

「不知道。」

「那妳可曾打算買房子？」

「不知道。」

「總要再嫁人吧？」

「不曉得。」

「那妳的人生到底有沒有目標？怎麼什麼都不知道？」

「怎麼管得了這麼多？我又不是馬蒂。」

「對哦，妳今天不是馬蒂。真羨慕，說忘就忘，要是有妳一半的忘性就好了。」

「妳看。」馬蒂指向天際，一道流星在夜空中擦出了明亮的火花，那光芒稍縱即逝，「星星，一顆星星剛剛死了，它在太空中不知道飛行了幾千年，幾萬年。它結果死了。」

「唔？」

「妳告訴我，是不是因為在我們的城市裡看不到星星，所以我們都弄錯了，以為一輩子很漫長很嚴重，一定要拚命爭出個名堂？結果呢？每個人到最後都活得一模一樣，可是卻又十分茫然，疲倦不堪。」

「嗯，有悟性。妳真該去聽聽我們大師的課。」

「我可以想像妳為什麼去上靈修課程了。這麼沉重的生活，人總需要一種……一種窗口。」

「對了，就是窗口，讓我的生命喘口氣，透點光。」

窗口，喘口氣又透點光的窗口，為什麼這句話聽起來像是出自一個囚犯的口吻？這並且不是一個普通的囚犯，因為只有非常不幸的犯人，才會被關進這樣一個陰暗得沒有光，又擁擠得不透氣的牢房。

「妳呢？馬蒂，妳的窗口是什麼？」

馬蒂默然，素園問到重點了，她的窗口是什麼？

「不然這樣問好了，這個世界上總有一樣事物是妳所愛、所眷戀的，讓妳一想到就覺得生命中還有幸福與光亮，那是什麼呢？」

素園越描述就越趨近事實了。這事實一曝光，卻變成一種高反差的刺眼景象。馬蒂不停地想，什麼是她所愛的呢？腦海萬端混沌中漸漸浮現而出的，是個人影，那個人影是海安。

海安，她不敢也無從去愛的人，她寧願孤獨一輩子也不願意去追求的愛。因為，萬一要愛上海安，那就如同一朵粗心的蒲公英隨狂風捲到大氣層之外，到冷冰冰、死沉沉的外太空那樣一般地絕望。

多麼幸福，整個太空都是妳的了。宇宙說。

但我只是一朵蒲公英，而我永遠再也靠不了岸……

「我知道了。」素園愉快地說。她的聲音將馬蒂帶回了地面，仰天躺著，眼前是燦爛的，燦爛的星光。

「我知道了。」素園說，「我們有一個共同的天窗，那就是傷心咖啡店。」

「不是嗎？」馬蒂輕聲說。

「傷心咖啡店，我們的天窗，我們都離不開傷心咖啡店。妳想過嗎，為什麼傷心咖啡店有這樣大的魔力呢？」素園用手肘撐起上半身，俯首看著馬蒂。

「沒想過，什麼魔力？」

「就是海安囉。」素園的聲音清脆得像鈴鐺，那其中沒有拖泥帶水的情愫，只有純淨的開心。

「誰不愛海安呢？」素園開心地說，又躺下去，在酢漿草叢中伸了個懶腰。

「妳真坦白得可愛，素園。」

「這又不難為情。」素園說，「這麼比方說好了。如果我覺得籐條可愛，我愛上了籐條，那我不會說，因為不但我已婚，說出對朋友的愛本來就叫人難為情。可是說到海安，那不一樣，就好像說妳宣布愛上太陽神阿波羅，人家不會嘲笑非難妳。他們不會認真，又不會當妳說謊。妳懂不懂？」

「算懂吧。」

「不要說我，大家都愛海安，連籐條也愛海安。」

「越說越刺激了妳。」

「我是說正經的，」素園滿臉認真，她說，「不然他幹嘛跟我們和在一起？籐條也愛海安，不過不是我們說的那種情愛，應該說他愛上海安帶給他的那種視野。籐條愛錢，沒辦法，他窮怕了。但是有錢又怎樣呢？要是能又有錢，又像海安這樣瀟灑自由，那不是一個窮小子夢寐以求的事嗎？海安是一張特別的門票，在他身邊，就好像進入另一個世界，把原來煩悶的、侷促的、庸俗的一面都拋光。妳知道這種感覺有多重要嗎？」

「所以妳愛海安。」

「愛在這裡就好了。」素園摘下一株酢漿草，把它放在自己心臟的位置，「我早就學會了，珍惜一個人的方式，就是一丁點也不要擁有，只要從旁邊陪陪他，做一種溫柔的襯色。只有這樣子，才不會失去他。」

星光下的素園的自白，聽起來還是清清脆脆，不帶任何牽絆。一種溫柔的襯色，也許，這是唯一可以捕捉住星光的方法。有腳步聲朝她們走來，馬蒂坐起身望出去，看到了令她吃驚的景象。

暗夜裡，一個巨大如牛的黑影向她們快速逼近。馬蒂和素園跳起倚牆而立，才看出那是小葉。

小葉又揹又抱了幾床棉被，笑嘻嘻走到她們面前，一抖肩膀將棉被甩到地上。

「嚇死人了，小葉，哪來這麼多被子？」馬蒂作勢拍小葉的肩膀。

「屋子裡的啊。」小葉說，「我撬開窗戶，跑到樓上去，找到這些被子，正好今晚就用它們。」

「真的沒人住啊？」素園問。

「沒有。到處都光溜溜的，只有二樓有幾件家具，水電也都斷了，這真的是一間被遺棄的房子。」

「一棟被遺棄的豪宅！我們連鳥蛋大的公寓都住不起，這裡卻擺著一棟被遺棄的豪宅。」素園悠悠地說，她一邊攤開被子，突然叫道，「不好，這裡不會是鬼屋吧？」

「怕什麼？鬼見到我們也要敬退三分。」馬蒂也抖開被子鑽了進去。

「為何？」

「我們是一群窮鬼呀。」馬蒂說，她拍拍身邊草地，示意小葉也躺下。

「我不睏。妳們先睡。」小葉說。她用棉被裹住身體，靠圍牆坐下。

小葉點了一根菸，對著星空抽起來。她準備守夜。這樣一個荒廢的園子裡，並不是安全的夜宿地點，況且牆外還有尋仇中的飆車族。

馬蒂睡著了。

素園也進入夢鄉。

小葉抽了一根又一根的菸。

月正西落，星星也將沉沒。小葉甩甩頭，左右扭動肩膀，她搓揉四肢，以保持清醒和警覺。徹夜不眠對小葉來說，並不是了不得的事。

曾經，徹夜荒唐的鬼混，占了她生命裡漫長的一章。

來自南部鄉下的小葉，十五歲就上了台北，揹了一個裝棉被的帆布袋，帶著裝在信封裡六萬元的註冊費與生活費，她通訊報名了台北市一家美工職校。小葉務農的阿爸阿姆很捨不得女兒，但是女兒愛畫畫，她一定要讀美術學校，而鄉下並沒有這樣的學校，所以阿爸只好到農會存款部提出六萬元，讓女兒帶著去了台北。那是個大城市，那裡可以栽培有畫畫天才的女兒。

阿爸阿姆所不知道的是，小葉走出火車站以後，在第一個路口，沒有由來地，神來之筆一般地，她突然決定轉了相反的方向。小葉並沒有去學畫畫，卻在台北市裡找到更多采多姿的生活。小葉漸漸長大了，她削薄一頭可愛的短髮，變成常在警察局裡出入的人物，警察伯伯都與她熟識了，在她的檔案裡，警察用黑色原子筆註明了「不良少女」，當著她的面，他們叫她小太妹。

「喂，小太妹，妳中午要吃排骨飯還是泡麵？」警察伯伯一邊寫筆錄，一邊這樣問她。

「哇銬，這麼好？你有沒有發燒？」她一邊對警察伯伯這樣回答，一邊吐出煙圈。

小葉因為一個不良少女幫派，常被警察拘去問話。其實小葉並沒有加入不良少女幫派，她自己組了一個。做為幫派老大，小葉學會了逞勇鬥狠，女孩子當然鬥不過男人，所以小葉無師自通練會了幾種陰狠的貼身武器。看見別人流血，或是自己流血，對於小葉來說，都是平凡不過的事。

我只要做一隻自由飛翔的小鳥。小葉常在鏡子裡這麼告訴自己。

十八歲那一年，沒有由來地，神來之筆一般地，小葉決定要換一種生活。她打開報紙，看到了令人心動的徵才廣告。這是一篇半版大的彩色廣告，上面提到徵求美術助理一名，所有的條件，小葉都不符合，但是其中列了一則「請備廣告設計作品」，激發了她的雄心壯志，小葉花了一星期趕了三幅作品，帶著它去應徵。

籐條是美術主試官，他見到小葉在學歷欄上坦白的「國中畢業」，就叫小葉進入面談室。他決定錄用小葉。至於小葉學歷不符公司規定一事，籐條含糊地略過了。這變成了小葉和籐條之間的一個祕密。

為了這個原因，小葉很服氣這個新主管。上班第一天，她特意打了一條帥氣領帶，籐條帶著她四處介紹，公司只有寥寥十幾人，而且多半也是這幾天陸續報到，但是公司很大很大，華麗闊綽的裝潢讓她一時之間眼花撩亂。

媽的，有錢翻了的公司！當她這麼嘖嘖讚嘆的時候，籐條帶她進了企畫室。素園首先站起來迎接她。

「好可愛喲，怎麼長得這麼俊，像男孩子一樣。」素園這麼說。

正在忙著談話的吉兒轉過臉，拋給她一個似笑非笑的表情。跟吉兒談話的那個人，背影很高大，那人也轉過身來，他身上的藍色領帶輕快飄起又落下。

「唔，可愛。要真是男孩子就更好了。」他說。

那是海安。他為什麼說這樣一句話，沒有人明白。也許，就算是一個天使，也有惡作劇的時候吧？當他說這句話時，窗外金黃色的陽光正射進來削過他的側面，小葉必須瞇著眼睛，才看清楚強光中海安的臉孔。在她後來的一輩子裡，小葉再也沒有忘記這幅畫面。

樹林裡的小鳥開始啁啾，夜已經過去了，天空呈現一種鴿子灰色，所有的星星都隱沒，只剩下幾顆孤寒的星，不但沒有消退，反而更加光芒晶亮。

馬蒂扭動一下身體，她驚醒了，被睫毛前的草叢嚇了一跳。地上都是露水，氣溫低到了降霜的地步，馬蒂推開被子起來跳動身子。

素園也起來了，她和馬蒂相顧哈哈大笑。昨夜沒有卸妝的結果，她們兩人都滿臉脫妝凌亂，更亂的是她們的長髮。

「用這個洗臉吧。」小葉指著一桶水。

「哇，服務真好。哪來的水？」馬蒂用指尖試冰涼的水溫。

「在屋子後面找到水桶，天亮前我到外頭去舀泉水。」小葉說。她的臉頰凍得發紅，但是精神不錯，菸早抽完了，現在她嘴角銜著一根草葉。

「從來沒有用泉水洗過臉耶。小葉，妳到底有睡沒睡？」素園一邊洗臉一邊說。

「睡不著。」小葉說。她三兩下爬到牆上，推開腐鏽的鐵籬，坐上牆頭看日出。「妳們看，太陽出來了。」

「小葉是兒童，精力用不完。」馬蒂親愛地望著小葉。

「哇。太陽。」小葉又說。

「啊，真是浪漫的一夜。」素園梳洗乾淨，快樂了。

因為實在爬不上牆，素園和馬蒂站著一起看朝陽。

金黃色的陽光，削過山的側邊，襯出金黃和黑暗對比的壯麗山峰。她們看呆了。

「再過幾天，就是聖誕節了，我們大家聚一聚好嗎？」牆上的小葉突然這麼說。

「當然好啊。可是，找得到海安嗎？」素園問。

「我去他信箱留下紙條了。」小葉說。她側著臉，朝陽也在她臉上照出對比的黑色與金黃，「他要看到就會來。」

「音訊全無，也不知道海安現在在國內還是國外。」馬蒂說。

「要是看不到紙條，就不會來了。」素園自言自語。

「會來的。」小葉轉過來。在金黃色的陽光中，馬蒂又看到她那無邪少年一樣的笑臉。

「岢大哥最捨不得傷心咖啡店，他一定會來的。」小葉這麼說。

26

專案會議，照例與會者都不落座，但是擔任會議紀錄的馬蒂除外。

馬蒂坐在這長橢圓形會議桌的最尾端，正對著桌首的陳博士。今天黎副總缺席了，陳博士親自主持會議。會議的題目是下年度業務額度規劃，事關各業務單位的獎金換算，所以業務部的中級主管全數出席，小會議室中站了十幾人，煙霧繚繞中，劉姐不時掩嘴輕咳。

業務部的助理送進來最新的資料拷貝。這個長髮飄逸的助理開門進出時，會議室外面就飄進來廣播聖誕歌聲，輕快的Gingle Bell Rock。聖誕節的氣氛將在今晚到達最頂點，而此時會議的討論卻一直僵著不前。馬蒂在會議紀錄紙上畫了幾個鈴鐺，幾片聖誕紅葉子，幾朵造型各異的雪花。她正著手畫一幅愛斯基摩冰磚屋時，會議室裡卻激烈地爭吵了起來。

為了客戶分配問題，兩個業務組經理爭執不下，這兩個下了班後常一起流連酒吧切磋業務的經理，正因為自己單位的利益，擺出將對方撕碎在所不惜的姿態，其他主管也忙成一團，調解者有之，借題發揮擴大戰場者有之。

馬蒂把畫了圖案的紙頁翻到背面，對著空白的紀錄紙，她喝了半杯水。陳博士就在爭吵最劇烈的時候，很安靜地走出了會議室，這個不尋常的舉動，有效地轉移了大家情緒上的焦點。吵鬧中的主管們都靜了下來，面面相覷，那表情之茫然，小部分是因為不解，大部分是為了有仲裁權的陳博士一走，這爭吵就變得多餘而索然無味了。大家都望向馬蒂。

馬蒂站起來，走出會議室。公司窗外的天空一片黑暗，早過了下班時分，會議室外頭的同事們大都已經離去。明天就是聖誕節了，台北市的聖誕夜，雖然商業味道遠多過宗教氣息，但畢竟是包裝得很美好的節慶夜晚。這一晚有太多精采的節目。馬蒂穿過空蕩的辦公室，來到陳博士的辦公室門外。

敲了敲門，沒聽到回音，馬蒂推門而入，看見站在落地窗前的陳博士。

陳博士摘下了厚厚的眼鏡。窗外的街景與車燈在他眼裡糊散成一片晃動的光點，看起來，多麼像是匹茲堡的聖誕夜。多麼冷又多麼美的賓州大學校園裡，垂掛滿滿到天際的聖誕燈球，在四處飄來的聖歌聲中，世界變成了銀白色的無憂天堂。現在陳博士又好像回到了那個天堂。陳博士瞇起了眼睛。

那時候的陳博士是這麼的年輕，那時候的人生是這麼的純淨簡單。做為一個留學生，陳博士的人生就是鑽研他的物理。優遊在物理學的境界裡，陳博士相信世界上的萬事萬物都可以用力矩來解釋。這是一個在理論上非常單純的世界，一切都是作用力，方向，與結果。

不可逆的時間作用在陳博士身上，結果是，他畢業了，不再是個學生。他開始在經濟上獨立面對自己的人生。人生有這麼多種方向，每種方向又產生不同的結果。曾幾何時，陳博士變成了這樣一個大企業的領導人，擁有者，甚至是父親，看著這麼多主管吵成一團，不論多麼煩也不能放手不管的父親。

曾經是那麼簡單的人生，現在理論上簡單依舊，可是實際上沉重不堪。陳博士對著窗外的燈海入迷了，在這冬夜裡，他懷念雪鄉中的聖誕節。從小土生土長在南國的陳博士，竟然對那遙遠的異地生出了一種鄉愁。

「會還要不要開，陳博士？」馬蒂在他背後輕聲問。

「我差點忘了今天是聖誕夜。」陳博士說著轉向馬蒂，「跟他們說，不用再吵了，客戶再怎麼分也不可能公平，問題出在獎金結構。叫他們散會吧，說我會重擬出一份獎金計算方法，解決問題。」

「要不要叫財務部留下來幫您？」

「不用。」陳博士揉揉被眼鏡壓酸的鼻梁，又說，「他們幫不上，我自己來。跟他們說後天上班時會再重開一次，到時候我用新的獎金方式來跟他們談。」

「好。」馬蒂說。這時候她該轉身退出，但她並沒有走。

馬蒂知道，公司的獎金制度問題十分複雜，雖然身為董事長兼任總經理，掣肘於公司幾個握有大客戶的老主管，陳博士也輕易碰不得這個問題。陳博士的臉看起來是這麼的疲憊，但他今晚是不會休息的了。馬蒂有一點同情他。為了公司，陳博士幾乎變成了一個日夜無休的工作狂。

「馬蒂，我有沒有告訴過妳，當年拿到學位時，我的心裡其實很茫然？」

「沒有。」

陳博士抬頭看了馬蒂一眼。窗外的車燈投射過來，在他臉上造成一種陰晴不定的效果。

「那時候我有兩條路，繼續走學術路線，或是走進社會，找個工作過一般人的生涯。我選擇了後者。」陳博士看著窗外，因為沒戴眼鏡，他瞇起雙眼，似乎看著很遠很遠的地方。

「找工作一點都不成問題，回國以前就接到好幾封約聘書。但是我很茫然，放棄了學術工作，是因為我不要自己的一生被釘死。我要的是一種豐富又精采的人生，簡單地講，不平凡的一生。做一個學者，除非像我的指導教授一樣，花一輩子的學術和社交努力來追求諾貝爾獎，那才有可能不平凡。我不要這樣。

「好幾個工作等著我，我卻猶豫了。只要一想到上班以後，一輩子要過那種朝九晚五的生活，就叫我厭惡。所以我拚命努力，沒有停歇地努力，只想要創造自己的事業，一直到了今天。」

「結果您真的做到了。」

「結果是，」陳博士的聲音那麼輕柔，他說：「為了不要朝九晚五，這些年來我一天工作十八個小時。」

陳博士的臉上是一個解嘲的微笑。馬蒂第一次發現，這個大她十歲的陳博士看起來是這麼地蒼老。

陳博士以一個揮手的姿勢，示意馬蒂可以出去。他埋首進滿桌的檔案資料中。這一個晚上，陳博士準備要把複雜的獎金換算法擬算出來，也許整晚還不夠，所幸明天是假日，還可以繼續奮鬥，總要在後天上班前把這個問題解決才行！陳博士抽出手來拿咖啡喝，看見還站在辦公室門口的馬蒂。

「咦，還沒走？」陳博士看著她，放下金筆，「有話對我說？」

「陳博士。」馬蒂清了清喉嚨，是有一些事想要提，但沉默一會之後，她只是淡淡地說，「祝您聖誕節快樂，陳博士。」

馬蒂留下了會議紀錄夾給陳博士。紀錄夾裡，藏著一個白色的信封。有一些事情，面對面的時候難以啟齒，所以，只好託付給了信紙。

27

回到傷心咖啡店，馬蒂站在店外面十分驚奇。才一個白天的功夫，小葉已經把整個門面妝點成了聖誕世界。噴上白色噴漆的松枝濃密地鑲繞在窗子外緣，用棉絮做成的白雪堆滿了玻璃的下端，數十張手繪的聖誕卡處處迎風招展，幾百顆閃爍的小燈泡纏繞在天花板上。店裡面更是滿載了各色氣球，每粒飄浮的氣球下面都繫了一條亮面綵帶，滿室的植栽底盆也都包覆了金銀色的玻璃紙。牆上貼了多色彩的海報，上面都寫著：Free Beer Tonight!

瘋狂的重搖滾樂與聖誕歌曲穿插播送，免費的啤酒招徠了擁擠狂歡的客人。馬蒂沿路排開人群，又推開迎面撞擊來的氣球，終於在吧檯裡找到忙著炸薯條的素園。籐條的妻子小梅正頗有架勢地搖著調酒瓶，吉兒叼著根香菸，以一種懶洋洋的姿態，在照顧音樂檯。

「嗨，馬蒂。」小葉從氣球堆裡出現，她擎著一個盤子，上面滿是空啤酒罐，「怎麼這麼晚？」

「開會。我的天，有誰能告訴我，咖啡店怎麼變成這樣？」

「聖誕夜嘛！」小葉把空罐掃到吧檯後，順便把一個醉得趴倒在吧檯邊的客人移到牆角，「狂歡一下又何妨？」

馬蒂很快接手遞送啤酒的工作，她送出一輪啤酒，還沒走到店中央就被客人搶奪一空。店裡頭太擠了，已經沒辦法跳舞，客人們在熱鬧的舞曲中頂多只能上下跳動。馬蒂擠回吧檯，看到籐條肩膀上扛著一個醉倒的客人走出廁所。

「好大的垃圾。」籐條喊道，他把這醉人放到牆角，和另一個醉昏的客人作伴，「我說小葉，不要再放人進來，店裡要擠炸了。」

「喔！」小葉在吧檯後面應聲。吧檯的出處被跳舞的客人堵滿了，小葉於是輕快地從吧檯上爬出來，這舉動引起客人中幾個少女的喧譁，她們力排群眾擠到小葉身邊，馬蒂看出這些女孩都不是生面孔，她們常來店裡喝咖啡，捧小葉的場。

小葉擁著女孩子們轉到店後面去，她在那裡私藏了一些冰凍得恰恰好的香檳。小葉一走，幫忙調酒的小梅就顯得左支右絀了，馬蒂硬塞進吧檯裡，跟小梅調換工作。

馬蒂調酒，素園洗杯碟，吉兒放音樂兼炸薯條，籐條夫婦招呼客人。這一夜的傷心咖啡店是一場沒有人管束的遊戲，醉酒的客人搖搖晃晃到店外頭繼續跳舞，店外更多清醒的人被這奇異的狂歡吸引，努力擠進來一探究竟。然後他們都領到了免費的啤酒，都開心了，在強勁舞曲的催化之下，一起溶入這慷慨的盛會。

馬蒂乘空吃了一些薯條充飢，她從冷凍櫃裡抬出最後一箱冰啤酒，發現櫃子裡整個空了，她正要籐條擠到後面去通知小葉，一抬頭，看見小葉高高坐在空心磚堆疊的隔屏上頭，客人們在她的腳邊狂舞，超重低音喇叭就在她耳邊不遠轟然擂動。但是小葉的眼睛看起來這麼安寧，她輕撫懷中的小豹子，靜靜面對著門口。

「小葉！小——葉！」馬蒂拉開嗓門大叫，小葉聽不見。

有人拍了馬蒂的肩膀一下，她轉頭看見是吉兒。叼著菸的吉兒歪嘴笑笑，拿起一支湯匙擲向小葉，果然小葉就望向這邊。馬蒂打手勢告訴她啤酒沒了，小葉聳聳肩，做了一個那就算了的手勢。馬蒂把最後的啤酒扛上吧檯，一轉念想到這些酒該留給自己這群朋友，她正要對小葉打手勢，卻發現小葉和貓已經跳下屏風，不見影蹤。

免費的啤酒缺貨之後，店裡的激情漸漸冷卻下來，擠得不能動彈的人群慢慢消散了，但還是留下了幾乎滿座的客人。這是聖誕夜，不論在店裡還是在外頭，人們都樂意找個浪漫的地方消磨時光。馬蒂在吧檯前的腰果型桌位找到小葉，她一邊哼著歌，一邊擦拭菸酒凌亂的桌面。不久後，這屬於傷心咖啡店主人的桌子恢復了昔日的光鮮。吉兒、素園和籐條夫婦都來落座了。

馬蒂給大家燒了一壺咖啡。她取出寄養架上的藍色骨瓷杯，給自己也注滿一杯滾燙的黑咖啡，捧著來到了腰果型桌子。

「啊，真要命。小葉我告訴妳下次再發這種瘋，不要叫我們來奉陪。」吉兒叫苦連天，用力搖撼小葉的肩膀。小葉憨憨地笑著。

「喝咖啡嘛。」小葉說。大家都取了咖啡。

「妳，一整年的盈餘都叫妳一晚揮霍光了。」吉兒繼續高聲數落。那語氣雖然嚴厲，她的眼睛裡卻含著笑意，「幸好有海安這頭金牛在，給妳這樣胡搞。」

「哎，也不知道海安來不來？」素園問。

「誰知道？」吉兒說，她吐出一口煙，喝進一口咖啡。

「哇，好美的杯子！」小梅輕聲叫道，大家都望向馬蒂的骨瓷杯。

這只杯子通體湛藍，但它的顏色並非完全均勻，而是多漸層的質感，像飄了一點雲的天空，那是一種沒有辦法形容的藍。若是將眼睛湊向杯子深深地看進去，眼前就會幻化成一片汪洋水光，無邊晶瑩璀璨中，只剩下了一種色相上的感受，很藍很藍，很藍。

「會來的。」小葉說，「我有預感，岢大哥今天會回來。」

小葉到音樂檯去換了一片經典搖滾唱片，Pink Floyd的Another Brick in the Wall。這讓馬蒂想起她第一次來傷心咖啡店，就是愛上了這歌曲中令人著迷的頹廢調調。現在這音樂勾起了馬蒂極美好的興致，她學吉兒叼著香菸，輕輕隨音樂擺動。

「喲，第一次看到馬蒂跳舞。」吉兒的笑容裡有鼓勵的意味。

「這哪叫跳舞？隨音樂自由搖擺罷了。」馬蒂說。她跟歌詞輕輕哼著：嘿，老師們，讓小孩子喘口氣吧！就連你自己，也不過是牆上的另一塊磚，擠在牆上，不能動彈……

「傷心咖啡店之歌。」小葉說。

「什麼？」馬蒂在轟然音樂聲中，用手圈住耳朵，想要聽清楚小葉的話。

「我說，這是傷心咖啡店之歌。這首是，還有好多首也是。」

「還有哪些？」

「就是那些啊。」小葉說，她跳下座位，朝店外頭走去。

「語焉不詳。小葉在說什麼啊？」馬蒂問，「還有她去哪裡呢？」

「妳別管她。」吉兒把抽到盡頭的菸蒂拋進菸灰缸，低著頭哼歌自得其樂。撫照在流轉的舞台燈光中的吉兒的表情，看起來也像一陣煙飄搖不定。

流轉的舞台燈光，承載一首又一首的舞曲，幾個打扮華麗的時髦女郎在小舞池中跳舞，用細黑眼線筆勾畫得很俏麗的雙眼，不時都悄悄瞟向馬蒂這一桌。

「你們那個很帥的店老闆在哪裡呢？」她們用媚眼吐露盼望的訊息。

「我怎麼知道？有本事妳們就跳久一點。」吉兒斜斜上翹的漂亮眼睛，一一將她們逼視回去。

「唉。好煩哪，這麼晚了。」女郎們上了濃妝的晶亮眼睛，在接近午夜時分，都紛紛熄火打烊。

女郎們都走了，其中一個很亮麗的小姐，在臨走時，向馬蒂要了膠帶，把她的照片貼在柱子的照片海洋中。她的同伴們起鬨著，從氣球上扯下一條綵帶環繞在這張新來的照片上。

紫色的綵帶，環成一個心的圖案。

籐條夫婦提議打紙牌，素園和吉兒附議。沒有加入牌局的馬蒂到吧檯去，收拾了凌亂的杯盤。現在留下來的客人們，多半是靜靜地啜飲咖啡吃蛋糕，他們也彷彿在等待著。聖誕夜本身，就是一種宗教，而等待是它的儀式。在充滿了信仰的遠古的年代裡，這一夜人們等待著命運中的黎明；如今，在擁擠而荒涼的城市中，人們用這一晚回憶那種還有信仰與期待的時光。

馬蒂從門口往外眺望，看到小葉的背影。她一個人在昏黃孤單的街燈下蹲著，正用一根松枝和小豹子玩耍。

等得太久了，馬蒂喝一口冷卻的黑咖啡。那味道非常苦澀，非常冰涼。海安今天是不會進來了。每個人心裡都明白，這是一個失去海安的傷心咖啡店。

門推開，小葉走進來，直接走進音樂檯。午夜十二點正，小葉播放了最傳統版本的平安夜合唱曲。在那歌聲中，滿室的人都沉默了，都在歌聲中嘗到了非關宗教的寧靜與幸福感。籐條摟緊小梅，素園輕輕靠近馬蒂，吉兒拍拍小葉的肩膀。

「走，咱們關了店夜遊去。」吉兒的聲音非常輕快。

「好。」小葉低著頭，不久之後她又昂首，臉上是燦爛的笑容，「我們到最北最北的海邊！」

送走了最後一個客人，簡單的收拾之後，籐條小梅和吉兒都去取車了，馬蒂和素園陪著小葉關店門，熄掉舞池上的投射燈，又熄掉海藍色燈光的店招，一瞬之間店全暗了，她們都走出咖啡店，小葉用力拉下鐵門。前邊不遠是孤單的街燈，那燈光投射了一個巨大的黑影覆蓋在鐵門上。在那黑影之前，小葉佇立久久沒有動彈。曾經，在一段沉默遙遠的時光裡，小葉的世界滿覆烈火般的陽光，在那火燄中，她終於學到，越強烈的光源製造出來的蔽蔭就越幽暗。素園和馬蒂手牽手走到小葉身邊，她們眼前的黑影，是海安。

與她們無言的對視後，海安露齒笑了，他卸下肩膀上的一只沉重的行囊。小葉跑到他面前，海安搓搓她的短髮，這麼自然地摟住她的肩膀。

馬蒂和素園也來到海安面前。眼前的海安整個瘦了一圈，曬得很黑，頭髮長了一些，滿臉瀟灑的于思。馬蒂心裡感到一絲觸動，她看出海安在這粗獷中難掩的風霜之色。

「岦大哥，你看到我留的紙條了？」小葉幫忙提起海安的揹包，卻發現這行囊出乎意料的沉重。

「我剛回國，就直接來這裡。」海安說。

「你差點錯過我們了。」馬蒂說，「我們正要去北海岸夜遊呢。」

「唔，星夜漫遊，我怎麼會錯過？」

背後響起了喇叭聲，吉兒倚著她的轎車抱胸而立，她吐出一口長煙，展露了笑容。籐條的車也來了，他新換了一輛拉風的紳寶跑車，籐條和小梅從車裡朝海安興奮地招手。小葉跑去取海安的白色跑車。一時之間，三輛轎車的前燈一起照亮了傷心咖啡店的大門，熱鬧溫暖的傷心咖啡店，一切又像回到了從前。

經過簡單的分配，馬蒂和素園坐吉兒的車，海安載小葉，籐條與小梅同車。他們駛進台北的暗夜，一路上還此起彼落地以喇叭互通訊息。

穿出了城市的光害區，爬上城郊的山坡，他們就看到星空。車行輕快，三輛車在星光裡穿越陽明山區。在往海的下坡路上，吉兒撥了一下長髮，說：「坐穩了。」就陡然加速超過海安的座車。坐在前座的馬蒂縮低了身體，她領教過吉兒的飆車功夫，現在她心裡頭暗暗叫苦。

後面是整個大台北邊緣隆起的黑色山脊，前面是夜空下的黑色大海。吉兒的車如箭疾駛，四周一片死寂。吉兒打開了音響，又是Pink Floyd的Another Brick in the Wall。

「傷心咖啡店之歌？」馬蒂問。

「妳聽小葉在說！」吉兒轉頭瞧她，車速可一點也沒有減緩。

「拜託妳看前面！」馬蒂叫道。

「小葉呀，把她喜歡的那些搖滾樂通通都叫傷心咖啡店之歌。」素園說，「大半都是一些吵死人的音樂，她要興致一來就放個整晚，把客人聽得痛苦得半死。」

「其實啊，小葉聽音樂滿有水準。她那些傷心咖啡店之歌都有個共通的主題。」吉兒隨音樂輕敲著方向盤。

「吵。」素園說。

吉兒咧嘴笑笑，用力揿喇叭，驅趕前面一輛擋道的大型貨櫃車。那貨櫃車火了，左右擺尾不讓吉兒超車。「閃開！不要擋我的路！」吉兒對車窗外大喊。

馬蒂抓緊座椅邊緣，她感到這放縱的重搖滾樂刺激了駕駛人的情緒。

「自由！」吉兒一側車身，以漂亮的弧線超過那輛大貨車。她誇張地尖叫了：「哇，半夜裡自由的飛車，我真愛死了！」

「嗨！妳們！」車外傳來小葉的叫喊。海安的白色寶馬跑車從後面追來，小葉從車裡探出上半身，正興奮地朝吉兒她們招手，狂風撕扯著她的短髮，風裡傳來她嘹亮的笑聲。

吉兒踩油門到底，但海安的車行如風，他們從車窗外呼嘯而過。馬蒂和素園趕緊朝小葉招手。

吉兒以極速追趕。馬蒂有個錯覺，彷彿車輪就要離地飛行，可是她們與海安的車距卻是越拉越遠。沿著海濱公路前行，現在海安的車尾燈在路的盡頭那一端，海天一線接壤處，看起來就像是一抹閃爍的星光。

「媽的，仗著他車好。」吉兒罵道。她的嘴角卻浮現了一絲嫵媚的笑容。

半夜三點零八分，他們來到了花蓮多石礫的荒涼的海灘。

從太平洋上吹來的狂風，在千里冰冷的旅行後，擊向這闃無一人的石灘。陣陣浪潮聲中，馬蒂捧起一把石礫，放手灑落時那碎石竟被強風斜斜颳走。太冷了，冷到全身全心都無處躲藏，赤裸裸地暴露在石灘上，灌滿了風，吹淨了從城裡帶來的記憶。

這海灘的石礫質粗而形狀不一，馬蒂和素園手挽手，艱辛地走到靠海浪的灘邊，海安已經在那裡，馬蒂看到海安還揹著他的行囊。吉兒攤開一張厚羊毛披肩，裹住了一頭鬈髮，她靠著馬蒂在石礫上坐下。籐條帶來了一只帆布椅，他殷勤地架好椅子，小梅卻拒絕了，她要坐在石子上。

海水拍打石灘處，在稀微的星光下，泛著白色的浪花。海安站在海線之前，冰霜也似的狂風掃來，海安卻敞著衣領，展開雙臂沉浸在風中。馬蒂覺得更冷了，她拉過吉兒肩上羊毛巾的一角，也兜在自己頭上。小葉從海灘的另一端跑來，她懷裡抱著一束粗重的東西，在大家面前的石礫上，小葉小心翼翼將這些東西疊好，原來是一把營火用的原子柴。

「運氣真好。」小葉笑嘻嘻說，「以前的人野營留下來的，我們點了它。」

風太大，小葉和籐條趴在地上試盡方法，終於點燃了這堆柴火。星光下的海灘上，升起了熊熊火燄，雖然還是不擋寒，但至少在視覺上提供了不少溫暖。

「剛才應該去多買點營火的。」籐條說。他和小葉忙著用較大的石塊堆疊起擋風牆，保護這堆得來不易的火光。

「還有飲料，食物，最好還有幾張毛毯，乾脆再買睡袋？」吉兒問。

「對，對。」籐條迭聲贊同。

吉兒和小葉互望一眼，齊聲清脆地說：「那就不好玩了。」

就是這種調調，傷心咖啡店之隨興與不羈，馬蒂在寒冷中覺得快活了。

海安從浪花邊緣走回來，馬蒂這才發現他穿著近乎夏天質料的衣服外套。她想起來海安今天才剛回國一事，這隆冬裡，穿著這麼單薄的衣衫，莫非他從地球的另一端回來？所幸海安看起來一點也不冷，他來到吉兒身旁坐下，接過吉兒為他點上的菸。

「這讓我想起了一個故事。」小梅抱緊雙膝，她說，「有一個人在很冷的冬天裡殺了人。他揹著屍體走過沙灘，一直涉水走到淺海中，想要把屍體丟到海裡湮滅證據，但是天太冷了，背上的屍體急速冷凍的結果，變得硬邦邦的，跨騎在他身上，像一隻大螃蟹，甩也甩不下來。」

「結果呢？」小葉問。

「結果呢，凶手半身泡在冰冷的海水裡，和纏在背上硬得像冰棒的屍體奮鬥半天，累癱了，背著屍體一起被海水沖走。」

「酷。會報仇的屍體。」小葉說。

「我看過那篇故事，一直覺得誇張，現在我相信有可能。你們看區區台灣的海邊，冷得像地獄一樣。」吉兒說。

「會不會到了明天早上，我們凍成七根冰棒？」小梅問。

「要是死了，什麼都沒有了。」素園瞇眼望著跳動的橘紅色火燄。

「我說先死的會是海安。」吉兒用手肘輕輕撞身邊的海安，「穿得這麼少，還很瀟灑的說要到花蓮看太平洋。現在好了，凍死在太平洋吹來的海風裡，夠瀟灑了吧？」

「就這點冷，只怕還死不了。」海安迎風甩甩他的頭髮，滿臉的不在乎。

「對了。人生就像沙灘上的垃圾，既然存在了，就算你放棄自己，還得累得別人清理。怎麼說人死了，什麼都沒有了？」吉兒話鋒一轉，指向素園，「素園，妳越修行越頹廢，那種課程對妳沒半點好處，不上也罷。」

「早就頹廢到不去上了。根本沒時間。」素園說。

「沒有時間，那妳就去借啊。」吉兒斜瞅著素園。

「跟誰去借？」

「時間上的富豪，海安啊。」吉兒用拿菸的手鄭重地指向身邊的海安。

海安揚起眉睫，他譏誚的表情裡帶著三分爽朗。

「我不知道。」素園搖搖頭，「倒也不是時間不夠用，只是每天生活的步調都太緊張，累兮兮的像個奴隸。誰的奴隸？我也不知道，時代的奴隸吧？」

「又來了，悲情上班族。」籐條說。他用龐大的身軀擁著小梅，兩人背海而坐，隔著火燄和大家面對面。「問題很簡單嘛，不喜歡的妳就改變它。這個世界上除了上班之外還有很多種選擇，不一定要活得那麼可憐兮兮。妳說對不對？」

「譬如說什麼？」馬蒂發言了，「和你一起去做直銷嗎？那有什麼不同呢？結果還不都是一樣？除了錢財可能多了一點，除了賺錢的作息比較不固定一點，還有什麼不一樣呢？不都是費盡思量去賺錢。就算你做了自己的老闆，結果你跟別人的交往，你自我的激勵成長目標，還是為了累積財富，我覺得這才叫做可憐兮兮。」

「氣勢有餘，見識不足。」吉兒噴出一口白煙。今天的她，發起難來毫無預警地炮火四射，就如往常一樣。

「嗯？」馬蒂轉頭望吉兒。她和吉兒同裹在一張羊毛巾中，這一偏頭與吉兒面對面，綳緊了頭巾，她們兩人陷入一種親密的緊張。

「不然妳問海安。」吉兒撇撇嘴，她將菸蒂投入火燄中。

海安望向著海的面龐轉了過來。隔著吉兒，馬蒂看見海安的雙眸裡反映出灼灼火光。在那光亮中，馬蒂登時岔開了心思。怎麼，今天的海安看起來這麼奇異地空洞？海安望著她，火光在他臉上跳動良久，他才說，「沒有目標的馬蒂，妳被自身的經驗限制住了。」

「我知道了。我知道你要說什麼。」馬蒂垂首，滿滿抓起一把石礫，雙手揉著石頭粗礪的質感，「我的生活經驗，就是庸庸碌碌的小人物生存史，沒什麼局面，也沒什麼變化。我被那丁點薪水綁住了，餓不死又混不開，所以我的不滿都在現代人的生活壓力，我最大的不快樂在不自由，我的不自由來自上那些枯燥的班。你們覺得我的生活太狹隘，連帶的我的抱怨都太狹隘，不是嗎？」

「可嘉的反省精神。」海安說，他開朗地笑了，原先他臉上那種空洞空茫全無蹤影，「但我要說的不是這些。馬蒂，人很容易察覺自己失去了什麼，失去的痛苦往往比擁有的感受具體多了。妳因為從來不曾得到過的自由而痛苦。馬蒂，妳已經習慣了這種痛苦與隨之而來的憤怒，甚至不能想像失去這種痛苦之後妳將剩下什麼感受。」

「我不懂。」海安這些話如同謎語，馬蒂困惑了。

「有的時候，人也要找一種意識形態來掌管自己。就像妳，馬蒂，妳用生活方式中的不自由，和妳對於自由的渴望，築起了前後兩道防線，以防自己越界，面對毫無目標的處境。要是妳真的解放了，不用再去在乎別人的生活觀，就真的天蒼蒼野茫茫，自由自在了嗎？妳形容得出來妳要什麼樣的自由嗎？」

「自由還需要形容嗎？」

「不。妳形容不出來，妳想像不到。」

「那末你告訴我。」

「幾年前，我在夏威夷度過了一整個夏天。」海安雙手為枕在石礫上躺下來，「沒有行李，沒有計畫，夜以繼日地閒蕩，在黎明前入睡，在黃昏時起床，喝一杯TAQUILA SUNRISE，正好加入海灘邊陌生人的狂歡。人生就是夕陽裡無盡的享樂，享樂不需要目標。後來我厭倦了無風帶的沉悶，就輾轉飛到芬蘭。那時候，正好是北極圈的永夜，在沒有停止的大雪中，我徹夜漫遊，沿途一片片拋棄我所有的記憶，什麼都不剩了，只剩下那風雪，那冰冷。那裡的人告訴我，你要凍死在冰原裡了，東方人。但是我死不了，還不夠冷。」

「當然，最冷的地方，在你的心裡。」吉兒低聲說。並沒有人聽見她，大家都沉醉在海安的敘述當中。

「我獨自一人在無邊的冰雪曠野裡，南方出現一抹玫瑰色的曙光，黎明要來了，所以我離開冰原。那時的我幾乎遺忘了自己的一切，沒有過去，沒有未來，只有像風一樣的存在。但是馬蒂，這些和自由無關。」

「這不是廢話？我所聽到的，只是得天獨厚的、富家子式的浪蕩。」吉兒說。

「沒錯，一點沒錯。」吉兒的嘲諷讓海安開懷了，他說，「我得到的，是時空上的寬裕感，並不是自由。」

「那自由是什麼？」小葉問。

「自由並不存在。這兩個字只是人類跟自己開的一個玩笑。」海安答道。

「我寧願不這樣想。」馬蒂抱住雙膝，閉上了雙眼。

「自由像風，只存在於動態之中。」海安說，「妳能夠捕捉住風嗎？停止的風就不再是風了，那只是一縷沉悶的空氣。自由也一樣，要不妳在追求自由中，要不妳就在失去自由中，妳只能在這兩種動態裡懷想著可望不可即的自由，但是妳得不到它。」

「鬼話連篇，扯了半天，還是什麼都沒說。海安你是政客嗎？光講這些模稜兩可的屁話。」吉兒雙手在胸前交疊，她滿臉都是譏諷，「講一些確定的東西吧。」

「好。我告訴妳，什麼是確定的東西。可以確定的就是，當妳的智識、妳的文化教養讓妳意識到『自由』這個概念時，自由就永遠不存在了。可以確定的是，什麼叫做不自由。」

「什麼是不自由呢？」小葉問。一問之下又膽怯了，她不太確定是否應該參與這討論。

「不自由就是別人。」海安說。

「是，而別人就是地獄。你這個存在主義狂。」吉兒拉衣襟擋風，點了一根菸，深深地吸一口後，又把菸遞給了海安。

「不是嗎？要不是有別人，何來拘束之中對自由的渴望？要不是有別人，我連自由都不需要。」

「可不是？要不是有別人創造的文明，我們到現在還拿著石斧，蹲在山崖上瞪著太陽發呆；要不互相抓抓身上的跳蚤，根本就不會有自不自由的問題，那是太高貴的困擾。」吉兒說。她是真的嗤之以鼻了。

「再好不過。有誰能說文明的進步是可喜的？文明的人給了自己什麼？給了世界什麼？誰確定我們需要文明？」

「只要今天你能用精確的語言發表出這批評，你就沒有資格說你不需要文明。」

「價值觀的問題。價值觀告訴我們，文明的在野蠻的之上，道德，善；禮教，善；犧牲，善；秩序，善；人文人本人道，善；粗野，惡；頹廢，惡；放蕩，惡；我們共同製造出價值觀做為我們的牢籠，乖乖守在裡面出不去了。這情景和野蠻人蹲在山崖上發呆，差距有多遠？」

「當然不一樣了。人類在啟蒙的過程中，一點一點聚集智慧的火花，那成果全人類共享，所以今天你衣食豐美，還能優遊在知性和理性的思維中。難道這些沒有意義嗎？價值觀是文明發展的羅盤，它約束你但它也培養你。你從中受惠、滋長，現在你唾棄它，fine，文明的可貴就在容納各式各樣的主張，各式各樣的思考。隨你的高興。至於我，我不會因為文明的束縛而陷於反文明的頹廢中，我寧願將顛覆的想法拋在腦後，擔負起社會菁英的責任，為社會未來的出路努力。什麼是自由？人既然群居在一起，要在怎樣的理性約束下共享自由？這才是應該努力的方向。」

「我謝謝妳。」海安在石礫上舒展他的臂膀，海風吹起他額前的頭髮。他說：「就是妳這種理性解放主義分子，以社會責任之名，將你們的意願濫行在大眾的意願之上，帶給大家最大的不自由。」

「至少我們關心群眾的幸福。」

「多麼耳熟！極權的法西斯分子不正也是這麼說？」

「你頹廢得太極端了。」吉兒的聲音聽起來十分尖刻，馬蒂不禁轉頭去看她，小葉也看她，素園也看她，原本低頭悄悄私語的籐條和小梅也抬頭望向她。吉兒說：「上天給了你接近完美的資質，結果全被你糟蹋了。你是一個混帳的痞子，心中只有自我，忘了你還活在這個世界上，忘了世界上還有多半的人活在艱難中，艱難得幾乎沒有力氣去批評這個世界。」

「那又怎樣？」

「只要你開始想想別人，只要那麼一秒鐘，你就會發現自己的頹廢是多麼的自私愚蠢，你就會知道不應該再把自己浪擲在那種虛無中。開始想想這個世界吧。」

「那又怎樣？」

「你就會感覺人類的命運比你一個人的苦悶重要多了。」

「人類是誰？」

「人類就是每一個人。」

「很好。那麼妳告訴我，還有什麼價值的終極性，高過於每一個人的生存？」

「和平，正義，公理。」

「和平，正義，公理為的是什麼？」海安以肘撐起上半身，他語帶調侃。

「群體的生命。」

「群體由誰組成？」

「每一個人。」

「那就讓每一個人去自主吧。不要用這些堂皇的價值觀去干涉每一個人的生存。」海安說，他又仰天躺了回去。

「冥頑不靈。就只會玩弄言辭中的弔詭了麼？我可不會被這種似是而非的邏輯唬住。海安你的書都白讀了。自由不存在？你錯了，自由是對你這種無可救藥的唯我主義者不存在，你們要的是不受干涉的絕對的自由。你要知道，獅子的自由就是綿羊的死亡，只有適當的約束和自制，大家才能一起存活，而且很自由。你不懂，讓我來告訴你，自由是什麼。」

吉兒的音量越來越大，連原本被這艱澀的對談耗光興致的籐條和小梅，也噤聲等著她的答案。吉兒一把拉下頭上的羊毛巾，連帶把馬蒂的頭髮也扯亂了。她說：「自由來自愛，你能懂嗎？沒有愛的人？」

「自由來自愛？」小葉遲疑地複誦。

「對。自由只來自愛。不只是人與人之間的情愛，還包括對一切理想的追求。當你心中燃起那種火一樣的熱情，在自己的意志驅動下，全心全意，不顧一切阻礙去追求，別人非難你，不怕；環境阻撓你，不怕；因為你已經完全忠於自己的意志，那就是自由。因此，只要有愛，你在哪裡都自由，不管你是在監獄裡，還是在台北，沒有人可以剝奪這自由。」

「按照這邏輯，妳憑什麼去批評我追求『無可救藥的唯我主義』的自由呢？」

「錯了，」吉兒高聲說，狂烈的海風吹起她一頭長髮，她俯向仰天躺著的海安，她的髮梢於是像鞭子一樣地抽打海安的臉頰，「你根本不自由。你沒有愛，你沒有方向。」

「那又怎樣？」

「那又怎樣？」吉兒叫道，「你什麼人都不愛，你什麼事都不愛，你以為這樣很瀟灑自由嗎？不！那不叫自由，你那叫自生自滅！自——生——自——滅！」

吉兒聲嘶力竭地喊出來，她原本蒼白的臉頰也脹得通紅。大家都震懾了，齊望向海安。

海安，仰天面對著夜空，他的嘴角漸漸地，漸漸地上揚了，大家看到在海安臉上，幾乎是一個美好的微笑。

「好得很哪，我要的就是自生自滅，自生自滅的人本來就不管別人作何感想。」海安說，「吉兒，妳就是別人，造成不自由的別人。世界上充滿了妳這種理性的文明人，一方面堅稱自己信仰自由，一方面又強迫別人接受你們的自由觀。你們沒辦法寬容地去接納異類。不要說寬容，你們連了解的想像力都沒有。就算我選擇自生自滅，那又怎樣？妳憑什麼來匡正我，規範我？誰有資格幫別人選擇一種生活方式，又告訴他這才叫做幸福？沒有人！我要的不過是不受干涉的生存，只依自己的感覺而活，不去管別人的價值觀，連這點妳也無法寬容嗎？理性的社會菁英？」

馬蒂在風中抱緊她的膝頭，這風突然之間不再寒徹心扉，她的心頭湧現一股熱流。依照自己的感覺而活，不要去管別人的價值觀。同樣的一句話，不是傑生當年告訴她的嗎？這句話並不費解，但是她用去了這麼多年，這麼多年，如今才開始嘗出一絲況味。

「文明發展究竟是把人帶往幸福，還是毀滅，這個連我也無法定論。」吉兒說。她的聲音漸漸低沉，恢復了平靜，「我只知道，只要還有人，不是那麼唯我地只憑感覺，而是多關注一點社會責任，那麼人類的命運就還有前途。文化的棒子已經傳到我們手中，身為知識分子，這就是我們必須承受的責任。」

「偉大的人本主義。」海安說，「我以為，只有人才會覺得人本主義是寬闊的。」

「難道你不是人？」吉兒俯下頭逼視海安。

海安終於顯出了一絲的不耐煩，他揮揮手說，「我是。沒有選擇。」

「我懂了。」馬蒂突然開口。她的音量很清楚，大家都轉向她。馬蒂說，「我懂你要說什麼了。你是對的，海安。我充滿了不自由的痛苦，只知道我要掙脫價值觀的束縛，卻沒想過掙脫以後，要拿什麼來承受沒有價值觀的生活。

「一直以來，我以為問題出在台北。這是一個太擁擠太緊張的城市，我們的生活，都在拚命掙出頭的過程中卡死了。我苦悶得不知道該怎麼辦，不，其實我知道該怎麼辦，可是卻軟弱得沒有力氣去改變。我想問題跟台北無關，而是在做一個人，沒有選擇的，做一個文明的現代人，在我們的世界裡，享有最豐富的智識，與最荒蕪的精神生活。海安，你選擇逃離它，吉兒妳寧願改善它，我想我也應該去找到自己的答案。」

「恭喜妳，終於中了末期的海安之毒，」吉兒說，「世界非常大，大得超出妳的想像。不要脆弱得被自己的苦悶限制住，也不要自大得以為可以找到絕對的答案。加入這個世界，一起奮鬥參與，只有這樣，妳才會了解問題不在這個世界有問題，而在不要花時間陷在問題中。妳能懂嗎？漸趨頹廢的馬蒂，海安因為無情，所以可以逃離，那是他好本事，妳永遠也模仿不來，我只拜託妳，不要太容易就以為找到了方向。」

「大哥才不會無情。」小葉清脆地說。

「不是嗎？」吉兒挑戰性地揚起眉毛，姿態非常逼人。

海安坐了起來，他的神情卻是輕鬆的，迎著太平洋上颳來的海風，他只是淡淡的說，「我的感情，你們不會了解。」

「……」吉兒說，「我怎麼不了解？海安你有心事。」

「我不藏心事。」

「媽的海安你太假，你有心事我怎麼會看不出來？」吉兒冷笑道，「你的心事，就在你那只袋子裡。」

吉兒指著他的行囊。

「你們看，火要熄了！」小梅叫道。

海灘上的營火，在風中脆弱地飄動，木柴已經燒到了盡頭，火苗現在正在逐漸收攏，很快地只剩下了霓虹一樣的灼光。

「快，快添柴火！」素園說。

「沒有了。我再去四周找找。」小葉站起來。

「用不著。」海安也站起來說，「不就是要找東西燒麼？」

海安扯開他行囊上方的拉鍊，將袋中的東西傾倒入火堆。一開始是幾件麻質的衣服，很快就著火燃燒，火勢隨之活絡起來。海安繼續抖落袋中物品，一些沉重的東西隨之掉落。火燄中，可以看見幾本書，一些隨身什物，竟還有一個睡袋，一些野營用品，一瓶像是煤油的液體在火堆上迸碎，火燄轟然炸得半天高，啪一聲，一架V8攝影機也被烈燄吞噬。

「海安！你瘋啦？」素園急了起來。

「峇大哥！」小葉也叫道，「我來幫你。」

小葉幫海安抓住這皮袋的一頭，用力晃動，袋中物品終於全部落進了火堆中。海安索性把袋子也拋進火舌裡。他接下來脫下外套，摔進火中，又一把脫下上衣，摔進火中。現在海安裸著上半身，他粗暴地掏出皮夾，也摔進火中。

「瘋了。海安。」吉兒說，她將羊毛披肩重新裹住上身。

龐大的一堆海安隨身物品，現在陷於熊熊大火中。凶猛的風勢更助長了烈燄，有些東西在火中劈啪作響，狂風吹過處，捲起了火堆裡幾片殘屑，瞬間吹得老遠。風裡面，有一樣東西飄上了半天，馬蒂站起來，追著那一小片紙狀的東西。但是風速遠遠超過她所能追趕，馬蒂沿著海線快步跟蹤，那紙片在空中挑逗似地飛舞，飄向遠方的石灘，一落地，浪潮拍來，又將它捲入海水中。

現在馬蒂離大家很遠了，這邊的海灘一片黑暗，她在灘邊涉水站定，海水一來一回推湧著她，那麼冰涼，那麼安靜，安靜得像是遺棄了整個世界，只剩下浪潮，和浪潮中的那一張紙片。馬蒂在等待中游目張望著，來了！海潮上一片白色泡沫中，漂蕩著那片紙，馬蒂涉水及腰，撈起了它。

在隨身打火機的火光下，馬蒂只消一眼，就確定了原先的猜測。這是海安皮夾裡的那張照片，它已經燒毀了一半，剩下的一半也被燻得焦黃捲曲，但是照片中的人影還是可堪辨認。這是在馬達加斯加浪遊的那個人，那個當地人稱為耶穌的嬉皮。他長著絡腮鬍的下半截臉孔正好被火燄燒去，只剩下了鼻梁以上的眉眼依稀可見。看起來，幾乎就像是海安的翻版。

我的馬達加斯加！馬蒂回到岸上，濕淋淋地坐下來。海風撩動了她心中的一串風鈴。

我的馬達加斯加！廣大的西薩平原上，那裡的農夫仍舊在溫柔的土地中栽稻，紡紗，這個叫耶穌的人仍舊在繼續他沉默的流浪，海安揹著他沉重的野營用品走過了這裡紅質的土壤，而我，為了一堆瑣碎可笑的理由，都快三十歲了，還沒有踏上這想望已久的旅程。馬蒂再點一次火，只想再看看照片，和那一絲絲與馬達加斯加接觸的感覺。她翻過照片，看見了一排手寫筆跡。

這是一排英文細字，很幸運的並沒有被火燒及，上面寫著："The eternal flight of myself from myself"。

字面上的意思是：從我自身飛離我自己的，永無止盡的飛行。實際上的寓意，馬蒂不知道，這其中似乎包涵了一種連詩人也無法明瞭的詩意。馬蒂仰臥在石灘上，輕輕唸著這句話，並且在吟誦中享受到很奇特輕盈的節奏感。

我永恆不斷的，脫離我己身的飛行……至少這畫面上的聯想很棒，馬蒂想，至少這是一幅很自由的畫面。

一直飛不起來，因為肩膀上的負擔太多。馬蒂回想起薩賓娜時代的自己，不顧同學之間的社會壓力，放縱地與傑生同居，只因為信仰了一句太深奧的話：為自己的感覺而活，不要去管別人的價值觀。那時的她一點也不明白，只有信仰還不夠，真的不夠。不去管別人價值觀的結果，她在同學眼中也失去了價值，而年輕的薩賓娜，卻又為了這種失群與自卑深深受苦。

工作以後，馬蒂又陷入另一種困境。不斷地更換工作代表著一顆不安定的心，想要的，一直不敢放膽去追求，只有心不在焉地流浪在不想要的工作之間。今天上午，當馬蒂還在辦公室裡，心不在焉地瞪視著桌前「我的提示單」時，她的心裡突然升起一股厭惡之情，厭惡自己的不負責。我到底在做什麼？馬蒂在「我的提示單」上潦草地加上了這一句。我到底在做什麼？明知道自己一點也不想再受困於這種作息，卻還懶惰地日復一日得過且過，結果工作越出色，對自己就越不負責。馬蒂於是伏案寫了一封信給陳博士，一邊寫，一邊回想起這幾年的生活。

這幾年，總也陸續聽到一些同學、朋友的動向，有的人出國讀書了，馬蒂羨慕；有的人力爭上游地賺了錢，馬蒂其實也羨慕；至少他們都比馬蒂更能自主。而她的狀況，一言以蔽之，就是不能自主。

不能自主地，陷入一場索然無味的婚姻；不能自主地，在自己不感興趣的工作裡耗時間。為什麼不能自主呢？因為日子總是要過，因為別人也都這樣過，因為太隨便地辭掉工作，對別人將無法交代……天哪，我在騙誰？馬蒂在給陳博士的信中寫下了：我在騙我自己，陳博士，我一直不敢認真地面對自己。我不勇敢，我不負責，我甚至不誠實。

海風颳過她濕透的長褲，馬蒂全身陷入了顫抖。她把照片收入口袋中，爬起來往回走。

海安和吉兒，大概還吵得不可開交吧？不過那也無妨。對馬蒂來說，他們之間的唇槍舌劍，已經成為一種溫暖的傷心咖啡店印象。現在馬蒂正需要一堆溫暖的營火，沿著海岸線，她朝那火光而行。

從黑暗裡走來，如燈的火燄，還有車頭燈的照耀，把馬蒂的朋友們籠罩在如同天堂的光圈裡。馬蒂聽到了風中傳來了音樂。

小葉將海安的跑車開到火堆旁，又把車上音響開到最大音量，海安車上這對極為名貴的喇叭，以清澈的音質放送著一首馬蒂非常喜歡的歌曲，沙漠月光。

荒涼的石灘，沙漠，和月球，再孤獨的絕境，此刻在風中也純淨了，抽離掉傷心的聯想，只剩下純粹的天地輪廓之美。沙漠月光中，海安和吉兒正在自由地跳舞。海安還是裸著上身，吉兒赤著雙足，他們都閉上眼，舞浴在風中，輕輕地迴旋款擺，像是兩片相伴墜落的葉子。

「終於看到吉兒跳舞了。幸運的夜晚。」馬蒂說，她來到素園的身邊坐下。

「最美的一支雙人舞。我要記憶下來。」素園輕輕說，彷彿怕吵著了跳舞的人。

小葉也走過來，在她們身邊坐下。

「都是一樣的，原始人蹲在山崖上瞪太陽，現代人在沙漠裡看月光。」馬蒂說。

「妳在說什麼呀？」素園問。

「我說，凍死人了，怎麼辦呢？」馬蒂搓著她濕答答的長褲。

「來來，喝點酒擋寒。」籐條和小梅從他們的車子走來，兩人懷中抱著各式的酒瓶。

「銬，開酒店哪？」小葉高興了。

「有備無患嘛。來，一人一瓶，不要客氣。」籐條把酒瓶傳給每個人。海安和吉兒手牽手走回火堆，也都接過了一瓶酒。

馬蒂分到的這瓶酒，是罕見的矮四方柱造型。她在火光中把酒瓶轉了一圈，看到法文的酒名Cointreau，酒精度四十。小葉幫馬蒂扭開了瓶蓋，她仰頭啜飲一口，很辣，辣中又有一股甜膩。籐條含笑看著她，說：「妳少喝一點，不要勉強。」

怎麼會勉強呢？這海風，這星光，還有海安的車上播送來的音樂，正合飲一口酒精四十度的Cointreau酒，先辣後甜的滋味，沖刷進全身的血管，馬蒂還是冷得發抖，但抖得徹底，冷得痛快。

「這樣喝容易醉。可惜車裡沒帶東西好下酒。」籐條說，他正乾抿一瓶白蘭地。

「俗氣。」吉兒擎著她的威士忌，說，「酒要罩喝，才叫滋味。」

「好酒要用詩來佐。」馬蒂說。

「好。我們來作詩。」素園連聲贊同。

「加倍的俗氣。詩酒不分家麼？缺乏才情的藉口。」吉兒又說。

「我們就來作詩。」素園笑盈盈說。對於吉兒，她自有一套相處的方法，那就是柔性的將她的尖刻置之不理。做一種溫柔的襯色，素園向來就懂的。

「好難哪，我們又不是詩人。」小梅的俏臉顯現了艱難。

「那就做很簡單的小詩。50個字以內，超過要罰。」素園對於這個念頭十分快樂。

「那妳示範。」小梅和籐條齊聲說。

「好。」素園飲一口酒，仰天閉上雙眼。她說：

我是一尾深海魚
在幽黯的海底　獨自潛航
因為寂寞　所以我
發光

「哇，好可愛的詩。」小梅和籐條齊拍手。

「馬蒂。」素園望向她。

馬蒂早已靜靜地準備著了。她睜開雙眼，正好看到海平線上濃重的深藍色天光。她說：

大海形成自一滴鹹鹹的眼淚
用傷心營養綠藻
再化育魚種
最終爬上了岸
以一種垂死的姿勢
哭喊淡水

太蒼涼的結尾，大家都沉默不語，忘記了鼓掌。

「海安？」馬蒂轉向他。

海安揚起嘴角微笑著，他說：

因為飛不起來
所以人愛上墜落的快感

用人造的羅盤　測量出天堂的方向
爬到頂端
展臂
擬態成了十字架
再仰天跌落
摔　　　　　　　　死

小葉皺眉了。原先她為了不會作詩苦惱著，與海安他們為伴，學識上的自卑常神出鬼沒困擾著她，現在她更苦惱了，海安這首詩叫她害怕，說不上來為什麼，總之不快樂。

「小葉，換妳。」素園說。

「我又不會作詩。」小葉說。

「試試看嘛，只要說出妳心中的感受，試試看嘛。」素園鼓勵她。

「試試嘛。」小梅也說，她開始覺得有興味了。

「我不會啊。你們都有詩意，我沒有。」小葉搖頭。

「我幫小葉作一首。」吉兒突然插嘴了。她說：「聽好了。」

我是一顆晚熟的水果
太早跌落枝頭

被有心的人拾起
放進黑暗的甕中
久久埋藏
從青澀到甜熟
一輩子想念陽光

「好美。」素園輕聲稱讚。

「美也要聽得懂才行。」吉兒眼梢斜斜勾著小葉。

小葉抱著小腿，她把頭埋在雙膝上。海風呼呼吹起她的短髮，露出她年輕的脖頸。她是懂的。

小葉站起來，走向海際，通一聲竄入水中。年輕柔軟的身軀，在海水中就像是一條小小水蛇。她身形矯健地游起泳來，一直游向外海，越游越遠，太遠了，小葉轉了個彎，在遠方的石灘上了岸。

海風把他們所聽的音樂吹送得很遠，吹送到處，還是荒涼的海灘，沒有別人，今夜是一個自由的夢境。

酒精開始在腦海中燃燒，強烈的音樂催化著大家的情緒。馬蒂勉強站起來，覺得自己像是暴風雨中的颱風眼，周圍風狂雨暴，於是她旋轉了。一個颱風眼不應該旋轉嗎？旋轉造成離心力，她心中的陳年負荷就這樣剝落甩脫，遠遠飛開。

「哇操。像嗑了大麻。」吉兒說。她拋掉手上的酒瓶，揉揉雙眼。嘿！大麻帶給妳一小時的天堂。

穿著跳舞用肉胎衣的Young說，他用一根手指托起她害羞的下頷。Young的壯麗俊朗不可想像，Young的年輕飛揚如同夢想。你就是我的天堂，Young，吉兒在心裡這樣回答。於是他們在舞衣架底下纏綿，各色的舞衣布幔圍繞成一個繽紛彩色夢境，其他團員的腳不時在身旁走過，但是他們不管。噢，薇拉！Young這樣激烈地喊著她的名字，紐約的雪悄悄飄進了窗櫺。

全身濕透的小葉散步一樣踩了回來。她看見吉兒以手臂遮蓋著眼睛蜷曲在火堆邊，彷彿睡著了。小葉在火堆旁脫衣服，脫到只剩了褻衣。她撿起吉兒拋在一旁的羊毛披肩裹住身體，拿起她的伏特加，灌了一大口，又吐掉。「銬！」小葉大喊，嚇了擁抱中的籐條和小梅一跳。

「我要喝啤酒。」小葉說。籐條給了她一瓶啤酒。

「再說嘛，」小梅要求籐條，「再說你那些甜蜜蜜的傻話。」

籐條把小梅擁在懷裡，對準小梅可愛的耳垂，他說：「我的小魔女，小妖精，小巫婆，我要蓋一棟兩百坪的浴室讓妳洗澡，用十二個歐巴桑伺候妳吃飯睡覺，再買它二十八匹馬，拉一輛小馬車，載妳去喝下午茶。」

籐條每說一句，小梅就格格地笑。她說：「好爛的想像力，可是押韻押得真好。」

「這就是我作給妳的小詩。」籐條親吻她的臉頰。

「超過五十個字了，要罰。」

籐條於是咕嚕喝了小半瓶白蘭地，小梅搶過酒瓶，也灌了幾口。

馬蒂仆倒了，倒在浪花來往的岸邊，海水一下淹濕她的全身。很奇怪的，不冷了。她終於發現了海安的祕密。原來，自己的內裡冰涼到了極點，連擊打過來的寒冷海水也是暖的。

半泡在柔軟的海水中，馬蒂的心裡冷靜又冰涼。因為所有的牽掛都逃亡逸散，空空洞洞，就像在宇宙裡獨自疾速飛行，飛得快了，連感覺也跟不上，所以只剩下絕對的自己，絕對的無障礙飛行。

The eternal flight of myself from myself。她說。

素園搖搖吉兒，沒有反應，她又去掏弄小葉的揹包，終於找到了一包菸。不嗜菸的素園只有在喝了酒以後才抽上幾口。現在她喝了太多的酒。迎著狂風，打火機屢點不著，她就著火堆點燃了香菸。這堆火，燒的是海安的貼身物品，所以深深地吸一口菸，就像是飽嘗海安的氣息。素園嘆了一口氣，今晚又忘了打電話跟丈夫說不回家，而這裡沒有電話。此刻的丈夫，應該是非常著急吧？那也沒有辦法，就當做偶爾給他一點焦急做為刺激吧。刺激是好的，否則日復一日的刻板生活，不是機器的人怎能不疲乏？

大家終於醉倒了一地。荒涼的石灘上，海安一人獨行。

黎明就要來了。

海安在海際的浪花中，找到俯臥著的馬蒂。她幾乎半浸在海水裡，長髮隨著一來一往的浪潮蕩漾。海安扳起馬蒂，發現她像海草一樣柔軟。

「醒醒，馬蒂。」

馬蒂終於動了一下。她冰涼的手指抓住海安的臂膀。

「馬蒂。」海安抱住她，用他溫熱的身體貼近馬蒂。馬蒂的臉頰，正好緊靠在他胸前。她聽到了海安的心跳。「最好這是妳最後一次，醉到不可控制。」

「我沒有醉，海安。」馬蒂撥開盈面雜亂的濕髮，露出她的雙眼。她真的沒醉。「海安，我就要去馬達加斯加。」

「哦？」

「我在今天遞出辭職信了。我要出去走一走，自由地走一走。海安，我真的要去馬達加斯加看一看，那是我從十八歲就夢想要去的地方。你不要笑我傻。對，我才不管你會不會笑我傻，我就是要去馬達加斯加，就算那裡讓我失望。」

「馬達加斯加，怎麼會讓妳失望？」

破曉時分，曙光照著海安的臉龐，又從他臉上折射出金黃的光芒，刺痛馬蒂的雙眼。

「謝謝你。海安。」馬蒂說：「這是我這輩子最美的一個聖誕節。」

海安裸著的肌膚貼著馬蒂，他的臂膀攬她的背，另一隻手，則輕輕撫過她的臉龐。

馬蒂閉上眼睛。海安這觸摸，不帶任何男女間的情慾色彩，純粹只是宇宙中兩個永遠也不可能接近的、疾速的飛行物之間的，遙遠的，溫柔的招呼。馬蒂是明白的。謝謝海安，謝謝老天，她不用花去自己的生命，才能明白這點。

馬蒂睜眼，隨著海安的視線，看到海平線上燦爛的初陽。

「太陽出來了，好美的黎明！」馬蒂輕嘆。

「很美。」海安說：「我最恨的黎明。」

海安的聲音，不帶任何感情，聽起來也是那麼奇異地遙遠，溫柔。

28

劉姐藉著到公文櫃找東西，在陳博士辦公室外頭徘徊。陳博士門口的百葉簾並未攏密，從疏落的簾葉間，可以看見陳博士雙肘支在桌上，他交握的拳頭有節奏地輕扣著嘴唇，每當有心事困擾著他時，這就是他慣常的反應。

馬蒂背著門口面對陳博士而坐。從她冷靜的背影看起來，馬蒂十足地有備而來。

到底是為什麼呢？劉姐的一顆心充滿了不解，她的左頰因此出了深深的酒渦。為了什麼，在公司前途最看好的時候，卻說要辭職？薪水不錯，職位不錯，同仁相處也愉快，沒有道理要辭職啊。是因為別的公司挖角？別傻了，馬蒂笑著這樣回答她，別傻了，去別的公司也不見得比在威擎好，「我只是想趁年輕的時候，到處走走，晃蕩一場。」

陳博士拿出他攻讀物理博士的鑽研精神，也想在迷霧之中找出答案，結果與馬蒂的這番懇談只有更加擴大了謎團。

「說要出國，是為了充電，還是讀書？還是增廣見聞？要不為了加強語文能力？」陳博士很柔和地問。

「都不是。就是四處走走看看。」

「那給妳放個假，去走走看看也好。」

「恐怕不好，我說不準多久回來。」

「回來以後呢？」

「還沒有計畫。」

「那妳準備去哪些地方？」

「馬達加斯加。」

「呃？」

「馬達加斯加，在非洲東南方，是個島。」

「噢，是的，馬達加斯加。到那裡去做什麼呢？」

「走走看看。」

「馬蒂，」陳博士取下眼鏡，搓搓他的鼻梁，順勢閉起眼沉思。馬蒂幾乎以為他不願再開口，事實上陳博士是真的辭窮了。他最不願意用長篇大論的說教來凸顯與員工之間的代溝，年輕人有年輕人的邏輯，要試著從他們的角度去看，陳博士常這樣提醒自己。可是眼前未免也太難揣摩了，不管怎麼換角度去看，馬蒂的離職都像是個玩笑。

「馬蒂，」陳博士把眼鏡掛回鼻梁，他炯炯逼視馬蒂，但這次他的目光並沒有摧折馬蒂直率的眼神。陳博士想說，妳也三十歲了，還這麼漫不經心孩子氣，將來怎麼辦哪？這番慈父式的表白還沒說出口，自己先打消了主意。馬蒂早已經先聲奪人，在寫給他的信裡面做了回答。這是一隻拍著翅的、不耐煩的小鳥，再多的話，也是徒然。

「馬蒂，」陳博士終於又開口，馬蒂坐直了腰桿。「第一次跟妳面談，我就有預感，妳不會是久留的人。」

馬蒂不禁挑起眉毛。「您還是錄用了我，為什麼？」

「樂趣。」陳博士說，他的表情是馬蒂所罕見的瀟脫，「投資的樂趣，就在驗證當初下注的眼光。錄用妳，就當做是一個高風險的小小投資吧。」

「對不起，這下讓您賠本了。」

「沒有。」陳博士搖搖頭，「不算賠。馬蒂，我總是以為，這個世界分兩種人，一種人懂得集中動力，他們有穩定的方向；另一種人的目標渙散，窮其一生也不會有作為。我同情後者。妳讓我學到這種同情是多餘的，我們在價值上的座標根本就不同，太主觀就是偏執了。這半年來，妳也改變了我不少看法。馬蒂，妳們的世界，對我來說並不容易接受，但至少我比較能夠了解了。

「按照人事規定，妳要一個月以後才能離職，現在讓我告訴妳，妳要什麼時候走，就什麼時候走吧，只要把工作交接好——交接給劉姐。我希望妳能確定自己在做什麼，真的確定的話，就堅持下去，嚴格說起來，沒有方向，也是一種方向，這世界上沒有真正停滯不前的東西，相對論上是這麼說的，總算我的物理沒有白學。妳說是不，馬蒂？」

陳博士的臉上是一個自我解嘲的笑。馬蒂原本隨著陳博士的談話，很純真地變換著她臉上的表情，現在她張口結舌了。馬蒂先前所預期的辭職面談，並不是這麼輕鬆的局面，陳博士急轉直下的態度，像是一個太草率的手勢，迎面一揮，就解除了她半年來的掙扎。馬蒂走出陳博士辦公室，覺得在此地的工作真像大夢一場，連這結尾也飄忽了些。

陳博士表現得如此瀟脫，是因為要維持他在馬蒂面前一貫的強人形象？還是因為對她徹底失望？馬蒂一點也參詳不透。不過，那似乎也不重要了。

看著馬蒂走出辦公室的輕快背影，突然之間陳博士也覺得人生如夢，一眨眼那情節就逸出了常理。原本想慰留馬蒂的，怎麼結果就放她走了？還史無前例地給她提前離職的自由？不知道。一切都是因為那氣氛吧？馬蒂的漫不在乎起了一種感染力，激發出陳博士前所未有的率性，一個不留神，竟做了超乎自己胸懷的演出。

陳博士拉開抽屜，取出馬蒂在聖誕節前夕留給他的信，展開又讀了一遍。也許，是因為這封信打動了他。從來沒有用這樣的心情送走一個員工。這要不是個特別聰明的女孩，就是特別的天真單純，單純得像是一朵不起眼的蒲公英，仔細地看，你會承認它非常可愛，可你又不會想摘下它，只願意看著它被一陣風吹起，輕飄飄，飛過你的指尖。

也許，第一次展讀這封信時，陳博士就了解了，像馬蒂這樣的員工，是公司一個荒誕的插曲，曲終人散，留不住的。馬蒂飛揚的筆跡，每個字都像是一種展翅的姿勢。

陳博士，此刻公司裡正傳來聖誕音樂，美國曲子，很好聽。我坐在這裡，心因此飛到了天際。一直沒有告訴過您，我是在很糊塗的情況下接下了這工作。那時候我一貧如洗，居無定所，只希望找到一種固定的生存方式，來安穩我毫無目標的生活。我以為工作是一個好的開始，所以我來上班。本來，這個班我會一直上下去，跟其他所有辛勤過活的人一樣，如果我不是漸漸領悟到，既然有一顆想要振翅高飛的心，就不要指望在太通俗的辦法裡找到答案。

您不要誤解，我所謂的振翅高飛，不是做一番驚人的成就，我指的是出走，遠走高飛。要怎麼說呢？橘子在陽光裡紅熟，蜜蜂把花粉攜帶在腿上，世間的一切，都有了既定的安排和韻律，人的一生似乎也是這樣，生下來，活下去，在社會裡各展所長，各司所職，大部分的人對這都沒有問題。

問題出在有很小部分的人厭煩了這種韻律。您皺眉了，我知道您要說，我身心健全，我大學畢業，我還有什麼好抱怨的呢？沒有。人生是一場華美的旅行，我只是想要走走相反的方向，從典型的人生觀裡面出走。這個工作很抱歉我不要了，這種充滿挑戰的城市人生我也不要了。我要在像機械一樣地過完一生之前，脫軌去尋找另一個世界。您要說我又在作夢了，您會說我都三十歲了還這麼孩子氣，但就算孩子氣又有什麼損失呢？這是我的人生，而生命只有一回，不管選擇哪一種都沒有重來的機會，既然如此，我倒寧願天馬行空走一回。

很想跟您道歉，很想跟所有我身邊的人道歉。但是我越來越不明白為什麼要道歉。三十年來我依照著一般人的期望過活，因為如果不這樣做會被別人當成異類。但是我到底應該為自己還是為別人活？您會告訴我當然是為自己，但事實上，社會壓力已經把我們馴化了，所謂為自己而活的最上策就是多多在乎別人的看法。所以我一直很矛盾，找不到自己的出路，只好繼續像別人一樣上班、下班、發呆、抱怨。我知道我的工作表現出色，那是因為優柔寡斷，讓我在不想要的人生裡越陷越深。天哪，我到底在騙誰？我在騙我自己。陳博士，我一直不敢認真地面對自己，我不勇敢，我不負責，我甚至不誠實。

所以我必須向您辭職。陳博士，相信您不至於感到驚訝。像我這樣的一個員工，對於公司只能算是個意外，讓我們結束這意外吧。陳博士，我準備要出去走一走，之後，還沒想過，一邊走一邊想吧，有什麼損失呢？一隻不肯把花粉攜帶在腿上的蜜蜂，可能是個悲劇，可是牠所損失的是什麼？是一隻普通工蜂的一生勞作。我要說的是，讓我去自由地闖蕩吧，充其量是，陳博士，我所損失的不過是一個一般人的人生罷了。

按照妳這標準，誰又真正誠實過了呢，馬蒂？陳博士對著信紙自言自語。他把信收回抽屜，順便看了手錶。快是下班的時候了，窗外一片暮色，這讓他想起今晚有個重要的應酬。不得了，這時塞車得厲害，恐怕出門要遲了。他連撥幾個內線交代了手頭上的工作，起身穿外套，站在落地玻璃窗前，陳博士的動作卻停頓了。正對著夕陽，他長久地發起呆來。

29

叼著菸，馬蒂把手上的搖酒器望空一拋，幾個滾翻後又接住繼續搖酒。吧檯前的女孩們鼓譟起一片掌聲，小葉也拍手。

「出師了，馬蒂姐姐。」小葉樂不可支。

「易如反掌嘛。」馬蒂說。她把搖漱均勻的鳳梨、柳橙、檸檬汁加白柑桂酒倒入裝滿碎冰的寬口杯中，再徐徐注入半盎司的黑蘭姆酒，最後在杯緣壓上鳳梨片、紅櫻桃，端給小葉以前，馬蒂輕輕放一撮新鮮薄荷嫩葉飄在酒液上。

小葉閉目淺飲一口。這品風行在夏威夷的雞尾酒名叫MAI-TAI，手續繁複，材料豐盛，有雞尾酒之王的榮銜。馬蒂所調製的這杯，口感清爽，餘韻也柔和，真的出師了，小葉張眼滿含笑意，她不禁又嘗了一口。

「馬蒂，妳這輩子不愁沒工作啦。」

「是啊是啊，」馬蒂說，「以後不管在哪裡，我要早晚給妳燒一炷香，謝謝妳這師傅。」

「呸呸，」吧檯前的女孩子們連聲抗議，「小葉又沒死，說的什麼話？」

「總會死的。」小葉倒滿不在乎，她說，「我要死了才不要別人燒香，幹嘛？要我顯靈不成？」

夜已經很深了，傷心咖啡店裡卻熱鬧滾滾。海安和幾個飛車夥伴都來了，他們聚坐在腰果型的桌位，方才喧譁了一陣，現在煞有介事地低聲交談，連馬蒂她們都無從切入，這是一群飛車夥伴間的祕密會談。窗外是蕭瑟的寒風斜雨，店內滿載七十年代的火熱搖滾樂，馬蒂捧了一杯加了雙份牛奶的摩卡咖啡，到店門前憑窗眺望。

唯一捨不得的，就是傷心咖啡店了。馬蒂怔怔看著海藍色店招上的晶瑩閃光，是這片海水一樣的藍色光芒，把她從灰暗中捲進了一個色彩濃烈的世界。馬蒂把滾燙的咖啡杯捧近心窩，覺得很暖和。

昨夜在小葉的幫忙之下，馬蒂把她的私人物品搬運到小葉房裡。她的房間在這個月底即將退租。之後，就連住所也沒有了。到馬達加斯加的簽證，經過幾番繁文縟節，也終於辦妥，出國在即，冬天也正好要結束了。真是個乾脆的結尾，馬蒂眼前只剩下全新的開始。

這兩天所最後處理的，是馬蒂頭痛的財務問題。半年的工作下來，馬蒂積存了近二十萬的現款，出國綽綽有餘，不足之處是她對爸爸的接濟因此就中斷了。馬蒂覺得不忍心，所以她將錢均分成兩半，一半寄給了爸爸，一半留給自己，扣除掉來回機票錢，她發現手上只有五萬多台幣的旅費。馬蒂想起上回和陳博士的對話，當她提到並沒有什麼旅遊計畫時，陳博士那大惑不解的表情，馬蒂當時真希望陳博士能了解她有多麼誠實，真的沒有計畫，唯一確定的是，當錢花光了，一貧如洗的時候，就往回走。

或者，索性不往回走了。誰知道呢？

馬蒂飲盡咖啡，拎著她的藍色骨瓷杯走回吧檯，從小舞池側邊穿過時，有人抓住了她的杯子，馬蒂回頭一看，是海安，他戴著連腕皮護套的手有力地握住了馬蒂的骨瓷杯。

「漂亮的杯子。」海安說。他坐在腰果型桌位朝外的位置，兩腳高高擱在椅子上。他那群打扮囂張的男伴們也笑吟吟望著馬蒂。

「我的杯子。」馬蒂放手，讓海安拿去她那只骨瓷杯。

「對喝咖啡的人，」海安拈著杯子迎向小舞池上的燈光，他說：「咖啡杯是心的容器。」他把杯子還給馬蒂，順勢站了起來，摟著馬蒂的肩頭。「外頭說話。」他說。

馬蒂隨海安到了外頭。細雨不斷，從西伯利亞吹來的寒風，雖然冰冷但是柔軟，風中有早春的氣味。

「送妳一個禮物。」海安說。

「你已經給我太多了。」馬蒂說，她在心裡又加上了一句：你所給我的東西，海安，我恐怕永遠也回報不了。

海安笑了笑，從懷裡掏出一個厚信封。馬蒂接過拆開一看，是一疊百元美鈔，大約有一萬元美金之多。

「海安。」馬蒂心頭一陣溫暖，此刻最需要的，就是錢了，但一萬美金這樣的厚贈，實在超乎她的想像。馬蒂直覺地想推辭，可是她一轉念開口就說了：「很實用，謝謝你，海安。」

「不算什麼，我最不缺的就是錢了。」看見馬蒂並不推辭，海安顯得很開懷。

「這些錢，至少可以讓我在馬達加斯加再多待一年，我不知道該拿什麼來謝你。」馬蒂的雙眼突然之間濕潤了。

「要謝我，就更痛快地流浪吧。」

「海安，」馬蒂說，「我不能明白吉兒為什麼要說你無情。」

「我是無情。」

「相信我，我沒看過比你更寬厚的人。」

「寬厚是一種反射力，不過是把自己多餘的優勢，反射在比自己弱勢的人身上的能力。我有的是寬厚的本錢。」

「為什麼要這樣說呢？好像連你也承認自己無情。」

「我的感情，你們沒辦法了解。」

「你可以嘗試說給我聽啊。」

「不需要。」海安低頭看馬蒂。他的嘴角是馬蒂熟悉的，那調侃一樣的微笑，「我不需要，也不想要別人的了解、寬容，或認同。妳也一樣，要開始習慣用自己的價值觀生活。」

「嗯。」

「讓我告訴妳一些事，不管在馬達加斯加，還是在任何一個地方，都不要忘記。」

「什麼事呢？」

「妳要學會對自己坦誠，絕對坦誠。」海安說。

「對自己坦誠，絕對坦誠。」馬蒂輕聲跟著說。

「如果在世界上的頹廢，可以換來對自己的負責，那我寧願對自己負責。」

「如果在世界上的頹廢，可以換來對自己的負責，那我寧願對自己負責。」

「這就是我送給妳的禮物。」

馬蒂仰頭，回報了海安一個微笑。他們兩人並肩走回傷心咖啡店。在推開門的時候，海安突然停步了。「幫我個忙，」他說，「當妳見到他時，替我問他，到底能不能對他自己坦誠？」

「見到誰？」

「妳從海裡撿起的那張照片，照片上那個人。」

海安進去傷心咖啡店了。馬蒂呆站在門口。她從海潮中撿起了那馬達加斯加浪人的照片，之後一直把它收藏在自己的皮包裡。為什麼這麼做，連她自己都不甚了然，海安又怎麼知道她撿照片的事？

那個人，連名字都沒有，連地址都沒有，怎麼會見到他呢？

要學會對自己坦誠，絕對坦誠。她會見到他的。馬蒂知道，當她從海水中撿起照片時她就知道了。這趟前去馬達加斯加，雖然前途茫茫，但是在馬達加斯加南方西薩平原中浪遊的，那有著一雙極寧靜眼神的人，早就是馬蒂心裡一個神祕的地標。為什麼要去找他？真的不知道。要對自己坦誠，馬蒂站在傷心咖啡店門口，陷入了認真的心靈探索。也許，被他那種流浪的方式吸引吧？

夢中的馬達加斯加，還有像風一樣流浪其中的人，這兩者加起來，也許，能給馬蒂混亂的人生帶來一些解答。也許吧。至少總要親自去試試看。

頭上的藍色店招暗了，傷心咖啡店打烊。海安和他的男伴，小葉和她的女伴都簇擁著走出店門。很熱鬧。月亮升到了中天，馬蒂攏高她的衣領，陪小葉關上店門。

30

有個詩人曾經這麼說，人花了一輩子看著地面，只有死了，才真正仰望穹蒼。這是個愚笨的詩人，馬蒂這樣想。人其實花了太多時間看天空，只因為有那麼多的水泥建築阻絕了視線。

從此刻的高度望下去，大地蒼茫，人為的痕跡都隱沒不見了，地面，回歸成原始的地面。馬蒂額頭貼著小窗，她對這樣廣闊的大地著迷了。

剛在加爾各答轉搭的飛機，現在正橫越印度大陸。之後，就要轉向往南飛，一直飛，最南的去處，就是汪洋大海中的馬達加斯加。

31

春天來了。

這是一個春天的，星期六的午後。

小葉用一塊乾淨的白毛巾，蘸水擦拭柱子上的照片。數百張照片在柱子上拼湊成了一片海洋，上面承載著一個夢，夢想中，白馬王子不經意地拾起了照片，春天的花瓣就會像雨一樣地灑遍大地變成旖旎天堂。

「喔不，不能用水擦！」妹妹用脆嫩的嗓音叫道。

「為什麼不能？」小葉問，她沒有停止手上的擦拭。

「那樣照片會變紅。」

「變紅了好。」小葉說。她停手點了一根菸，重新擰乾毛巾，又開始擦拭照片。一會之後，她自言自語一樣說：「妳看這些女人化的什麼妝？假死人了，給她們再紅一點。」

傷心咖啡店的春日午後，小葉和工讀生懶洋洋地，音響也播放著舒緩的陶笛吹奏。

馬蒂走了以後，小葉一共雇請了四個工讀生，都是還在讀書的小女孩，都是熟客人。她們用一張文具行裡買來的功課表排出輪班次序，從下午到深夜，都有工讀生隨侍在側，小葉都叫她們妹妹。

小葉擦完照片，遣妹妹出去買香菸。她自己端了杯咖啡，在店裡面晃來晃去，很悠閒，實則她悄悄關心著第三桌的動靜。靠牆的第三桌，吉兒和一個陌生人正聚精會神談著話，小葉從他們身邊晃過，正好吉兒拋給了她一個眼神。那眼神中包含了十分的瀟灑，意思是說，一切都在掌握中。

當然，一切都會在吉兒的掌握中。小葉對吉兒一向有這樣的信心，簡直可以說是崇拜。

吉兒正在和出版商洽談她的大作《新佃農時代》的出版企畫。這些簽約工作比吉兒當初想像要艱難得多。自從吉兒的書寫成之後，老教授為她動用了一些人際關係，促成了一些約談。但老教授的社交圈畢竟偏向老一輩的出版商，而時下的書市主流操作者，又多唯利是圖，注重書的商業取向。吉兒的作品對他們來說是嚴肅的，卻缺乏嚴肅作品所必須的作者聲望，所以出版約談往往就變得很冗長。吉兒只有以資深記者的見識步步為營，她不卑不亢地維護著理想中的出版構想。

小葉回到吧檯去煮咖啡。看來今天吉兒是談成了。她跟吉兒早就約定好，等這本書簽定出版約時，她要為吉兒煮一杯傷心咖啡店最珍貴的藍海咖啡——用藍柑桂酒調和鮮奶油，將咖啡染成海水一樣的藍色。

新鮮研磨的咖啡豆特有的焦香味飄過來，到吉兒的身畔，她展露了笑容。與她對面而坐的出版商頓時輕鬆了。這是文壇一顆彗星，出版商心裡想，得要趁她發光以前摘下來，裝進口袋。出版商將合約書轉個頭遞給吉兒，小葉端來了一杯他從未見過的藍色咖啡。

32

再喝一口帶有酒味的，微酸的紫樹梅汁，日頭已經西斜，遠方的樹梢上，一隻早起的夜鴞高吭了幾聲，又歸於寂靜。太陽在霧濛濛的天際呈現一種柔和的粉紅色，天氣十分晴朗，這大霧來自漫天的風塵。

馬蒂坐在刨光的尤加利樹幹搭成的木欄上。她的前面是兩隻眼神楚楚動人的驢子，身邊坐著何內，一個中年枯瘦、略通法文並且嘮叨的黑種梅里耶人。

這裡是馬達加斯加南部乾旱的荒原邊際，一個在地圖上找不到的小鎮阿薩里歐，距離南方大城圖利阿里有80公里遠。

從島東的首都安塔那那利佛繞過北境，再從西方的廣漠大草原一路南遊而下，馬蒂用海安的錢買了一輛中古吉普車，並且在途經的馬任加城剪掉了一頭長髮。馬任加城上有一對法國老夫婦開的小客棧，聚集了一些前來尋找南國浪漫的法國人。馬蒂的東方臉孔在那裡引起了騷動，因為法國人在行程中並沒有預料到東方情調。在洋溢著法式呢噥情歌的客棧裡，馬蒂和一個叫夏克的金髮男孩廝混了幾天，結束了她三十年來的，東方思維的保守人生。在一個下著小雨微涼的清晨，她自己用剪刀絞斷了長髮，將行李扛進吉普車，繼續往南的行程。

遠離馬任加城以後，也從此遠離了法文通行區。越往南走，所經過的土地就與高中時所讀的馬達加斯加差距越遠。課本裡的亞非混血人種多集中在東邊的大城中，原來的青翠雨林印象，也一改成為褐黃無盡的短草原。漫天黃沙之中，只見孤獨的棕櫚樹點綴在草原上。這片土地上住著從非洲來的梅里耶人，多半農牧為生，他們裹著深具非洲風情的麻織大布袍，一簇簇，隱沒在黃草原和黃風沙之間。疏荒極了的景色，馬蒂自覺像是一個買了電影票的觀眾，興沖沖就座，才發現走錯了放映廳，而這意料之外的電影，已經氣勢恢宏地開了場。

這就是地圖上，那個看起來放大又放鬆的台灣？大抵只要是超過一百平方里的島嶼，它的形狀只在地圖裡才有意義。如今身處在馬達加斯加最廣闊的平原上，往左看，無邊的荒涼；往右看，無邊的荒涼；往前看，無邊的荒涼；往後看，來時路早已迷失了，還是一望無際的荒涼。

那個熟悉的島嶼輪廓已經模糊，目前為止，最實質的東西，是那風沙，還有灼身的烈日。

坐在這驢欄上，馬蒂伸了個懶腰。何內殷勤地再為她倒了一杯紫樹梅汁。他們並坐在此，等待兩天一班的南下公共巴士。

巴士說不準什麼時候會來，只知道每個雙數日的下午會有一班。現在，枯坐將近三個鐘頭，望著褐色泥土路的盡頭，乾燥的秋風吹起路上煙塵滾滾，幾隻大膽的長腿雞繞著馬蒂的腳邊覓食。

馬蒂的吉普車在抵達阿薩里歐時，正好壽終正寢，而最近的城市在八十公里之遙。雖然此處小郵局兼加油站的局長願意幫她修車，並且已經好心地電告巡迴郵車代送零件，馬蒂並不樂觀。她打聽了繼續南行的巴士路線後，毅然把行李整批寄放在郵局裡，揹了一行軍袋的貼身用品，馬蒂決定隻身上路。

「我一個月之內回來領行李。」馬蒂向那老實的郵局局長說，「或者更久，寄物費到時候一定跟你算清。」

「不，不。」透過何內的翻譯，局長連聲拒絕，他黝黑的臉上展露了一口白牙。他說：「不用錢。我們只收郵費。寄放東西，不用錢。」

於是馬蒂坐在這裡，等待那據說會在雙數日出現的巴士。何內坐在她身邊。自從兩天前到達這小鎮，向何內買了一杯紫樹梅汁，碰巧發現他能說兩句土音極重的法語後，何內就忠心耿耿地跟著她，擔任她的翻譯和導遊。當然馬蒂給了他不菲的小費，但是從何內那樂在其中的表情看來，小費還在其次，何內跟著馬蒂的原因，是那種可以展示自己受過教育的優越感，還有，因為那純粹的無聊。

這是個由兩條街十字交叉形成的小市集，交易的商品多是一些日用什物，還有一些經過簡單加工的食品，四周廣漠草原上的土著，定期來市集上採購些小商品。長途的跋涉，讓他們在抵達後感到疲憊了，這時候，揹著巨大錫壺賣紫樹梅果汁的何內，就適時地出現。他所賣的果汁，雖然略顯酸澀還帶著渣滓，但是對土著來說，已經是時髦的城市享受。

何內的錫壺很特別，圓肚細長頸，還有一個弧形優美的大提耳，正好讓何內揹在肩上，整個壺有一個小孩子那麼高。有人向何內買果汁，他就從腰際的布袋裡掏出錫質的小杯，讓客人擎著，他側著身把肩一歪，果汁就從細長的嘴裡傾注到小杯裡，一滴也不會濺出。客人喝完後，何內收回杯子，用布巾揩抹乾淨。這杯子馬蒂並不敢用，她用自己的鋼杯。

現在何內把錫壺從肩上卸下，放在一旁，陪馬蒂坐在驢欄上。這陪伴實在大可不必，但是馬蒂讓他坐在身旁。何內樂意枯坐在這裡，除了因為這兩天為伴的小小友誼，還有，那純粹的無聊。

因為時間在這裡拉長了。對馬蒂來說，到這裡首先要適應的，就是很廣闊的土地，很長的路，很慢的人，和很慢的車。在驢欄前不遠的小雜貨鋪上，那個黑而胖的梅里耶婦人，端坐在醃肉、農具、塑膠桶和深咖啡色肥皂堆前，用一種吃驚的表情看著馬蒂，這表情已經維持了半個下午，也不嫌累。這婦人並沒有旁的事可忙，在這小小的十字路之外，就是一望無際的短草原，生活在這裡，就是對草原上無盡的眺望。婦人喜歡眼前這特別的景致。

這裡的房子以尤加利樹幹搭建，離地架高約一尺，雞群可以從容地在屋底漫步。每戶門口都留著與屋內空間等大的陽台，或者說騎樓，上有棕樹葉遮蓋的陽棚。漫長的午后，人們就聚坐陽台上，大致上什麼都不做，只是躲避太陽，和悠閒的眺望。如果時間可以兌換成貨幣，那麼這裡就是嚴重的通貨膨脹。馬蒂這麼想著，一半因為無聊，一半是因為她的苦惱。她的手錶在幾天前很神祕地故障了，秒針固執地卡在五十四秒和五十五秒之間，擺蕩不已但就是跨不過去，所以分針和時針也就停擺了。沒有了計時器，馬蒂陷入一種惆悵的情緒。

看不到計時的度量，馬蒂在時間上好像也失去了自主權。這裡的人大約不在乎時間，因為她遍尋市集也找不到一只手錶。現在儘管錶壞了，馬蒂每隔一會還是不由自主地瞄一眼手腕。時間的河依然在流，只是習慣精準的馬蒂茫然了。但是在這樣緩慢無聊的地方，她的茫然又所為何來？不過是更無聊的城市習性。馬蒂甩甩短髮，索性從袋中掏出香菸。

此地買不到她所習慣的薄荷菸，所以馬蒂很珍惜僅剩的那兩包。點燃一根之後，馬蒂快樂了，她悠悠吐出長煙，用法文說：「C'est la vie。」何內笑了。

何內掏出他自己的香菸，也點燃了一根，也跟著說：「C'est la vie。」那意思是：這才是生活。這是馬蒂學法文之初最喜歡掛在嘴邊的一句話，這也是何內在法國人辦的小學裡所學到的，他認為最優雅的、最富文明氣質的一句話。

「這才是生活。」何內說，他又開始用極不通暢的法文喋喋不休，「我來告訴妳一個故事。」

「嗯。」

「妳看看我的壺，」何內粗糙的手掌撫著他的錫壺，他說：「這是一個好壺。我叔叔的壺。我的爺爺給他這個壺，他們都用這個壺賣果汁。我小的時候，很喜歡這個壺，想要摸它，他們不讓我摸，他們叫我去上學。媽媽告訴我，這個壺有魔力，小孩子不能揹，揹上去就一輩子脫不下來。」

「哦？」

「叔叔死了。我十二歲，媽媽說我不能再上學，因為沒有錢。我揹起這個壺去賣果汁。妳猜怎麼樣？哈哈，我真的揹了一輩子。這個壺，揹一輩子。」

何內的笑聲很開懷，讓馬蒂看不出來他真的在說笑，或者在感傷。

「你在這裡上的學？」

「不。」何內不屑地撇撇嘴，他說：「這裡的人不上學。塔馬塔夫，我在塔馬塔夫上小學，上了五年。」

「喔，塔馬塔夫，很大的城市。」馬蒂記得塔馬塔夫，她的吉普車就是在那裡買的。

「我讀法文，讀地理，讀歷史，還有數學。這裡的人不上學。」

「那麼你知道台灣了？」馬蒂問。她在兩天前已經告訴何內她來自台灣，但那時候馬蒂對這個黑人的地理觀並不抱任何期望。

「知道。台灣跟馬達加斯加很像，雙胞胎。台灣是好地方。」

遠方路的盡頭有些塵煙，他們爬到木欄上眺望，看到只是牧人趕來了一群羊，兩個人又坐下，繼續用腳的法文閒聊。時間的河，慢慢地淌流，快要是落日時分了。

原來，這裡的人，讀過點書的，有點文化的，都知道台灣。這裡的人，生活在蒼茫原始的闊野中，厭煩了這種寬廣和疏荒，因為自己錯過的彩色的、緊湊的、痛快滋味萬千的都市文明而遺憾了，他們就夢想另一種人生，他們夢想著台灣。

隔著赤道，隔著很不可能對換的人生，這裡的人和那裡的人，遙遠地對望。

太陽落到地平線了。一天又盡。這裡是直射陽光的最南界，每年太陽回歸北照的地方。馬蒂和何內坐在驢欄上頭，眼前有兩隻沉默的驢子為伴。兩個人都沉默地望著夕陽。

瑰麗的日落，看起來和台灣一樣，而這裡是南緯二十二度半。

33

台灣。台北。才剛是破曉時分，街頭已開始車聲繁忙。

吉兒拿鑰匙打開海安的大門，屋內的簾幔都拉上了，一片黑暗。吉兒打開大燈，驚醒了落地窗前床墊上的人。

「海安，快起床。」吉兒朗聲說。她拍了拍手掌。

海安從被褥裡撐起上半身，他的身邊還躺著兩個長髮的女郎。一夜的廝纏，這兩個女郎滿臉的慵懶凌亂，可是還看得出她們出色的容貌風華。這顯然是一對年輕的雙胞胎。

「天亮了，妳們也該消失了。」吉兒冷冷地說，「海安，付錢。」

女郎們走了，海安還裸著上半身。他不太快樂。

「小梅在半夜裡聯絡我，籐條出事了。」吉兒說。

「怎麼回事？」

「標會公司惡性倒閉，籐條這個大白癡，拿人頭給公司用，現在已經被收押了。我們得趕過去看看，小梅快急死了。你穿衣服，我下去拿車，我們樓下門口見。」

吉兒一陣風也似地又出去了。海安還坐在床墊上。

黎明時分，他最恨看到的黎明，吉兒卻在這時候吵醒他。

簾幔外的天光，穿透進來一絲絲玫瑰色的細芒。海安點一根菸，他並不睏，只是不快樂。這破曉時分的曙光，就像匕首一樣，那麼銳利，那麼無情，插進了海安的心臟。

這是一個怕黎明的人。

如果不是因為回憶，人的心也許就不容易受傷。回憶是個磨砂的放大鏡，美麗的，會更加美得無法捉摸；可怕的，卻益發猙獰，而且猙獰得不可追究。所以海安從來不願回想起那個黎明。

三十年前，嬰兒海安在那個黎明裡醒來，東方一片玫瑰色的曙光中，他轉頭看見哥哥，嬰兒海寧，死了，僵了，永遠地棄他而去。海安並沒有哭，從他誕生那天，和海寧交纏的臍帶被殘酷地剪斷時開始，他就永遠失去了哭泣的能力。

海安起身穿了牛仔褲，抓一件上衣，鬍子也不刮，就開門出去。

34

新來的女秘書用濕抹布和穩潔擦桌子。桌子上厚厚的一層灰，顯然很久沒有人用過了。她擦完桌子，把領來的文具排列在桌上。

劉姐抱來了一大堆卷宗，對新祕書溫柔地笑笑，開始一件一件交接祕書工作。

「不要緊張，陳博士人其實很好相處。」劉姐說，「真高興妳來了，這個祕書工作我一兼就是兩個月，都快忙死了。陳博士用祕書很挑的，寧缺勿濫，總算才挑到妳。」

一個下午，才交接了不到一半的工作，和劉姐約好明天繼續交接。下班鈴響過了，新祕書還很勤奮地整理著桌面上的卷宗。她在案頭發現了一張紙條，上面都是英文，寫著「我的提示單」。

單子上這麼寫著：1.上班的第一個小時從事思考性工作。2.午休前與下班前各整理一次工作日誌。3.每天讚美三個人。4.撰寫企畫案時，一次不超過一個小時。5.每週閱讀完兩種刊物（附公司訂閱刊物一覽表）。6.絕不、絕不抱怨。7.每週與不同部門同仁午餐三次。8.每月整理一次工作進度量化表。9.最討厭的事最先做。10.星期六是從事規畫性工作最佳時刻。11.永遠比預訂進度早一步完成工作。12.工作難於取決時，假想：如果我是老闆，我會如何想？13.公司的利益在部門的利益之上。14.隨時隨地保持笑容。15.我到底在做什麼？最後的這條，筆跡很凌亂。

我到底在做什麼？這個年輕的應屆畢業生困惑了。她思考片刻，把單子撕下來，在原先的位置貼上了一張精神標語。總務部送的，都是些印在塑膠卡上的勵志小語，例如Quitters never win, winners never quit之類的話。她以自嘲的心情挑了一張：「I fight poverty, I work。」

我向貧窮挑戰，所以我工作。

新祕書滿意了。

35

看守所牆外種了一排波斯菊，熟透的橘子紅色在陽光裡招搖。今年的春天似乎很短暫，一轉眼，夏的氣息已經來臨。榕樹上一隻性急的蟬唧唧鳴叫幾聲，歇一會，正待再發音，四處應聲和鳴的蟬嘶已掀起了熱鬧的大合奏。

這天不是假日，申請面會的手續很快就通過，海安、吉兒、小葉、素園，和懷抱著樂睇的小梅在警衛的引領下，進入了空蕩的面會室。

會面的方式和電視上所見大不相同，既沒有玻璃隔牆，也沒有電眼監視器，警衛在牆角的椅子坐下，看起來挺有耐心。整間面會室像是搬空的小學教室，只是窗上都加了鐵欄。門推開，籐條走進來。大家默然對視。籐條只是憨憨地笑著，他接過樂睇抱在胸前，又把他的臉埋進樂睇的襁褓中。

整個案子已經進入審判期，這個標會公司的猝然倒閉，牽連受害人高達四五千人，社會上一時蔚為奇聞。參加標會的會員所繳的會款累計到十幾億元，除了極少數得標會員領走的錢之外，所有的資金流向一直是筆糊塗帳。公司幾個主事者在事發之初都已走得不知去向，只透過一個口風極緊的律師，發出十幾次前後矛盾極多的安撫聲明。受害人組成了自救委員會，和公司展開馬拉松式的纏訟。頭裹著夾克的籐條，和一個哭哭啼啼的年輕女會計師，成了新聞報導裡出現的熟面孔。

籐條從來沒有這麼出名過。

兩個月下來，這則超熱門新聞已經漸漸轉淡，籐條在鏡頭前明顯地消瘦了。他雖然從來不是公司的核心主管，卻擁有業務副總裁的頭銜。這個讓籐條自豪極了的職位，現在卻變成了眾怒所向的箭靶。

小梅並不覺得他可惡。甚至他們所有的財產都遭到了扣押，迫得小梅只好搬回娘家住，她還是不覺得在乎。小梅的娘家碰巧很富有，富有得不介意養她們母女一輩子。小梅在娘家安頓了下來，過著幾乎更寬裕的生活。她從像樂睇那麼大的時候，就已經習慣了這種富有。也許，要不是因為她來自富貴之家，籐條也不會中了邪一樣地賺錢，賺到連公司要出大問題了還不抽手，結果變成了一隻來不及逃走的過街老鼠、代罪羔羊。是這樣的吧？如果這麼說，那籐條還真可憐，小梅今天早上吃火腿蛋的時候這樣胡思亂想，連家裡的傭人端來了咖啡她都沒發覺。

「聽說官司還有得打。」吉兒打破了沉默，「要撐下去。」

「不公平嘛。報紙上說連法官也覺得你是代罪羔羊，看他準備怎麼判。」素園說。

「不用等判決，早知道答案了。」籐條倒是表現得很灑脫，「律師說，大概會判六年，減掉扣押期，還有假釋，七折八扣下來，最多關四年。」

「才四年嘛，四年以後，又是一條好漢。」小葉鼓勵他。

「至少，我終於找到一個不用爭地盤的地方了。」籐條接過海安遞過來的菸，抽了一口。

「想得美，監獄裡的地盤之爭才原始，才叫激烈。」吉兒快人快語一如往常。

「妳說的是這個？」籐條曲起上臂，繃起雄偉的二頭肌，他說：「那我們瞧瞧，誰來當老大。」

是的，籐條是非常魁梧的。只是很奇怪地，長久以來，大家都忽略了他在這方面的優勢。

面會結束的時候，籐條攫小雞一樣地緊緊擁抱小梅。小梅嫣然一粲，送給籐條一朵波斯菊。鮮豔的橘子紅色的波斯菊，小梅在看守所的鐵窗外摘的。

籐條巨大的手掌，緊緊握住這枝梗纖弱的波斯菊。

離開看守所，素園和小葉搭小梅的便車回台北城，小葉要開店，而素園還要繼續上班。吉兒今天搭海安的車。

「我們先不回去好嗎？」吉兒問海安，「到海邊走走吧。」

他們沿著北海岸一路開到了蘇花公路上的清水斷崖，一路沒有停歇地前行，就是沿著海開車，因為這一天的海水是這樣出奇地蔚藍。

往回走時，已經是夕陽時分。

在南方澳吃了晚餐，他們決定走陽金線回台北。於是，夜深蟲鳥寂靜之時，海安的白色跑車奔馳在陽明山的上坡路上。這一趟，海安和吉兒都不多話。

望著窗外的暗夜與飛快倒退的路燈，吉兒的思潮雜沓。她的著作《新佃農時代》即將在這個月上市，銷路未卜，但在吉兒的心情上，已經是一個結束，也是另一個開始。吉兒最近與尚保羅的綠星球黨接觸更多了，他們視吉兒為台灣新生代知識分子中，最具有潛力的運動領袖人才，所以積極爭取吉兒入黨。

到底要不要正式加入這個激進的環保組織，是個小問題，重點是要用什麼樣的態度做為它的黨員，像尚保羅那樣，切斷自己的成長根性，變成一個純粹的社會運動者嗎？這好像也是個小問題，真正的問題是，尚保羅這個人。在他身上，吉兒看到了一種全新的、自由的方式，和Young截然不同卻又同樣吸引著她。

尚保羅和她所認識的所有人都不同。他拘謹，但是磊落；他憂愁，但是積極。尚保羅和海安尤其不同，後者有絕對優勢的條件，可是他並不分享給這世界。吉兒看了一眼專心飛車中的海安，到如今她還是不認識他。這是一個自私無情得專心致志的人。那種專心的程度，又叫人佩服得不知該如何置評。

就在這時候，海安猛力把車子打橫。尖銳的煞車聲劃破山路上的死寂，車身橫著向左疾衝而出馬路，撞碎了水泥護欄以後，翻下山坡。

吉兒甚至來不及驚叫，天旋地轉猛烈撞擊中，彷彿海安俯過來用身體護住了她。恐怖的爆裂聲中整輛車翻滾扭曲撕裂，吉兒昏眩過去。

公路上恢復了寂靜。深夜的山上，沒有其他的車輛。海安的車子在柏油路上留下了一道深刻的煞車痕，痕跡直達到坡邊，而山坡再下去，是個深谷。沒有人看見這車禍，除了那一隻瑟縮的母狗，和依偎在牠腳下四隻柔軟嗚咽的乳狗。沒有人看見，海安差一點撞上馬路中的這一窩狗，如果不是他猛力將車子打橫的話。

寂靜的山路。寂靜的黑夜。

坡邊的小樹叢窸窣搖動，海安染滿鮮血的手攀住一根樹幹。他爬了上來，他單手拖著昏迷的吉兒。將吉兒拖到坡邊後，海安也倒下了，他的雙唇像紙一樣白。坡下傳來了他的座車墜落山谷的轟然巨響。

吉兒轉醒了過來，很不明白眼前的處境。那麼多人影在眼前晃動，那麼多嘈雜的聲音，但是沒有人理會她。吉兒的額前像有火鉗灼燙一樣，刺痛不堪，她用手一摸，才發現額上包覆了厚厚一圈紗布。

吉兒漂亮的額頭，綻裂了一道橫過來的人字型傷口，一共縫了二十二針。

吉兒轉頭看看左右，感到一陣暈眩。這顯然是座醫院，她顯然還在急診室中。現在大約天剛亮，急診室裡橫陳著病人，大都狼狽不堪。病床不夠，有兩個不知道受了什麼傷的人，縮著身躺在候診椅上。還是沒有人理會她，四周都是陌生的人。她漸漸回想起了車禍，前半段的撞擊和翻落山坡的場面歷歷在目，之後的，只有聲音上的記憶。

車子懸掛在枝椏上，樹枝一根根折斷的爆裂聲。

像小河一樣涓流在耳邊的，奇怪的水滴聲。

死寂。

有人猛力蹭擊車窗的聲音。砰！砰！車子搖搖欲墜的吱嘎聲。

又一聲猛擊，砰！有人扯著她從碎車窗中拖出，碎車體勾破她的裙子的裂帛聲。

吉兒從病床上彈跳而起，淚如雨下。「海安！——」她大喊。

在醫院狹窄的甬道裡疾奔，帶著藍色的冰冷燈光一盞盞映照在甬道上。

「慢點，小姐妳慢點。」護士氣喘吁吁地追著，她提著一只點滴瓶，「小心妳的點滴。」

吉兒一把扯下手臂上的點滴針管，把護士拋在腦後。她跑到了加護病房區的管制門口，推開阻攔她的，皺著眉的護理長，她從透明的病房門扇中找到了海安。

海安，沉睡中一般地，躺在滿布電子儀器的病榻上。他裸著的胸前裹滿了白紗，一具幫浦一樣的機器，正有節奏地將空氣打到他的透明面罩裡。暗紅色的血漿包，透過點滴管注射到他傷痕累累的手腕上。三個年輕的女護士圍繞在床邊，正在低聲談著話。

知道了吉兒是海安的朋友，三個護士都有鬆了一口氣的表情。原來，海安在病歷表上，還是無名氏身分。

護士們告訴吉兒，海安斷了幾根肋骨，左鎖骨也撞斷了，胸腔大出血，剛才動完手術。

「真的很險，」那個大眼睛膚色白皙的護士說，「送來的時候已經量不到血壓了。昨天外科的case太多，血庫已經很吃緊了，他在開刀的時候還失血不止，一下子就把存血用光了。」

「真把我們急死了，」另一個護士也說，「三更半夜，偏偏調不到血，醫生差一點沒氣炸，一直大罵為什麼不把他送到重點醫院。」

「謝謝你們救了他。」吉兒輕輕握住海安沒有知覺的手，她曉得現在沒事了。看見海安沉睡中寧靜的臉龐，她的一顆心從來沒有像現在一樣，充滿了溫柔。

「妳呀，要謝的人多了。」大眼睛的護士笑著說，「老天保佑他是ＡＢ型，我們整個護士站的人都捐了血。」

「破紀錄喔。」第三個護士開口了，「我們捐了三十五袋血，才救了他一命。」

「謝謝妳們。」

「不能見死不救啊。」大眼睛護士說，她調整了一下海安的呼吸器，又說，「這樣好看的人。」

「這麼好看的人。」另一個護士也輕聲說。

「大換血，現在他身上流的都是我們的血喔。」大眼睛護士拍拍海安的臉頰。醫生走了進來。

這留著小鬍子的醫生對自己的手術滿意極了。他答覆了吉兒一連串的詢問，對於吉兒的焦急回以很穩定開朗的態度。

「可以說撿回一條命啦。這年輕人身體夠壯，生命力也強，沒問題的。」醫生說，他頓了一會，又加上一句，「應該是沒問題的。」

「到底還有沒有危險？」吉兒問。是她多慮？還是醫生真的話中有話？

「車禍的事，就怕撞了頭。」醫生拿起床尾的紀錄單，這裡勾勾，那裡畫畫。

「什麼意思？」吉兒追問。以一般的常識而言，她大致知道醫生的意思，可是海安的頭部看起來很完整，沒什麼外傷。

「觀察一陣再說。先等他醒來。醒來就沒事了。」醫生說，吉兒覺得這醫生開始有一點心不在焉。醫生大體上看一下海安床前的儀器，又說：「不用擔心，死不了的。」

醫生走了。三個護士幫海安調弄床褥，又用毛巾擦他的四肢，動作都非常輕柔。

吉兒在床邊坐下，開始感到額頭和全身擦傷處的刺痛。

海安睡得這樣安詳。暗紅色的血漿包，一滴一滴，輸送護士們多情的血到海安的體內。

兩天過去了，海安並沒有醒來。

在接下來一整個混亂的星期中，小葉找出海安開給傷心咖啡店的戶頭存摺，提出大筆的現金，又暫時關閉了咖啡店。吉兒四處動用她的記者關係，在最大的醫院中為海安挪出了床位。海安被推著送進救護車，轉到了這醫院的特等病房。他又被推著進出了各種不同的檢驗室。素園請了假，到台南去找尋一位專治腦傷的氣功師父。她們想到應該通知海安的家人，但是小葉翻遍了海安的家，也找不到聯絡方法，只好暫時作罷。小葉搬來了簡單的行李，在海安的病榻旁架了一個行軍床。吉兒對每個醫生叨唸：「他一開始還很清醒，他把我扛上山坡，那表示他還有意識，一定還有救，你們要想辦法救他！」醫生們耐著性子跟吉兒解釋腦挫傷的現象十分複雜，一大堆的解釋又讓吉兒非常懷疑他們的醫療能力。吉兒開始打電話給紐約的朋友，打聽美國的腦科名醫。夜裡，小葉就睡在海安榻旁，任何風吹草動，都讓她驚跳起來，握住海安的手，怔忡良久。

但是海安沒有，始終沒有醒來。

現在，圍繞在海安的榻旁，每個人，包括醫生，都非常憂愁。醫生方才在會診討論中，否決了開腦部手術的想法。海安的腦部並沒有明顯的血腫，他的呼吸能力已經恢復了，胸部外傷正穩定痊癒中，一切外在狀況都好，就是醒不過來。

對於醫生來說，這並不是罕見的現象，腦部傷害有太多種可能性。現在只有等了，醫生對大家說。素園開始哭泣。她的台南一行並沒有找到傳說中的氣功師父，事實上她也不信任氣功，但是醫生的消極態度又讓她不知道該信任誰。吉兒抹去淚水，開始和醫生談論一些護理問題，必須要穩定地保持海安的生命系統。吉兒拿出筆記本，一邊談一邊記。小梅哭濕了一整條手帕，看到了海安身上插了那麼多針管，又尖又冰冷的針管，戳進海安腕上、臂上和胸前，小梅非常心疼。

只有小葉沒哭。在大家淚眼惆悵的時間裡，她清理了海安的抽痰機，把小梅送來的玫瑰花束移到窗旁，又用棉花棒潤濕海安的雙唇。初夏的空氣很濕熱，小葉去開大了冷氣，再用一張毛巾，輕輕揩抹了海安一身的汗。

醫生離開了。吉兒到海安榻旁坐下。海安睡得如此深沉，吉兒輕撫他的頭。一個靈魂，困在裡面出不來了，在那裡你自由嗎？吉兒用指尖撩動他額前柔軟的頭髮，看著他時而緊蹙的雙眉。是在作夢嗎？什麼夢呢，海安？讓你流連在那裡面不願意離開？

36

馬達加斯加最南方，西薩平原。

或者說，紅棕色的西薩乾原。

馬蒂從公共巴士扛下她的行軍揹包時，正是燥熱的中午，秋天的豔陽如火，無盡的紅棕色乾原上，只有一棵棵孤寂的刺針樹矗立其中，比仙人掌還要高大，比荊棘叢還要猙獰的刺針樹，是這片乾地向天空揮出的一個拳頭，它們不能提供蔽蔭，馬蒂朝向前方有帳棚的人煙處步行，巴士上的黑人們和司機都回首望著她，車子走得很遠了，還有人從車窗探頭向後眺望馬蒂。這個東方女人，孤單一人在荒原中要做什麼？

帳棚裡的人也走出來看她。這是世居西薩平原上的安坦德羅人，膚色純黑，身材瘦長，存活在這片乾涸荒涼的土地裡，裹在寬大布袍中的身影顯得十分仙風道骨。在馬蒂嘗試用手語和他們溝通之前，他們展露了笑容，用手勢邀請她進入帳棚。一個半露著乳房的女人給了她一碗水，用一只骯髒的，赤紅色的塑膠勺子。

為什麼還在這裡下了車呢？其實再往前一百公里，或者再往後一百公里，也沒有多大差別。馬蒂在這裡下車，只因為一個靈感，這裡看起來，和海安那張照片裡的景致非常相像，所以她在轟隆的引擎聲中，用中文對司機尖叫說：「下車！我要下車！」司機很不信任地看著她，又求援似地回望其他的乘客。「我說，我要下車！」馬蒂又叫，司機戛然停車，說了一串梅里耶土話，這話引起了乘客們的贊同，紛紛對馬蒂點頭並用手勢安撫她再坐下。

但是馬蒂必須在這裡下車。

她在安坦德羅人的帳棚裡住了三天，用一把折疊梳子，一把雨傘，和半包方糖，向他們換來了一件深灰色的布袍。

頭髮剪短了，暫時不再需要梳子。這乾原看起來有好多年不曾下雨了。方糖，準備用來泡咖啡的，但是那半裸的安坦德羅女人嘗上一口後，就全心全意地愛上這甜味。喝焦苦的黑咖啡也不錯，正適合這片烈日烤灼的旱地。而換來的那件灰色舊袍子，質料與顏色都和照片中的耶穌穿著相仿。

「耶穌。」馬蒂拿著燒毀一半的照片，用法文詢問收留她的安坦德羅家人，換來了一雙雙迷惑的眼神。

「耶穌。」馬蒂去問附近的人們，他們搖搖頭，並且含蓄地笑著。穿著此地傳統布袍的馬蒂，一舉一動都讓他們覺得逗趣極了。

所以馬蒂把照片收回到她的小筆記本夾頁中。

以客居的帳棚做中心點，馬蒂徒步到乾原上漫無目的地旅行，走走，看看。這乾原並非全然荒涼，在刺棘樹叢生處，常可見一種不知名的野花，攤開三片鮮黃、嫩紫、或豔紅色的花瓣，和細小肥厚如同一滴淚珠的葉子，盛開在烈日下，日落即亡，不知名的長尾蜥蜴在黃昏後爬過凋萎的花莖，捕捉不知名的奇異飛蟲。

據說，這是全世界最古老的島嶼，一億六千五百萬年前，它承載著數萬種生物，神祕地漂離了非洲大陸。巨大的諾亞方舟，從此離棄了文明的發展主流，一海相隔，這裡是遺世獨立的世界。書上記載著，此地百分之九十以上的植物和動物，都不見存活於他處。

這又是一個和平的方舟，雄霸非洲的猛獸，獅、豹、犀、象，都沒能搭上這趟旅程，柔弱的狐猴和飛鳥，在這裡靜靜地安居。直到某個神祕的年代，非洲人渡海東來，他們愛上了這片土地，就不再離開。這是一個適合流浪的島嶼，寬廣，寂寞，友善，跟以往的回憶說再見，在這裡只有全新的景觀。

後來的人稱他們叫做安坦德羅人，意思是沒有根的民族。

沒有根的安坦德羅人，生活在刺針樹林裡，也許有幾千年，幾萬年。他們裹著一片布做成的袍子，住在一張布毯搭成的帳棚裡，也許有幾千年，或者幾萬年都不曾改變了。到現在馬達加斯加還是個孤獨漂流的方舟，外面的世界不過是一陣浪頭，是濺到舟裡的幾朵水花，還沒聚集成漬就被烈日曬乾了。任憑其他的地方急遽變化，安坦德羅人始終過著接近原始的生活。他們損失了什麼呢？用自來水和高壓蒸氣壺烹煮的卡布其諾咖啡，尼龍混紡剪裁的套裝搭配同色系的皮包，四節車廂一列的捷運快車，尖塔形狀的摩天大樓和裡面上百間公司行號，有期貨公司、旅行社、出版社、美語教學中心、貿易公司、電腦推廣中心、直銷供貨中心、傳播公司、公關顧問公司、報關行、房屋仲介公司、建設集團、美容瘦身中心、補習班、西藥代理公司、人壽保險公司、一至八樓的百貨商場、地下美食小吃街，和半小時四十元的停車場。

何其沉重不堪的損失。

馬蒂坐在光禿禿的紅色小山丘上，游目瞭望，四周的地勢起伏很和緩，感覺上可以看到一千公里以外。晴空下，她坐了一整個下午，什麼事都不做，就是等著絢爛的日落。

在她的城市裡，這樣的閒耗叫做虛擲，荒度，浪費，因為在那裡萬事具足，獨缺時間和空間。而這裡的人幾乎一無所有，連手錶都沒有，所以有用不完的時間。人是種子，被播種到這裡，播種到那裡，所謂風水、土質、氣候都是運氣。不變的是，這裡的人和那裡的人，各自想辦法找到了存活的姿勢。

孤獨的馬達加斯加島，滿載異於他方的生物，存活在時間的河流裡。外面的世界一不一樣，或者外面到底有沒有另一個世界，似乎都無關緊要。其實，那真的無關緊要，物種在這裡自生自滅，枯榮消長，優勝劣敗，物競天擇，唯一緊要的是它們齊聲對著天籟發出的呼喊，生存，生存，生存。

人的生命不也是一樣？走過遙迢的長路，又從文明中淬鍊了各種價值觀來搭築成休息站，這些價值觀，不論是善惡、是非、貴賤，不也都是為了最終極的目的，生存？如果生存的目的就是生存，再延續物種的生命，再生存，那從頭到尾生存這件事的意義又何在？人類和一個島嶼有什麼不同？它的生滅就是它的生滅，在它自己之外，一片沉靜，無關緊要。

難怪人是容易寂寞的動物。為了填補寂寞，人發展藝術，人探索感情，人用盡方法伸出手締結友伴，聚集得越擁擠，就發出越大的呼喊，生存。終究這都是蒼涼的努力，終究這改變不了事實，自始至終，人都活在一場自生自滅的旅程。

想到這裡，馬蒂就迷惘了。太陽剛剛落到地平線，遠方的狐猴傳來海妖一樣的歌唱。千里迢迢來到這個山窮水盡的地方，獨坐在闊野中，她只覺得空虛。當然，脫離了三十年來的身分重擔，在異鄉裡流浪，她的身心是前所未有的輕鬆，只是這種奇異的輕鬆感很難以形容，大概只有在失重的狀態下的太空人才能了解這感受吧？很諷刺的，失去一切壓力的結果，也是空息。

從北半球的那個大都市出走，想為自己找到一種全新的生存價值，現在坐在莽莽荒原的小山丘上，馬蒂發現到自己渺小得近乎零，和風中的一顆塵埃一樣沒有意義。我到底在做什麼？馬蒂在紅土上寫下了這一排字，看了看，看出這問題本身也沒什麼意義，就又用腳把字跡擦去。

馬蒂離開了借宿的帳棚，揹著她的行軍揹包。留宿她的安坦德羅一家人都佇立在風沙裡良久，靜靜目送著馬蒂渺小的背影消失在荒遼中。

37

摘一朵花盆裡的茉莉花，戴在樂睇的頭上。樂睇只是個不到一歲的小嬰兒，頭髮還太稀軟，戴不上花，所以小梅就把茉莉插進自己的髮鬢。

「香不香？妳聞聞看？」小梅問樂睇，偏頭將鬢角的茉莉花迎向樂睇。

「咿——咿。」樂睇說。

那是螞蟻的意思，樂睇很喜歡這個發音。

小梅從髮鬢上拿出茉莉花，仔細地看，上面真的有一隻紅色的小螞蟻。小梅於是把花朵拋回到花盆裡。

暖洋洋的初夏時分，小梅抱著樂睇，坐在娘家裡的花台上。她們剛才玩罷了鞦韆，現在母女倆都很滿足地享受著陽光。

娘家的院子很大，庭院外圍種了一圈檳榔樹。高高的檳榔樹影，在一層層更高的水泥叢林包圍下，變得瘦小了，在落塵中顯不出綠意。

小梅和樂睇趴在地上，找到了一排紅色的螞蟻。牠們從大門外穿縫而入，爬越寬敞的前庭，蜿蜒地向後院而去。好長的一排螞蟻，在陽光中踩著忙碌的步伐，有些合力扛著小蟲，有的獨力頂著一個透明的蟲卵。其中還有體形巨大的兵蟻，來回穿梭在隊伍中，保持蟻行的秩序。

「咿！」樂睇高興地尖叫了。

「對，螞蟻。」小梅抱著樂睇在草地上坐下，她也開始覺得有趣了。她柔聲在樂睇耳邊說：「這些是工蟻。工蟻的一生都在工作。牠們做什麼呢？找食物啊。每天都爬來爬去，把可以吃的東西都搬回巢裡，存起來，再出去找，再存起來。這樣牠們才不會挨餓。牠們要餵小螞蟻。小螞蟻也都是工蟻，被餵大了以後，就一起工作，再養新的小螞蟻。什麼？妳問牠們會不會無聊？那也沒有辦法，全部的螞蟻都是這樣啊。

「有的地方食物很多，螞蟻就排成一排來搬了。螞蟻都很聽話，因為牠們是螞蟻。有的螞蟻很勇敢，敢一隻爬到很遠的地方，要找更多的食物。牠爬得太遠了，爬到別的螞蟻窩去搬別人的食物去了，就被關起來。其實牠很可憐，牠只是想要搬多一點食物回到窩裡。螞蟻看到食物就要搬，為什麼呢？因為牠就是被訓練成搬食物的工蟻啊。媽媽告訴妳，世界上沒有真正壞的螞蟻……」

停了一下，小梅又說：「有的螞蟻受了傷，怎麼辦呢？就住在螞蟻醫院裡，等病治好。病會不會好呢？媽媽也不知道耶。樂睇知不知道呢？」

樂睇當然沒有答話。她只是個小嬰兒，世界對她來說，是一個光怪陸離的大房間，從小嬰兒的眼睛看出去，沒有參與感，只有旁觀者的驚奇，驚奇。樂睇尖聲叫著。她所看到草叢中的螞蟻群太有趣，太可愛了，樂睇非常開心。

對了，樂睇，人生是一場快樂的注視和諦聽，多麼希望真的是這樣。小梅親吻樂睇的臉頰，輕輕地這麼說。知道嗎？樂睇，妳的名字，是一個最美的祝福，來自一個最美的人。

小梅抱著樂睇回到鞦韆上。太陽快下山了，一陣陣晚風送來了宜人的清涼。

38

馬蒂在小湖邊洗澡並洗衣服。很美的淡水小湖，令人難以置信地出現在靠海的岩質乾地上，可能是湧泉造成的吧？湖底長滿了筆直成尖塔狀的綠絨植物，從湖面上望下去，就像是鳥瞰一整片沉入湖底的棕樹林。馬蒂看到了自己的倒影，裸體，飛行在棕樹林梢。她瘦了一些，全身曬脫幾次皮後，呈現著均勻的亮褐色。她已經獨自在西薩平原旅行了四十一天。

馬蒂的身邊有一個安靜的安坦德羅人。她並不閃避他，因為左近不遠還有幾個安坦德羅男女，也都脫光了衣服，用這湖水擦洗身體。他們用勺子舀起水沖洗，並不直接跳入湖中，也許湖裡住著什麼不可侵犯的生物吧？所以馬蒂依樣舀水潑洗身體。

安坦德羅人竊竊私語著，但一與馬蒂的眼光接觸，他們就又害羞地轉開頭。馬蒂和他們完全地語言不通，雙方只有靠著天賦的善意互相觀望。其實馬蒂越來越發現到交談純屬多餘。要用多少辭彙，才能取代一個友善的注視？現在她對身邊的安坦德羅人笑笑，用灰袍子擦乾身體，再穿衣服。她先穿上兩層自己從城市帶來的襯衫，再裹上袍子。已經是深秋時分，平原上颳來的大風漸漸令人難以忍受。

馬蒂把肥皂用油紙裹起收回揹包中，她取出水壺灌進淡水。一陣風飆來，將揹包中的物品吹散四處，身邊的安坦德羅人伶俐地凌空接住了馬蒂的小筆記本，又陪馬蒂匆忙撿拾，但還是有一枝筆和一卷衛生紙滾入湖中。

馬蒂正忙著把東西塞回揹包裡，一抬頭，看見那安坦德羅人皺著眉，盯著他手中的小筆記本，臉上有迷惘之色。馬蒂接過來一看，是那張夾在透明塑膠頁中的耶穌照片。

「你，認識他嗎？」馬蒂用眼神詢問。

語言並不重要，他們雙方都了解。安坦德羅人抬起頭，說：「耶穌。」

而他用的是非常不標準，但是清楚的法文。

「他在哪裡？」馬蒂問。

安坦德羅人用筆直的手指向一方。離他們不遠處，那個方向只有碧綠的海。

碧綠的海，海上有白色的浪花拍擊著陡峭的岩岸，一來一往，偶爾有拍得太高的浪頭，整個襲上了近海的一個礁岩小島，在島上迸碎成千道白瀑。馬蒂坐看海潮，她想，總有一天這海浪會把礁岩小島磨蝕光，大約要一百萬年吧？一百萬年以後，不知道是誰會親眼目送這小島的海葬？

馬蒂坐在海岸上。粗糙的岩岸離海平面有幾呎的落差，她不禁走到岸邊朝下探視，下面是獰惡的礁石，和洶湧的海水，左邊是蜿蜒荒涼的海岸線，右邊是隆起的礁質山崖，沒有人，連生物都沒有。她回望不遠處的淡水湖邊，安坦德羅人也走光了，在這海邊生存而且呼吸的，就只有她了，她不能明白那安坦德羅人為什麼說耶穌在這邊。是誤聽嗎？又不可能。海風吹得她全身戰慄，馬蒂坐下，撩起袍子的下襬，開始捉蝨子。

其實馬蒂的布袍上並沒有蝨子，一切都因為莽原裡長的一種極難纏的植物，呈細鉛筆狀迎風招展，只要人獸經過，它那像米粒一樣大小的種子就附著上身，甩也不甩掉。頭鈍尾尖的種子，底側有幾根堅硬如針的細芒，整個種子的外形完全像一隻蝨子，用腳爪一樣的細芒頑固地攫住衣襬，有時手一拂過，刺得馬蒂驚跳起來，刺傷處隨即血絲長流。馬蒂每天都得在日落前，仔細抓淨這些蝨子，夜裡才不至於如臥針氈。

抓了一會，又從袋中掏出乾糧吃，馬蒂大致感到很悠閒了，她哼起歌來。面對著海，正是瑰麗的日落時分，沒有了手錶的馬蒂想到，假使一個人不看錶也不看方位，將如何分辨出日落和黎明？真的分不出來。眼前的海平面，被曙光一樣的夕陽映照成柔和的玫瑰紅色，一整片燦爛的玫瑰海洋中猛凸出一根黑戟，那是一道黑影，黑影從海面上矗立正好像匕首一樣戳進了落陽的心臟。馬蒂瞇起眼睛，逆著刺眼的夕照，一直到那黑影攀爬上岸，走近她的眼前，馬蒂才看出這個人，赤裸著全身，正是照片裡的耶穌。

比起照片中年輕健壯，耶穌從她身邊走過。雖然沒有穿著那件灰色袍子，馬蒂還是一眼就肯定這是耶穌。他的髮鬚削短了些，眉目爽朗。親眼目睹之後馬蒂吃驚得說不出話來。這耶穌，簡直就是海安的翻版，荒漠裡的褐色版本。

耶穌從馬蒂的身邊走過，對於馬蒂，他完全地視若無睹。好像馬蒂是一顆存在於海岸邊已經有千萬年的石頭，耶穌與她擦身而過，既不避開她，也不望向她。耶穌走到一塊岩石後頭，找出他的灰色袍子和草鞋穿上，揹起一只灰布的褡連，離開海岸。

耶穌走了。從頭到尾，馬蒂並沒有叫住他。

為什麼呢？馬蒂也說不上來。沒有開口叫喚耶穌，可能是因為太靜了，靜得她無能突圍。耶穌的眼神、身姿、腳步都是這麼無比奇異的寧靜，像是被一團異質的空氣籠罩，她感覺到了緘默的必要。同時又因為太吵了，吵得她無法發聲。這耶穌走向遠方的一排足跡，很奇怪在馬蒂看起來像是唱片上的鑽石針尖，一路刮擦過大地，發出太吵的，沒有人類能聽得見的高音。

馬蒂爬起來，用雙肩揹起揹包，遠遠地跟隨上去。

在淡水小湖邊上，這叫耶穌的人停足，跪地舀取了一皮袋的水，之後又繼續前行。馬蒂遠遠地跟著。兩個人都不急不緩，太陽在背後一寸一寸浸入玫瑰色的海平面。

無盡的荒原，除了偶有幾簇短草，或是一兩棵戟張的刺針樹，沒有任何可供辨識的地標。天色明晦交際，星子還沒有現身，但是耶穌在曠野之中轉了個九十度的彎，好似他正走在一條隱形的小路上。馬蒂沒有取巧，她也走到轉彎處，才向右轉繼續跟隨。

又是幾個毫無頭緒的轉彎，他們現在沿著海岸線走了。地勢漸漸上揚，叫耶穌的人和馬蒂，一個前一個後，差距大約有二十公尺，爬上了海邊的一座和緩的山崖。

最後他們來到了面向著整片大海的山壁上。頭上是凸起的巨岩，形成了山壁上一個走廊形狀的掩蔽處，約有兩百平方公尺那麼寬敞。顯然，耶穌就住在這裡。

寬敞的天然洞穴，可是又非常擁擠。馬蒂張大了眼睛向裡側的岩壁探視，那上面住了無數的鷸鳥。不止在這洞穴裡，外面的風蝕凹凸的岩壁上，也住滿了嬌小的鷸鳥，大概有十萬隻之多。天光晦暗，看不出牠們的陣容，可是十萬隻鷸鳥齊發出的啁啾聲已經足以驚心動魄。

三面是岩壁的寬闊洞穴，一面敞開向著大海，耶穌靠著一側的岩壁面海坐下。馬蒂為難了。壁上攀住著鳥群，很自然地岩壁和平整的地面交壤處，都堆積著不少的鳥糞，其中還夾雜了大量的羽毛，所幸這洞穴呈寬口狀朝外展開，猛烈的海風吹去了異味。可是遍地的鳥糞讓她不知何處坐起——除非坐在耶穌的身邊。這的確令人不解，耶穌居住的地方，那一整面山壁都沒有鳥巢，所以地上有一片兩坪大接近橢圓形的清淨空間。這些歸巢的鳥兒十分地不安於室，除了在自己的小穴中擠蹭之外，還不時翩然翻飛蹦跳，四處串門交際。但是牠們並不侵擾耶穌的地盤，同時耶穌也不打擾牠們。夜方降臨，耶穌走到洞口外，面朝海坐下。突然之間，像是有人關掉了某個神祕的開關，聒譟的鳥兒都靜了下來，只有一兩隻年輕不懂事的小鳥，吱吱叫了兩聲，自己又氣弱了，訕訕然歇了聲。

洞外有個向外突出約三坪大的平台，那是他們來時山路的終點。這平台懸空在山壁上，平整異常，像是人造出來一般，可是上面並有沒有斧鑿的痕跡，只有天然火成岩的紋理。耶穌就坐在這裡。馬蒂走到這平台上與耶穌並肩坐下，耶穌並沒有理會她，馬蒂也無暇客套，她被眼前的景象震懾住了。

面前是大海，他們懸空坐在大海的上方，一輪滿月吐露光華，滿天璀璨的星斗，如歌的海潮聲聲推湧，整座平台沐浴在清新的海風中。

身邊的耶穌是這麼地安詳。他凝眸望向海天交際處，又好像哪裡也不看。他的呼吸長而勻，任憑髮鬚衣袖拍拂紊亂，他安然自在如同一棵樹的臨風。在馬蒂看來，耶穌是在靜坐，雖然他的坐姿沒有任何一派修行的態勢。所以馬蒂也端坐起來，在這海闊天空安寧非常的平台上，不請自來的馬蒂和耶穌比肩而坐，直到滿月沉入了大海。

因為耶穌寂靜不語，所以馬蒂也就沉默著沒有說話。

耶穌回到洞裡那一方淨地，攤開一張毛毯和衣睡了。

馬蒂打開睡袋，露宿在平台上。

這一夜，馬蒂夢到了小時候的自己，她有二十年不曾做過這樣的夢。

夢裡的馬蒂只有四五歲光景，她和媽媽住在一棟狹長陰暗的舊式店面住家裡。除了朝外的小店面，往裡的幾進房間都要日夜開著燈才有光，但是媽媽不喜歡開燈。馬蒂在夢裡回想起來，懷疑她根本上就排斥光亮。

就在這一夜的夢中，馬蒂又見到了那個天窗。

那個天窗，在店面和房間的緩衝地帶，是陰濕的洗澡間、洗衣間和往屋頂的小木梯的所在。天窗由磨砂的玻璃構成，圓形，半徑大約五十公分。

媽媽白天要去擺麵攤，而店面屬於房東，他們是一對討厭小孩的夫婦，所以整個白天裡，只有四歲大的小馬蒂就一個人獨坐在黑暗的房間中。所幸在媽媽的洗衣盆旁邊有一個小板凳，馬蒂竟日坐在板凳上，仰望那天窗透露的一圈天光。

寂寥的天窗，被囚禁的小馬蒂，她鎮日等待，等待一兩隻麻雀來訪。麻雀的小腳爪在玻璃天窗碰觸出清脆的聲響，牠們有時候啄啄玻璃，玻璃上有食物嗎？小馬蒂仰望著，但是麻雀都不久留，牠們一振翅就又走了，自由自在，留下玻璃這一邊的馬蒂。

那一年的颱風夜，一截不知道從哪裡吹來的芒果樹幹撞碎了天窗。小馬蒂走到天窗下，看見了玻璃的碎片，傾盆大雨從破洞裡洩下，媽媽還在睡夢中，窗外的狂風暴雨掩蓋了漏雨聲。馬蒂走到天窗的正下方，仰頭被大雨打得睜不開眼睛，但是馬蒂很開心，她在雨中展開了雙臂，以為自己這一次就要像小鳥一樣，自由自在，從天窗飛出去。

天亮時小馬蒂病倒了，她得了台灣型痲疹，在黑暗的房間中躺了一個星期，小馬蒂緊緊抓著襤褸她的浴巾，聽工人釘天窗。

玻璃太貴，媽媽和房東幾番爭論後，決定用三合板封住破洞。

工人篤篤的敲釘聲傳到房間裡，小馬蒂抓緊浴巾的一角。媽媽走進房來量她的額溫。

「餓不餓，馬蒂，嗯？不要咬浴巾。」

媽媽站在床邊，逆著燈光，她的臉上像有一層抹也抹不掉的黑紗。小時候的馬蒂從來沒有看清楚她的五官。

雨，又開始下了，淅瀝瀝打在空心的三合板上。媽媽取走了浴巾，馬蒂並沒有抵抗。雨聲真的太大了，嘩啦嘩啦打在三合板上。那天夜裡小馬蒂停止了呼吸，她真的飛起來了，穿透了黑暗的三合板，往上飛，往上飛，飛到了大雨之上。大雨之上，是更大的雨，淅瀝嘩啦，雨滴打在雨滴上的聲音。

馬蒂醒來了，發現這雨聲的來源，是那些小鳥。牠們一批批振翅飛出山洞，山洞外面晨光燦爛。

馬蒂坐起身，看見了耶穌。他穿戴妥當，坐在天台的最外緣，上萬隻小鳥從他身畔飛過，朝陽的曙光從純白色鳥羽上折射出虹彩，在耶穌身上形成了一圈榮光。

當馬蒂折好睡袋，揹起揹包整理好衣衫時，一直背向她而坐的耶穌就站起身步行下山。馬蒂不知道耶穌坐在那裡有多久了，但她直覺地感到他在等著她起床。

因為禮貌的關係，馬蒂遠遠地跟著他。

耶穌的行蹤沒有規則可言。馬蒂天天跟著他，保持著禮貌的距離。

耶穌摘矮蔓叢的漿果吃，等他吃完離開以後，馬蒂也前往摘食。耶穌留下最紅潤的成熟果實給她，總是正好足夠馬蒂的食量。

耶穌找到一棵樹供他靜坐。樹的旁近，一定還有一棵茂密蔭涼的樹木，讓馬蒂學著靜坐。這麼壯盛的大樹，在荒原裡如同奇蹟。

耶穌到碧綠的海中泅泳，這馬蒂可不敢。她坐在礁岩上等待，然後尖叫著發現，肥美的魚從海底自動跳起，落到她腳旁。

耶穌生火，不為了取暖，而為了看火燄，像貓一樣長久的瞇視。

耶穌在火旁午睡，馬蒂正好用餘燼烤魚吃了。她留一半魚給耶穌，他並不吃。馬蒂不久後確定了，耶穌只吃草木的果實和種子。

有一個行程卻彷彿是固定的。每隔幾天耶穌就到更南方的一個小峽谷隘口，在那裡有沉默的安坦德羅人群等著他。耶穌攤開毛毯坐在其上，安坦德羅人蹲在幾十公尺之遙的一方，輪流有一個人走到毛毯前，恭敬而肅穆。耶穌看看他，有時就摸摸他的頭。

馬蒂終於看懂了，這些人是在向耶穌求醫。有病得厲害的，耶穌就從褡褳中取出一個折疊起來的羊皮軟包，打開，從裡面挑起一根極細極長的針，戳進他們純黑色的肌膚。這馬蒂十分確定，是中國的針灸術。

這麼說，耶穌是個中國人了？說不上來，耶穌的五官，不特別傾向西方人，也不像東方人。他的皮膚，被烈日烤成了淺褐色，無從觀察，以外貌看來，耶穌中西合璧。總之，只有一點是確定的，他像海安，在外形上十分相像。

耶穌看病並不收費，事實上這些安坦德羅人也一無所有，除了由衷的崇拜。但是看得出來耶穌不喜歡這樣。當診療結束，安坦德羅人聚集起來要行禮膜拜他的時候，耶穌就收起毛毯走了，馬蒂跟在後頭。

他們在回程的路上碰到了沙暴，像颶風一樣的飛砂走石迎面擊來，寸步難行，而附近卻沒有任何掩蔽，連一棵刺針樹也沒有。耶穌臉朝逆風的方向匍匐到地，臉半埋在沙裡，雙膝縮近胸前，如同向一尊佛的頂禮。這是荒原上的土人度過沙暴的方法，馬蒂學著做了。

沙暴過了以後，馬蒂錯覺自己是尊風化的石像。她起身拍擊全身沉重的沙土，忙碌不堪，而耶穌坐在前方不遠，神態卻很悠閒。這令人不解，所以馬蒂走到他的身畔，很奇怪耶穌全身的灰袍與髮鬚都一樣，令人十分不解地，一塵不染。

夜裡馬蒂還是睡在山崖的平台上。半夜裡一睜眼，她看見了迎面燦爛的星斗，覺得這一輩子從來沒有如此刻幸福。

第二天的早晨她醒來，發現鷗鳥全都離巢了，山洞裡安靜異常，而耶穌也走了。他並沒有等她。空空洞洞的死寂的巢穴，海風呼呼灌入。馬蒂突然覺得冷。冬天到了。

第一次在白天還逗留在洞中，她沿著岩壁走了一圈，在耶穌夜宿的那方淨地旁的岩塊旁，她看見耶穌留下了他的褡連。

馬蒂打開灰布褡連，將裡面的東西傾囊倒出。

一條毛毯，一把帶鞘的匕首，一包行醫用的針，一個木碗，一個皮水壺。

還有一個小小的陶甕，很樸素的咖啡色陶土粗胚，沒有上釉。它上面陶質的蓋子還用蠟和油紙密封了起來。馬蒂拿起陶甕，很輕，她搖一搖，裡面似乎什麼也沒有。

除此之外，耶穌別無他物。馬蒂靠著這洞裡唯一潔淨的岩壁坐了下來，不知道耶穌會不會再回來。

叫耶穌的人，行蹤完全不可預測。馬蒂跟他同居已近一個月了，兩人之間的互不相干如同日夜的錯離。耶穌天天做什麼呢？無非是荒原中的漫游，不拘形式的靜坐，對大地和天空的凝眸觀照。說他懶嗎？又不盡然，耶穌黎明即起離洞，星夜方才就寢。

馬蒂相信他是在修行，以一種寧靜的方式。雖然截至目前為止，沒有任何跡象可以看出他傾向哪種宗教或派別，耶穌之不膜拜，不祈禱，不誦經，不拘教條，遠異於馬蒂所知道的宗教形式。她的結論是，耶穌還是在修行，只是這修行無關任何已知的宗教，他直接隸屬於更根本的東西。

無聊地坐著，一個景象吸引了她的注意。在她身邊的紅棕色岩壁，都是粗糙不平的風蝕表面，但是離她坐著不遠的地方，岩壁上有一小塊石面被削平了，上面凹凹凸凸似乎刻了東西。馬蒂用衣袖擦抹這只有手掌大小的刻記，又用水壺裡的水潑灑它，再擦淨，就看見了這真的是一小幅圖案，用刀尖刻出來的。她認得這圖案。

岩石上，刻著兩尾斑斕的小蛇，互相交纏成螺旋狀。

馬蒂怎麼可能忘記？在海安的左手臂上，正是這幅刺青。

馬蒂走下山，平野茫茫，她隨便挑了一個方向，走了不久，又隨意在一叢小草邊轉了九十度的彎，再往前走，不時興之所至，就做一個徹底的急轉彎。她終於體會這樣步行的樂趣了。這樣的荒誕的轉彎，簡單地說，沒什麼道理，但是又不比一直不變地往前走更荒誕。純粹是為了不想再直走而轉彎，為了不想轉彎而再直走。

最後她終於走累了，吃一些隨身帶著的果乾，喝一些水，靜坐下來。在她身旁有一棵此地並不多見的恐龍蘭。

光禿高聳的綠莖裂土而出，恐龍蘭可以長到七八公尺高。與它巨大的莖很不相稱的是纖細的葉子，每隔一尺便左右長出兩片。恐龍蘭是適應了乾漠的雙生葉科植物。

恐龍蘭的葉子是一排階梯。馬蒂的眼睛爬梯而上，她看到雙生雙死的葉子，一對對顧盼搖曳，隨著恐龍蘭向上的姿勢，一路攀升到達天庭。

39

小葉拉上病房的乳黃色窗簾。台北已經是盛夏時分，每到下午兩三點，陽光斜照而進，長眠不醒的海安總是熱出一身汗。

小葉又將病床四周的活動簾拉上。她端來一盆溫水，正準備要幫海安擦澡。

寬敞明亮的單人病房，在這夏日的午后，洋溢著一片火熱狂猛的重搖滾樂音，超重低音喇叭播動的韻律，將玻璃窗也震得隱約搖晃。在「皇后」樂團的波西米亞狂想曲中，小葉氣定神閒，她在溫水盆裡注入一小勺沐浴消毒水，拌勻，又拿出擦澡後準備給海安換上的純棉睡衣，對折整齊掛在床邊，她隨音樂輕哼著歌詞。

「我的媽，吵死人了，小聲一點好不好？」吉兒攤在窗前的沙發，就著窗縫吐煙。自從小葉發現海安的排痰量增加後，就正式宣布這病房裡禁菸。

「這是大哥喜歡的音樂啊。」小葉說。

「又聽不見，就算聽得見也要被妳搞瘋了。」吉兒很不以為然。

「他聽得見。」小葉清脆地說。她將活動簾拉攏，現在吉兒看不見病床了。小葉輕輕鬆開海安的衣褲，開始用一塊柔軟的毛巾幫他擦浴。

看見小葉置身進簾子裡，吉兒坐正了身體，不再委屈地就著窗縫吐煙了。吉兒朝身邊的素園抬抬眉毛，素園無言地笑了笑。

「海安完了。他在小葉面前一點形象也沒有了。」吉兒說。

「小葉真是海安的守護天使。」素園從窗縫望著外頭的陽光。

「是喔，專制的天使。」吉兒吐出煙霧。

「嘿！」簾子裡傳來小葉的聲音，一個白衣護士從簾子裡退了出來，她用鋁盤子捧著一些針劑，準備要幫海安注射。

「女生出去，現在是洗澡時間。」小葉高聲從簾內說。

「是，是。現在是男生時間。」護士笑著答道。她捧著針劑推門出去了。

這個護士的好脾氣實在讓人咋舌，不過吉兒和素園見多了這種場面，已經習以為常了。護士們對這間病房所表現的耐性，除了因為這是醫院裡最昂貴的病房之外，更大的原因，是臥病的海安和看顧的小葉，他們兩人，很顯然激發了護士們芳心深處的溫柔。

素園一直不說話。吉兒開始覺得沉悶了，她從袋子裡掏出一本書，遞給了素園。

這是吉兒上市的新書《新佃農時代》，封面採用土黃色搭配燙金的古典雲紋圖案，意味中國人執著土地的情結，這設計出自小葉的手筆。素園看了一眼，笑了。她隨手翻了翻，這本書未付印前的初稿她就已拜讀過，但是印刷裝釘之後的感覺很不一樣，加上燙金過後的封面，看起來有份量多了。

「熱騰騰的暢銷書喔。」素園說。

這是事實。《新佃農時代》經過出版商的企畫炒作後，趁著無殼蝸牛抗爭的時機轟動推出，結合了好幾波刻意設計的土地政策問題論戰、名人推薦和媒體上的書評討論，以及最重要的一擊——出版社自行策畫的「非文學類好書評選大賞」之後，現在這本書已成了書局的寵兒，知識分子和渴慕新知分子必買的新書。對大眾來說，這本書偏向研究報告式的內容確實枯燥了些，但「新佃農」一辭既已成為時髦標籤，大眾們就不太介意閱讀上的艱澀了。

「當新銳作家的感覺如何？」素園問吉兒。

「沒什麼。」吉兒悶哼一聲，倒是一臉的不在乎，「只不過是把我看到的弊病披露出來，希望能讓世界合理一點。妳也別叫我作家。」

「讓這個世界合理一點。」素園慢慢地複誦，她說：「世界上還有更崇高的作家嗎？」

「有件事倒算有趣。以前是我採訪別人，現在人家追著採訪我了。不過所談的還是老套，一個問問場面問題，一個說說場面答案。老天，我真恨採訪，幸好我終於辭掉記者工作了，謝天謝地。」

「妳現在是明星了。簽個名吧，大明星。」素園把書翻開扉頁，遞給吉兒，吉兒很爽快地簽了名，她一筆一劃把自己的本名寫得端端正正。

素園捧著書對簽名看了良久，抬頭向吉兒說：「知道嗎，我好羨慕妳？」

「嗯？」

「妳想要做的事情，都做得到。」素園說。吉兒從沙發裡坐正了起來。今天的素園，於她看來多了一分感傷。

「怎麼啦？要死不活的？」吉兒問她。

「妳有沒有想過，如果今天妳的生命就到了盡頭，妳會不會覺得妳真正要過的生活還沒有開始，然後會猛然嚇一跳，問自己這些年來都在做什麼？」

「我想想看。」吉兒偏著頭想一想，搖搖頭，「不會。」

「所以了，我羨慕妳。不管生活再匆忙，妳總是有清楚的方向。」

「廢話。放眼望去哪裡不是方向？只要妳願意，妳也做得到。」

「唉！」素園幽幽嘆了一口氣，「是啊，希望。」

「什麼語氣？別像隻烏龜一樣。看看人家馬蒂，多麼有勇氣。她以前還不是像妳一樣，一天到晚愁雲慘霧，不停地抱怨這個世界？抱怨有什麼用？住在這個世界上最擁擠的大都市裡，哪一個人不是活得滿腹辛酸淚？」

「唉，台北。」

「是的，台北。讓我告訴妳，我覺得很慶幸生活在台北，這裡像是一個高壓爐，可以把人鍛鍊成時代的尖兵，我寧願住在台北。」

「世界少不了妳這種人。」

「這算是誇獎吧？」吉兒聳聳肩。

「當然是了，我的偶像。還準備寫書嗎？」素園問。就她所知，剛辭掉記者工作的吉兒，面對其他報社的招攬都顯得意興闌珊，大有從此成為自由作家的意思。

「暫時不寫了，」吉兒說，「我是有興趣的題目才寫得下去。那些出版社天天煩著我，說什麼打鐵要趁熱，想出一堆狗屁不通的題目要我寫書，都叫我回絕了。」

「那妳準備做什麼？喝西北風？」

「嗯，不錯的主意。」吉兒拉開窗簾，耀眼的陽光斜照了進來。

「真不習慣，這不像吉兒會說的話。」

吉兒沒有回答她。窗外是亮灰色的天空，吉兒凝眸遠望，這灰色的雲層讓她想到了尚保羅的頭髮。雲層裡透露了一點蒼藍色的天光，又讓她想到了尚保羅的眼睛。

尚保羅就是一個喝西北風的人，如今他也要隨西北風而去了。前天晚上，在中正紀念堂前的廣場散步時，尚保羅突然攬住了吉兒的腰，告訴她，他就要被召回德國總部。綠星球黨籌備已久的第三世界黨員培養計畫，正要在今年秋天展開，總部需要尚保羅這樣的資深輔導員，於是他又決定離開台灣，最快將要在三個月之內動身。

「跟我一起去吧，吉兒，妳將是一個非常優秀的黨員。」尚保羅這樣要求她。

吉兒當時也像現在一樣，默默地沒有答話。離開台灣，離開台北，並不是困難的抉擇，對於吉兒來說，再度把自己抛向一種追尋理想的狂熱中，就像以前去紐約加入舞團，這才是令她躊躇的地方。

「妳需要獨立的決定。我不勉強妳。」尚保羅這樣說了。

「記不記得我們在海灘那一夜？」素園打斷了吉兒的沉默，她說：「馬蒂還在的那一次？妳和海安爭了好久好久，爭到了自由的問題，文明的問題。你們的爭論我都忘光了，只記得妳說過的，愛讓人自由那一句話，真的讓我感動。吉兒，我想我的問題是不知道該愛什麼。」

「至少妳愛生命吧？」

「愛啊。可是有時候我又糊塗了，覺得好像沒那麼愛，覺得什麼都乏味。」

「那是因為妳的生活一成不變。」

「也許是吧？我缺少激情，像妳一樣充滿活力的激情。」

「別把我說得那麼狂熱，我也有無力的時候。」吉兒說。她點了一根菸，完全把小葉的禁菸令拋到腦後。

「真的嗎？什麼時候？」

「素園，我相信一句話，人之所以快樂與受苦，都是因為同一個原因，人有理想。有的時候面對理想，人又會退卻了，怕完全陷進去，怕失去了自己。」

「我以為妳是一個為了理想，什麼都不怕的人。」

「怕。」

「妳不是說過，全心全意不顧一切阻礙去追求理想，就是自由嗎？」

「也許我怕的就是自由。」

「為什麼？」

「太多的自由讓我控制不了自己。」吉兒被自己吐出的煙燻皺了眉，「我從來就不羨慕縱情自由的人，像海安那樣。我羨慕的，寧願是對自己嚴格嚴厲嚴肅，把自己的生命化做對多數人的奉獻的那種人。」

「如果這就是妳的理想，那妳為什麼還怕會陷進去，失去了自己？」

「妳說得對。我是在迴避問題。我是膽小鬼。」吉兒咧嘴笑了笑，「我怕的只有一件事，怕放出去我的感情。」

「為什麼？」

「因為我是那種不愛則已，愛了就不回頭的人。」

「要是海安聽到了，一定要問妳，那又怎樣？」

「……是啊，那又怎樣？」吉兒摸著額頭思索著。車禍在她的額前留下一個人字形的疤。這起先讓她懊惱了一陣子，剛學中文的尚保羅卻很認真地說，妳看，在妳的額頭上，有一個美麗的人，逗得她笑了。吉兒現在嘆了口氣，說：「我是膽小鬼。在值得愛的人面前，卻反而裝模作樣，眼睜睜看他跑掉。」

「妳到底說的是誰？」

「尚保羅。」

「那個老外？」

「對。這樣的人值得去愛。」

「啊，吉兒戀愛了。」

「沒錯。我愛他，我要去追他。而且現在就去。」吉兒把抽到一半的菸按熄，這是她從來沒有過的舉動。她揹起皮包站起身來。

「我走啦，小葉。」吉兒朝簾幕裡面喊道。

「喔。」小葉回答。

吉兒真的走了。

小葉拉開了病床四周的活動簾，海安已經換上了新睡衣。小葉清理好水盆毛巾。她忙得滿頭汗水，雙頰緋紅。

素園也站起身。

「要走了？」小葉問她。

「欸，大概排到我的掛號了。」素園說。小葉想起來，素園今天是來醫院看病的。

「要不要我陪妳去？」

「不必了，就在隔壁棟大樓，妳忙妳的吧。」素園說。她來到海安榻前，握住海安沒有知覺的手。她握了很久。

素園也走了。

下午三點鐘。小葉把窗簾再度拉上，換了一片巴哈貝爾的卡農曲，病房裡變得幽靜而溫柔。午後的時間還很長，但是小葉一點也不會陷於無聊，她太忙了，非常忙。

護士幫海安換好針劑之後，就是小葉開始為海安按摩的時間。

小葉買來了指壓按摩的教科書，她按照書上的指示，天天幫海安活動全身的肌肉。從足趾開始，踝關節、腓腹肌、蹠肌、膝關節、股二頭肌、肱二頭肌、半腱肌、股直肌、內收長肌、張闊筋膜肌、外斜肌、闊背肌、小圓肌、斜方肌、胸大肌、頭頸夾肌、手指、手掌、腕關節、肱橈肌、屈指肌、肘關節、肱三頭肌、三角肌，到臉部肌肉，海安全身的每寸肌膚，小葉都仔細地按摩揉動。這樣的按摩工程，一天至少兩三次。

昏睡已經一個月的海安，全身關節柔軟，肌肉保持了常人的彈性。

小葉用不織布蘸了稀釋漱口水幫海安擦口腔；擦完以後，又用一張新的不織布，蘸上海安喜歡的礦泉水，再擦一次口腔。這樣海安夢中的呼吸裡，就不會聞到不愉快的藥水味。

打過針劑的傷口，小葉用毛巾熱敷。

海安胸前插著中央導管的周圍部位，小葉用指腹輕輕地撫慰。

小葉用一把鬃毛梳子，幫海安梳頭髮。

小葉為海安抹上刮鬍泡，以剃刀幫他刮乾淨鬍渣，刮完後，再抹上一層潤膚霜。

有時候真的累壞了，小葉就拉一把椅子，坐在海安榻前，唸報紙。

落日時分，小葉就拉開窗簾，讓海安曬一點夕陽。她陪著曬太陽，輕輕哼著歌。

夜裡在行軍床上醒來，小葉伸出手臂，就握住海安的手。於是她睡不著了，爬起來用一把團扇輕輕給海安搧涼。

護士們有時候在病房裡逗留，為了看海安，為了看小葉那樣子照顧海安。

「妳考不考慮當專業看護？」護士很認真地問她。

「有沒有搞錯？我恨死醫院了。」小葉這樣回答。「岢大哥醒來以後，我再也不要踏進醫院一步。」

「會醒來的。」護士們好心地鼓勵她。

每當護士們這樣說的時候，小葉就會停下手上的工作，抬起頭雙眼亮晶晶看著護士。

「像妳這樣子照顧，就算是個木偶，也要被妳捏活了。」這是護士們安慰性的結論。

40

離開了海安的病房，素園搭電梯下樓。

為了容納病床，這電梯的造型特別長，像個特大號的棺材。素園靠裡站著，看著每層樓進出的病患。電梯向下時帶來了沉重感，像是她的心情。

素園的一顆心，隨著電梯下降，下降。

都說這個世界上人人生而平等，為什麼她卻覺得這是給特別的人享用的世界？素園這幾天常常想起了三年前，和海安吉兒他們一夥一起上班的日子，那個荒唐的俱樂部籌備公司，是她七年的工作生涯中，很不好向別人提起的經歷，可是卻是她最快樂的一段時光。

之後的這三年上班工作，素園覺得自己老了十歲。她在廣告公司中負責業務工作，帶著三個年輕的屬下，並且和另一個業務組共用一個祕書。朝九晚五，那是騙人的，事實上常常是忙得朝九晚九，再加上每天上下班兩個多小時的車程，扣除掉睡覺的時間，一天之中，只有深夜前的一兩個小時屬於自己。

加了班回到家裡，累得像條老狗，她常常想，這樣的人生有什麼意思？碰到很幸運可以早早回家的日子，她就抓緊時間清理家務，快速梳洗完後奔向床鋪，好好地大睡一場，快樂得像一隻小狗，睡醒以後又覺得可悲，這樣的人生有什麼意思？

狗臉的歲月。她這樣自嘲她的上班生活。小時候的素園總覺得自己很特別，上了七年班以後她才發現自己太普通，而這是一個給特別的人享用的世界，特別聰明的人，特別有錢的人，或是特別幸運的人，像是她辦公大樓的房東。

她和同事都叫這房東「田僑仔」。田僑仔三十歲出頭，卻挺著一個後中年期的肥肚腩，穿著一件花花綠綠的香港衫，戴著一副陰鬱的太陽眼鏡，嘴角總是滲著一絲檳榔色的慘紅。他是此處地主的兒子，特別喜歡到他名下的不動產中梭巡查看。辦公室裡多釘了一枚釘子，或是移動了一處盆景，都要遭受到田僑仔喋喋不休的叨唸，叨唸完畢後，田僑仔開著他的黑色賓士車走了，去巡視他的下一棟大樓。

田僑仔一年出國旅遊四次，兩年換一次賓士車。他一輩子都不需要上班。

望著田僑仔矮胖的背影，素園想，她再工作四百年也買不起他的一棟大樓，而田僑仔連初中都沒畢業，不學無術，飽食終日，卻坐擁吃喝不盡的人生，因為他是地主的兒子，他是特別幸運的人。素園讀過吉兒的《新佃農時代》，對這一類新興地主厭惡感特別深刻。這個社會多麼不公平，難怪新佃農階級會熱中走偏鋒，夢想著一夜致富，出人頭地，像籐條那樣。

也有徹底放棄出人頭地，溫吞吞過日子的，就像是素園的丈夫。

「那麼拚幹嘛？拚死了也抵不過人家一塊地。」丈夫有一次這麼說。

丈夫也是個業務小主管，一天的業務跑下來，回到家時大致也像條老狗。他喜歡洗過澡後穿著條寬鬆的內褲，斜躺在床上，看電視，不停地轉台，看到深夜時候人睏了，捧著遙控器沉沉睡去。

素園有時候倚在他身旁，看電視，也看電視上那一缽金魚缸。

金魚缸裡面沒有金魚，只有乾乾的一缽白砂，那是素園在南洋的一個小島海灘上帶回來的海砂。素園這輩子只出過一次國，是和丈夫蜜月的時候。

素園忘不了南洋小島上的陽光海灘，海灘上的斜斜椰影，椰影下的午後打盹。那時候的丈夫和她用白色海砂堆砂堡，玩得像個兒童。素園忘不了丈夫那時候的眼睛，就像是個快活的大孩子，年輕、精神、好奇，讓她忍不住吻覆其上。金魚缸裡的海砂潔白如昨，但丈夫的眼睛變得惺忪，累得看不完夜間新聞。

是生活改變了他。

所以素園去買了一套諾貝爾獎文學大全。她把按照年份編號的四十幾本書重新排了序，以半個月讀完一本的速度，每天臨睡前閱讀，這樣她的夢境裡多了一些色彩。

有的時候，再忙她也要撥出時間，到傷心咖啡店去。雖然在店裡多半也是勞務工作，她幫小葉洗杯盤，招呼客人，可是這種忙不一樣。捧一杯熱咖啡，倚在櫃台後聽海安和吉兒舌戰，看海安神采煥發像是個太陽，她就覺得世界美麗了一點。傷心咖啡店是素園的祕密花園，到這花園裡逛逛，是素園美麗的解放。

但是傷心咖啡店關閉了。海安如今沉睡不醒，素園的花園也荒蕪了。四天以前她在搭計程車回家的深夜裡，聽著司機喋喋不休的政治評論，她感到很枯燥，就自顧自按摩肩膀和頸部，於是她發現了那個腫瘤，長在右下頷脖根接近喉嚨的地方，按下去，有一小粒硬塊，帶著一點壓迫性的疼痛。

第二天素園就來了這家醫院，耳鼻喉科的醫生檢查了她的硬塊之後，當場決定用探針取出硬塊裡的活體採樣，說是要化驗，三天以後看結果。非常粗的探針戳進脖子裡的時候，素園還不是非常緊張，她很能忍受疼痛。素園緊張之處，是在採樣完畢以後，醫生拉了一張椅子在她的躺式診療椅前坐了下來，醫生充滿感情的一雙眼睛看著她，問了她一些問題，同時記錄在她的病歷表上。醫生問她，是不是客家人？最近身體有沒有其他異狀？體重是否快速減輕？平常的飲食習慣如何？抽不抽菸？

素園是有常識的人，醫生的考慮很明顯，這些問題都是針對鼻咽癌而出。

電梯的門開啟了，一樓是忙碌的門診部。她步出大樓，往隔壁棟第二門診大樓走去。這天的天氣還算晴朗，兩棟大樓之間有一個圓形的爆竹紅花園，在陽光下迸放著喜氣洋洋的顏色，看在素園的眼裡，紅得像血一樣猙獰。

但是她還是想在陽光裡逗留一會。她的複診掛號排到了五十幾號，應該還有一些時間。素園在石椅上坐下，一對夫婦推著嬰兒車從她的面前經過。

曾經向丈夫提到，再打拚幾年，等房屋貸款負擔輕一點的時候，就生一個小孩。丈夫說，好啊好啊，兩個人都不太熱衷這個話題。

也不是不愛小孩，應該說是太愛孩子了，所以素園遲遲不敢生。生下來，又太忙了，沒辦法親自扶養他，呵護他，這樣子素園會覺得很遺憾。台中娘家的媽媽必須上班，高雄婆婆又多病，早說過不願意帶孫子，要是真的生了孩子，只有花錢送交保母一途。一想到自己的小孩交給另一個陌生的中年婦人哺育、啟蒙，可能是一個黑而胖的，疲於生活而在眉心憂鬱出了一道深深的皺痕的沉默婦人……總之素園充滿了不願意。

真的太忙了，唯一休息的星期假日，又南來北往奔波於探望娘家和婆家的路上。這路上多半塞著車，因為像她一樣從中南部而來，寄居在台北生存的人潮太擁擠了。素園和丈夫輪流開車，在休息站喝熱騰騰的貢丸湯，這就是她的假日印象。

狗臉的歲月。素園想到她家裡樓下新來的一隻流浪狗，土黃色短毛，中型大小身材，非常害怕人。牠的脖子上，觸目驚心地禿了一圈，上面有剛癒合的深紅色傷疤。

那是從捕狗隊的鐵絲捕狗圈中逃脫的痕跡。有幾次素園要喚牠來吃剩飯，這狗總是膽怯地遠遠躲開，一定要素園遺留下食物，退到一旁之後，牠才戒慎地上前吃食。這兩天狗病了，懨懨地蜷在牆角，素園給牠食物也不吃。她常常想，花了那麼大的代價得到自由的狗，過的卻是這樣的生活。

素園跟丈夫提到收養這隻狗，丈夫嚴辭拒絕了。他的理由很充足，像他們這樣雙上班住在公寓裡的夫婦，實在沒有條件養狗。丈夫是喜歡狗的，可是為了表現他的決心，他對於這隻脖子上帶一圈傷疤的狗完全地視而不見。

不能怪他，素園想，人都活得夠累了，怎麼再去照顧一隻狗？想得太遠了，素園看看錶，快四點了，她走進第二門診大樓。

從診療室的電子顯示幕上，素園看到尚有好幾號才輪到自己，她在藍色的塑膠椅上坐下。左右都是各種候診的病患，和素園不一樣的是，他們的病痛多是顯而易見，吊著點滴瓶的，捧著肚子的，皺眉嘆息的，或是昏昏沉睡的。生老病死是人的必經之途，這素園明白，只是沒想到來得這樣快，也沒有想到她的心裡會這樣冷靜，冷靜得像冰。對於她來說，苦苦磨難的掙扎求生，不如一個痛快的、甚至來不及揮手的結尾。

素園摸了摸頷下那個腫瘤，這三天下來硬塊彷彿更大了，壓迫著她的脖子，喝水時感覺到它，低頭寫字時感覺到它，和同事談話時感覺到它，連睡覺時也感覺到它。這腫瘤已和她的生活同在，而壓迫感與日俱增。壓迫太大的時候，她就放下手上忙著的工作，在辦公椅上仰頭半躺下來。她的辦公椅是高背型，附有頸墊，在公司裡只有主管級才配給這樣的座椅，她花了三年才得到這麼一張。素園仰頭看著天花板，開始想像在棺材裡的感受，應該是很輕鬆很輕鬆，再也不用爬起來，什麼也不用再操煩。

現在素園也這樣仰頭坐在塑膠椅上。護士叫了她的名字，素園爬起來，走進診療室。

上回檢查她的醫生看了她一眼，以手勢要她坐下。素園剛坐好，另一個戴眼鏡的醫生也來了。現在兩個醫生都拉了椅子坐在素園面前，都看著素園。

「醫生，檢查結果怎麼樣？」素園問。她很沉著，輪流看著兩個醫生的表情。為什麼要會診？難道一個醫生不足以解釋她的病情？

「檢查結果出來了，」醫生說，「是良性反應，妳沒有病。」

「嚴格說起來，妳這叫慢性疲勞症候群。」戴眼鏡的醫生開口了，「職業婦女是吧？這是很常見的台北人病。要多休息，多運動，多寬心，多補充鐵質……」

戴眼鏡的醫生簡單地解釋了素園的狀況，大約是因為身體上的疲勞，抵抗力降低，引發淋巴系統生長了腫塊，一般來說會自然消退云云。之後的話，素園多半沒有再聽下去。五分鐘之後，她就離開了醫院。

素園坐計程車回家。

這一天請了下午的病假，現在既然沒病，她也不打算回公司了。素園直接回到家，她拿鑰匙打開門，脫了高跟鞋，打開窗簾，正是夕陽時分，窗外傳來了交通警察急促的哨子聲，下班時間的交通尖峰正要開始。素園在窗子前的沙發坐下來，她淚如雨下。

她沒有病，她還不會死。

但是素園還是哭個不停。她很震驚，令素園震驚的是她自己的心情。在走進診療室之前，她竟然隱隱約約有一點希望自己真的得了病，可怕的，會結束生命的大病。她怎麼會變成這樣？竟然會累得不再熱愛她的生命？

素園擦乾了眼淚，去換了一套睡衣，在床上盤腿坐下。從靈修大師那邊，素園學過一些靜坐冥想的課程。現在她按照大師的方法，靜坐下來，讓自己的身體和心情放鬆，回歸到自己最純淨的靈魂，靈修大師這樣教她，在那裡，妳可以穿破一切的迷霧，找到妳的答案。

於是素園靜坐。她回歸到自己最純淨的靈魂，在那裡，她看到自己的一片祕密花園，在陽光下閃閃生輝，她熱愛這片花園，她希望花朵繼續綻放，她真的不想死去，是匆忙的生活讓她盲目了，忘記了這片繁花燦爛。從來不知道她的生活對她的心靈起了這麼大的壓迫。素園一點一滴從所有的煩心中超脫，漸漸回想起來，曾經對自己的一生的熱烈的期盼。

其實生活也沒有糟到必須放棄，其實素園要的也不多，只是希望偶爾能回到她的花園裡，感受一點生命中陽光的、遼闊的、如風一般的自由。

素園在冥想中飛升到高空，穿過一層層雲霧，於是她俯瞰到一片紅棕色沒有盡頭的大地。在那裡，有陽光的、遼闊的、如風一般的自由。她看到大地裡宛約有一個人影，慢慢地行走，那人影彷彿像是馬蒂。冥想中的素園讓自己高飛到人影的上方，她的心裡充滿了嚮往。

多麼奢侈，能夠徜徉在這一整片遼闊的陽光大地裡！

41

除了紅棕色的遼闊乾原，馬蒂在這西薩平原裡最熟悉的景象，就是耶穌的背影了。耶穌走在她的面前二十公尺處，馬蒂追隨著他的足跡，馬蒂的背後，是一條棕色的狗。

已經不知道走了多遠多久。

那一次耶穌獨自離開了山洞，三天之後才回來，若無其事。夜裡馬蒂又和他一起在平台上看月光，星垂平野，而十萬隻鷸鳥在洞裡靜靜安眠。

第二天一早起床，耶穌如常坐在平台上等待她。馬蒂穿戴完畢，背起她外出用的輕便揹袋，卻不見耶穌動身下山，他就這麼靜靜坐著。馬蒂領悟到他們要遠行了，所以她整理家當，重新背起她那巨大的行軍揹包，耶穌站起來，他們就下了山。

馬蒂一邊走，一邊回望山崖，她覺得永遠不會回到這個地方了。

先是往東走，漸漸深入西薩平原最蠻荒的心臟，又折往北行。在往北的第一天，他們在荒草漠上遇見了這一隻狗。

花紋非常特殊的狗，全身是灰黑色和深棕色交錯的條紋，連嘴臉上也布滿了相同的花樣。第一眼見到牠時，馬蒂以為遇上了土狼，所以緊張了，但是她很快就確定這是一隻狗。

可憐的狗，不知道為了什麼原因，失去了牠的主人，獨自一隻在連人都嫌荒涼的地方流浪。牠是這麼的瘦，所以馬蒂掏出她袋中所有的糧食——一些果乾和炒米，灑給這隻狗。狗馴良地上前嗅嗅，感激地搖著尾巴，但是牠拒絕了這樣的食物。

馬蒂沒辦法給狗糧食，事實上狗也無所謂。平原裡不乏鼠蜥之類的小動物可以裹腹，狗之所以緊緊跟隨著唯恐和他們失散，為的是終於有人類可以追隨和依偎。

被人類馴養了無數世代的狗，變得跟人一樣需要友誼，一樣懂得與害怕寂寞。

狗跟著他們步上了旅程。白天裡，當耶穌和馬蒂休息靜坐時，狗就悄悄離開，進行牠的狩獵。回來的時候，嘴角帶著血。

晚上，耶穌和馬蒂的靜坐時間裡，狗蜷成了一個甜甜圈形狀睡覺，把牠的嘴鼻掩護在腿下，再覆以蓬鬆的尾巴。有時又彷彿受驚，倏然抬起頭，迎著風聳動鼻尖，左右聞嗅。牠看一眼火堆旁靜坐中的耶穌和馬蒂，安心了，就又進入夢鄉。

半夜裡，馬蒂從夢中醒來，發現狗緊挨著她的腿安睡，她坐起身來，摸摸狗的頭顱，狗雖然沒有抬起頭，但牠搖動尾巴敲擊了幾下沙地。

「狗，為什麼跟著我？你自己一隻不夠自由嗎？」馬蒂問牠，狗又拍動了尾巴。

馬蒂想到這是她一個多月以來第一次開口說話。

他們來到了沙漠的邊緣。眼前是無盡的黃沙滾滾，背後是紅棕色的短草原。很顯然耶穌還要往前走。不可知的茫茫前途，沒有生機的沙漠，但是馬蒂並不懼怕，她相信耶穌，已經把自己的方向交給了他。

馬蒂和耶穌花了一整天摘取野漿果和樹籽，又將水壺裝滿。

第二天天亮，踏上旅途之前，馬蒂蹲下來摟住了狗，說：「不要再跟了，狗。再往前走就是沙漠，你回去吧。」

狗不能明白，狗也無處可以回去，因為除了耶穌和馬蒂，在這曠野中牠不屬於任何人。當馬蒂揮手趕牠時狗嗚咽了。

馬蒂緊咬著嘴唇，撿起石子丟向狗。狗吃驚了，牠的尾巴捲向肚皮，遠遠地跑開，一邊跑，一邊還轉頭心碎地回望。

這一幕耶穌似乎沒有看見，他正對著朝陽臨風而立。

不止是對於狗，結伴而行了兩個多月，耶穌到現在還沒有和馬蒂對望過一眼，一眼也沒有。

他們進入了沙漠。在馬達加斯加的隆冬裡，耶穌和馬蒂穿越無盡黃沙。除了處處起伏的黃色沙丘，和寂寥的藍色長空，天地之間什麼也不剩了。這是真正死寂的絕境。

馬蒂的日記裡寫著：八月十一日，不停地向前行，好冷的風，好燙的沙。

在沙漠裡的第二天中午，當耶穌和馬蒂並坐在沙丘的向陰面休息時，那隻狗從沙丘背後繞了出來，遠遠低鳴著，滿臉卑微的、知錯的表情。牠為著追隨主人，走進了這片黃沙。

「來就來吧。」馬蒂招牠過來，嘆口氣輕撫牠的頭，自言自語，「但是你吃什麼呢？」

沙漠裡的第三天，餓得四腿顫抖的狗終於接受了炒米的晚餐。牠津津有味地囫圇吞嚥，發覺滋味並沒有想像中糟糕。可是這發現為時已晚，因為牠剛吃了馬蒂僅剩的炒米，採摘來的漿果也所剩無幾，最嚴重的是在狗的分享之下，馬蒂的存水已經快喝光了。

馬蒂在手電筒的光圈前攤開馬達加斯加地圖，很不明白地圖上看起來這麼小的沙漠區，不應該在走了三天之後，還是看不到邊際。

第四天的下午，馬蒂追到了耶穌跟前，第一次開口對耶穌說話。她說：「你的水，分給我一半好嗎？」不管耶穌的反應，馬蒂就自動取過他腰際的皮水壺，倒出一半在自己的碗中。她知道耶穌不會開口，而她也太渴了，等不及耶穌的回答。馬蒂把碗中的水分一半給了狗。

第五天，連耶穌的水壺也乾了。馬蒂和狗又將耶穌的存糧分食一空。

頹坐在黃沙丘前，這已是進入沙漠第七天。半因脫水半因日曬，馬蒂接近昏迷。她才在昨天拋棄了巨大的行軍揹包。所有從城市裡帶來的物品都遺留在黃沙裡，包括有幾件換洗衣褲，那只壞了的手錶，半罐咖啡粉，一罐拌炒米的沙茶醬，幾本她所喜歡的詩集，購物殺價用的計算機，一架隨身雷射唱機和十幾片ＣＤ，乾電池，一大堆捲起備用的塑膠袋，一疊保麗龍免洗碗和免洗竹筷，手電筒，大號的乾電池，簡單的化妝品，護手膏，香菸，鏡子，回到城裡穿的涼鞋，照相機和底片，打發時間的掌上遊樂器，沿途買來的民藝品。當要丟棄有蝶翼的生理護墊時她猶豫了，但是小揹包實在容納不下，而她如果再揹著原有的重擔，很可能活不過明天，所以一咬牙全數拋棄。她現在只剩下一個隨身小揹包，裡面是一張毛毯，一只鋼杯，一把瑞士刀，一本日記，一個錢包與證件夾，打火機，一個空的水壺。

黃昏時分，沙漠開始颳起冰冷的風了，原本中熱衰竭的馬蒂現在又覺得冷，她瞇眼看見南十字星漸漸浮現於天際，大風呼號，馬蒂的手足漸漸失去了知覺。她在和狗一起昏過去以前，彷彿見到耶穌卻在風裡站起來了，敞開他的領口，雙手大張浴在寒風中。

很熟悉的景象。

耶穌揹起馬蒂，狗也勉強站起跟上，他們繞過黃沙丘。就在馬蒂昏迷就甦的黃沙丘背面，一彎月牙泉清澈如鏡，兩棵巨大的猴麵包樹從水湄拔地而起，灑落了鮮紅色的麵包果到泉水中央。

馬蒂和狗伏地痛飲泉水，從水面上她看見猴麵包樹的倒影，還看到肥大的魚優游嬉戲。馬蒂一伸手，就撈起了一隻。在燦爛的星空下，馬蒂烤熟了魚，和狗都飽餐一頓。

吃飽以後，馬蒂撿拾熟透的猴麵包果裝進揹包，她又準備抓魚，串起揹在背後曬乾了以備食用，耶穌卻伸手阻止她了。順著耶穌的手勢，馬蒂向遠方瞭望，才看到地平線上有燈火點點，那是大海上的漁火。沙漠已到了盡頭，他們又回到西薩平原向西的海濱。

當他們來到這小漁港時，早晨市集中的人群都聚過來，很稀奇地圍觀著他們。馬蒂不禁用手指梳理一下頭髮。以城市裡的標準看來，她實在又髒又落魄，但身處在沙漠邊緣的小漁港中，這種模樣還不算令人側目。人群圍觀的原因，是耶穌，他們認得他。不知道為什麼，看見耶穌的到訪，他們都開心了，嬉笑著，用奇怪的法文叫他耶穌，有幾個孩子甚至伸手抓抓他的長髮，尖聲笑鬧。他們都喜歡他。

在一個棕櫚樹葉搭蓋成的涼亭裡，村民聚攏在耶穌身旁，爭著要摸摸耶穌的衣襬。不知道從何得來的概念，他們相信觸摸耶穌可以得到健康。靜靜坐在擾攘的村民中，耶穌很安詳，村民的推擠於他是一陣風。

馬蒂坐在礁石堆砌成的港堤上，狗靜臥在她的腳邊。海風很猛烈，她從輕行囊中取出毛毯裹住全身，一邊卻伸出腳趾輕輕點沾海水。很悠閒，沒有什麼，比得上生死交關之後的悠閒來得悠閒。

通常來到一個新的村落時，馬蒂總要先到街市上逛逛，買些有紀念價值的特色商品，順便補充水糧。現在她寧願坐在海邊，在晨曦中看著人群擁聚在耶穌身旁。她的揹包太小了，什麼也裝不下，而拋棄所有家當的心更寬敞了。有什麼袋子，可以裝得下這沙漠邊緣燦爛的晨光？

離開台北的時候，沒有料想到旅程會變成這樣。坐在大海和沙漠之際，世界的邊緣上，滿身風塵，又一無所有，像個乞丐。用手指梳梳頭髮，啃一顆撿來的猴麵包果當做早餐。吃飽了，用布袍抹抹嘴，馬蒂再度攏緊被陽光曬得暖洋洋的布袍。生活，原來可以這麼饜足而同時這麼簡單。

中午時分人群漸漸散了，一些漁船回到港口，而一些漁船正要出航。耶穌也踏上港堤，馬蒂揹起揹包跟隨上去。在港堤的盡頭有一艘平凡的漁船，大約有十五公尺長，馬達動力，有兩個衣衫襤褸的水手正忙著收纜繩。戴著帽子的船長兩臂大展，朗聲笑著歡迎耶穌上船。對於馬蒂，他也表示歡迎，但是那隻狗就被阻擋在船舷外了。

徬徨的狗，在岸上來來回回再三地打轉，考慮著要泅水上船，但是又不敢。馬蒂哭了，她覺得自己是個狠心的拋棄者，對著岸上的狗喊道：「去吧，狗，去找你的新主人。」頓了一會，她又說：「有主人才有自由的狗……」

狗最後在港堤上下來，鼻尖對著遠去的船，牠嗚咽的哭聲隨風傳到馬蒂身邊。

你會找到新主人的。狗，其實你並不用依賴人。馬蒂看著狗消失在港口的人影中，她知道狗會存活下去，可是這並不能寬慰馬蒂的心疼。船離海岸很遠了，她還憑靠在船舷上皺緊著眉頭。

四肢健壯，可以自己狩獵為生的狗，被自己的生存經驗蒙蔽了，以為沒有了主人就失去全世界。風裡面彷彿又傳來狗的哭聲。背負了家犬的習性的狗，沒辦法想像牠獨立生存的本能。牠因為得到了自由而哀嗥。

海風將馬蒂吹得一陣猛顫。她想到，人不就像海岸邊的這隻狗？用生命緊緊抓住自己的桎梏，不是不自由，是不敢也不能想像自由。

像冰一樣冷的領悟。馬蒂回想起自己的生活。她也是狗，被生存過程中的鎖鍊栓住了，馴服了，投降了，已經沒有勇氣也沒有想像力去咬斷鎖鍊，是她自己在抗拒自由。

海風停歇了，原來是耶穌來到她的身邊。在明亮的陽光中，耶穌注視馬蒂的臉。

第一次，馬蒂看進去了耶穌的眼睛。

船一直往西而行，第一夜過去以後他們已經在茫茫的大海中央。馬蒂發現船長原來能說幾句英語。在簡單而斷續的對話中，馬蒂才知道船正往非洲莫三鼻克的海岸航行。這船長是黑膚的梅里耶人，因為常走私——他說是貿易——馬達加斯加的珍禽異獸到南非去販賣，因而學會了一口奇腔怪調的英語。他的英文只有單字組合而毫無文法概念，但是在溝通上已綽綽有餘。

「中午，風，快的，很快，東方，晚上，地。」他比手劃腳地對馬蒂說，意思是，中午會開始起東風，那時候船就會快速前行，到了晚上就會看到陸地。

對於耶穌，這船長異常尊敬，他咧嘴笑著告訴馬蒂，耶穌已經是第二次坐他的船了，而耶穌可以讓他的船平安，耶穌也讓海港的人平安，大家都喜歡耶穌。

「朋友，耶穌，神奇。」他說。

果然，在夜幕降臨之前，他們就看到了非洲大陸。馬蒂跟著水手爬到船艙頂上，眺望著遠方橫亙綿延的大地，在落日餘暉中像一波黑色的海嘯。

在非洲大陸的外海，他們卻停船了。馬蒂原本以為這趟行程要上岸交易，到夜裡她才知道，原來交易就在海上。暗夜裡，熄了燈火的來船悄悄靠近，與他們並列後兩船都關了引擎，雙方交換了包紮成箱的走私貨品。他們一點也不避諱馬蒂，所以她好奇地翻看這些箱簍，發現不過都是些雙方特有的農產品。

他們在午夜裡起錨，往回走，在回程中他們開始用流刺網捕魚。

勾起的漁獲就傾倒進布滿碎冰的底艙中。馬蒂有時蹲在艙洞旁，看鮮跳的魚蝦在烈日下整批滑進黑暗的冰窟裡。有時一兩條小魚一扭腰跳到了甲板上，馬蒂就偷偷拾起，趁水手們不注意時拋回大海。

耶穌喜歡坐在船艙頂上，有時凝望大海，有時閉目冥想。

馬蒂和船長一起用餐。他們吃現抓的生魚片，吃一種很粗糲的褐色冷麵包。船上的人顯然不愛動鍋灶，唯一熱的食物，是用瓦斯小爐煮的濃咖啡。他們發現馬蒂頗諳烹煮咖啡之道，所以從出航的第二天起，馬蒂就接掌了煮咖啡的工作。

耶穌並不與他們進餐。馬蒂想到，自從啟航以後，就不再見到耶穌用餐，晚上也未見他就寢。船長將他的臥鋪讓給了馬蒂。耶穌睡哪裡，她不知道。

又是個空氣冷冽、陽光刺眼的午後，馬蒂正坐在船首的木欄前，用鉛筆在日記本上畫畫，她畫前方不遠處的幾座無人小島。聽到水手們從船尾傳來的歡呼聲，夾雜著激動的梅里耶土話，馬蒂就收起紙筆跑到船尾處。在那裡，她看見水手和船長繞著甲板忙碌極了，甲板上躺著一隻長逾兩公尺的巨魚，正在猛烈地扭動掙扎。

從來沒有看過的魚種，並不像沙魚一樣呈現流線型，牠的頭部不成比例地特別寬大，嘴邊有兩根長長的捻鬚，背上的刺鰭薄而短，但腹部卻長了兩對肉質光滑的巨鰭。牠帶著紫色斑點的魚尾有力地掃過甲板撞上護欄，震動了整艘船。馬蒂看見牠有一雙不尋常的大眼睛，黑而亮的眼珠裡，幾乎就像個人充滿了表情。牠看每一個人，眼中閃著驚慌與不解。

魚太有力了，把船長撞跌倒在甲板。牠看出護欄之外就是大海，就用腹鰭猛撐起上半身，巨鰓搧動，要爬出船去。水手們開始用一根木棒擊打牠的頭部。

那雙魚的眼睛充滿了求生的渴望，馬蒂看見了眼淚一樣的水珠從牠眼裡滾出。

「放了牠！」馬蒂抓住船長的雙手，哀求他。

「沒有的魚，很多錢，賣牠。」船長回答她，他忙著用板手撬開艙洞的外門，好讓水手們趕魚進冰窟。

「魚大。不好吃。放牠。」馬蒂一急，跟著船長用破碎的英文叫道。

水手還在用木棒和魚奮戰，魚掙扎得更猛烈了，水手們跳到木欄上。

「錢。我給你錢。」馬蒂從腰際掏出錢包，抓起一把馬幣紙鈔在船長鼻端搖晃。

船長笑了，他很和藹地看著馬蒂，說：「耶穌。馬蒂小姐，耶穌說是，我放走魚。」

馬蒂急忙爬到船艙頂端，耶穌不在那裡。馬蒂繞著船跑了半圈，才找到他坐在船側的護欄上。

「耶穌，快點來，他們要殺大魚了，我求求你救牠。」馬蒂抓住他的手，要將他拉向船尾去。

耶穌轉過臉來，從見面以來第二次，他靜靜看向馬蒂的雙眼，但是並沒有說話。

「耶穌……救牠。」耶穌的雙眼也像冰窟，馬蒂失足滑了進去。

巨魚終於被拋進冰窟。很久以後，還從底艙傳來悶聲的撞擊。馬蒂忘不了牠摔落冰窟前，望向她的那一個眼神。

魚流下的那一滴眼淚，也終於結成一粒冰。

馬蒂怏怏不樂，她不能諒解耶穌。為什麼，不願意開口救一條魚？

晚餐時馬蒂賭氣不吃了。她爬上船艙頂，看見耶穌坐在那裡，就又爬下來跑到另一邊的船側，攀上護欄坐下。海潮聲很柔和地拍打著船身，艙底已經不再有掙扎聲傳來。星光滿天，馬蒂咬著下唇。

為什麼？在她觀察中充滿了悲憫精神的耶穌，卻可以眼睜睜看見那隻巨魚被毒打，被冰凍至死，不只沒有救牠，還能表現得這麼不在乎，不介意？

為什麼耶穌的那雙黑眼珠，看起來比黑夜還要黑，比冰窟還要冰？

晚風撩動馬蒂的短髮。今晚非常冷，海上的夜是這樣的無邊漆黑。她仰望夜空，漆黑如墨的天空裡閃耀著點點星光，垂顧到她的身旁。凝望著星光，馬蒂心裡種種思維也跟著閃爍起來。為什麼？這隻巨魚的死讓她特別難受？

因為牠曾經存活而他們無情地取走牠的生命？似乎不是，她午餐時不是才愉快地吃了一片金槍魚？那是為了牠是這樣地巨大稀罕？大抵上只要看到頭部比人類還大的動物，人就容易相信牠具有感情。對於智慧的、像人類的、壽命長久的滿懷同情；而對於那些低等的、朝生暮死的、生存方式不明的生物，人們就不容易有心理負擔。馬蒂不也是一樣？因為巨大的魚的死亡，所以帶給她巨大的感傷？如果是這樣，那麼困擾馬蒂的只不過是一種選擇性的同情了？

或者是因為馬蒂看進去了牠的眼睛，看到了那求援的訊息卻又束手無策，所以她隱隱約約覺得無能救援這條魚，她也成了一個共犯？那麼使她難受的就是罪惡感了。是這樣的話，那她怎麼去責難耶穌呢？耶穌之不與他物接觸，不聽，不聞，不為所動，不參與，不干涉，好像他就活在另一個次元的空間。他又沒看進去魚求援的眼睛，那麼即使他不救一條魚，何來的罪惡感呢？頂多只能責難他無情。

沒錯，讓馬蒂最不快樂的原因，是耶穌對於巨魚之死所表現的無情。

沒有辦法想像一顆無情的心。

世界就是弱肉強食這麼一回事，馬蒂明白，但這不能減損她的多愁善感。曾經在動物影片中看到野狼撲殺小羊，那鏡頭讓馬蒂充滿了不忍，多麼希望拍攝影片的人能伸出援手去救可憐的羊。雖然她心裡隱約想到，狼窩中可能有柔弱待哺的小乳狼，正等著母狼飽餐歸來餵養牠，如果看到這一幕，馬蒂可能又會祈禱母狼狩獵成功。多麼忙碌的一顆有情的心。

在星空下，馬蒂想起了人們告訴她的一個佛教故事。

一隻小鳥被老鷹追殺，倉皇飛到佛陀身畔，向他求救，佛陀要小鳥躲在他的背後。老鷹來了，向佛陀索討小鳥，佛陀勸阻老鷹不要殘殺生命。老鷹回答他：如果我不吃小鳥，那麼我將餓死，結果是殘殺了我的生命。

於是，佛陀削下了自己身上的肉，餵飽了老鷹，也救了小鳥。

多麼慈悲的佛陀！人們傳說這個故事時這麼讚嘆著。是的，捨身救鳥，的確是人的慈悲的極致了。

可是對於馬蒂，這是一個未完的故事。第二天呢？要是老鷹再餓了呢？牠仍舊要追獵小鳥，小鳥仍舊要捕殺小蟲，而小蟲快速吃光了青翠的葉片，綠葉盡，花朵凋零。

天地無情，萬物循環。用人的有情的眼睛來觀照，難免徒惹感慨。除非人是星星，不管照看這世界多久，它就是不聽，不聞，不為所動，不參與，不干涉，兀自明滅閃耀。也只因這樣，幸好是這樣，這世界才能成形。不然，一念之仁救了狼嘴下的羔羊，結果是餓死了洞穴裡的乳狼。這結果還是一樣的，讓旁觀的人平添悲傷。

馬蒂想起來了，耶穌那冰冷的黑眼珠，像星星。

星空下的馬蒂，好像觸及了一個很縹緲的領悟，一時還想不清楚。而她對於耶穌的失望卻漸漸轉淡了。

第二天一早醒來，船已靠了岸，停在他們出航時同一個港口。馬蒂隨耶穌下了船，在漁村裡馬蒂四處張望，可是已經找不到那隻狗的蹤影。

這一次沿著海往北走，走了兩天以後，漸漸脫離了乾原，海邊的大地漸漸地披上了綠茸茸的灌木。外形像巨大酒瓶的猴麵包樹處處可見，在叢林聚集處偶爾可以看見人煙，多半還是安坦德羅人，在曠野中搭蓋錯落比鄰的棕櫚屋，形成了遺世獨立的小小村落。

他們並不打擾這些村落。白天裡他們採摘野果，飲河水，晚上就露宿在星空下。天氣越來越冷，但是馬蒂已經比以往強壯了。他們途經了馬蒂寄存行李的阿薩里歐小鎮，馬蒂在鎮外停足，遠望小鎮上的十字路口。那天她等待公車的驢欄，欄裡的兩隻驢子都還在，靜靜呆立在木欄後面。

耶穌並沒有停步，他走向鎮的左邊的短草原。馬蒂躊躇了一會，才舉步追向漸漸遠去的耶穌。短草原上的樹叢越來越多，遠方開始可以看見起伏的山脈。這天他們在一個湍急的河邊歇腳，馬蒂和耶穌各自尋找一片河岸的石灘，下水沐浴並且洗衣服。洗完後馬蒂以毛毯掩蓋赤裸的身體，在平整的石面上曬太陽，一邊等著她的衣褲晾乾，溫暖的陽光曬得她昏昏欲睡，忽然眼前一堵黑影驟現。

耶穌拉她的手起身。毛毯滑落，馬蒂心裡吃驚，一手抄起毛毯。耶穌有力的手卻拉著她下了石頭，到巨石後的陰暗處。

馬蒂正欲開口，耶穌伸手制止了她。耶穌望向河灘邊的一方，他始終沒有望向馬蒂。

河灘對面一輛吉普車駛來，並直接衝入河面，車輪將淺淺的河水濺起兩片帶著虹光的水花。吉普車從巨石前不遠處越水而過。因為巨石的掩護，並沒有發現馬蒂曬在岸邊的衣物。馬蒂看到車上坐了五個衣衫襤褸的散兵，都帶著長槍。他們因為驅車過河而開心了，尖聲怪叫著，還開火射岸邊的卵石。

內戰頻仍的馬達加斯加，因為人為的紛爭，在這曠野裡製造了流竄的散兵游勇。雖然沒有燒殺擄掠，但擁槍自重隨意擾民之事是有的，馬蒂是第一次親眼見到這些傳說中的散兵。

吉普車消失在短草原上。馬蒂早已凍得全身發抖，她發現自己的赤裸，趕緊撿起腳邊的毛毯裹上。

他們又上路了，在黃昏時分，他們走進了一片稀疏的棕櫚地，三三兩兩相依生長的棕櫚，就像三三兩兩沉凝的人影，四處錯落在平原上，一望無盡就像是一個棕櫚迷宮，往每一個方向望出去，景致都一模一樣。走到第二天的黃昏，馬蒂回首，感覺他們真的迷失了，在原地兜圈子，直到她看到那遠方的村落。

走到村落前的時候，太陽正好在村落的背面落進了地平線。天迅速地黑了。

黑暗的村落，沒有一盞燈，一片死寂，冬風呼號著颳過，這村子有肅殺的氣息。

耶穌在村落外側一棵大樹下落腳，馬蒂則在旁邊另一棵濃密的樹下。吃了乾糧晚餐後，馬蒂對於村落的好奇升到了頂點。這村子還是一片死寂，只有屋舍最深處彷彿有一點亮光，但安靜得過分了，好像沒有人跡。

一隻馴養的豬漫步踱到馬蒂前面，用長鼻子嗅嗅馬蒂。牠餓了，馬蒂拋一塊麵包給牠。

馬蒂忍不住站起來，走向村子裡。她穿過幾間棕櫚屋時刻意往裡面張望，屋裡一片黑暗。有一間房屋的門扇大開，馬蒂壯膽走到門前，正好裡面走出了一隻狗，牠友善地搖搖尾巴，又乞憐似地嗚叫著。馬蒂便探頭進屋裡，等到雙眼適應了屋裡的黑暗後，她看見裡面有一張矮床，床上躺著一個人，地板上也躺著兩個人，都是僵直不動的身影。詭異的安靜，空氣中充滿了腐敗的氣味。

馬蒂掩口倒退了兩步。這些人，是睡了還是死了？她感到一陣毛骨悚然，快步跑出村落，回到耶穌身旁，喘得像個孩子。

大樹之下耶穌兩腿交盤端坐著。他的雙手在腹前輕輕結印，吐納舒緩，眼觀鼻，鼻觀心。很少見到他這樣肅穆的打坐，馬蒂便不敢擾動他了。她去另一棵樹取來了她的小揹包，挨著耶穌身畔坐下，才覺得不怕了。

這一次耶穌竟然靜坐徹夜，馬蒂最後睡著了。她醒來時見到了東方火紅的朝陽，那隻狗正在聞嗅著她的揹包。一轉身，看到耶穌方才結束打坐，正在緩緩舒展他的四肢。馬蒂爬起身走近晨光中的村子，看到棕櫚葉的屋頂結滿露水在陽光裡閃耀，但還是不見人蹤。

白天裡畢竟膽大多了，馬蒂再一次進村落。這次她直走到最裡處，看見四處敞開著門戶的房子，黃蠅四處飛舞，有些甚至撞到了馬蒂臉上。

隨意挑一間房子，馬蒂從門口探望進去，這次她看到床上橫陳了幾個人，蠟色的面孔，黃蠅在他們的口鼻處穿梭。是死人！

馬蒂返身正要奔去，她眼角的餘光正好看到另一間屋子裡爬出了一個人。馬蒂停足了，才看清楚這是一個中年黑膚的男子，真的是氣若游絲。他張口想叫喚馬蒂，但太虛弱了，結果仆倒在地上，手足都明顯顫抖著。

馬蒂快步繞了村落半圈。原來，這是個遭瘟的村子，不知道得到了什麼樣的傳染病，已經有大部分的村民死亡，剩下不到十幾個活口，也都處於瀕死的狀態。從死者的模樣很容易觀察出來，他們都死於嚴重的嘔吐和下痢。

跑出村落時，馬蒂腦中思緒如飛。她原本直覺地想到，快快逃離這死神的領地。她和耶穌很可能昨天就染病了，該不會也死在這裡吧？她一邊跑，一邊下意識地以袖子掩住口鼻。

但是一個念頭又猛然生起，耶穌能看病，也許他救得了其他的人。

跑到耶穌面前時，驚慌極了的馬蒂拉住耶穌的衣袖，匆忙將村子裡的慘況說了。為防語言不通，她用中文，英文，法文各說了一次。她抬頭仰望耶穌，沒想到正如她所料，耶穌靜靜地轉開臉，從風中走了開去。

一整天馬蒂心焦如焚。她放棄了逃離疫地的想法。她在躺著死人的民宅裡找來了水桶，一桶桶提水餵下痢得虛脫的病患喝了。她繞著村裡外跑了一大圈。電話，只要找到電話甚至電報機，只要能向外通訊，也許就能找來援手，但是這村裡完全不見電器。她又想找到任何一種交通工具，可以急馳到外求助，從當初南下的旅程中得來的概念，她知道這裡最近的人煙處也要一兩天路程。但是並沒有交通工具，連一頭騾子都沒有，只有自由漫步的豬。

她哀求了耶穌十九次。恐怕語言不通她又比手畫腳地述說，但耶穌一如往常並不理會她。而很奇怪地耶穌也不打算離開這裡。他寧靜如昔，在樹叢裡逛逛走走，要不就是安詳的靜坐。馬蒂只好扯住他的手腕，要拖他進村子。

「救救他們，耶穌，我知道你能。」在大寒中馬蒂揮汗如雨，但是她只得到蜻蜓撼柱的感覺，耶穌是頭大象，任她怎麼拖怎麼推，也不能挪動他半步。

入夜之前，殘存的病患又死了九人。現在只剩下一個婦人，一個小女孩，和一個早就不哭了的嬰孩。

「你怎麼能見死不救？」馬蒂哭了，她抹掉淚水，憤然望著耶穌。馬蒂看見的，還是耶穌的那雙眼睛，黑得像夜，冷得像冰，平靜得像死亡。

第三天的早晨，馬蒂躺在村子中心的水井旁，她又髒又亂又累，懷裡抱著在黎明斷氣的嬰孩。另外那個婦人和小女孩，則在更早之前的黑夜裡，停止了呼吸。

某些東西在馬蒂的心裡也停止了。大風吹來，風裡的黃沙掩上這個死絕之村，一切都隨風而逝了，馬蒂和耶穌親眼看著這村人死光。她親眼看見他袖手旁觀，對於他們的垂死冷漠得沒有伸出援手。不可原諒！這一次再多的玄妙的寧靜也不能遮掩耶穌那根本上的無情。為什麼眼睜睜看著病魔摧殘這些人卻無所謂？他分明懂得醫術，即使說他覺得這些人病得太重了，無可救藥，以行醫者的立場，至少也應該試試看，總該試試看啊。

將死去的嬰孩還回去他死去的母親的懷抱，馬蒂花了幾秒鐘考慮，本想要把死者掩埋了，可是屍體實在太多，遠超過她的體力所能處理。另一方面她也想到，應該將這個死村保持原貌，讓後來的人明白發生了什麼事，所以她將死者靜靜留置在他們死去的地方。站在淒涼的村口，馬蒂的心中充滿了慍怒。

沒有藉口，不可原諒！什麼理由都不能挽回馬蒂的失望。假如耶穌從來不理會任何人，那還猶可解釋，可是偏偏馬蒂看見他行醫於西薩平原，這次卻吝於救治瀕死的村人。不要跟我說你行不行醫是興之所至，你這種虛無縹緲只有辱沒了醫生的稱號！馬蒂用她最拿手的中文對耶穌怒叫道，一想到耶穌可從來也沒有自稱過醫生，她又悻悻然高聲喊：你的寧靜，只是偽裝得太好的無情！耶穌的反應是，完全不出乎她意料，靜靜地轉開頭。他正要離開這村落。

「你到底有沒有心？為什麼不說話？」馬蒂挽住了他的褡褳，不讓他就這樣轉身離去。結果耶穌的物品散落了一地。

耶穌的針灸包，木碗，毛毯，匕首，小陶甕落在地上。看到那針灸包，馬蒂更加生氣了，她用力踢地上的黃沙，揚起沙塵蒙上了耶穌的物品。「見死不救，人家竟然還叫你耶穌！」馬蒂決心要用黃沙把這針灸包掩埋。她蹲下來雙手鏟沙潑向耶穌和他腳下的物品。一層層黃沙潑灑過處，風吹來，耶穌的衣襬又恢復潔淨，不只潔淨，甚至是聖潔的，沒有生命般的一塵不染。

馬蒂索性捧起沙土，抹汙了耶穌同樣潔淨的針灸包，才終於舒了怒氣。

「死亡的顏色。」馬蒂舉起塵汙的針灸包，憤然對耶穌說：「這才適合你。」

耶穌並沒有回答。

馬蒂所不知道的是，叫耶穌的人的眼睛，看不到顏色。

灰色的山，灰色的水，灰色的天，灰色的人。這是耶穌眼中的，灰色的、寧靜的世界。

耶穌撿起那只小陶甕，用袖子擦了擦上面的灰塵。他帶著小陶甕走了，留下其他的東西，還有馬蒂。

馬蒂蹲坐在沙地上，看著耶穌遺棄的物品，忽然發現她也是耶穌的遺棄物之一。

毫無意義地坐在沙地裡，馬蒂不知道何去何從。她現在遠離城市，幾乎一貧如洗，滿身風塵疲憊，眼前只有耶穌遺留下的東西。

從台灣跑到馬達加斯加來，馬蒂最終得到的，難道就是這樣荒謬的句點？

整個馬達加斯加之旅，就是追隨耶穌的行腳，現在耶穌走遠了，帶著他的寧靜，留給馬蒂的是混沌未解的省思，和一條毯子，一把匕首，一個木碗，一個針灸包。

馬蒂從沙地裡撿起了耶穌的褡連，抖了抖，沒有蒙塵。她把耶穌的東西都拾起拍淨，裝了回去。左肩是自己的小揹包，右肩是耶穌的褡連，馬蒂踏上了她的旅程。

沒有目標，沒有方向，多日以來依賴耶穌的路途，馬蒂連身在何處都已經茫然。現在她游目四顧，發現村落的外面是長著稀疏棕櫚木的短草原；東邊不遠，是一座高山。

這令人非常不解。馬蒂記得來時的路上，只看到無盡迷宮一樣的棕櫚原野，這樣一座尖聳高大，從平原上暴凸而起的大山，怎麼她一點也沒有印象？

造形非常奇特的山，像是小孩子筆下最原始的錐形山峰，整座山光禿禿只見赤裸的岩石，目測之下大約有一千公尺以上，或者有兩千公尺，總之它的山峰已經在雲端之間。奇特之處是它與平地的接壤地帶，毫無任何地勢隆起的緩衝區，整座山就像是水面上突然冒出的一片鯊魚鰭，一夜之間，無聲無息地游到此地。

耶穌走去的，也正是這座山的方向。

馬蒂振作起精神，她朝向大山走去，也朝向耶穌走去。這是一條未完成的路途，她心中燃起了頑強的念頭，一定要把它走完，即使路上的風景，她越來越不喜歡。

向著初升不久的朝陽而行，馬蒂很快就接近了大山。靠近山的周圍時大地變得更荒涼了，所以馬蒂遠遠就望見耶穌坐在山腳下，如同往昔，等著她的姿勢。

當馬蒂來到耶穌的身邊，看見他抱著陶甕坐在沙地上的身影時，她的心裡升起了一點點羞赧之情，並不是原諒了耶穌，純粹只是對自己的暴怒失態感到抱歉，耶穌固然不可原諒，但是她的舉止也超出了文明人的範圍。馬蒂走到耶穌面前，逕自拿起他懷裡的小陶甕，裝進褡褳裡，再將褡褳歸還給他。這是一個形式上的和解。

耶穌揹起褡褳，緩步走上山坡。馬蒂跟了上去。

為什麼還跟著耶穌？因為馬蒂心裡有個奇怪的感覺，她覺得耶穌要她跟著他。這感覺馬蒂沒辦法形容，只知道這是個很清楚的訊息，來自耶穌，而她的一顆心接收到了，像是從傳真機收到的一張風景明信片，整體上很模糊，但大意是清楚的，他要她跟著他。

所以馬蒂來到了山腳下，現在她又跟著耶穌爬上了山。

山坡上並沒有成形的路徑，他們踩著細碎的石礫往上而行。每一步，就有小片的石屑滾落山坡。這座山的走勢不算和緩，但也不至於太陡峭，正好讓他們可以保持步行向上，只有在險峻處才需要加上雙手攀爬。

剛開始上山時，馬蒂還頻頻回首，山下是一望無際黃褐色的短草原，草原上疏落點點棕櫚樹影，就在山腳下不遠，幾十間草屋麇集而立，是那個死村。

一整個村子的人，在這一天黎明死光了，他們死在馬蒂的眼前。雖然已經盡了力，但親眼看見全村死絕，還是讓馬蒂難過極了。總覺得人不應該這樣無助地消失如同草芥；總覺得整個族群不應該這樣悄然消逝於黃沙。再看一眼寧靜的死村，馬蒂知道，風吹來的沙很快就會將全村湮沒，再也沒有人會記得在這個村落裡曾經發生過的故事。

馬蒂不能再回望，耶穌已經在她前面走遠了。山路走了一陣之後，就越來越陡峭，好幾次馬蒂險些失足，她發現最安全的方法就是踏著耶穌的腳印而行。很奇妙地，耶穌在獰惡的山石之間，總是能踩到讓全身重量平衡的落足點，馬蒂踏著他的腳印，漸漸走出訣竅了，他們以平穩的速度升高中。

冬天裡的太陽也在爬升。雖然走在山的向陰面，馬蒂已經汗濕了全身衣裳。山石間開始可以見到一些強韌的小草，從稀薄的土質中吐露出鮮嫩的綠意。馬蒂頻頻揮袖擦汗，她的雙腿有些痠痛了，現在兩手攀著險崖上凸出的岩石。她腳尖一滑，就踢落了一灘石子滾向山下。馬蒂正試圖平衡住，耶穌從險崖上面伸下手來，將她拉了上去。

背靠著崖壁，大風吹來鼓漲起馬蒂的袍子。站定之後，馬蒂才發現他們已爬上了大山的三分之一高度。馬蒂隨著耶穌坐下休息，俯瞰山下的景色。

太陽剛爬過山巔，一瞬之間，馬蒂和耶穌坐著的陰蔽處變成了向陽面，四周頓時明朗起來，大山在原野上投下的陰影也逐漸收攏，陽光照亮了山下的那個死村。

從這裡看下去，四周平野開闊，死村就在他們的下方。馬蒂看見了村子裡的褐色草屋像一朵朵香菇一樣，呈橢圓形狀排列。她看見了村子裡的小廣場和村口的樹叢，熟悉的景象，但在馬蒂眼底卻又是另一番風景。

因為坐在此刻的高度，馬蒂不止看到了死村，她的雙眼看見了死村以外更多的地方。她對於自己所見驚訝不已。這個死村看起來不再陰氣森森，事實上正好相反，馬蒂看到了一片繁榮的生命力。

死村外面，是廣闊的乾草原疏林地形，馬蒂一路走來，對這景象自然不陌生。但是旅途上的她卻忽略了另一個重要的角色，那種長著像蝨子一樣的種子的細鉛筆狀植物。馬蒂自己把這植物取名叫作刺蘆筍。

刺蘆筍靠著途經的動物，將它難纏的種子播送到遠方。如果一直沒有人獸經過，那麼長久的等待之後，它那蝨子一樣的種子就枯萎掉落到枝梗底下，長出新的嫩芽，在母株旁衍生出新的刺蘆筍。

從現在的高度看下去，馬蒂才知道，看起來毫無意義隨處生長的刺蘆筍，原來是這麼有規模、有計畫地在發展它的巨觀生命體。每一棵刺蘆筍，都先從母株四周繁殖出一簇綠茸茸的根據地，然後朝向最近的另一簇生長過去，締結成一條帶狀生長區；而成型的帶狀刺蘆筍叢，又會朝最近的另一片帶狀刺蘆筍蔓延，最後聯結成更大的帶狀刺蘆筍王國。

現在馬蒂看到的就是，從曠野上四面八方合縱連橫而來的刺蘆筍，像一隻綠色的巨型手臂，以季節為單位，緩緩地伸展過來，正要掩上死村的現址。而死村所處的位置，無疑是曠野裡的水源地。

淺綠色的，強韌而善於等候的刺蘆筍，是曠野裡不動聲色的贏家。它此刻正以充滿生命力的綠爪，延伸向那個黑暗的死村。陽光下面，馬蒂看到刺蘆筍青蔥昂揚的姿勢，活潑地搖曳在風裡。

對人來說，是個淒涼的死村；在曠野裡，這是另一片生氣盎然的滋養美地。

有什麼重要的東西在馬蒂的眼裡結成了淚水。她的眼淚滾落到地面，變成山縫裡一株小草的快樂食料。

一個村子死了，馬蒂非常悲傷，因為她終究是一個人，有著人的感情。

但如果不以人的角度去觀望呢？那麼就沒有悲傷的必要，連悲傷的概念都沒有了。人和大地上的所有生物一樣，活過，死了，存活下來的繼續生活，就是這麼一回事。不管是橫死，暴死，悄悄地死，寂寞地死，整群地死，死於天災，死於戰爭，結果都是一樣，只有人才會為了死亡而悲傷。

而大自然不用人的觀點。祂集合了萬物的生滅、增減、垢淨、枯榮，大自然不用人的觀點，大自然沒有人的悲傷。

看著死村外圍欣欣向榮的刺蘆筍叢，馬蒂回想到了在海上的經驗。她為了耶穌不願意搭救一隻巨魚而罣怒不已，那是因為她充滿了人的感情而耶穌沒有。因為耶穌沒有人的感情，所以魚的死亡於他不是苦惱，所以村子的死亡於他不是負擔。

人的感情，到底是一種高貴的本質，還是作繭自縛的未進化象徵？馬蒂陷入了思索。一個嶄新的感覺正在萌生，從山上俯看這點點綠意的曠野，那死村帶給她的感傷正在淡化中。

耶穌在這時候站起身，繼續往山上而行，馬蒂踏著他的足跡跟了上去。

接下來的山勢險惡多了，即使踩著耶穌的腳印，馬蒂還是不時失去平衡，走得險象環生。耶穌總是在最緊要的關頭伸出手來扶她一把，使她不至於滑落山崖。凜冽的寒風颳來，將她滿頭的汗珠吹乾，帶來了一陣涼意。他們埋首於向上攀爬，不知不覺已經到了黃昏時分。

體能的負荷已經到達極限，馬蒂的雙腿疲軟無力了，兩手也開始發抖，抓不住岩壁，他們已爬過了這座大山的中間段。馬蒂在夕色中往山巔仰望，看見尖錐形的山巔已在前面不遠，最頂尖處可以看見似乎有一棵樹。真不可思議，這座死寂乾枯的大山上，連寸草也要歷經艱難才能存活，在那山巔之上竟長得出一整棵樹。

大山的最後一段山路太過陡峭，馬蒂估計還要好幾個小時才可能爬得到巔峰，而她此刻太累了，只想坐下來休息。幸好耶穌在一片巨岩之前停步了，攤開了毛毯坐下，這表示他準備在這裡過夜。巨岩旁邊不遠一處的岩壁，有一個橫型的天然凹陷，寒風灌不進來，正好讓馬蒂很舒服地坐臥在其中。她在凹洞裡攤開了自己的毛毯。

才在洞裡坐好，馬蒂就看到眼前滿天橘紅色的晚霞。她不禁又從洞中走出來，往山下瞭望。她被眼前的美景震懾住了。

他們現在身處在接近雲端的高度。從這裡望下去，大地又是全新的風景。

死村已經看不見了，像綠色巨手的刺蘆筍叢也隱沒成了一抹淡綠色的痕跡。那些死亡，那些欣欣向榮的生機，從這個高度看下去，都模糊了，都失去了它們的觸目驚心。

飽滿壯麗而盈目的，只剩下藍色的大海，和西斜的夕陽。從大山上看下去，眼前只有黃色的土地，藍色的海，綻放橘紅色光芒的天空。生命在這三者之間太微小，太微小了，只是附著在地球表面的微塵。

大海拍擊土地之處，該是雪白色的浪花吧？從這裡看不見，但是馬蒂記得海灘邊的浪花。她是在那裡遇見耶穌的。一百萬年之後，馬蒂、耶穌，以及她身邊的所有生命都不復存在了，可能連他們的後代也絕跡了，可是天地長存，一百萬年後的浪花還是要照樣拍打著海岸。潮來，潮往，只有不用心靈計算時間的，才能脫離時間的擺弄。

而活著的生命啊，在長存的天地裡是何許的短暫眇小，窮其一生地迸發光亮，以為自己達到了什麼，改變了什麼，事實上連痕跡也不曾留下。人是風中的微塵。馬蒂想到她在台北多年的辛苦生活，那些地盤之爭，那些自由之爭，即使爭到了，又算什麼？人只不過是風中的微塵，來自虛無，終於虛無，還有什麼好苦惱執著的呢？就算是什麼也不苦惱執著，結果還是一樣，生命本身，和無生命比起來，一樣地虛無，一樣地沒有意義。

馬蒂因為這一段思考而迷惘了，覺得自己有點像是跳了電的機器，因為只是心中電光石火地一陣思潮，一轉眼卻發現已經是滿天星斗，月上中天，眼前的藍色大海早不見了，只剩下晦暗的天地共色。她吃了一驚，發現自己一直站在崖邊，站多久了？不知道，她的錶早已丟棄。馬蒂回身望耶穌，此時的她對生命充滿了虛無感，她多麼希望能從耶穌那裡得到一點聲音，一點答案。馬蒂發現耶穌臥在毛毯上，睡得很安詳。

今夜耶穌睡得真早。

馬蒂整夜未眠，看著滿天燦爛的星星，她反覆思索著生命有什麼意義？人活著又有什麼意義？

第二天黎明，耶穌起身以後，卻又不急著上路。他和馬蒂吃罷了乾糧，就在晨光中靜坐起來，一夜未睡的馬蒂反而精神奇佳，腿和胳臂也不痠痛了，所以她就盤起腿隨著耶穌靜坐。這一坐真久，直到了中午時分。

耶穌在山縫中找到了一注泉水，他和馬蒂輪流把水壺裝滿。

他們從正午往山峰攀爬。現在連耶穌也是四肢並用了，馬蒂緊跟在他的背後，因為往上的路太艱難，隨時都需要耶穌拉著她。

山風在背後呼嘯颳過，馬蒂學耶穌將袍子的下襬縛緊在腹前，以減低風阻。他們兩人像蜘蛛一樣，緩緩爬過了幾道近乎垂直的岩壁。在最險惡的路段中，耶穌割裂了他的毛毯，接成長索，將馬蒂吊縛在他身上。馬蒂默默地接受耶穌的綁縛。從頭至尾，耶穌和她並沒有一句交談，他甚至沒有和她對視過一眼。

這一天的黃昏時天色非常詭異，從東方到西邊的海上，滿天瀰漫著刺眼的金色光芒，滾滾積雲快速地從海上掩來，連雲塊都充滿了飽和的紅金色。耶穌一把將馬蒂提到了山巔，這裡是只容幾人立足的尖削岩塊，奔雲就在身邊竄過。山的最頂尖有一棵樹，不大的樹，應該說是長得特別高大的一叢灌木。它接近黑色的枝梗上滿布黑色的棘刺，沒有葉，沒有花，可能甚至沒有生命。這是一棵不知是死是活的，奇異地生長在山巔的樹。

山頂上的風好大，馬蒂靠著一塊岩石才勉強站穩，她趴低身體隨耶穌到灌木叢前坐下。這時候雲又消散了，海上的金色夕照橫射到他們身上，光芒強烈得讓馬蒂瞇起雙眼。

坐在尖錐形大山的最尖端，從這裡游目騁懷，連大海也從眼前消失了。馬蒂的四周，馬蒂的眼中，只有無邊遼闊的天空。

耶穌盤正了雙腿，進入了山巔上的冥想。馬蒂跟著他端坐起來，閉上雙眼，吸一口山頂上的狂風，也進入了自己的心靈。

從一切雜念中放鬆，坐在世界的頂端，馬蒂將自己溶化在風中。

於是她進入了一個無邊之境，無聲，無息，無色，無臭，無空氣，無重力，只剩下最後一縷呼吸，維繫她的人的思維，人的生命。

在冥想中，她的意識不斷擴大，擴大，擴大到瀰漫充滿了整個宇宙。她與宇宙等大，於她之外別無一物，連別無一物的概念也沒有。於是不再因為找不到方向而徬徨，因為所有的方向都在她之內，自己就是一切的邊境，所以不再有流浪。

她和她的宇宙又急遽縮小，縮小，縮小到一切生成物最根本的基質，微小到存於光的縫隙之間的黑暗中的粒子。這微小的基質不包含任何東西，卻組成所有的東西。巨觀它，是一個宇宙，微觀它，是介於有和無之間的一個概念，一個振動，一個微笑，一聲嘆息。

從山下一步步登高走來，在爬上山頂之前，遠望海天的馬蒂陷入了最深的迷惘。生命，來自虛無，終於虛無，那麼中間的這一遭人生，有什麼意義？

坐在山頂的狂風中，精神穿梭於宇宙空幻之間，馬蒂有了全新的體會。

因為人的虛無，和神的虛無不同。馬蒂不屬於任何一個宗教，她把體會中最根本的意識就叫做神。人的虛無就是虛無一物，而神的虛無，是一切衝突，一切翻騰之後的一切抵消，一切彌補。因為平衡了，圓滿了，寧靜了，所以虛無。

從混沌之初的地球中，電光石火裡產生了生命的原始體；從水族衍生到陸地上的鳥獸蟲魚，到了人類的誕生，社會的組成，文明的累積。這億萬年的進化過程，煉鑄出了一顆現代人的心，用文明的眼睛來看這個世界，來解釋現象，來抱怨世界的衰敗，來不耐煩人生的壓力。就為了這一顆躁動的心，人生有意義。

因為人來的地方虛無，人要去的地方也虛無，所以中間的這段人生，是滿溢人性衝突的、紛亂的過程。如果不是盡其可能地去體會人生中的一切，那麼如何去融合、化解以得到神的虛無呢？

她所來自的城市，是一個令她厭煩的地方。在那裡，因為擁擠，每個人都盡其可能地壓迫別人以得到自己的空間，這種人生她覺得沒意義，這種人生她覺得不自由，所以馬蒂逃離，來到馬達加斯加，想要尋找另一種答案。

山頂上的馬蒂領悟了，生命的意義不在追尋答案，答案只是另一個答案的問題，生命在於去體會與經歷，不管生活在哪裡。繁華大都會如台北，人們活在人口爆炸資訊爆炸淘金夢爆炸的痛苦與痛快中，這是台北的滋味，這是台北人的課題。也有活在刺棘林叢中的安坦德羅人，他們的生命舒緩遲滯，享有接近動物的自由，卻又限制於缺乏文明的困苦生活，這是曠野中游牧的滋味，這是他們的課題。

選哪一種生活都好，馬蒂體會了。哪一種生活都有它必須經歷的路途，即使從一切生活方式中逃離，像浪遊的耶穌，他還是在經歷；經歷過了，收進自己的意識裡，又朝圓滿接近了一步。有的人走得快，在他的一生中經歷了許多人所不能體會，有的人走得慢，有的人原地踏步，有的人走了回頭路，有的人如行屍走肉，不思索，不體會，但這一切都還是經歷。這就是活著的意義。因為這樣，所以死亡也有死亡的意義，死亡是人生中另一種經歷，人把它視為悲傷。在朝向神的虛無之路上，這種悲傷只是心靈被練得晶瑩剔透之前的，自力撕扯出的裂隙。馬蒂想到那個村子之死還有耶穌的無動於衷。她開始漸漸地、漸漸地接近耶穌的內心了。

馬蒂在強光中睜開了雙眼，山風凜冽；她抬頭，望見無邊開闊的天空。

這一個抬頭，好像花了馬蒂三十年之久。

從遙遠的冥想神遊中回來，時間卻彷彿才經過一瞬，因為遠方的夕陽還以同樣的角度，掃射過來金色的光芒，滿天都是金塊一樣的返照。耶穌與她對坐著，正望著她。夕陽從耶穌的瞳孔中反射出金色的光束，映入馬蒂的雙眼。從認識耶穌以來，這是他第三次對視馬蒂的眼睛。

天突然全黑了。

山頂上空間太小，馬蒂偎著耶穌，兩人並列躺在灌木叢下，進入了夢鄉。

山風越來越猛，馬蒂在黑暗中起身將她的毛毯分蓋在耶穌身上。睡在耶穌身邊，她覺得很溫暖。

夜裡濃雲低垂，掩蓋住了馬蒂和耶穌。雲厚得像河，又騰挪伸展像一隻手，穿過馬蒂，穿過耶穌，穿過耶穌的褡褳，風把褡褳打開了，露出裡面的小陶甕，狂風撕扯著小陶甕上的封紙，濃雲被灌木岔開，像一隻手摩娑過小陶甕，發出咻咻的聲音。

黑得像死亡一樣的夜，看不到星星的夜。黎明還遠在地球的另一方。

42

小葉從行軍床上跳起來，看見天空的一片微光，夜已經過去了。她聽到海安床上傳來的動靜，所以就來到他的床頭。她看見海安艱難地伸出右手，食指與中指痙攣似地彈動，好像掙扎著要抓住什麼。

小葉握住海安的手。海安從夢中驚醒。

長達五十九天的昏迷，終止於一個夢，海安從這個夢裡醒來，他所看見的第一個景象，就是小葉的眼睛。

小葉從床頭上俯低下來，雙眼亮晶晶看著海安。

夜方盡，窗外明晦交際。

「天亮了嗎？」海安問，他的聲音非常沙啞。

小葉並沒有回答，她的雙眼亮晶晶看著他，眼淚悄悄滑落小葉的臉頰。

43

海安轉醒的消息驚動了整個醫院，一整個星期，許多與這病歷無關的醫生都聞訊而來，以充滿科學研究的精神加入各種評估討論。吉兒素園小梅帶來了各種補品，她們從主治大夫那裡得知，海安在心智和體能上復原的速度可以說是奇蹟。大家都高興極了，圍繞在海安的榻旁流連不去，都爭著告訴他這些日子來的經過。

海安的特等病房熱鬧得像是喜慶節日。

自從第三天下床，試著站立行走以後，海安再也不願留在病床上了，一整天小葉推著輪椅，緊跟在海安身旁，隨時要他坐下休息。這努力常常失敗，海安的精力正在迅速恢復，他很快便拒絕再坐輪椅。護士們也常常藉著若有似無的理由，到這病房裡走動。看到海安精神良好，她們甚至坐下來聊天了，病房裡洋溢著歡笑聲，好似病痛遠離了這醫院。雖然開刀及久臥之後的影響猶在，海安常有體力不濟的時候，但是他大多隱忍不表現疲態，大家只看到海安比以前更加爽朗了。他從病房裡打出大量的電話，遙控整頓他荒廢已久的股票投資，又神采奕奕地和小葉討論傷心咖啡店重新開張的事項。海安和吉兒長篇大論。海安當面吃下小梅為他做的整鍋燉雞。海安幫素園擬了一個股票投資計畫。

只有在夜闌人靜，連小葉也回去的時候，海安的病房才恢復了寂靜。

一個點滴瓶陪伴著海安，他靜臥在床上，無法入睡。自從車禍後的長眠之中醒來，他就陷於無法入眠的狀況。

這幾天，海安總是沒有來由地回想了很多事情。他常常想起海寧，還想起了一件幾乎不存在於他記憶中的事。

那是奇怪的一天，家裡充滿了客人。那時的家在美國，海安才半歲大，他趴躺在漆成白色和藍色相間的嬰兒床中。

特製的雙倍大嬰兒床，床上有雙份的枕頭，兩床小被子，床頭吊著兩個彩色旋轉風球。

只有小海安一人在嬰兒床中。大人在嬰兒床外面走動，好多人。他們急促的討論聲不時偏高了，爸爸以一個輕輕的噓聲壓制了嘈雜。「不要吵，海安睡著。」爸爸說。

他們以為小海安睡了，他們以為小海安聽不懂這些討論，但是小海安聽得懂，他尤其注意媽媽的聲音。

媽媽一直堅持著。她與所有的人意見相左。

「不要西洋的東西，你們聽我說，海寧是個中國孩子，我要給他中國的方式。」媽媽說，她一直重複這句話。

小海安從嬰兒床的縫隙中望出去，看見大人們圍繞在餐桌前。餐桌上，是一個小小的骨灰罐，咖啡色的陶製小甕，在燈光下微微發亮。

「火葬以後，」媽媽用英語向小海安的爺爺奶奶解釋，「骨灰裝在這裡面。」

「梅姬，」爺爺叫著媽媽的英文小名，他說：「妳總不能永遠把骨灰帶在身邊吧？」

「不帶在身邊。骨灰罐要供奉在廟裡，中國的寺廟。」媽媽說，她盯視著爺爺的眼珠。每當媽媽打定主意的時候，她就是這個表情。

那是小海安第一次也是最後一次看到了那個骨灰罐。之後的三十年，海安完全沒有再想起這個陶製骨灰罐，還有海寧的中國式葬禮。

一直到他旅行於馬達加斯加，遇見了耶穌，第一次見到了他隨身帶的陶甕時，海安忽然有一個感覺，他再也離不開耶穌了。

但是耶穌並不需要他。

連續三次固執的跟隨，海安終於都心碎地回到台北。

在昏迷長夢中的海安，再次看到哥哥海寧，長大了，三十歲，和他一樣大。海寧和他一起飛翔於黑暗的空中，沒有什麼情節的夢，就是純粹的飛翔。

飛到後來，海安跟不上海寧了，海寧越飛越快，離他越來越遠，縮成一個小小的黑影，海寧飛進了一個陶甕中，一道封紙彌蓋住了甕口，黑暗的天空裡充滿了呼號的大風。

海安伸出手想要打開那個陶甕，但是他控制不住自己的飛翔。他在風中急著轉向，但是風太狂，太狂，將海安吹向遠方。海安拚命伸出臂膀，卻挽留不住自己飄離遠去。越飄越遠，天黑地暗得什麼都看不見了，只看見遙遠的天邊，有兩顆星光若隱若現。黎明又要來了，絕望的黎明。

海安從昏迷中醒來以後，才知道那星光是小葉的眼睛。

44

馬蒂在大山頂上轉醒。一睜開眼睛的時候，她以為到了天堂。

山嵐氤氳中，馬蒂的眼前是一大片絢爛的桃紅色，在霧氣中影影綽綽如同天堂一樣繽紛華麗。原來是那一大叢黑色的刺棘灌木，在夜裡開花了，開了整樹爆炸一樣的繁花。

耶穌坐在花叢下，他看著馬蒂的甦醒。

馬蒂爬起身來，疊好毛毯，倒出水壺中的清水漱洗，整好衣衫，就來到耶穌面前坐下。兩人面對而坐，馬蒂看著耶穌的眼睛，兩人相顧微笑了。

這麼對坐相視著，馬蒂和耶穌第一次展開了對話。

事實上他們誰也沒開口，一切的聲音都來自心靈，直達心靈。

「我要回去了。」馬蒂用她的心靈告訴耶穌。

「很好。」

「謝謝你，耶穌。」

「妳和來時的妳，還是同一個人嗎？」

「是的，還是同一個人。」

「很好。」

「我還是同一個人，而且我領悟到了，我先前的苦惱和疑問，都是可貴的過程。這些過程造成了我，所有的經歷都有意義，包括以前我所認為沒有意義的那些生活，都含有太多的課題讓我去經歷，去克服。我將不再躲避。」

「妳要往哪裡去呢？」

「往哪裡去都一樣。我想要回到我來的地方，用新的勇氣，走完我的路途。」

「很好。」

「有人要我帶一個口信給你。」馬蒂的心靈說。

「是他。」

「是的，海安。他要我問你，到底能不能對你自己坦誠？」

「告訴他，我將親自回答他。」

談話到此，耶穌關閉了他的心靈，他們的溝通於是結束。馬蒂隨耶穌站了起來，一起動身下山。

這是一場未竟的對話，但是馬蒂也不再開口了。有一些事，既然已經明白了，就不必再說出口。攀爬在山岩上，耶穌在她的下方，他們兩人之間，以一條長索相縛著。從這裡看下去，叫耶穌的人，真像就是海安。

但是馬蒂知道這個人不是海安。他們兩人在某些方面完全相反。在台北享盡繁華生活的海安，放浪形骸遊戲人間；而在馬達加斯加荒原裡獨自流浪的耶穌，寧靜得不願意與任何人交談。

仔細一想，他們兩人又有些地方真的相像。相像的地方，在於他們的不完整。耶穌和海安，是從天上跌落地面，摔成兩半的星星。

一個是充滿了目標追尋真理，可是卻活得不似人間，就像槁木死灰沒有生命。

另一個縱情享樂活得五光十色，但是卻沒有目標。

黃昏時馬蒂和耶穌來到半山腰的凹洞裡。他們準備在這裡過夜，第二天繼續下山。馬蒂側身睡在耶穌旁邊，她把毛毯攤開覆蓋在兩人身上。夜來寒風不停，身邊的耶穌散發著微微的溫暖，但是馬蒂又覺得耶穌的某些地方，透著冰雪一樣的寒冷。

為什麼？為什麼失去了他的人的感情？在長久的追隨之後，馬蒂已經了解，耶穌是在朝向神性的路途上獨行，可是他畢竟是人，在未達到神的境界前，卻完全失去了人的根性，那他是什麼？一個幽靈？

此時此刻，充滿了對世界的感情，想要回到她的城市的馬蒂，有一個尖銳的體會，她終於發現，耶穌寧靜的自我放逐，是一種更深沉的頹廢。

馬蒂的一顆心裡面，充滿了一種女性的柔情。她多麼希望能灌注一絲絲感情到耶穌身上。一些熱情，一些鮮血，就算是一滴淚，馬蒂仰望星空，關於一滴眼淚就能賦予一個人生命的童話，她從小就讀過而且不相信。現在在耶穌的身畔，她才知道，能夠流出一滴眼淚的人啊，擁有多麼大的幸福。

第二天更加寒冷，他們在漫天狂風中下了山，還沒走到山腳下，馬蒂就看到遠方駛來一輛車，車後揚起了一路長長的塵埃。

是那輛吉普車，車上是五個衣衫襤褸的散兵。山腳下平野茫茫，耶穌和馬蒂完全無從逃避。

散兵把車停在他們面前，用奇怪的法文叫耶穌的名字。那聲調裡充滿了調侃，他們訕笑著，都看著馬蒂。馬蒂躲到耶穌的背後，她覺得非常不祥。

果然，散兵們下了車，用梅里耶土話叫喊著，來到耶穌面前，拿槍托戳著他，暴力扯下他的褡褳，抖開，看到裡面一無財物，他們都生氣了，又要搶奪馬蒂的背包。

馬蒂尖叫，散兵們更加不懷好意地盯著她，他們的笑臉上有野獸一樣的表情。一個散兵強行攬住馬蒂的腰，耶穌開始格鬥起來，幾個兵和耶穌扭打成了一團。就在這個時候，馬蒂看到原本抱住她的那個兵，舉起了他的槍管。

那槍管瞄向耶穌的背。

扣扳機，發射，硝煙揚起。

扭打在地上的士兵都停止了動作，他們茫然望向槍管。耶穌也轉回頭，望向槍管。

槍管上是一縷輕煙。

馬蒂在子彈發射之前，撲到耶穌背後，代耶穌承受了這致命的一槍。她仰天跌倒在砂地上，子彈貫穿了她的左胸。馬蒂的眼睫前充盈了整個天空，藍色的天。

沒有想到真的要殺人，散兵們都緊張了，匆忙跳上吉普車，急駛而去。

耶穌跪地抱起馬蒂，看到她閉上了眼睛。耶穌摟緊了她。在馬蒂的左胸前，心臟的部位開了一朵血紅色的花，這朵花也印紅了耶穌的左胸，他原本一塵不染的灰布袍上，染上了馬蒂的鮮血。

馬蒂先是失去了視覺，接著失去了聽覺，她掉落進入一個無聲、無息、無色、無臭、無空氣、無重力的無邊之境，那裡是宇宙的深處，那裡有無人能享用得到的，無邊的自由。

我想回去，我想遠遊，而現在我要死了。

連思考也平息，馬蒂停止了呼吸。

耶穌抱著死去的馬蒂，看見她胸前的血紅色的花。三十年來在幽邃之中的漫遊，耶穌他，終於第一次看到了顏色。

45

素園搖下車窗望出去，看到前面十字路口上，一輛公車和私家轎車擦撞了，正在就地爭執中，怪不得這一條路整個塞車了。

計程車司機回頭問素園，要不要繞小巷子離開，素園搖搖頭，靠回椅背。今天太累了，她一點也不急著回公司。

素園的旁邊有一個黑色的扁平提袋，有對開那麼大，是攜帶專業設計稿用的。提袋內正裝著兩個彩色平面設計稿，素園剛從客戶那邊提案回來。

客戶是一家急於提振企業形象的人壽保險公司，素園的廣告公司承攬了平面廣告設計工作。為了讓客戶滿意，公司一次動用了兩組設計人員，幫這家壽險公司做了兩套截然不同的設計稿，這一天下午，素園就是前去說明兩套作品。

在素園的強力推薦下，名叫大豐的壽險公司終於敲定使用其中一幅作品。這個平面廣告的設計很簡潔，只有一個螺絲釘特寫鏡頭，和一個模特兒喬扮的女壽險員。廣告中女壽險員說：「我已經被訓練成大豐的一個螺絲釘。」意思是說，大豐的壽險員訓練專精，整齊劃一，無私無我，能夠給保戶最高度專業的服務。

其實素園討厭這個稿，她也討厭這一句矯情的廣告詞，但是她還是極力說服客戶接受了這個稿，捨棄另一個設計上較出色的作品。

素園之所以這麼做，有不為人知的理由。公司裡的設計組兵分兩派，一派屬於保守勢力，是公司的資深設計人員，另一派則是公司挖角而來的新秀。公司不將這些人混合編組，反而讓他們壁壘分明互相競爭，是因為廣告公司內部比稿的傳統其來已久，競爭越激烈，作品就越見成長，所以公司樂見兩組之間的對壘。

這一則「我已經被訓練成大豐的一個螺絲釘」，出自保守派設計人員的手筆。素園其實也不大喜歡這一組人。她幫這組人的作品護航，是因為不願意看到新秀派的作品過關。

公司的業務人員也分成兩組，素園是其中一組的小主管。長久以來，雙方一直有跨線競爭的問題，表面上雖然相安無事，私底下的較勁卻從未止息。而業務組和設計組之間的關係則是一項藝術，太親暱無法公正比稿，太疏遠又無法培養默契。最近另一個業務組就有一點破壞這個遊戲規則的傾向了。他們和新秀派的設計人員走得很近，一連幫新秀派接進了好幾個設計案，而素園手上也有一個大案子正委託新秀派設計，眼見新秀派志得意滿又忙得無法分身，她這次才策略性地幫保守派的作品護航。

一個提案的背後，能有這麼複雜的人事紛爭，素園不只覺得累，還感到厭惡。明明知道另一個稿比較優秀，她卻建議客戶接受了次級的作品。

素園厭惡自己做得這樣成功。

她望著窗外的塞車景象，開始想到了花蓮的碧海藍天。

素園前兩個月，一直忙著一個飯店業主的廣告案。這個業主在花蓮規畫了一棟五星級度假飯店，素園曾經陪著客戶到花蓮去過幾次。建築中的度假飯店近乎完工，人事招募也已經開始，素園在飯店的歐式庭園中散了幾回步，覺得那裡真是個樂園。

飯店是呈V字形的兩排長形建築，三千坪大的庭園裡栽種了各種熱帶植物。以木材搭蓋的休閒小屋錯落在椰影中，宮廷式的迎賓大廳寬闊得像機場，大海就在眼前，而塵囂又離得那樣遠。

這是一個讓人鬆口氣的地方。

飯店的業主很喜歡素園，曾經有一次，他語帶豪氣地問素園，願不願意到飯店來擔任公關副理。素園連忙答謝，她認為這只是雙方的應酬話。

沒想到這業主後來又追問了兩次。現在素園的心裡開始了騷動，她常常花上一整天，想像著在度假勝地上的生活，離開台北的生活。

五點半鐘，台北的交通尖峰時段又開始了，好不容易塞車回到了公司，素園把提案的結果報告了，之後連續開了兩個業務會議，並且在會議桌上吃了便當。八點鐘，她匆匆收拾辦公桌下班，今天素園要到傷心咖啡店去。

到了傷心咖啡店的時候，小葉正忙著。店才剛重新開幕，還沒有請到固定的幫手，小葉忙壞了，所以小梅常來幫忙，吉兒有時候也來。海安康復後精力旺盛，夜裡都會過來。吉兒戲稱海安是來坐檯，在某種層面上，吉兒這形容不假。海安常來以後，客人明顯地增多了。

海安與吉兒斜倚在老位置上喝咖啡，他的那夥飛車同伴正鬧翻了天。素園在吧檯後面找到小葉，小葉興致勃勃地向素園展示她所發明的新調酒，吧檯前的少女客人們爭著試飲，咖啡座上的女客們正以雙眼追逐著海安，熱鬧的重搖滾震撼著店裡的空氣，這一切情景，就如同往昔一樣。

只有一件事情不一樣，素園想到了，馬蒂不在這裡。

46

盛夏的台北，連著兩天晴朗非常，蔚藍色的長空純淨得就像是藍寶石，沒有一絲流雲，微風吹過城裡的水泥叢林，空氣裡的細塵都遠逸到城外去了，連遠望北邊的觀音山，都像是加上了濾鏡，山色變得明豔清楚。

這是颱風要來的前兆。

中午過後，風勢開始加強。這風是一陣一陣地來，狂風過處，滿街的店招都格格作響，風息之後，烈日之下的一切又彷彿凝止了。路上行人匆匆，台北市政府在中午時分發布了颱風休假的人事令。雨，在傍晚時開始下了起來。小葉打亮了傷心咖啡店的藍色店招，從玻璃窗望出去，雨珠像海浪一樣一波波橫掃過來。小葉捧著一杯熱咖啡去打開了音響，又打開小舞池上的流轉燈。店裡只有她一人。

此刻的小葉想念店裡的那隻貓，小豹子，還有那一隻孤單的愛情鳥。當初為了照顧臥病的海安，小葉關閉傷心咖啡店的時候，就把貓和小鳥分送給店裡打工的妹妹了。那時候妹妹抱著鳥籠，問小葉說，忙完以後，要不要把小鳥送回來？

「不必了。」小葉摸摸鳥籠下懸掛的竹牌，上面刻著濃情蜜意四個字。她告訴妹妹說：「妳帶走吧，每次看到這隻鳥，我都想哭。」

現在只有小葉一個人，窗外是逐漸增強的颱風，可能不會有客人來了。小葉擦了擦桌子，洗了一些檸檬，又去咖啡杯寄養架上，把所有的咖啡杯都拿出來，攤了一桌，逐一擦拭乾淨。

每個杯子前面都有一個名牌。小葉最喜歡的，是馬蒂那只深藍色的骨瓷杯。

滿身雨珠的海安推門進來。

「嵓大哥！」小葉叫道，「颱風天你還騎車！也不穿雨衣。」

海安甩甩頭上的雨水，看一眼冷清的店面，爽朗的笑了。他說：「颱風夜，我們來做一些燦爛的事吧。」

病後的海安清瘦了許多，可是整個人看起來卻更加精神。他還是保持了以往神出鬼沒的行蹤，不過卻是天天都來傷心咖啡店，有時候來坐鎮整晚，喝咖啡跳舞，讓女客們的芳心極度蕩漾，有時候他只是匆匆過來，看一眼，又走了。

今晚的海安並不匆忙。小葉把酒架上的幾種烈酒都拿到海安的桌前，又拎來兩隻威士忌杯，就和海安對飲起來。小葉不停地去換ＣＤ，又去炸了一些小點心。夜深了，店裡還是只有他們兩人，小葉已經不勝酒力了，而海安正清醒。他自己去換了一張喜歡的唱片，跑到小舞池上跳舞。窗外風雨狂嘯，如同地獄裡的鬼嚎。

就在這個時候，門再度開啟了，小葉的醉眼看到門外走進來另一個海安。

小舞池上的海安舞姿頓時停止。迷離的舞台燈光流轉在他的臉上，他看著站在門口的耶穌。

耶穌也看著他。

兩人的對望，就像是鏡中的注視。一樣美的臉龐，一樣冷的表情。

小葉恍如在夢中，完全沒有辦法明白眼前的情景，但是她太醉了，勉強從椅子裡站起身來，卻又彎下腰去，吐了。

耶穌打開褡褳，裡面是兩個咖啡色的小陶甕。他取出其中一個，交給海安，連同馬蒂的身分證件皮夾。小陶甕裡是馬蒂的骨灰。憑著馬蒂皮夾裡一張傷心咖啡店的卡片，耶穌來到了這裡。

海安收下了，將馬蒂的東西放在吧檯上。他還是注視著耶穌的眼珠。

小葉才從桌前站直了身子，就看到海安和耶穌推開門。一模一樣的背影，兩個人並肩走進了暴烈的風雨裡。

47

「你能夠對自己坦誠嗎？」海安問他。

耶穌和他對站在落地玻璃幕前。這是海安的家，此刻從落地玻璃望出去，台北市有一半是朦朧暗淡的，暴風雨帶來了大區域停電，災情還在擴大中。

耶穌只是望著他。

海安伸手要抓住他的臂膀，耶穌卻斜肩避開了。

「你不能對自己坦誠，所以你不能面對我。」海安說。

窗外風狂雨驟，窗裡的電燈不時明滅閃爍。

「你想要我。」海安沉聲說，「為什麼不敢說？我花了三十年才找到你，難道你還要再躲我？」

「是的，」耶穌說話了，他說著清楚的中文，「因為我們相像，所以我不願再見到你。一道力量在前方吸引著我，一道力量在後面拉扯著我。你是我的幽靈，讓我去吧，不要再拉住我。」

「我和你一起去。」海安急著說。

耶穌只是看著他，像是對鏡子的注視。

「我讓你自由，只要讓我跟著你走。」海安叫道，他搶過耶穌的小陶甕，狠力摔擊到地上，喊道，「我讓你自由。」

小陶甕在地上摔裂了，迸成碎片。裡面是空的，什麼都沒有，只有一縷冷空氣，騰挪而起，逸散在大氣中。

海安撿起了陶甕碎片，朝自己的臉頰猛割下去。從右眼角到嘴角，海安割裂了一道猙獰的長形傷口，如泉湧的鮮血沿著他的手腕灑落到地面。

這時候小葉驚叫了一聲，打開門匆匆逃了出去。

小葉在海安與耶穌離去以後，即刻清醒了。她追到了海安家，當她拿鑰匙進入海安家門的時候，正好看見海安摔碎了耶穌的小陶甕，又看見海安親手毀了容，她看見耶穌，和海安長得一模一樣的那個人，流下了一滴晶瑩的眼淚。

小葉很驚慌，在狂風暴雨中，她淋得全身濕透，風雨中飛舞著致命的碎招牌，夾勁削過她的身邊，但是小葉恍然不見，她在雨中狂奔。

小葉完全明白了。

他有感情。原來海安真的有感情，他愛他。原來那一切的狂放不羈，頹廢荒唐，都是因為海安封死在內心深處的，冷峻的純情。

風雨擊打在小葉的身上，她的身上和心裡一樣的冰涼。小葉的羅曼史，已經結束了。

颱風漸漸轉弱，在最黑的夜裡，風雨戛然而止，雲破天開，整個台北市全面停電了，台北之上，是有史以來最燦爛的星空。

明子在星光下披衣而起。在這台北大安區最豪華的一棟大樓裡，裸身在一個陌生男人的懷中，明子驚醒了，她看見窗外銀河閃耀，滿天星子發光，美得就像是一個夢境。

明子在窗台上坐下，看星星。

明子的命運，像一顆彗星。遠遊在天際的她，受到了一道強力吸引，自從在日本的大雪中遇到了海安，她就不由自主地飛奔而來，曾經是那麼接近，就在快要靠近的時候，卻又被那道無情的重力場推開，全速飛離。啊，海安，明子在星空下回憶著無情的海安。

今晚的星星，怎麼會亮得這般不可想像？好像伸出手就可以摘下一顆。明子睡不著了，就這樣徹夜坐在窗台上。燦爛的星空，讓她想起來了一個地方，不是東京銀座的燈紅酒綠，而是一個遙遠的，遙遠的山上。

那座山上的小孩子們，都長著像星星一樣，讓人驚喜的美麗眼睛；那座山上，開著一種很香的克魯娜花；那座山上的人都愛歌唱。明子閉上眼睛，彷彿又聞到克魯娜花香，聽到了族人的歌詠。坐在台北星空下的明子，多麼懷念這個她一輩子再也不會回去的地方。

48

颱風過去了，遺留下滿城飄零的綠葉，和蔚藍的天空。

警察吹著急促的哨音，指揮被滿地枝葉和店招阻礙了的交通，忙碌的工務車來來回回，清理滿目瘡痍的街道，人們推開窗戶，看到了翠綠色的台北城。這是一個翠綠色的星期六。

傷心咖啡店的門前也是一片凌亂。吉兒小梅素園都來了，她們幫小葉清理風災後的店面。素園繫了一條圍裙開始拖地，昨天夜裡淹了水，將店裡的地面泡得泥濘不堪。小梅擦玻璃，吉兒和小葉架起了一座活動梯，她指揮小葉爬到店招上，清理掛在上面的樹枝。

吉兒乘空點了一根菸，正和隔壁店面的鄰居打招呼，她聽見一聲沉悶的撞擊，猛一回頭，看見小葉從梯頂跌落到了地面。

吉兒急忙跑過去，扶起小葉，看她是否跌傷了。小梅和素園也從店裡驚惶失措地跑了出來，她們方才在櫃台上找到一個奇怪的骨灰罐，上面還有馬蒂的證件。

「哇操，我沒事。」小葉笑著說，聲音很虛弱。

「小梅，快把妳的車子開過來。」吉兒沉聲說。

吉兒懷裡的小葉全身發燙，並且不停地劇烈顫抖，就像是風中的一片葉子。

清潔婦人拿鑰匙打開海安的家門，頓時被眼前的景象嚇了一跳。

眼前真是一個大災難，好像龍捲風吹過整個客廳一樣，所有的家飾用品都被狂風掃得天翻地覆，屋裡竟還布滿綠色的落葉。這真是個奇景，婦人想，二十二樓上怎麼會有葉子飛得上來？她嘆了一口氣，在門口換上拖鞋。

婦人眼中的海安是個奇怪的岢先生。奇怪之處，在於岢先生從來不工作，卻又這麼富有。岢先生的行蹤很詭異，要不連續數十天不見人影，要不找了一大堆奇怪的人在屋裡日夜廝混，所以對於屋子裡這樣凌亂的景象，婦人已經司空見慣了。這大大增加了她的工作量，可是她並不抱怨，一來岢先生給了她豐厚的薪水，並且不時給她小費，有時候端一杯咖啡竟也得到千元大鈔的打賞；另一方面，婦人喜歡岢先生，在她的眼裡，認為再也沒有比岢先生長得更好看的男人了。

岢先生真愛看書。有一次，婦人問他是不是在教書，岢先生很溫和地笑了，說，不，我不工作。岢先生也愛聽音樂，有的音樂吵得叫她頭疼，有時又很優美，連她在打掃中也覺得愉快了起來。

現在她走到客廳，打量著從何處清掃起，婦人就看到了落地玻璃窗上的破洞。落地玻璃幕整片撞碎了，像是有什麼東西猛衝到窗外一樣。婦人這麼想是有道理的，因為地上並沒有碎玻璃。原來屋內的凌亂是因為窗戶破了，颱風掃了進來。婦人又看到客廳的地上有一大灘血跡，還有一個碎了的陶甕，一件她從來沒有見過的灰色袍子，被風颳到了書櫃上方。

突然之間婦人覺得很不安，心裡有恐怖的感覺。出於下意識地，婦人從碎玻璃窗探出上半身，往地面張望。沒有，婦人手掩胸口鬆了一口氣，樓下的地面並沒有異狀，只有無盡的落葉。

婦人開始打掃房子，她清理了血跡。

好幾天以後，還是不見岢先生回來，婦人自己出錢找人補了玻璃窗。她是個忠厚的清潔婦，不忍心看到主人的房子遭受風吹雨打。嚴格說起來，她也沒有損失，因為岢先生總是一次預付了半年的薪水，婦人只不過將預支的薪水挪出來而已。

之後，婦人如常每天前來打掃，卻再也不見岢先生歸來。當她預支薪水到期的那一天，婦人最後一次將房子清理乾淨。在她關上大門前，婦人回首對房子最後一瞥，寂寥的客廳裡，只見六座時鐘兀自滴答行走，四面大鏡子靜靜映照著天光。婦人覺得很淒涼。

49

小梅推開病房的門扇，看見朝外的病床上躺著小葉，偏著頭，好像睡著了。

小梅悄聲來到小葉榻旁，拉起活動簾幕。隔壁病床住著一個子孫滿堂的老婆婆，整天探訪的客人不斷，總是吵得很，但是這對於小葉似乎不成問題，她總是在昏睡。事實上，在那一天送她就醫的路上，小葉就昏沉沉地睡去了。

送到醫院以後，醫生診斷她是肺炎，隨即就辦理了住院。醫生很肯定地告訴她們，住一兩個禮拜就沒事了，現在過了五天之後，醫生們的樂觀正在消逝中，小葉的高燒情況更糟了，並且一直昏睡。吉兒找來了院內最富名望的大夫診察，大夫看過以後，語帶玄機地告訴她們，肺炎雖然不是難治的病，但也有相當的死亡率。

醫生的言下之意很明顯。素園發現在護理站的住院病人表中，小葉的名字上打了一個紅點，這是對於重症病人的特別標示。小葉昏睡的時間越來越長，一天裡難得醒來一兩次。醫生來探視的頻率增高了，這天上午，醫生和小梅她們數人就聚在小葉床前，面對吉兒連串的疑問，這醫生解答之餘，自己臉上也有不解之色。

小葉的高燒持續不退，白血球數急遽增高，腎功能正在衰敗中。

「很少看到這樣的病歷。」醫生說，「Patient還很年輕，平時身體也不錯，不應該抵抗力這麼低，簡直是全面敗退。真叫人想不通。」

於是醫生給小葉做了更多的檢驗，結果只有徒勞無功。

小梅在小葉床前輕聲坐下，她看見小葉轉過了頭，原來她醒著。

因為高燒的關係，小葉臉頰潮紅。小梅替她調整了冰枕，又用毛巾擦擦她的臉和脖頸。小葉穿著女病人的粉紅色袍子，小梅以前從來沒有看見她穿過女裝。

「謝謝妳。」小葉輕聲說。

「妳好好休息，今天換我輪班陪妳。」小梅握住她的手，發現她的手是冰的。

「什麼時候了？」

「晚上七點。妳餓不餓？」小梅問。她覺得今天小葉精神好多了。

「我是問今天幾號。」

「七號。妳住院第六天了。」

「這麼久？」小葉皺著眉深深迷惘，「六天？」

「安心養病吧。快快好起來，早點出院。」小梅說，「要不要我唸書給妳聽？吉兒給妳帶來了幾本書。想聽什麼？雜誌？小說？還是詩集？」

「銬。」小葉有氣無力地說，「不要唸詩，我最沒有詩意了。」

「那我唸報紙給妳聽？」

「不要了。」小葉搖搖頭，疲乏地閉上了眼睛。小梅看到她原本水靈的雙眼現在微微地凹陷，眼眶還帶著隱約的黑氣，她很心疼。

「那我陪妳聊天？」小梅問道。

小葉搖頭。

「小葉，妳一定要打起精神，好好撐過去，不要急死我們了。」小梅說，她的心裡感到難受。小葉一向是最活潑的，從來沒有看過她這樣子消沉。

「急不死人的。」小葉又睜開了眼睛，她說：「就算死了，也不錯。」

「怎麼這麼說？妳不想想關心妳的人？想想海安，想想吉兒。」

「想他們有什麼用？他們是兩隻自由的鳥。小葉是什麼？小葉只是枝椏，讓他們棲息。」

小梅的眼淚滾落，卻笑了，她說，「誰說妳沒有詩意？我從來沒有見過比妳更浪漫的人。」

門口有一些人聲，是吉兒陪著小葉的阿爸阿姆過來了。小梅起身去開門，卻被小葉挽住了她的手。

小葉從枕頭上輕輕仰起頭，一點光采在她的眼睛裡乍現。她說：「小梅，我的這輩子，過得很幸福。」

小葉又睡回枕頭去，閉上了眼睛。

吉兒和小葉的父母進來了。他們方才和主治大夫談過，不知道談了些什麼，小葉的阿姆紅著眼眶。

小葉現在又昏睡過去了，大家都圍坐在她的身旁，一籌莫展。

小葉的阿爸脫下印有「興農農藥」字樣的帽子，握住小葉的手。他非常沉默。一直沒有辦法了解這個女兒。小葉從小就是個特別活潑的女孩，阿爸最不能忘記的是，小葉穿著小學女生的藍短裙，和小男生扭打成一團的鏡頭。她是一個健壯的野ㄚ頭。小學老師都告訴他，小葉有畫畫天才，一定要培養她。阿爸雖然不覺得畫畫是個好差事，他還是花了錢讓小葉學畫。小葉越畫越好，家裡的牆上掛滿了繪畫比賽的獎狀。

都說天才的小孩子難養，大概是真的吧？小葉長越大，阿爸就越不能了解她。最不解的地方，是小葉變得那樣男性化。這樣漂漂亮亮的女孩子，一天到晚打扮成男生，讓他簡直認不出來了。也許當初不應該讓她一個人到台北學畫畫，台北是一個奇怪的地方，是台北改變了她。阿爸摸摸小葉的短髮，覺得對小葉沒有盡到為人父的責任，這幾年也不知道她是怎麼過的，阿爸心裡想，等小葉病好了，一定要帶她回嘉義去。

素園下班後過來了。陪著坐了一會，因為吉兒要抽菸，她就和吉兒一起去了抽菸室。

「找到海安了嗎？」素園問吉兒。

「沒有。這傢伙，又讓他落跑了。」吉兒說，她低頭點菸。

「那麼馬蒂的家人呢？」

「聯絡上了，但是我還沒跟她爸爸說發生了什麼事。媽的，我這個人最不會安慰人，叫我怎麼說？妳和我一起去見她家人吧？」

「好。」素園回答。說到馬蒂，素園的心裡一陣疼痛，怎麼會好好地去馬達加斯加，卻變成了異鄉魂？這兩天事情太多，小葉病倒，海安失蹤，忙得沒有時間痛哭一場。

吉兒的眼眶也轉紅了。

「妳哭了？」

「沒有。」吉兒說，「是菸，可惡的菸。素園，我告訴妳一件事。」

「嗯？」

「我要離開了。妳明白嗎？我要離開台灣了。」

「跟尚保羅出國去？」

「對。我決定和他一起去加入國際環保工作。他們有一項第三世界環保領袖培養計畫，尚保羅推薦我代表台北，我決定去接受訓練。」

「在哪裡訓練呢？」

「在非洲，莫三鼻克。要訓練半年，然後還要到一些國家實習，要多久不知道。」

「什麼時候走？」

「十月底。」

「十月底？……好快，只剩下不到兩個月了。」素園偏著頭，她想了想，又說：「妳就要離開台北了。」

「沒錯，但是我還會再回來。」

「真好。」素園變得有些心不在焉。

「素園，我台北的事情就託付給妳了，要做好我的經紀人哪。」吉兒說。她指的是書的版稅等等雜務。《新佃農時代》出版兩個月，已經竄升成暢銷書排行榜第一名，一時之間，吉兒的名利滾滾而來，也幸好有這些錢，正好支付了小葉的醫療費用。小葉的父母經濟拮据，傷心咖啡店在海安住院之後就一直呈虧損狀況，海安又不見人影，這次小葉住院，所有的費用都由吉兒負擔。剛剛醫生才和吉兒商量，可能要將小葉轉送加護病房，吉兒爽快地答應了，錢財於她，並不是重大的事。

「還有傷心咖啡店，要靠妳多幫忙了。」吉兒又說。

「好。」素園望著窗外的點點燈火，她的心思已經飄到了花蓮。在那裡，碧海遼闊，藍空無極，人煙稀少，還有亮麗得像南洋小島的陽光。

50

在掌聲中吉兒上了台。她從文建會主委手上接過了獎牌，跟主委握手，鎂光燈在台下爭著閃光。這是出版社擴大舉辦的週年慶，會中頒發各種自辦的文化獎項，新紅乍貴的吉兒頓時成為頒獎典禮中的焦點。

應出版社的要求，吉兒準備了一篇文情並茂的致辭，現在她站在台上侃侃而言，不時閃起的鎂光燈照耀得她眼冒金星。但是這些光芒阻礙不了她的視線，吉兒從台上深深注視賓客群中的尚保羅。尚保羅微笑著，用他的淡藍色眼珠回應著她。

其實出書的成功，遠在吉兒的預料之上，會決定跟尚保羅出國，也不在她的生涯規畫當中。人生就是這麼一回事，計畫得越多，就會有越多的意外。只有一件事情是在掌握中的，吉兒要跟隨自己的理想、自己的良心走下去，這是她永遠不變的方向。

台下有這麼多愛慕的眼光，吉兒夠敏銳，她察覺得到。像她這樣一個年輕、亮眼的女子，會寫出一本既嚴肅又暢銷的名著，的確提供了不少人夢想的空間。吉兒唸完講稿的最後一段，掌聲再度響起，突然之間，她覺得寂寞，傷心咖啡店的那群朋友們，沒有一個人能出席。

頒獎典禮之後是雞尾酒會，也就是各方不停盤問吉兒下一步出版計畫的苦刑時間。尚保羅摟著吉兒的腰，一派她的男伴模樣。吉兒很含糊地答覆了各種採訪，不時將她的談話翻譯給尚保羅聽。我都在和他們說一些屁話，我真正的想法，對他們來說太艱難了。她用英文悄悄地對尚保羅說，尚保羅和她相視而笑。

這時候，吉兒的手機響起，正好從記者面前解救了她。吉兒打個手勢，和尚保羅轉到大廳角落，接聽了電話。

「喂，吉兒，我是素園，我在醫院裡，小葉她——」素園的聲音很驚慌。

「小葉她怎樣？」吉兒倒抽一口氣，她的心猛地一沉。上帝！千萬不要！

素園帶著哭音說：「小葉她不見了。」

51

吉兒和尚保羅趕到病房的時候，看到素園和小梅坐在病床旁邊，兩個人都非常困擾。

小葉的病床上，被單很方整，小葉的粉紅色睡衣疊得整整齊齊，她吊到一半的點滴瓶，還兀自掛在病床上方。

「小葉昨天精神好多了，她告訴我，小梅晚上會來接班，一直催我回去。」素園十分無辜地說，「我實在累壞了，所以就回去了。」

「我明明跟小葉說好今天中午來接的班，一到醫院，就看到小葉不見了。問護士也不知道，結果大家找遍了醫院。」小梅說。

「唉，真是的妳們。那有沒有問隔壁床？」吉兒問。

「問了啊，一問三不知，因為小葉把簾子拉上了。」素園回答。

「回傷心咖啡店去。」吉兒當下決定，她和小梅各一輛車，一夥人趕回了傷心咖啡店。

回到傷心咖啡店，拉開鐵門，就看見裡面空無一人。

素園在吧檯上找到一封信，大家都湊上前看。

上面是小葉寫下的傷心咖啡店財產清單，從所有的收支盈虧，到店租附件，未付帳款，小到一桌一椅一副杯碟，都列了清清楚楚的對照表。在財產欄中，小葉還從她的股權中扣下了這次住院的費用。除此之外，沒有隻字片語。

大家面面相覷。午後三點鐘，明亮的陽光透過咖啡店的玻璃窗，斜斜照射進來。

明亮的陽光，明亮的午後，小葉揹著一個雙肩大揹包，步行在台北街頭。她的病已經好了，現在的小葉精神良好。她穿著一件慣常的牛仔褲和襯衫，一雙粗獷的旅行靴，從背後看起來，是個挺秀的男孩子模樣，從前面看起來，更加韶美可愛，叫路人不禁回眸多看她一眼。

小葉輕快地走在台北街頭，隨意轉著彎。在一個種滿了黃槐樹的巷子裡，對面開來了一輛火紅色的保時捷。小葉吹了聲口哨，保時捷減緩了速度，車窗降下來了，車裡是一個三十歲上下十分俊朗的男子。他把車子停在小葉前面，男子摘下太陽眼鏡，盯著小葉。

金黃色的黃槐花朵繽紛灑落在車頂上和小葉的身上。小葉和男子無言對視著。

在金黃色的花瓣雨中，他們一語不發，目不轉睛對視了三分鐘，整整一百八十秒，後面的車隊不耐煩地按喇叭之後，都紛紛調頭開走了。

小葉上了保時捷。紅得像火一樣的保時捷，開向落滿黃槐樹葉和小花的巷子深處，轉個彎，不見了蹤影。

黃槐樹是大地的畫筆，用金黃色的落花揮灑盛夏的氣息。小葉的生命裡，也有一支畫筆，那支畫筆在她的心裡面，因為天賦的才情，常常要沒有由來地揮出神來之筆。這就是從小被喻為繪畫天才的小葉的命運。

黃槐樹的落花很快地覆滿了這一條小巷子，連車行的痕跡，也沒有留下來。

52

傷心咖啡店倒閉了。

在吉兒的作主之下，店面很快地盤了出去，所有的盈虧結算下來，還要攤還給股東一些金額，但是最大股東海安下落不明，第二大股小葉的行蹤如石沉大海，吉兒當下又決定，把錢先全部轉入素園的戶頭。

「先去繳妳的房屋貸款吧。」吉兒說。

「那海安跟小葉怎麼辦？」素園問。

「找到他們再還也不遲。」吉兒爽快地說，「反正他們沒有妳缺錢。我是董監事，我說了算。」

傷心咖啡店就這樣盤了出去。吉兒親自洽談的對象，是一個時髦多金的少婦。那少婦告訴吉兒，她要開的也是咖啡店。

傷心咖啡店的鐵門，關閉了一個月之後，再度打開時，湧進來一大群裝潢工人。他們拆下了吧檯，拆掉了小舞池，扯下了舞台燈，搬走了桌椅，又把柱子上的照片海洋撕下來，進黑色的垃圾袋中，牆上的粉刷也全數刮掉。他們又搬來梯子，準備撬下傷心咖啡店海藍色的店招。

時髦的少婦站在店門口，看工人拆招牌，她不住地出聲指揮。

「輕一點，輕一點，不要刮到牆壁……慢著，」少婦叫停了。她用塗著蔻丹的手指支著下巴，想了一想，告訴工人，「招牌上那個心字，留下來。」

53

素園坐在公司小招待室裡，她的面前是一個中年的男人。男人穿了一套便宜的西裝，提著一只陳舊的公事包，他坐在素園對面顯得有些侷促。

這是素園以前的主管。當初素園跟著他跑業務時，這男人在廣告界中也算是一號人物，但是他就在上班生涯走上坡的時候，突然決定放下地盤，離開台北，到南部去投資苗圃生意。當他慨然離職時，曾經說了一句讓圈內人津津樂道的話。他說：「我只是想過一種人過的生活。」

他到底有沒有得到人過的生活？這個素園不得而知。可以知道的是，他現在又回到了台北，當初的地盤全被後進分光了，在這一行裡面只能從頭開始。也難怪他的神色不自然了，這個前任主管現在是在向素園討工作。

這男人為什麼又回到台北？原因不難猜想，這裡是經濟運作的主流，無盡的機會和生涯聚集在這裡，生活雖然艱苦，但是這裡是追逐事業的地方，若是離開了，往往只有望著這裡的繁華興嘆。這是獨一無二的台北，留下來和離開她，都需要同樣大的勇氣。

素園很委婉地告訴他，經濟不景氣，公司人事幾乎凍結，暫時沒有空間，也沒有相當的職位聘請他。男人連忙說，職位沒有關係，素園嘆了口氣，要他填了一份履歷表。男人填完後起身告辭，素園又叫住他，給了他一張丈夫的名片，要他去談談看。素園記得丈夫提過要招募一個業務員。

素園回絕他的理由都是事實，卻不是最大的理由。真正的原因是，這個男人的歲數和經歷，不上不下，正是最尷尬的階段。一般來說，與他平輩的上班族，多半不再拿著履歷表找工作了，而是等著人家挖角跳槽。這男人的問題，是他在最關鍵的年紀裡工作出現了斷層，現在要請他做主管，擔心他做不來，若是請他從基層做起，雙方又都覺得難堪。

而素園現在的年紀，和這男人當初離開台北時一樣。

這就是她回絕了花蓮飯店工作的原因。素園和丈夫為了這件事商量了近一個月，丈夫完全反對他們離開台北。他的理由是，以他們夫婦現在的工作狀況，萬一離開了台北，要想回來的時候，就只有從頭開始了。丈夫問素園說：妳敢賭嗎？

素園不敢。所以她打了一通電話給飯店業主，謝絕了他。

現在素園坐在小接待室中，看著窗外的夜色，她不再想像花蓮的海灘和陽光了。已經過了下班時分，素園手上有一些公務正要開始忙，她打內線要小妹幫她去買了便當。

這天下班時素園疲憊萬分，她在家的巷子口下了計程車，正要朝向家裡走去的時候，素園看到了她的丈夫，在路燈的下面，和那一隻頸上有一圈傷疤的野狗玩得正開心。丈夫拿著一塊超商買來的肉包，逗著狗玩跳高遊戲，狗很興奮，丈夫的笑聲不時傳來。

素園站在巷子口，兩手環抱著皮包，靜靜看著她的丈夫和狗，這幅畫面她覺得很美。不知道丈夫什麼時候和狗建立的友誼。丈夫轉頭看到素園，含笑張開雙臂迎了過來，素園也步向前去。

丈夫摟著素園走回家，一路跟那隻狗嬉鬧著。

一點點家的溫存，一點點工作之後的放鬆，生活在台北的素園，還奢求什麼呢？

回到家門口，先開信箱。一封信跌了出來，丈夫交給素園。這是籐條從監獄裡寄給她的回信。

趁著丈夫洗澡的時間，素園拆開了信，同時也打開音響放了一片ＣＤ，Arizona Dream的電影原聲帶。素園選播第三首，柔和的東歐民謠風吉他曲傳來。自從傷心咖啡店倒閉以後，吉兒把店裡的ＣＤ全都給了素園，她的生活裡於是多了音樂。

籐條的信很簡短。他寫著：

妳好，素園，小梅把馬蒂和小葉的事都告訴我了，我很傷心，坐在走廊下面想了很久。我想起以前在一起的日子，那一大堆說到自由的話，我在想，馬蒂和小葉，現在都得到自由了吧？

我過得很好，請妳不用擔心。這裡的日子真的很輕鬆，妳知道什麼叫做輕鬆嗎？那就是一次只做一件事。真的。吃飯的時候吃飯，上廁所的時候就是上廁所，不用整天在那裡拚命動腦筋。想一想以前的生活還真奇怪，什麼都想要，就是不想要休息。妳知道嗎？真的是很諷刺的一件事，我覺得我在監獄裡，比在外面還自由。

小梅要請妳多多照顧了，還有樂睇。妳是很懂得照顧朋友的人。聽說吉兒要出國了，我非常祝福她，她是一個勇敢的女孩。還有海安，我也佩服他，他在事業上放得下，真的是很瀟灑的一個人。有你們這一群朋友，我的這一生很富有了。

藤條敬上

看完了信，素園陷入了甜蜜的回憶。她縮起雙腳窩在沙發裡，正聽著柔美的音樂，電話聲響起了。素園接起話筒，只聽到嘶嘶的干擾音，還有奇怪的電流迴授聲響。

「喂？喂？」素園大聲地喊了幾句，終於聽到了對方很不清楚的回應，是海安的聲音。

「素園嗎？」海安問。

「我的天，海安，你在哪裡？」素園問。海安和她的對話有明顯的秒差，所以她又追問了，「海安你在台北嗎？還是在國外？」

「你們都好嗎？」海安沒有回答她的問題。

「傷心咖啡店關閉了，你知道嗎？」

「不知道。」

「還有吉兒，她要出國去了，到莫三鼻克去。我們這個禮拜天要在傷心咖啡店的舊址送她，你來不來？」

「莫三鼻克？……那是離馬達加斯加最近的地方……」海安的聲音很遙遠，很飄忽。

電話突然中斷了，素園對著電話發呆良久，她放下了話筒。

54

吉兒挽著尚保羅，素園跟在後面，上氣不接下氣爬了三百多級階梯，才來到這座廟的前庭。

山裡面很安靜，只有鈴鐺一樣的蟲鳴。樹蔭濃密，空氣裡面有淡淡的野花香氣。

馬蒂的爸爸作主，將馬蒂的骨灰供奉在這裡的靈骨塔中。現在他來到了塔前，一個僧人為他們打開了大門。

進門之前，吉兒和素園先上一炷香，尚保羅也跟著做了。他對這種神祕的東方禮節充滿了興趣。

在僧人的引導下，他們找到了馬蒂的骨灰，端放在小小一格木櫃中。高一尺，寬八寸，深八寸，就是馬蒂長眠的所在。

不。馬蒂並不在這裡。吉兒和素園心裡都明白，馬蒂到了一個更遼闊的地方。

供一把鮮黃色的向日葵在馬蒂的骨灰前。在等待香燒完的時間裡，他們就在塔前的山路上散步。

「妳知道嗎？我決定留在台北了。」素園告訴吉兒。她在先前，已經把花蓮的那個工作機會和吉兒討論過，當時吉兒只告訴她，依照自己的內心去決定。

「既然決定了，就好好走下去。」吉兒說。

「是啊，誰叫我已經被訓練成台北的一個螺絲釘？」

「真宿命哪。」吉兒轉頭看著她。

「我是宿命，可是我要在這種命運裡，挖掘出屬於我的樂趣和空間。」

「妳還真堅強。」

「妳也很堅強，什麼也不能阻撓妳的方向。」

「豈止堅強？是千錘百煉。」吉兒笑了，她說，「不要忘了，我是一個台北人啊。」

吉兒看看手錶，他們回頭再去看一眼馬蒂，就步下階梯。今天的下午，他們和小梅約了在傷心咖啡店的舊址，最後一次一起喝咖啡。

「不知道海安會不會來？」吉兒自言自語道。

「不知道，我已經告訴他約在今天了。」素園說。

一隻蝴蝶翩翩飛來，也許是被吉兒長髮的香味吸引，一路跟隨著他們飛舞。走到半山腰的時候，蝴蝶轉個彎，飛走了。

55

大家一起站在傷心咖啡店舊址的門外，吉兒、尚保羅、素園，還有懷抱著樂睇的小梅，都望著新的店招。

新的咖啡店名叫做「我心深處」。這個招牌保留了原來的「心」字。華燈初上，心字綻放出璀璨的寶藍色，其中還有小雷射燈閃爍著銀白色的光芒。樂睇高興得尖叫了。

大家一起走進店門。女主人認得吉兒，她慷慨地請大家喝咖啡。

店裡面的裝潢完全改變了，明亮了許多。牆壁上粉刷了湖水一樣的波紋顏色，從義大利進口的彩色桌椅非常鮮豔，仿製名畫和藝術品散見處處，小舞池整個拆掉變成了藝術品展示台。唯一從傷心咖啡店繼承下來的，是滿室揮之不去的煙霧。

悠閒地喝咖啡，等待海安，大家對店裡的裝潢品評不一。他們看到了牆上有一個別致的設計，一排彎彎曲曲的細木條釘在牆上，參差不齊的尖峰和谷底，呈現出尖銳的曲線圖樣。這木條到最後拉出一條長長的水平線，上面正好擺設一些小盆栽。

「像不像心電圖？」女主人過來了，見到他們看著細木條，就問他們。

「像。」大家都贊同。

「這是我老公死前的心電圖。」女主人塗了蔻丹的手指撫過木條，一直拉到最後持平的那一段，她說：「這一個曲線，我永遠也不會忘記。」

大家都噤聲了，只有吉兒低聲翻譯給尚保羅聽。

「我就是在那一天，得到了自由。」女主人說。她轉身，娉娉婷婷地走回櫃台。

「噯，也不知道海安會不會來？」素園說。

「誰知道？」吉兒吐出一口煙說。停了一會，她又說，「誰在乎？」

咖啡到最後都冷了，樂睇也睡著了。吉兒和尚保羅低聲談著話，素園無聊地望著窗外。一輛公車正停靠在店門前，突然素園說：「你們大家看！」

「看什麼？」吉兒和小梅都問。

「公車上的廣告。」

公車車體上，是一個法國電影節的巨型廣告，尚保羅也看著。

廣告上有幾部法國經典電影的海報，素園要他們看其中的一張「碧海藍天」電影海報。那是一幅月光下的藍色大海畫面。

「怎麼樣呢？」吉兒問素園。

「那個閃閃發光的大海，有沒有讓妳們想到——」

「馬蒂的杯子。」吉兒和小梅齊聲回答。

「馬蒂的杯子到哪裡去了？」素園問。

「不知道。當初把所有的東西都盤給這個女主人了。」吉兒說，她站起身來，「我們去問問看。」櫃台上是一個年輕活潑的男孩。在經過吉兒的一番解釋之後，男孩說，所有寄養的咖啡杯都在架子上了。對於吉兒所描述的藍色骨瓷杯，男孩說：「沒印象，瞧瞧。」

大家一起在裝釘華麗的架子上找了一回，沒有找到。

「啊，想到了。」男孩說，「有一箱沒有處理過的雜物，裡面是有幾個杯子。」

男孩說完就從櫃台底下扛起一個紙箱，上面有用麥克筆寫的NO TOUCH字樣。「老闆寫的。」男孩笑了，露出他門牙間的縫隙。他說：「意思是說，這個箱子從來沒有人碰過。」

於是他們在箱子裡找到了馬蒂的藍色骨瓷杯。男孩幫他們用水沖洗乾淨。

「啊，好美。」素園和小梅都不禁讚嘆。

「從來沒有發現，馬蒂的這只杯子有這麼漂亮。」吉兒說。

「C'est tre s belle, cette tasse!」尚保羅也用法文稱讚。

眾人都湊近了，一齊觀賞這只湛藍色杯子。要怎麼形容呢？這種豐富的藍，就好像是在最濃重的色彩中，形成了某種透明感。大家都在這觀賞中，張開了心中的翅膀，自由自在，飛向一個更深邃的地方。

在窗外藍色店招的輝映下，馬蒂的杯子看起來像天一樣藍，不，還要更藍一點；像海一樣藍，不，還要再藍一點；像在宇宙的深處，幽邃寧靜中，無邊無際的深藍。

（全文完）

外一章

打烊了，傷心咖啡店的燈光依然閃爍，在心底藍得泛出銀亮，遠行者互相取暖，諦視時和自己對話。

致「傷心咖啡店」門外徘徊不去的人：

我欠讀者一句話

朱少麟

一九九五年十一月七日，清晨四點多，我在鍵盤敲下最後一個字，一看窗外，夜似乎快盡了，我出門爬過景美溪河堤，在漆黑的河岸邊坐下來，等著天亮，抽菸。

我剛寫完了生平第一部作品，《傷心咖啡店之歌》。

那一年我二十八歲，白天瘋狂上班，到了午夜，我寫作。

不知道將寫出什麼，不確定誰願意傾聽，我夜夜堅持寫到黎明。若不是大量的咖啡、菸，和重搖滾音樂，真不知道是什麼魔力，支撐著我度過那些疲乏長夜。

幾乎整整一年後，這本小說才靜悄悄地上市，九歌出版。

接下來我的遭遇，大致就像個文壇快閃過客一樣，《傷心咖啡店之歌》只在書店的平台上存活了一個月，又靜悄悄地消失。

那時我近乎認命了，對於我這種客串寫作的上班族，出版社也算是仁盡義至了。

似乎不肯認命的，是傷心咖啡店。

一個、兩個、千百個閱讀人慢慢湧現在書店裡，執意尋找這本小說，只因為他們聽說，在傷心咖啡店，有一道隱約透明的窗口。《傷心咖啡店之歌》於是無數次起死回生，一次又一次，它固執地棲回到書店平台，如今人們告訴我，這本小說創下了文學市場最詭異的銷售曲線。

《傷心咖啡店之歌》邁入一百刷，正要推出第二十萬冊限量紀念版，然後，它的原始版面就要永遠走入歷史中。

看著《傷心咖啡店之歌》湛藍色的封面，我的心中滋味萬千，這本完成於那個寂寞清晨的小說，竟然陪著許多人，度過了九年之久。

我才漸漸明白，在那個天將未亮的清晨裡，在那個極冷清的河岸邊，我獨坐著，懷抱著巨大的苦悶，抽菸時，我還沒寫完它。

九年來，雖然我低調得近乎冷漠，但我深知，始終還欠讀者一句話，現在我想說出來：謝謝你們，是你們陪著我，共同成就了《傷心咖啡店之歌》。

——二〇〇五年六月十日

來自地底三萬呎的聲音

——朱少麟答客問

我只想說，超愛朱少麟的傷心咖啡店之歌，還有燕子。兩本書各看了十遍以上。什麼時候會有朱少麟的新書呢？每年寒暑假回台灣，我都拚命的在書店尋找呢！很抱歉不知道之前有沒有人問過，不過因為不在台灣，所以資訊有點慢。（雪）

To 雪，

八、九年前，第一次發現我在國外也有讀者時，那感覺好奇異啊！我以為我寫的是台北人的故事，訴說的對象也是台北人，真沒想到，天涯海角也有人們願意聆聽。不知道妳在地球的哪個部位呢？

謝謝妳喜歡我的兩本前作。在寫它們時，我盡了全力，若說還有缺憾，問題多半是出在我的寫作能力仍然青澀了一些，所以我隱匿了五年之久，在這段時間內，我沒有一天不是用上全副性命在磨練啊，直到這個夏天，才完成了我夢想中的作品《地底三萬呎》，是一部二十二萬字的長篇小說，台灣這邊將在八月中旬上市。妳將兩本小說各讀了十遍？這真是最甜蜜的恭維了，謝謝妳，這一次，如果願意讀我的第三本小說，讓我請求妳，以很慢的速度讀完它，好嗎><?

少麟

耶，我第二名，趕快搶先問！（話說回來我這個海外的居然可以搶在台灣的讀者前面，噗）

第一，我想問朱小姐的星座。傷心跟燕子我都看過幾遍，尤愛傷心。在看時常常懷疑，到底是什麼樣的人能寫出這樣奇妙的東西，應該是一個很會獨立思考、擅獨處的人吧。我猜朱小姐是雙子、水瓶、或天蠍。

第二，我想問傷心書中角色們的星座，尤其是海安。（耶穌可能沒有生日？）理由如上，實在很好奇會有這些想法的海安是什麼星座的。

第三，我想問朱小姐，傷心中的馬蒂跟燕子中的慕芳是同一種角色設定嗎？傷心中的海安跟燕子中的龍仔是同一種角色設定嗎？還有其他兩書中的角色是同一種角色設定嗎？

第四，我想問朱小姐，是否會從此一直寫下去？我，以及我相信其他眾多讀者，一定都希望如此。

第五，我想問朱小姐，在提到傷心跟燕子拍成電影電視劇的文章裡面，你提到目前沒有你滿意的企畫。那我想問一下，你希望的企畫是如何？還有最重要的問題是，你希望誰來演海安？我常常也在想到底誰能演海安，可是我都想不出來，似乎不管找誰，都少了一點味道，可能是因為海安是集好幾個人的優點的關係吧。

第六，過了問答期以後，朱小姐還會一直來看這裡，以及貼文章嗎？

第七，記得看過朱小姐說，在傷心裡面，她不認為馬蒂是主角，那誰是主角？傷心咖啡店本身？

第八，傷心裡面，朱小姐最喜歡的角色是？朱小姐覺得自己像哪個或哪些角色？

目前問題就想到這裡，如果還有其他問題我會再來提問。抱歉問了這麼多，不過我真的都很想問這

些問題。感謝朱小姐跟版工讓我們讀者終於有機會問問題。（Citygirl）

To Citygirl，

第一，呵，好像很少有人能一次猜對我的星座與血型，依我的經驗，不算是你們的猜測失準，是「據說我非常不符合我的星座血型」，我是天秤座，但不愛社交，A型，個性表現卻像AB型。

第二，傷心書中角色們，我並沒有特意設定他們的星座，原因很簡單，我不懂星座呀^^"，所以真難回答妳的問題，不過海安是例外哩，我在書中有提到他的三十歲生日，在那一章的諸多細節中，我費了一些心思安排，讓海安的出生月份呼之欲出，大致上說起來，我暗示他是雙子座。

第三，不，馬蒂和慕芳並非設定成相仿角色，馬蒂隨和，慕芳孤傲多了，但我也同意她們有若干形象重疊，那重疊處，都是反映出了我自己吧，畢竟她們都是佔幅最多的角色，在撰寫時，我會不知不覺將自己投射進角色裡。海安跟龍仔也無太大關聯，若有點雷同，那就是我的小毛病又犯啦，一不小心，在創造人物時，過度耽美了。妳問兩本書中是否有同一設定的角色，我的想法是沒有，倒是有刻意重覆提起的話題，比方說，「問題發生在蛋」，這算是寫作者的一點小小惡謔吧。我在第三本小說中，也埋藏進了一小段句子，約二十字，全文拷貝自傷心咖啡店之歌，不知道將有哪些讀者發現它們^^。

第四，謝謝妳這問題：），我是否會從此一直寫下去？誠實地說，我不知道，對我來說，寫作這事我是無法作出生涯規畫的，較關心的是，是否再有讓我「全心全意願意寫的題目」，這目前還未知，說真的，我總覺得，累積了足夠的傾吐欲望，人才有力氣寫呀。

第五，改編成戲劇的問題，妳問道，我希望的企畫為何？啊，這問題若是要徹底回答，我大約就可以考慮自任製作人，促成整個戲劇規畫了。也許應該這樣答覆：坦白說，我較傾向不讓作品改編戲劇，中文環境的戲劇製作資源有限，這是原因之一，其二呢，我的作品似乎較適合以文字意象表達……這點，算是作者本人的執著吧。妳問誰來演海安好？倒讓我想起一件事，在九七年時，這話題曾經被熱烈討論過，當時有不少人共同認為金城武似乎合適，但問題出在他太年輕了，少了三十歲男人的味道呀，如今再回觀這話題，不禁讓人由衷地想說，光陰……真是奇妙地漸漸弭平許多缺憾啊……

第六，過了問答期後，我還會出現嗎？次數應該不多，請原諒我，撰寫《地底三萬呎》耗盡了我的生命力，我衷心期待著完筆時即刻進入閉關狀態，但目前為了出書諸多事項，只得延到九月以後，過了九月，我準備回復到先前的消聲匿跡，請諒解我的孤僻習性好嗎︿︿

第七，這真是很奇妙的事，一本書的作者，在看待自己的作品時，也是會漸次修改觀點的，妳提到我說過馬蒂不算是主角，當時我的意思較傾向於，傷心咖啡店的真正主角，是在台北這種文明都市之中生活的眾生相，不過我現在的看法又較寫實了，是的，馬蒂是主角，她的個人特質較接近「在都市生活中感到壓抑與空虛的現代人」的平均值，我在傷心咖啡店裡想吐訴的一切，都必需靠著馬蒂的媒介，才能有所表達啊。

第八，在傷心裡面，我最喜歡的角色，以感情而言（是的，作者對於自己創造出來的角色也會付諸感情），是小葉，以滿意度而言，是陳博士，原因呢，撰寫陳博士這個人，幾乎超出我寫作當時的經驗界限，而經驗界限以外的，通常需要想像力與素材掌握能力，我很努力揣摩一個四十幾歲男性的心情，並且也享受那其中的創作滋味。

謝謝妳提出這些問題，因為極少接觸讀者，所以我應該說，也是你們給了我機會，做些親切的交流，我很珍惜並且滿懷謝意啊。

少麟

只掙得了第三，唉！原本有拔得頭籌的機會，可是卻怕問出難登大雅之堂的問題……什麼都能問對吧！？

Q9：少麟姊的生日是幾月幾號？

Q10：少麟姊在寫作時除聽音樂之外，還有什麼其他習慣嗎？

Q11：海安的原形是誰呢？在看「傷心」時我並無法想像出海安他那幾近完美的模樣，正如我無法想像太陽神阿波羅。

以上這些問題都是我想問的，謝謝少麟姊能給我們這個機會！！

其實我還想問的就是：怎麼才能和少麟姊一樣聰明呢？（2051）

To 2051

2051，讓人差點神遊到他鄉的名字……關於你的問題……

Q9：我的生日是幾月幾號@@，這種問題，若我說，讓我臉紅了，會不會顯得太小氣啊？請讓我這樣回答吧^^"，我是在農曆8月18日出生的，聽說那天是月神的生日哩，又聽說，月亮在那天的確有出奇的力量，有名的錢塘潮，受到月球的巨大吸引而作浪，就是發生在這一天呀。

Q10：寫作時，除了音樂之外，我的習慣就是抽菸，咳……個人呼籲，這絕對不是好習慣……

Q11：海安的原形是誰呢？不少人知道，在傷心裡面，吉兒小葉素園籐條都確有其人，我連名字都未更動，明子與劉姐也都是真實的人物，但海安完全是杜撰的，所以讀者應該看得出來，每寫到海安時，我就顯得生澀許多，至於我杜撰他時，是否有隱約參考的「原型」，咳，因為這事不算祕密，至少我當年的同事全都知情，所以也就不太好隱瞞了，那大約是九三或九四年的事了吧，當時有部電影挺火紅，叫「悍衛戰警」，那男主角的海報，就一直貼在我的公司牆上，天天出入時，總免不了多看上一眼啊……

怎樣才能和我一樣聰明呢？dear 2051，我也常常衷心感歎，怎樣才能像某某人一樣聰明啊！若是你感覺和我有點距離，請先考慮，也許我們之間相隔了一段年紀哩。我在二十五歲以前，算是一個人人都說聰明的女生，聰明但任性、自我中心、相當驕傲、非常不耐煩這世界，這些特質綜合起來，又成了一個「有點小聰明的平凡人」，如果說二十五歲之後，出現了什麼轉折，讓我有點長進，那應該就是我開始讀書了吧，且是真的讀書喔，和以前為了應付考試而讀書完全不同，是為了讓自己的靈魂有點厚度而讀書，若願意參考我的經驗，請看傷心咖啡店的175頁吧。

少麟

請問一下少麟姐，多年以前在人間副刊連載的〈誰在遠方唱歌〉及〈北風〉這兩個中篇，印象中有說過不會出書，那真的永遠不會出嗎？不出的話是否考慮在網路上重新發表，我好想看吶（孽子）

To 孽子，

是的，你提到的兩篇作品都不會出書，是的，永遠不會出。在網路上重新發表？恐怕不太可能，因為我早已將文字檔丟掉了=.=——。請寬容我這點小個性吧，不滿意的作品，我無法讓它們繼續公諸於世。

那麼問題來了，當初既然寫出了讓自己不滿意的作品，為什麼又發表它們呢？這說來話長，我可以用千言萬語粉飾，但在這兒，我想坦誠點。簡單地說，這個小小悲劇是發生在九七年，那時我的首部作品《傷心咖啡店之歌》問世不到半年，遭遇悽慘無比，大約已從各書市店頭陣亡幾個月了，我心悲涼之餘，正好承蒙兩間報社邀稿，一時我的風骨向下沉淪，心想，好的，沉重的聲音沒人願意傾聽，那麼就來寫些輕鬆可口的小說吧，果然我就寫得輕鬆可口，小甜點似的，兩間報社都欣然接受了稿件，其實呢，還在連載中我就懊悔了，並且懺悔至今。我想說的是，輕鬆可口並沒有錯，錯的是我的心態，那兩篇連載，我是為了取悅讀者而寫。現在我非常想說，我堅持並但願永久如是——不為了取悅讀者而寫，只為了成就理想極致而寫。

Oops 竟然自陳了久年的虧心之事，謝謝你這問題。

少麟

我可以……十問朱少麟嗎？ ><

@@ 《地底三萬呎》讓我們等太久了……

超久的一篇小說……每年書展都得到九歌問一趟……

《傷心》過了八、九年了，我想問什麼呢？還是得想一下……想問下幾個問題：

1.基於垃圾分類，但人很難分類的情況下，妳會給台北市長什麼建議？

2.請問妳這次會有簽書會或座談會之類的嗎？

3.對於寫作，仍是因著對這城市的吶喊？爆發？迷惘和不滿足？或是因著寫作的熱忱？或是因著不得不面對這群日夜等妳出書的人？

4.以妳現在的觀點而言，作家的下一本作品一定要跳脫前一本的影子才算對讀者有個交代嗎？

5.自第一部至第三本作品，重要的角色或先覺啟發者通常是男性，是因為巧合，或是潛意識書寫出來的？

6.妳曾寫過的，或丟棄的作品……某種程度而言，對於讀者，也許也有極大的啟發性，妳有沒有想過基於這個理由而出版那些文字？或者，妳仍然堅持只出版自己滿意的部分？

7.什麼原因使妳改變以往的作風，開始……至少願意與讀者進行線上的互動？（明日報那次例外）

8.在妳作品「推出」與「推出之間」的完全沉寂無聲——而外界仍在傷心咖啡店門口徘徊時——妳是否會感受到某種程度的壓力？

9.寫傷心的時候，聽的是搖滾樂；寫燕子的時候，聽的是古典樂；這次聽的是什麼音樂？

10.請問綠白Y現在還買得到嗎？ ＞＜ （Yu-Hua Lee）

To Yu-Hua

呃……看了妳的問題，我有個直覺，這不是個一般的讀者。

是的，Yu-Hua，我記得妳，也記得妳的落筆聰慧的報導稿，說聲謝謝妳，遲了五年以上吧？讓我來回答妳的問題，這一次，我們雙方的咖啡都自備吧。：）

1.這問題有詐！我得狡滑地避開重點。首先，怎麼問到垃圾呢？我的《地底三萬呎》應該尚未曝光啊！應該只有極少數人知道這是一個從垃圾說起的故事。

那麼我假設妳是在考查我對於自由的銓釋態度，呵，再度迴避，非膽怯也，相反地，我費了極大的勇氣長期面對，才漸漸明白了一件事，當年，我花上整整一本書談自由，憑的是什麼？憑我在知識與生活經驗中的理解麼？我真的確定我對於自由的看法比旁人透徹嗎？九年的摸索，現在我想說，在傷心咖啡店裡所盡力表達的，原來並不是自由，全錯了，原來我想尋找的是解脫。

ＯＫ，回到妳的問題，請讓我這樣加倍狡猾地答覆：真湊巧，在《地底三萬呎》裡，大致上充分說出了我的意見^^

2.這次的出書，簽書會或座談會我都謝絕了。

3.為了什麼而寫作？這不容易簡單訴說，說得太簡單就像場面話了，但我想試著極簡而且坦誠地回答：我寫了三部長篇小說，三次各有不同的因素，寫傷心咖啡店，是因為內在的壓力，逼迫得我非寫不可；寫燕子，是因為想試煉自己，想看看自己能不能繼續寫下去；寫地底三萬呎時，前述的因素都消逝了，只有單純的願望，在我心中，夢想著這麼一本小說，它動人，讓人願意永久沉浸其中，它驚人，顛覆人們的久遠信念，但我尚未見到這樣的作品，所以我想親自寫出它。

4.妳問：「以妳現在的觀點而言，作家的下一本作品一定要跳脫前一本的影子才算對讀者有個交代嗎？」好的，以我現在的觀點而言，我會回答：不用。

因為，我以為，一個作家不需要對讀者「有個交代」。

5.是的，作品中的啟發者，的確傾向於男性，這事我早就自覺的，不是巧合，原因可能很單純，將來閱過我三本小說的讀者，應該會同意，我的心靈較傾向於雄性啊。

6.這問題請見我對孽子的回答……

7.很犀利的問題，是的，我在線上與讀者互動，不只是改變以往的作風，簡直是推翻。原因呢，若是說出來，就帶有廣宣意味了。請相信我是如實地說吧：九歌在閱過《地底三萬呎》之後，決定以史無前例的最高成本，進行了極高規格的出版作為（包括這個網誌，發現了嗎^^），誠然，以我的個性，是傾向於隱遁在幕後的，但這次，出版社的激烈積極也感動了我啊，所以作了些妥協，簡單地說，變得親切一點，參與許多，這話題請容我不再多述了，其中有血有淚啊。

8.是的，我在作品「推出」與「推出之間」的完全沉寂無聲，傷心咖啡店門口外，是否讓我感到壓力？大約三到四年前還是的，之後呢，地底三萬呎的書寫漸漸啟動，在〇二到〇三年之間，忽然發現，那壓力永遠離去了。豁然開朗了嗎？不盡然，我失重高速跌進另一個深坑，地底三萬呎對我的吸引力太豐盛了。我試圖說明寫作是苦痛之事麼？也不盡然，如果說這種辛苦算是痛苦，寫作的人應該都能同意，再也沒有比這更甘心領受的痛苦哪。

9.音樂問題，正好我在網誌上談過了，其實除了寫燕子時的短暫變節以外，我始終是搖滾樂的子民啊，所以這次聽的多是很重的搖滾，重到最後，變本加厲，開始聽搖頭電音，呃……我會不會去搖頭店不是重點，重點是，聽的音樂和寫的東西是相關的，聽搖頭樂，會心的是那氛圍中的緊湊緊張、歡悅、接近忘我，相信讀過這本小說後的讀者，會明白我的意思。

10.唉，好像是九九年以後，台灣就買不到綠白Y了，我之抽此菸，就像一隻忠心的毛毛蟲一樣只嗜一草，唯一的解決之道，是過境香港時購買，但聽說香港代理商也快撤消了，天滅我也，只有考慮戒菸。

追加：不，我個人捨不得換掉黃聖文的作品，即使是為了延續傷心的光與熱而改作新版，對我來說，那幅海藍色的舊封面，永久是傷心咖啡店的圖騰。：）

少麟

阿阿……我要先說這個：少麟姊我好崇拜妳喔！！！！！！！

傷心咖啡店我真的是百翻不厭，每看一次都可以有不同的思考，我想問：

1.少麟姊喜歡「泡」咖啡店嗎？一直很好奇是不是真的有一家「傷心咖啡店」？沒有的話我以後來開一家好了，我是說認真的喔！開咖啡店是我的一個小小夢想……

2.少麟姊去過馬達加斯加嗎？地理教到非洲的時候，老師只隨便帶過兩句……好討厭>3<（藍色海洋）

To 藍色海洋

啊，崇拜這兩字讓我發窘呢…………還是謝謝妳了：）

1.嗯，是不是喜歡泡咖啡店？我在念大學時，會搭接近兩個小時的公車，專程到景美的聯合咖啡

（當時的店名）喝咖啡，妳說呢＞＜。是否真的有一家傷心咖啡店？在地緣上是的，我在書中幾乎具體寫出來了這間咖啡店的地點，也就是上述的聯合咖啡，現在改名為聞山咖啡，店老闆很有名喲，就是蔡明亮電影中常出現的陸奕靜小姐。我借用了這兒作為書中的咖啡店，但是聚集了書中主角的咖啡店，則純粹是虛構的。妳想開一家咖啡店呀？祝福妳如願，也在這兒公開地說，我將傷心咖啡店的店名商標權，奉送給任何想要實現它的讀者：）

2.不，我沒去過馬達加斯加，為了馬達加斯加而學法文，倒是事實。是呀，地理課本中對這大島的介紹真太簡略了，我對它的瞭解，主要是自己上圖書館到處查閱來的，在我的某些年輕歲月中呀，只要見到馬達加斯加的報導，都會千方百計收藏下來，那時候網路還不普遍，真做了許多苦工啊。

少麟

少麟，我覺得這樣叫親切些＞＜我的教授非常推崇您的作品，也和您大約同年，他認為您能在那樣的年紀寫出《傷》一書，是非常棒的一件事。因為教授的緣故我接觸了您的作品，並且深深愛上。在閱讀您的《傷》與《燕》時，不由湧現一些問題……

請問您是在怎樣的情況下決定寫下《傷》這樣一部作品？

您是如何選擇這麼多的角色來架構出獨一無二的「傷心咖啡店」世界？（據我所知第一次寫作就能寫出這麼多人物並刻畫得如此深刻，即使對資深的作家而言也不是一件簡單的事呢！）

您在下筆那一刻就已經知道故事最後的走向將馬蒂死在馬達加斯加而海安自毀容貌嗎？

您如何稱呼您作品的「風格」呢？

問了許多問題，希望少麟不嫌煩^^

祝　自在

Clover

To Clover，

請代我向你的教授致意：）

我是在怎樣的情況下決定寫傷心的？我是被逼的。

是的，巨大的內在壓迫，逼著我非傾吐不可。在這網誌的「朱少麟說話了」次目錄裡，有一篇「傷心的襯樂——朱少麟訪談精選」，其中大約說出了這些壓迫是什麼，請讓我直接引用吧：

「……後來我又慢慢發覺，不盡然是提神問題，應該說是為了抒發。回想起來，我是在很鬱悶的心情中寫傷心咖啡店的。

鬱悶得有些接近憤怒，當時的生活方式太讓我困惑，雖然工作順利，家庭ＯＫ，但總感覺那不太像是我所希望的人生，到底欠缺什麼？言語很難表白，就因為好像樣樣不缺，所以也沒什麼資格好抱怨——就是這狀況，讓我悶到最高點。

所以就悄悄寫作了。那時聽的音樂，反映的是心情。」

如何選擇這麼多的角色來架構出傷心咖啡店呢？呵，藉你的問題，順便解決一樁懸案，曾經有網友討論過，《傷心咖啡店之歌》似乎有一本英文的同名小說，是的，沒錯，是一位叫作McCuiller的美國女作家寫的作品，時間好像是四五〇年代。

是湊巧嗎？不是，是我故意取用同名，原因無它，喜歡這小說名字……所以我的書寫邏輯似乎有點背道而馳，先決定了書名，因為這書名，所以必需構想出一個以咖啡店為主的故事，因為咖啡店必需存在，所以我得創造出一些主人來經營它。

問題就變得單純了，我想寫出些什麼樣的人？很幸運地，我身邊正巧有這麼一群不太同於一般的朋友，我就將他們一一填入咖啡店中，連名字都未改哩。再次順便向籐條致個歉，將你寫入了監獄。找得到我，打殺由你。

謝謝你的誇獎，當初我連所謂小說技巧也渾然未解，只知道，既然要寫人，我就得讓人物們有情有神得活現了一般，這是目標，未必完全實現啊。

你問我「在下筆那一刻就已經知道故事最後的走向將是馬蒂死在馬達加斯加而海安自毀容貌嗎？」是的，我是將整個故事構想得理絡清楚之後，才下筆的，問題出在下筆之後，發現了一件事，人物一旦在筆下活現出來，身為他們的創造者，我不一定擁有絕對的宰制權，例如，在原始構想中，小葉最終其實是病死的，但寫到最後兩萬字時，小葉頑強地向我展現出她的抵抗能力，我是敗方，她成功地存活了下來，將她寫死，我辦不到啊……

如何稱呼我的作品風格？以我個人而言，我不太傾向於找出什麼字眼來界定我的小說，就旁人的看法來說，有些人將我的前兩本作品稱為「都會小說」，我覺得還不錯。

少麟

ps,對我來說，自在是至高的祝福，謝謝你^^。

朱少麟作品集 04

傷心咖啡店之歌

A Song of the Sad Coffee Shop

著者	朱少麟
創辦人	蔡文甫
發行人	蔡澤玉
出版發行	九歌出版社有限公司 台北市105八德路3段12巷57弄40號 電話/02-25776564・傳真/02-25789205 郵政劃撥/0112295-1
九歌文學網	www.chiuko.com.tw
印刷	晨捷印製股份有限公司
法律顧問	龍躍天律師・蕭雄淋律師・董安丹律師
初版	1996年10月10日（計100印次，典藏版未列入）
增訂新版	2005年9月10日（計23印次）
50萬冊紀念版	2014年11月
紀念版8印	2023年8月
定價	**350元**

書號	0110604
ISBN	978-957-444-964-4

（缺頁、破損或裝訂錯誤，請寄回本公司更換）

國家圖書館出版品預行編目資料

傷心咖啡店之歌 / 朱少麟著. – 50萬冊紀念版. -- 臺北市：九歌, 2014.11

面； 公分. -- (朱少麟作品集；4)

ISBN 978-957-444-964-4(平裝)

857.7　　103017890